鸾凤和鸣 下

重庆出版集团 重庆出版社
二分之一A ◎ 著

目录

1/ 第十一章　飒爽爽巾帼挂帅四海平

35/ 第十二章　秋瑟瑟战场热血初沸腾

67/ 第十三章　雪纷纷常陵一曲绝尘去

84/ 第十四章　火腾腾百鸟朝凤万兽临

115/ 第十五章　月朦朦大帅女贼初相见

149/ 第十六章　轰隆隆百年大厦一朝倾

183/ 第十七章　誓旦旦天下为聘夺君心

210/ 第十八章　慌兮兮母子平安捷报传

240/ 第十九章　险重重过关斩将名远扬

265/ 第二十章　欢喜喜神仙美眷百年长

286/ 后　记

第十一章　飒爽爽巾帼挂帅四海平

天色将明，又是新的一天，昨天为止，边关已经收复了七个州郡，还差苍城和其附近一个郡了，希望天亮了，就能得到好消息。

这几天由于战事吃紧，几乎天天都上朝。

虽然那些大臣们吵吵嚷嚷，不能提供太高明的建议，但是让他们知道，他这个皇帝用人得当，指挥有方，也是必要的。

但是今日的早朝似乎气氛有些不太对，袁刘两家的明争暗斗虽然还在继续，表面上却基于"国难当头"这个原则，不会在朝堂上表现得太明显。

这几天的观察下来，他们心目中的这位二十五岁的"小皇帝"，似乎也并没有以前看起来那般懦弱。不然，他怎么知道金矛王爷的病已经好了，并且已经到了可以统领三军的地步？

那之前，刘家怀疑过，特地派人去查过，却什么都没有查出来。

这"小皇帝"一出马，人家就死心塌地，统帅三军打仗去了。堂堂"战神"，让他当个副帅，人家都完全没有提出任何异议？

这其中的猫腻，有脑子的人，恐怕想想以后都会惊出一身冷汗。

这小皇帝要嘛不出马，一出马便抓了个大的。

金矛王爷啊，刘鉴雄就算是清醒着的时候，都要让他三分。

这个小皇帝，居然把人家当副帅使，人家还死心塌地地帮他打胜仗——他们当然不会认为最近的捷报是因为那位平时不声不响的常陵王所为。

关于常陵王逼宫的事情，早就在京城传开了。

当然，这也是玄墨授意的，他要让玄尘回来的时候，一点民心都不得。

既然已经坐上了这个位置，他就不会再念什么血肉亲情。

要玩手段，他奉陪。

然而暗中捣乱的人，似乎并没有这样容易放过他。

下朝以后，田家几位大家长忽然集聚政和殿，要求——进宫给太后请安。

之前把太后软禁在慈宁宫，后宫之事交给皇后，是让太后亲自下旨办的。

当时刘鉴雄刚刚陷入重伤昏迷状态，太后和刘鉴雄的关系，在朝野上下早就是公开的秘密。

因为情郎，伤心担忧，偶尔出宫去探望一下，大家都可以理解的。所以，一直以来都没有人怀疑。

但是，如今一个月都过去了，这些田家人，怎么忽然想起要探望一下"病中"的太后了？

玄墨皱了眉头："太后身子有恙，没有精力见客，要是你们这么多人进去恐怕打扰她静养。"

虽然有柳眉和烟翠在太后身边，不怕出什么乱子。可是不怕一万，只怕万一不是？

如今内忧外患，已经够乱了，难得田家如今表示归顺自己这边，也难得三大家族之中唯有田家目前勉强算得上是中立。

若是田家也参与争斗，如果田家倒向刘家那边，要吞并掉袁家，恐怕不是什么难事。到时候，两家坐大，势必影响到自己这边。不管刘鉴雄是不是昏迷，太后的势力，也够他瞧一瞧的了。

如今袁刘相争，他还可以似模似样做个中间人，如果田家和他这个皇帝争起来，这大魏，可真的要乱成一锅粥了。

"既然如此，就让国舅和海棠去探望一下太后吧，太后娘娘素来喜欢海棠，说不定见到她，太后老人家的病，都能好一些呢。"立刻有人提议。

玄墨心中冷笑一声，原来，他们是早就想好了说辞了。

国舅是太后的亲哥哥，田海棠是他最小的女儿，今年刚满十三岁，之前他也见过，也算得上是个知书识礼的大家闺秀，深得太后喜欢。

照太后的意思，等这姑娘及笄，就给常陵王做王妃，可以说，是内定的常陵王妃。总之是好的，她喜欢的，总喜欢全部送给玄尘就是了。

玄墨心中苦涩一笑，对着国舅道："如此，下午带海棠进宫吧！"

再推脱，只能让他们的疑虑加大，一旦有了疑虑，将来的事情便不好办了。

好在他们提了海棠，让他有时间去拖延准备一下。

"是！"田家人顿时没了异议，一个个告退，等着下午进宫了。

事实上，他们早就得到了太后可能被软禁的消息，不过还是去核实了一下。调查几日，发现慈宁宫的宫人似乎确实都被换了才一个个有些着了急。

若这是真的，那么，皇上怕就是想铲除田家了。

摄政王还在昏迷之中，刘家恐怕也不能幸免。

剩下的袁家，势单力薄，倒下也是迟早的事情。皇后和皇上不和，朝野上下哪个不知，谁人不晓？

如今皇上却忽然放手让皇后管后宫，虽然是太后的旨意，但是现在想想，太后对皇后还没有那么喜爱吧？

事实上，田家人心中有数，若不是刘鉴雄的关系，太后对皇后，甚至是有些厌恶的。

好在当年皇后要嫁的是皇上，若是常陵王……

算了，大家心照不宣吧！

这是太后被软禁以后，玄墨第一次来到慈宁宫。

不是没想过来，只不过，不知道该以什么心情来。

幸灾乐祸地过来冷嘲热讽，还是跑到这里来逼迫寻求当初缺失的母爱？

两个其实他都不想做。

太后偏心是一回事，但是自己身上始终流着她一半的血。真的对她下狠手，说实话，自己不能做，或者，也不会去做吧？

但是，自己却也从来没希望从这个母亲身上得到所谓的"亲情"。

心，早就死如灰。

但是今日，他必须来一次，被逼到了这个分上，即使心中有几千几万个不愿意，他还是必须来。

他很好奇母后的态度，是叫嚣怒骂，还是苦苦哀求？

也许在很久以前，他就已经把她当做一个有着血缘关系的陌生人了吧？

所以此刻，他进慈宁宫的心态，竟然如此平和，不起一丝波澜。有的，只是一些感叹。

十年了，隐忍十年，深邃的心机，用来对付的，却是自己的亲生母亲。

这样的事情，放谁身上，都会换来一阵唏嘘吧？

"参见母后！"他进门，行礼，一如往昔。

太后冷哼一声："哀家养的好儿子啊，知道来看哀家了吗？"

玄墨立起身子，对于太后的讽刺，充耳不闻，只是看向烟翠和柳眉："太后最近身子可好？"

"很好！"柳眉轻声回答，"一日三餐，睡得也极好。"

"那就好！"玄墨点点头，"下午国舅和海棠回来探望母后，母后应知道该怎么应付吧？"

"哼！"太后不屑地翻个白眼。

玄墨嘴角弯起一丝笑意："母后，亚父还躺在病床之上，朕每日都让御医过去探望，相信只要母后诚心祈祷，亚父的病，一定能好起来的。"

太后脸色一白，这话的威胁意味太过明显。

"你把他怎么了？"从重伤到昏迷，现在想起来，确实可疑。

【第十一章 飒爽爽巾帼挂帅四海平】

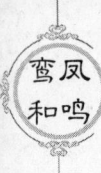

玄墨依然在笑:"御医说,亚父的伤势稳定,只是短期内不会醒来,至于有无生命危险……"

他低头,顿了顿,再看看太后:"母后想必这几日,在宫里没少为亚父祷告,朕想,若是母后的祷告够诚心,上天一定会听到,保佑亚父无恙的。"

太后颓然地坐到椅子上,沉吟半响,才道:"要哀家怎么做?"

"母后应该知道分寸的。"玄墨眸中映着笑意,状似讽刺。

"哀家如何知道?!"太后有些负气。

"朕一直以为,母后是个很聪明的人!"

"你……"太后气极,有些语塞。

玄墨不想再纠缠下去,看着太后,也不说话,似在等待她一个回答,好让他做出决定,如何对付刘鉴雄。

即使太后和刘鉴雄还在赌气,但如今面对的是刘鉴雄的性命,太后不得不顾忌。再说之前的事情,现在转念想想,未必不是一个陷阱。

哪里有这么巧,玄墨开始反攻,江晚月就出现在了刘鉴雄和她身边?

"好,田家的人不会找你麻烦!"太后深吸一口气,一字一句,从牙缝里蹦出来。

"如此,朕就放心了。"自始至终,玄墨没有自称过一句"儿子"。

面对一个完全没有将你当做儿子的母亲,"朕"才是最好的称呼。

"哀家没有看错人,终究是养了个白眼狼!"太后眯起眼睛,话语之中的恨意深重,"当初哀家就不该求王爷放你一条生路,就应该让你死在回京的路上!"

玄墨心中一寒,忽地失笑:"这就是你对待亲生儿子的好?你对他的好,就是让他活着,哪怕是跪着,被人关着,被人吊起来打,只要活着,你就觉得你对你的儿子已经足够好了,是不是?"

"那你还要怎样?"太后吼叫起来,"你已经拥有了那么多,人的福气是有限的,欠了别人的东西,自然是要还的!"

"欠,母后,朕很想知道,朕到底欠了谁的?"虽然心中早已有了答案,但是不是太后亲口说,玄墨估计这辈子都不会甘心去承认。

"你心里清楚!"太后冷哼一声,"你拥有的太多了,有些人生来什么都没有,你有什么资格说哀家对你不好!"

心,一点点地冷却,化成水,冻成冰。

玄墨多希望,太后此刻不过是在讲气话,可是不是的,他清楚地知道,太后讲的都是大实话。

从小到大,她就是感觉自己获得的太多了,而另外那个人,得到的太少。

所以自己必须欠他的!

"朕真的拥有很多吗?"玄墨的眼神慢慢迷茫,随即冰冷。

"你从小有父母疼爱，七岁就登上帝位，受万众景仰。"太后理所当然地道，"你出生就是太子，得到你父皇所有的爱，什么都给你最好的。你可以拥有后宫佳丽三千，那些大臣一个个恨不得把自己的女儿都送给你享用。"

"所以，我就欠了你另外一个儿子的，是吗？"玄墨此刻是真正在笑，不是讽刺，却有点像自嘲。

"难道不是吗？"太后的固执让人心更寒，"玄尘生来没有父亲，没有父爱，难道我这个做母后的不应该多给他一点爱吗？他生来只能住在幽尘居，当个闲散王爷，不像你拥有无上的权力，能接受大家的景仰……"

"够了！"玄墨一拍桌子，"玄尘今日所遭受的这一切，不都是你这个当母后的造成的吗？是你无法给他一个光明正大的父亲，是你既无法给他名义上父亲的父爱，也不能让他叫生父一声父亲，给他如此尴尬身世的人，难道是我吗，我亲爱的母后！"

太后的嘴角抽搐了一下，忽地跳了起来："你说什么，什么名义，什么生父？！"

"母后，全朝野的人都知道了，唯独你还以为隐瞒得很好。"玄墨叹息一声摇头，知道要改变她的想法基本不可能，只能冷笑一声，"母后，你好自为之吧，如果这次你有诚意，朕可以保证你在慈宁宫颐养天年！"

转身，对于这冷冰冰的慈宁宫，他毫无留恋地大步离去。

"哐当！"瓷器破碎的声音从身后传来，玄墨足下一滞，也不回头，只是用很平淡的语气道："母后，朕还忘了跟你说一件事，其实，朕在七岁的时候，就已经父母双亡了，而玄尘，却父母健在。"

说完这一句，不等太后有任何反应，他已经足下一点，快步到了慈宁宫门口。

天机老人的轻功，果然还是很好用的。

出得慈宁宫，玄墨深吸一口气，果然不管哪里的空气，都比慈宁宫来得清新。

一直以来，他以为母后以前那些说玄尘多么可怜，而自己却拥有这么多的话语，只是为了骗他对玄尘好一些。

到了今天才发现，原来不是的。

母后心中真的是这么认为的，她就是觉得自己得到了太多，而玄尘得到的太少，所以他就必须欠玄尘的！

呵呵，多么可笑！

一个父亲早逝，有母亲等于没有母亲的孤儿，在母后眼中，居然比父母双全，父母都全心全意为他付出的孩子要幸福。

原来他比玄尘幸福，就因为七岁之前他得到了母后仅仅只是尽责的母爱和父皇无上的宠爱，所以，他就欠了母后另外一个孩子，他就抢走了另外一个孩子母爱？

他从玄尘手中，将母后抢走了七年，母后是这样认为的吗？

【第十一章 飒爽爽巾帼挂帅四海平】

原来，母后连一点点爱都吝于给他，哪怕只是一点点她都觉得是浪费，是从玄尘身上剥夺来的，不是属于他的。

所以，他要还给玄尘，所以，他欠了玄尘！

可即使这样，父皇并没有欠母后的，当年对母后的独宠，朝野上下谁不知道？

即使她对父皇没有爱，至少也应该感恩。

当年多少人反对父皇立她为皇后，多少争论，多少压力，父亲都顶过来了。

而自己，即使不算她和父皇爱的结晶，那至少是从她肚子里出来的，经过十月怀胎，经过生产的疼痛。

难道，她竟然真的是一点感觉都没有？

原本还抱着的最后一丝希望，也被刚才那些话消弭于无形。他是不是该庆幸，至少母后还没有丧失人性，至少还知道在情郎面前保住亲生儿子一条性命？

或者因为这样，他就不该再去恨这位只生了他却不曾养他的母亲。她对他的母爱，就等于给他生命，他活着，就是她给他全部的爱，至此，无其他。

而对于另外一个儿子，不光要留着他的命，还要给他地位、权势、金钱、美女，所有她认为好的东西，不管他想要不想要，都要给他。

抬头，不知何时，已经到了冷宫门口。

此刻的玄墨，什么都顾不上，宫规礼仪，统统抛到脑后，只是想要见那个人，那个唯一可以让自己得到温暖的人。

推门进去，姬小小正在给萧琳上药。

"你怎么来了？"她回头，有些诧异。

因为萧琳和宫里耳目众多的关系，玄墨很少白天来。

但是现在，是大白天，而且快中午时分了，他不怕送饭的小太监看到？

"唔……"还没诧异完，姬小小只感觉身子被人一拉，便投了一个怀抱。

这怀抱不算很温暖，大热天，居然还有些发冷，浑身都在颤抖。

"你……"刚想要挣扎一下，却听得耳边传来呢喃："别动，让我抱一会儿，一会儿就好，我好累……"

现在的境况其实不允许他累的，可是一看到姬小小，他浑身的疲倦感顿时毫无阻挡地涌上来，再也忍不住想找个人靠一下。

怀里女子的体香很好闻，有种提神醒脑的作用，让他渐渐有了些力量。

在任何人面前，他都要坚强，只有在小小面前不需要。

姬小小不动了，她从来没见过这样的玄墨。

软弱，疲惫，好像无所依靠，身上那种寂寞的味道，让人有种泫然欲泣的冲动。

没来由的，她鼻子发酸，有些想哭。

忍不住，伸手，环绕住他的背，紧紧地搂住，不发一言。

6

好像这样，就可以将自己的力量传递给他，那种遗世独立的味道，让姬小小无端有些害怕。好像抱着自己的男子，会飘走，离开这个世界，再也抓不到。

她从来，没有这般害怕过。

"不怕，有我！"忍不住，她轻轻冒出一句，仿佛夏季午间的清风，淡淡扫过玄墨的耳边，"我会保护你的，别怕！"

她重复着，仿佛只是为了让他相信。

天地之间，一切都淡去，只留下冷宫之中拥抱的一男一女。

静心苑的槐树上，飘落片片槐花花瓣，仿佛雪片，绕着他们飞舞。他们的世界只有彼此，再也容不下其他。

他们的身边，站着一个女子，愣愣地看着院中相拥的男女，眼神由震惊到悲哀，终究，慢慢散去，什么都没有留下。

八月十五，中秋节，秋高气爽。

分明是个团圆的节日，不过魏国境内，却是几家欢喜几家愁。

几十万大军远征，又有多少家庭可以团圆？

皇宫之内，也没有设宴，只是各宫嫔妃在后宫设了家宴，由皇后来主持。

自古男不拜月，女不祭灶，中秋月圆之日，其实算起来，是女人们的节日。

特别是如今国难当头，有抱负的男儿都上战场去了，只留下女人们独守空房，日日盼夫归。

玄墨让皇后将朝中留守在家的武将妻儿接进宫来一起过节，抚慰一下他们的心，也顺便收拢人心。

而请他们的妻儿过来参加宴席，自己正好可以有借口正大光明不参加。

皇后好歹是大家闺秀出身，虽然性格刁蛮一些，场面活做一下还是问题不大，不会出什么乱子的。

玄墨就不出现了，一来，这些都是留守的女眷，他作为男子，理应避嫌。二来，这些女眷的丈夫都不在家中，若是看到皇上和皇后伉俪团聚（虽然未必情深），未免触景伤情。三来，这一条他没有和皇后说，是自己的私心。

他不想和皇后一起过节，他想跟另外一个人一起过。

幸好上次去静心苑他没有带任何随从，不过这事终究是瞒不住的，后宫之中鲜少有秘密。不过皇后忙着，太后被软禁了，其他的妃子正在被打压，暂时也就没有人去冷宫挑衅。

但冷宫的人，都眼巴巴看着呢。

虽然在姬小小进宫之前，玄墨并没有表现出他有多宠姬贵妃，因为常常都是姬小小直接把他"抢"回宫的，而玄墨没有反抗。但皇上既然亲自去了冷宫，或者，真有变数也说不定。

毕竟现在姬贵妃的义父在前线打仗，即使从国事角度看，如果姬贵妃能回长乐宫，对他老人家也是一种宽慰。

【第十一章 飒爽爽巾帼挂帅四海平】

7

因为如此,玄墨已经是十来天没有到过冷宫了,当然晚上除外。

正好有国事战事繁忙这个借口,他顺便提了一下要禁欲,让自己有更多的精力来处理国家大事。

况且,外面打仗的士兵们,不都在禁欲吗,他这个做皇帝的,也应该有难同当不是?

这话传出去,宫里的嫔妃们也就都不敢闹腾了。她们只是普通女人,怎么可以跟国家大事相比,不是?

一闹腾,还会被冠以一个不识大体的名声。

至于后宫两位掌权者——太后据说病了,前几天国舅大人带着他家最小的女儿还进宫探病了,据说确实病得有些厉害。

而另外一个人——皇后。

她可是巴不得皇上一个女人都不要宠,整个后宫只有她生的一个儿子,那就最好了,正合了她的心意。

对于姬小小,因为暂时拿她没辙,又抓不住她的小辫子(即使抓到了,估计也没辙),目前只好睁一眼闭一眼。

反正这女人收下了自己的香囊,再说了,即使没有香囊,以她冲动的个性,即使有了孩子,估计也会被她折腾得没有吧?

月色很好,玄墨穿过杂草丛,已经是静心苑门口。

现在大家的心思都被聚集到凤仪宫去了吧,这边似乎关注的人并不多。但是中秋节皇上在哪里过节,估计这本来就是个很敏感的话题。

就让他们的皇上,失踪一阵好了。

如果没有当初玄尘带着黑旗军出来搅和,恐怕他现在更是可以肆无忌惮一些。但是现在,该忍的地方,总还是得先忍着,不过即使真的撕破脸他也不是很怕。

如今大魏三军,毕竟还是听金矛王爷的,玄尘手上只有一支黑旗军。虽然是精英,可是终究是寡不敌众。

但是隐隐地,他感觉玄尘要的可能不只那么简单。十万人的黑旗军可以在大魏掀起风浪,却未必能成什么大事。

好在捷报传来,大军已经做好了攻打苍城的准备,不日大概就可以收到捷报了吧!

苍城易守难攻,好在有金矛王爷在,他对那边的地形十分熟悉,玄墨心中还是很有信心的。

这一仗,打了也有一个多月了,战场上反反复复,让人忧心。

也罢,今朝有酒今朝醉,玄墨苦笑一声,推门进去。

幸好有她,幸好有小小!

"你来了!"还是那句话,姬小小和小红几个正看着摆好的香案,看到他,不由叫起来,"原来这里还有这样的风俗,拜月亮,好神奇。"

在点苍山上都是男人，而且天机老人素来不注重这些节日，所以对于拜月，姬小小自然是从来没看到过。

"你们忙，我看看就好。"玄墨笑笑，看着眼前的女子大眼睛中充满着一闪一闪的光芒。

好希望，这样的光芒能在她眼中闪一辈子。

"对了，香玉姐姐拿了桂花酒过来，可香了。"姬小小指指桌上的酒壶和酒杯，"要不要喝一杯？"

玄墨也不客气，走了过去，小红忙上前倒上一杯。

萧琳站在姬小小身边，微微眯了一下眼睛，不知道她在想什么。

这一次，她并没有再去拉玄墨的衣袖，好像自从上次玄墨出现在姬小小面前紧紧相拥以后，她就再没有犯过痴傻，甚至也不见她坐在烈日下痴痴傻傻地看着门口。

只不过，她变得越发寡言少语，姬小小几次想开口问，却不知道第一句该说什么。

算起来，好像自己骗了她呢？

每一次，她都以为玄墨要找的人是她，结果，当他情绪失控的时候，紧紧抱住的，却是另外一个女子。

姬小小每天都要拼命拼命地忍住，才不会去问这个问题。

她以前，从来都是直爽的女子，心中有什么就问什么。但是现在，她觉得不该问，这个问题好像真的只能烂在自己肚子里了。

这种感觉好难受。

"好了，香也点上了。"反观萧琳，这几天整个人平静得如无风的湖面一样。

四个女子走了过来，一起行礼，参拜上苍。

四个女子，姬小小只是觉得新奇好玩，将许的愿望念了出来："我希望能早点见到师父，还有师兄他们。希望玄墨每天都能很高兴，金玲和小红也能每天都很高兴，希望玄尘……呃，希望他不要受伤，早点回来弹琴给我听。"

玄墨有些哭笑不得，她这是要所有她身边的人都高兴呢，这愿望真是……

还好，她把玄尘给排到了最后，不过自己好像还是在她师父师兄后面嘛。

算了，不计较了。

看另外三个女子，都是默默地拜着，谁也没有说话，不知道她们许的是什么愿望。

良久以后，姬小小主仆三人退了下来，坐到桌边，却只留下萧琳一个人，对着月亮出神。

"琳姐姐，你许什么愿望这么久？"姬小小有些好奇，将这几天萧琳奇怪的样子也抛诸了脑后。

"许了三个。"萧琳淡淡地开口，"愿孩子健康活泼，愿君王岁岁常见，愿大魏国泰民安！"

这话一出，另外三人还算好，玄墨的脸色，顿时就起了变化。

这三个愿望……是当年萧琳怀了身孕以后，恰逢中秋佳节，当着他的面所许下的。

即使其他的事情都忘记了,这事,他不会忘。

那个时候的他,以为穷其一生,也无法找到和自己心灵契合的女子,所以因为有了萧琳,他也算有些宽慰。没有与自己灵魂契合的女子,却也有一个温柔体贴,一心一意为自己着想的妻子,也算是上天待他不薄了。

然而没想到的是,上天要继续厚待他,赐给了他姬小小。

这个女子,住进了他的灵魂深处。

那里太小,只容得下一个人的位置,而且他也不想别人进来,挤走目前心中的那个人。

然而萧琳说完这些的时候,就这样转头看着他,眼珠一动不动。

发丝拂过她的脸庞,不再是当年的乌黑,夹杂着几根银发,飘动着。配上她单薄的身子,比起那年她因为有了身孕而略显丰腴的身段,再加上她此刻正在脱痂,变得有些粉红色的半边脸颊……

一切都显得如此幽怨哀伤。

情不再,心难留,容颜改,物是人非事事休。

微风吹过,空气中流转着压抑和悲哀的气氛,良久良久,一切都仿佛静止,沉默。

姬小小终于受不了,忽地站起身,起身就往外冲去。

"小小……"玄墨再也无法和萧琳对视,沉浸于往事之中,条件反射一样,跟在姬小小身后就冲了出去。

身后,萧琳看着迅速消失的两人,眼中最后一点点希望,也终究慢慢退去。

心不在了,强求何用?

有些记忆,是属于两个人的,有些记忆,恐怕只能由一个人来收藏。

"小小……"远处还传来玄墨微带惊慌的声音,好像要失去什么重要的东西一般。

幸好有天机老人给的轻功秘籍,不然他是无论如何都追不上姬小小的。

"小小,你等等!"玄墨紧赶着,却还是只能和姬小小保持那么一段距离,不再拉大却无法追上她。

看起来,自己的轻功果然还有待加强。

"小小,别跑了,等我一下!"还好这几日修炼了内力,也吃了不少大补药丸,不然照他们这样,把皇宫屋顶都跑遍了自己估计早就虚脱了。

"不等!"姬小小回头,看着他,嘴上虽然在赌气,可是脚步却还是慢了一点下来,站在屋檐中间的龙头雕刻上,气呼呼地看着他。

趁这个机会,玄墨猛提一口气,冲了上去,迅速拉住她的手:"小小,怎么忽然跑出来了?"

"我……"她不知道啊,她就是……就是觉得,"我喘不过气来,我到外面透透气,我怕被闷死!"

她一跺脚。两边的脸颊都鼓了起来，红扑扑的，煞是可爱。

玄墨一愣："喘不过气来？"

不会啊，冷宫的空气明明很好，人也不是很多，地段也很空旷。

"看看看，你怎么不继续去看啊！"姬小小继续跺脚，继续嘟嘴，说话也不经大脑，想什么就都说出来了。

玄墨还是有些愣神，说实在的，他女人不少，可是让他能真心去哄的女人不多……

呃，准确地说，不是不多，是从来没有。

那些女人反过来哄他都来不及，哪里还敢使性子让他来哄？

傀儡皇帝也是皇帝不是？

不过好在他不笨，所以他很快反应过来了，然后便笑了："小小，你吃醋了！"

"我……"姬小小皱皱眉头，有些迷茫，"吃醋？"没错，金玲好像跟她说起过这个，但是，什么意思？

"是不是不喜欢我和萧琳说话，不喜欢我看她？"玄墨伸手，拥住她的肩，深吸一口气，"小小，对不起，我不是成心想惹你不高兴，也不是成心想去招惹那些女人的，我身不由己。"

姬小小心中某些地方，有些发软，语气也不再那么冲："哪些女人，你说皇后还有那些妃子什么的吗？她们才没有惹我不高兴呢，我根本懒得去搭理她们。"

"因为萧琳和她们不同，是不是？"玄墨拥住她，缓缓坐下，"我欠萧琳的，我从来都承认，可是她要的我现在已经给不起了，我只能尽我的能力将来去给她最好的生活，其他的我已经全部给了别人，没有了。"

姬小小转头看着他，一脸的不解："什么给了别人，你给了别人什么？"

玄墨本来想趁机好好表白一下，结果听到这一问，又看到她一脸的懵懂，忽地有些哭笑不得，忍不住敲了一下她的额头："小傻瓜，我总算明白什么叫对牛弹琴了！"

"什么意思嘛……"姬小小皱皱眉头，揉揉有些发疼的额头，"干吗敲我……哦，你骂我是牛是不是？"

"我可没说，是你自己承认的。"玄墨失笑，有些恍神起来。

也好，什么都不懂也好，何必非要说清楚呢？

自己宠她一辈子不就好了，不必要她开窍的。

"你居然敢骂我，我……"姬小小气不打一处来，忽地一把推开玄墨，"我不要你了！"

这个……

"不许！"玄墨站在她身后，拉住她的手。

"你没资格说不许！"姬小小继续跺脚，快步走到对面的屋顶上，回头，看着他，"我才是那个有资格的人！"

玄墨急了，赶紧追上去："小小……"想了想，收起着急的神色，忽然一脸讨好地拉住前方女子的衣角，"不许不要我，我一直都是你的人，你说你要负责的！"

【第十一章 飒爽爽巾帼挂帅四海平】

呃……

这个男人变脸好快啊,可是当初说要负责的那人,好像真的是自己呢。

"你不能不负责任的!"玄墨继续哀情攻势。

反正他是看清楚了,小小就是那种吃软不吃硬的人。

沉默半晌,姬小小终于松口:"好吧,我会对你负责的!"

玄墨一把搂住她的腰,在她脸上狠狠亲了一口:"小小,你好可爱!"

姬小小一下没反应过来,被搂着在空中转了一圈,落地的时候,还有些傻愣愣的。

不过随即,她笑了起来。

嗯,感觉……还不错。

"小小……"星空下,姬小小靠在玄墨的胸膛上,躺在皇宫屋顶的琉璃瓦上,听得耳边传来一阵呢喃。

"嗯?"她的小手抚在他的胸口,下意识地应了一声。

"等战事结束了,就不会再有女人来夺走你的东西了,我会处理好宫里那些女人,保证你回去以后不受困扰!"

"嗯!"

"小小,相信我,我心里再也无法住进别人。"

"……"

"小小……"玄墨微微抬头看了一眼,不由苦笑。

怀里的人,不知何时竟然已经睡着了。

中秋节浑浑噩噩就过了,当玄墨送姬小小回去的时候,萧琳和小红还坐在桌前,不过都醉倒了。

桂花酒香甜可口,却后劲极大。

萧琳心情不好,自然多喝了几杯,又让小红陪着喝,两个女子,都喝得醉醺醺的。只留下金玲,喝得少些,酒量也相对好些,收拾了桌子,正有些无奈地将两人"拖"回屋子里去。

"嘘——"玄墨的食指放到唇边,示意金玲噤声,便将姬小小抱回了她的屋子。

一夜好眠,玄墨难得连着几日精神好,心情也好。

他不知道萧琳心中是怎么想的,但是时间够久了,是该把小小接出冷宫了。不然,怕年深日久,她会把对自己的恨转嫁到小小身上。

恨自己爱的人从来很难,恨别人,从来都很容易。

所以女人往往不恨朝三暮四的男人,却恨抢夺了她们丈夫的女人。

玄墨叹口气,这话,是当初一个被皇后杀害的女子对他说的,至今记忆犹新。

"皇上,前线战报!"正思索间,却见一个小太监匆匆忙忙从外面跑了进来,递上最新的战报。

同时送到的，还有暗卫的密函。

虽然是传令兵一起送来的，不过送信之人却是不知道的。

密函夹在战报之中，就是一张多余的废纸而已，需要用特殊的药水才能看到上面的字迹。

所有的暗卫都练过蝇头小楷，可以在一张普通的信纸上详细记载几千字乃至更多，却不会让人看不清楚。

战报说，三日前已经攻下苍城，至此，被楚国夺走的所有州县已经全部收复。

然而暗卫送来的密函，让玄墨一下拍案而起："胡闹！"

密函上说，大军虽然收复所有失地，但是大元帅显然还是不满意，勒令三军整顿三日以后，即刻出发，攻打无忧城。

三军将士屡劝无效，常陵王一意孤行。

算起来，若是玄尘真的下令了，那么，攻克无忧城就在今日开始。

玄墨眉头紧锁，三军将士长途跋涉，一直到收复苍城，几乎没有休息过，仅仅是凭着保家卫国的信念支撑着的。

现如今月余时间，失地全部收复，正是大家都松一口气要好好休息的时刻，玄尘这个时候让人攻打楚国的城池，一定会引起三军将士的不满。

他果然没猜错，玄尘恐怕志不在黑旗军，他要的，远比这个要多得多。

之前没有听说玄尘指挥战役，几乎事事听从金矛王爷的，金矛王爷甚至屡次上疏，说玄尘好学，聪明，提出的见解经常和自己契合。

当时他还想着，玄尘身上，果然流着"那个人"的血，对于战场，战争，兵法，适应得相当快。说不定假以时日，真的是个很出色的将帅之才。

可这念头一出来，却被这份密函给冲刷了。

玄墨沉思起来，终于有些明白玄尘这么做的原因了。

目前大魏除却黑旗军以外，其实所有的将帅，士兵，都不听他的指挥，或者顶多是表面上的应和，他们真正信赖的，只有金矛王爷或者是病床上的刘鉴雄。

战场是个讲实力的地方，兵营更是谁强就听谁的。

看常陵王凌玄尘一副弱不禁风的书生气质，即使武功也算不弱，可是在将士们心中，嘴上无毛终归是办事不牢。

况且，在魏楚战役之前，玄尘不管是文武哪方面，都是寸功未立，根本没有任何威信可言。此刻，他若不是拥有大元帅的身份，那些将士们哪里将他这个什么常陵王看在眼中？所以，他必须要立功，必须要打无忧城。

打无忧城无外乎两种结果：第一，攻克下来，那么，他就是大功臣，在将士们面前的威望自然是大大提高了，这对他将来可能要实行的下一步计划十分有利。第二，攻克不下来，损兵折将。

【第十一章 飒爽爽巾帼挂帅四海平】

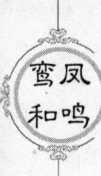

这第二条，对玄尘来说也没什么损失，因为玄墨注意到，密函上说，这次打头阵的不是黑旗军，而是其他军营。

那么，即使损兵折将，失去的不过是不忠于他不屑他的那些将士，这些人损失得越多，他将来的阻力就越少，何乐而不为？

因此这无忧城一仗打下来，胜也好，输也好，对玄尘的将来，都是有百利而无一害的。

一直以来，是自己看轻了他啊。

以为他真的是与世无争的，甚至有一段时间，玄墨认为玄尘不会成亲，不会娶妻，很有可能去修仙或者遁入空门。却原来像他这种几乎有些厌恶凡尘俗世的人，斗起智谋来，一点不输给他这个长期都待在这个环境中的人啊。

难道，这也是因为血缘的关系吗？

或者，玄尘生来，他的血液之中流淌着这种不安分的因素，只是很早之前，他不屑拿出来使用而已。

他的聪明，确实让玄墨感到了一点棘手和无措。

玄墨当然不会傻到以为，玄尘跟了金矛王爷月余就已经彻底学会领兵打仗，成为一个行军布阵的高手，所以才下了这个决定。

但是他一直认为，玄尘至少应该是善良的，不会愿意看到血腥和杀戮。

毕竟，自己当年是那么疼爱这个唯一的，年幼而失怙的弟弟。虽然之后因为有些事情，他们形同陌路，但是那个曾经纯真的小男孩一直依然住在他的心中。

几十万将士，就因为他的一句话，恐怕将陷入险境。

"小徒婿，愁眉苦脸的，遇到什么难事了？"正想着，空中忽然飘来一声戏谑的声音。

玄墨眉眼一挑，大喜："师父，你来了？"

空中顿时飘落一个白色的身影，好在玄墨此刻要冷静思考，将屋内的人都赶了出来，没人看到。

"看看，我老头子来得还及时不！"天机老人毫不在意地拿起案台上的战报和密函，扫了一眼，从怀里拿出一本册子丢到玄墨面前，"喏，费了我老人家好几天时间才写好的，总算是赶得及。"

玄墨满脸不解地拿起那本册子，只见封面上没有任何字，打开一看，里面画了很多奇怪的图案。

"这是什么？"玄墨抬头，看着天机老人。

"奇门遁甲，阵法大全。"天机老人哀叹一声，"这可是我三天三夜没睡写的，你可得好好学。"

玄墨奇道："学这个做什么？"

"让你学就学，师父的话都不听了，小心我把小小带走！"天机老人沉了脸，佯怒地看着他，"怎么，不信师父的话？"

"信，信！"他怎么敢不信啊。眼前这小老头要带走小小，不过就是一句话的事，他拦得住吗？

"信就好好学，很快就能用上了！"天机老人意有所指，"要是现在不学，到时候后悔哭鼻子的可是你，与我老头子可不相干！"

呃……

玄墨眯起眼睛，略一沉吟，赶紧点点头："师父放心，我一定好好学。"

都说天机老人是世外高人，还传说他能知过去未来五百年，而他的年龄也已经无人知晓了，好几辈人都知道他的名字，包括那些已经躺到泥土里的祖宗们。

传说，他已经是半仙之体了。

他说的话，自己照做就是了。

"小徒婿啊，有些事情，是天注定的，天命难违，你也不要太难过了！"天机老人拍拍他的肩，颇有些语重心长的感觉，"万般皆是命，半点不由人啊！"

玄墨有些傻乎乎地看着眼前的老人，他的话总是那样，让人难以理解。

"寿命是天注定的，到时候，你不用太难过！"天机老人抛下这句莫名其妙的话，一溜烟没了踪影。

玄墨有些头大地看着他离去的方向，苦笑连连。

算了，还是看看这奇门遁甲都是些什么吧，老人家三天没睡写的，必定是好东西。

翻开看了几页，玄墨倒是被吸引了过去。

这书上对排兵布阵基本上都是一笔带过，但是对如何破阵，却是写得格外详细，又画图，又列表，生怕别人看不懂。

总而言之，这就是一本破阵的秘籍，而不是教人如何排兵布阵的。

这是什么意思，难道他还要去破谁的阵不成？

第一页第一个阵法，名字就十分奇怪，居然叫：妃子挂帅。

妃子挂帅？

这也是一个阵吗？

再看图示，只画了一个穿着戎装的女子，巧笑倩兮，却没有任何破阵之法。

还是……这已经是破阵之法了？

玄墨的脑海，从迷茫到清明，再到迷茫，妃子……宫里哪个妃子可为帅？

脑海中，只出现姬小小一张脸。

可是，她武功虽高，却也没有领兵打仗的经验啊，还不和玄尘一样？

天机老人，是不是这意思？

玄墨想了想，直接拿了眼前的册子，直接往冷宫而去。

或者应该和小小一起研究一下，毕竟那是她的师父，她应该会比较了解天机老人的想法和作风。

【第十一章 飒爽爽巾帼挂帅四海平】

这一次,他是正大光明去的。

萧琳最近似乎也不出来晒太阳了,每日躲在房中,也不知道在干什么。

不过这样也好,至少不用看到她而感到内疚。

玄墨叹口气,说他绝情也好,说他痴情也罢,入得皇宫,人人都应该有这个觉悟——无情最是帝王家。

"这是什么?"然而带着满满希望而来的玄墨,却被姬小小当头浇了一盆冷水,"这么多图是做什么的,看得我头晕!"

"是阵法!"他解释,"是你师父给的。"

"阵法。"姬小小皱皱眉头,"是不是得知道东南西北,哪儿是哪儿的那种阵法?"

呃……

"这么理解也可以!"

"可是师父从来不教我这个的,他说我方向感太差,让我打东边就往南边走,打北边就往西边走!"

这个……

难道妃子挂帅不是字面上那个意思吗?

"怎么了?"姬小小抬头看着玄墨,满脸不解,"这个是给你写的,自然是适合你的,我都说过我师父给的秘籍,是适合接受的那个人,只要换一个人就可能接受不了,这很正常。"

只适合接受者的秘籍?

玄墨皱皱眉头,也就是说,这破解阵法的秘籍还真的只是针对他的,和小小无关?

那他又要"妃子挂帅"是什么意思?

这阵法现在看起来虽然不知道有什么用,但是听天机老人的语气,将来是一定用得着的。

但现在的问题是,姬小小根本用不上,能用上的只有自己。

他可不认为自己待在皇宫中,需要去破谁的阵。

目前他迫切要解决的是魏楚之战,他不认为天机老人会为他长久以后的事情来做考虑。毕竟,一个人只有先解决眼前的困难,才能走向下一步,不是?

那么,这样说起来,这破阵之法恐怕还是要用到魏楚战场上的吧?

可是妃子挂帅,那个妃子却不会用,岂不是只是个空架子?

难道……还有什么两全之法?

连日来玄墨都是百思不得其解,他也明白天机老人为什么不教姬小小阵法了,一个完全分不清东西南北的人,学这个也是白学。

但是他学了就有用吗?

这几天他把整本书都翻遍了,有些看懂了,有些却看不大明白。

比如最后一个阵法——九转龙门阵,破阵之法居然只有一句话:凤凰浴火,百鸟朝凤,百兽奔腾，鸾凤和鸣。

这话实在是玄之又玄，凤凰可只是传说中的神鸟，没有人真的见过。若是为了破阵必须出动凤凰，那不就说明此阵根本就是没有破解之法？

还有其他阵法，破解之法倒是写得十分详细，也明白易懂。不过也没从里面看出来对于魏楚战场到底有什么帮助。

连日来战报倒是不断，玄尘已经攻入无忧城，久攻不下，在楚水边被困三日，损兵十万，目前已经退回苍城休养。

玄墨恨得牙痒痒，只能下令三军守城不出，暂挂免战牌。

然而就在刚才，新的战报到来，易守难攻的苍城，居然一夜之间遭偷袭失守，魏军全军溃退。

苍城是魏楚边境的门户，魏楚除却一条楚水相隔，就留下苍城和无忧城相连。楚国要进入魏国，只有两种选择。

一是通过天堑楚水，二是从苍城攻入。

如果攻破苍城，那么，苍城和玥城之间八个州郡便必然落入楚军之手，大军只能退到玥城，守住这第二道关口。

大军只能退到玥城，守住这第二道关口。

从密函看来，楚军似乎中途换帅，连行兵布阵的方法都改了不少。现在别说常陵王玄尘了，即使老将金矛王爷顶上，似乎也不是对方的对手。

对方用兵方式极其诡异，常常打得三军晕头转向，甚至经常会感觉四周都是敌人，没有一个自己人。二十几万大军退守玥城，途中丢盔卸甲，安全到达玥城的居然还不到三分之一。

紧急召集大臣开朝会，大臣们一个个低着头，有几个刘家新上任的官员倒是提了建议。

无外乎，赶紧派援兵支援。

"援兵，不知何人带领援兵去玥城？"玄墨目光一寒，站起身，冷冽的目光，扫过在场一个个大臣。

到紧急关头，一个个都成了缩头乌龟。

这就是大魏的大臣们啊。

京城的武将除却禁卫军，就剩下他身边的暗卫了。这些暗卫虽也熟知兵法，可是他们带兵，恐怕三军不服。

其实后宫倒是还有一个人，将门之后，熟悉兵法。

玄墨眉头一皱，心头一动，那也是妃子，莫非是指她吗？

不对，她不过是个淑媛，应该不是吧？

或者是自私心作祟，他不愿意天机老人书中所提的那个人不是姬小小。

那么现在就该想想，如果真的让姬小小挂帅，三军不服不说，老臣们必然反对激烈。

毕竟，自古没有女子挂帅的做法。

再说，姬小小心思单纯，对兵法恐怕也是一窍不通。

如何两全呢？

自己学了这么多阵法居然用不上，真是浪费，要是自己也能去战场就好了。

玄墨忽地抬起头，心中透亮，对啊，自己为什么不能去战场呢？

自己也算熟读兵法，天机老人又将破阵之法传给自己，难道不是希望自己上战场吗？

"既然朝中已然无将，朕决定御驾亲征！"他说的是肯定句，不是疑问句。

"皇上，不可啊！"好多大臣跪下了，"皇上乃国之根本，不可轻易冒险！"

"那朕，再带一位元帅去如何？"玄墨嘴角泛起一丝冷笑，"据朕所知，金矛王爷的义女，自小熟读兵法，巾帼不让须眉，有万夫不当之勇，可以说青出于蓝而胜于蓝，此刻国难当头，也顾不得是女儿身了，但凡是人才当不拘一格用之。"

"皇上，万万不可啊！"满大殿的大臣都跪下了，"牝鸡司晨，乃是不祥之兆！"

难得众口一词这么齐心，玄墨不由一阵头大。

"那么众位大臣，还有什么更好的人选？"玄墨没好气地看着跪地的众大臣，"不如，说来与朕听听？"

"这……"众大臣面面相觑，却没有人能出一点主意。

"皇上，办法肯定会有，但祖宗礼法，万万不可破，不能让皇家祖先脸上无光啊！"有个年纪大点的大臣，理直气壮地大声说着，说完不卑不亢地一拜，似乎这样，便能显得他的权威和气度。

"曹大人，朕问你，是祖宗的礼法重要，还是祖宗留下的江山重要？"玄墨忍不住真的想撬开这些人的脑袋看看，那些根深蒂固的思想是怎么植入进去的，完全不知道任何的变通。

"臣认为，都重要！"那位"曹大人"依然理直气壮地回答。

"胡说八道！"玄墨一拍扶手，"皮之不存毛将焉附？连江山都没有了，祖宗的礼法留下何用？难不成你们还想用我大魏的祖宗礼法，去约束楚国皇室吗？"

众臣又是一阵沉默。

在他们心目中，他们的皇帝都是懦弱好欺的，今天还是第一次看到他发火，而且说话句句犀利，竟让他们无从反驳。

看起来，以前，他们终究是小看了这个皇帝啊，以后还是夹着尾巴做人比较好。

少数知晓内幕的大臣，更是暗自摇头，不过也有出来当和事佬，顺便坚持自己的观点的。

"皇上，目前不是还没有到生死存亡的关口吗？玥城易守难攻，臣相信，只要再派二十万援军过去，以金矛王爷的才干，要抵抗住楚军的进攻定然不成问题，到时候再补给足够的粮草，想那楚军远道而来，必定后备不足，时间长了，也就思乡心切疲惫不堪，此战也就可以消弭于无形了！"

说话的是个三十岁上下的年轻大臣，看起来，还算没有被腐蚀得太过厉害。

他这话一出，立刻又有大臣点头附和。

"金大人所言有理，皇上，若是如此这般还需要姬娘娘挂帅和皇上御驾亲征，将来被外人知晓了，只道我魏国无人又无能，全朝上下须眉竟然还要出动一个女子。这一仗，即使赢了，咱们大魏恐怕也会颜面扫地！"

玄墨有些无奈。

这些人典型的自己不想干，还不许别人干！

呵呵，这就是大魏的朝臣啊，瞧瞧，之前三大家族都找了些什么庸才来当官啊。

好吧，其中还有几个算是自己安插的。但是他们其他还好说，听说让个女子挂帅，居然也集合起来反对来了。

"八百里加急，八百里加急！"正和众大臣对峙，外面忽然传来马蹄声。

最近跑马进宫的次数多了，大家都有些习惯了。

"皇上，玥城八百里加急！"一个士兵模样的人，背后插着令旗，浑身是血，跑进了正殿。

小太监赶紧接过来，递到玄墨手上。

"皇上……玥城被困！"那传令兵说完这句话，居然倒在地上，晕了过去。

玄墨一下站了起来，拿着信函看了一遍，脱口而出："玥城怎么会被困啊？"

信函上说，玥城城外粮草被烧，楚军又断了玥城东南方向通往魏国其他要塞的道路，等于将玥城合围了。

可问题是，要绕到玥城东南方向，根本没有路。

除非……从楚水泗水过来。

楚国的水兵，难道已经强大到如此地步了吗？

难怪往日发来的战报上都说，这次楚军换帅，行兵布阵都相当诡异。现在的玥城，相当于孤立无援了。

城外粮草被烧，城内的粮草，估计最多只能支撑半个多月，即使援军赶到，里面的将士，也有大半会被饿死。

现在想想，玄墨忽然有些怕起来。

既然楚军能渡过楚水天堑，那么，再深入腹地一点，直捣京城也不是不可能的。

京城到玥城，正常赶路的话也不过七八天时间就可以到。

"现在，各位大臣，你们是要自己的颜面，还是要大魏的江山？"玄墨将战报狠狠地往案台上一拍，发出响亮的"啪"声，惊得满朝文武脸色一阵发白。

终于没人发出声响了，一个个缩了脖子。

"来人，拟旨，封金矛王爷之女姬氏为征西大元帅，命各地军营速调三十万大军，三日后聚集京城，朕要御驾亲征。等战胜之日，恢复姬氏贵妃之位，入住长乐宫！"玄墨冷眸一扫，话一出，再无人敢反对。

"另，召逍遥侯入宫，朕亲征之际，朝中大事交由逍遥侯主持，六部尚书为辅，非大事不用请示朕！"

【第十一章 飒爽爽巾帼挂帅四海平】

"这……"大臣们面面相觑。

姬小小的功夫,他们多半是听说过的,连摄政王都打不过她。

再加上是金矛王爷的义女,定是有些本事的。

可是逍遥侯凌未然……

那个花名在外的逍遥浪子,怎么可以代替皇上摄政?

"皇上请三思!"跪在地上的大臣没打算起来。

"朕意已决,再传旨,三军兵马大元帅凌玄尘,用兵不当,致使损兵折将,即刻撤去其大元帅之职,留在军中任用,等回京以后,再行惩处!"

"皇上,皇上……"有些大臣慌了。

常陵王和刘鉴雄是什么关系,他们难道还不知道吗?

现在常陵王犯了大过,恐怕已经失了民心了,若是皇上趁机再打压一下。如今摄政王还昏迷中,他们刘家,可就真的没指望了。

"退朝!"玄墨一挥袖子,完全不看那帮面如死灰的大臣,转身就走。

"来人!"走到政和殿后堂,屏退左右,他轻轻叫了一声,很快有个侍卫模样的人走了进来。

这是他安插在皇宫侍卫中的暗卫首领。

"将凤仪宫照着慈宁宫一样布置了,那个女人,嚣张得够久了,如果能暂时不撕破脸,就暂时不要。如果她趁朕不在,找金矛王府或者冷宫那边的麻烦,你们跟她摊牌,不需要再请示!"

"是!"那侍卫退下,玄墨眯起了眼睛,寒光闪过,泛起一丝冷笑。

他能控制慈宁宫,自然也能控制凤仪宫。

只不过,宫里两个掌权的女人同时"有恙"似乎不妥,再加上他确实需要袁家的势力,也需要皇后将后宫的人疏散一些出去将来好办事,所以才一直对皇后睁一只眼闭一只眼。

但是他知道,一旦恢复姬小小贵妃之位,皇后便不会消停,一定将她视为眼中钉,肉中刺。

此刻又得了大元帅之职,皇后心中的火气,恐怕已经被点燃到最旺。

趁这个机会,玄墨打算整顿一下冷宫,虽然暂时还无法让萧琳搬回原来的宫殿去,但是可以让她在冷宫住得舒服一些。

只等小小立了大功回来,到时候他有的是理由让萧琳搬出冷宫。

他之所以敢撤了玄尘的大元帅之职,也不是没有考虑的。

玄尘如果够聪明,此刻就不应该跟他硬碰硬。

十万黑旗军已经尽数调去边关,京城这边,他是掀不起什么风浪了。至于玥城方面,如果他想活命,也不可能不听自己的指挥。

更何况,这次换的大元帅是姬小小,玄墨心中清楚,玄尘即使和所有的人为敌,也不可能和姬小小为敌。

他做那么多事，冒天下之大不韪，不就是为了一个姬小小吗？

说他卑鄙也好，小人也好，利用感情的事情，他算是第一次做了，可是目前的形势下，没有比这个更好的办法了。

兵权在手，刘家的势力被彻底消除的话，田袁两家便不足为虑了。

如果能解玥城之围，黑旗军损失恐怕也是十分严重，即使是精英，要再崛起也需要一定时日。玥城被困，估计最多可以坚持半个月，还要天天抵抗楚军的进攻，这样下去，体力消耗十分巨大，四面受敌，目前只有十万不到的兵力，不知道能抗衡多久。

京城这边的事情，却也不容有失，果然是内忧外患。

皇后少不了要闹腾，现在先制住了她，会少了不少风波。

玄墨再让惠淑妃和沈幽婉掌管后宫，沈幽婉自从小产以后身子一直不是太好，惠淑妃虽然是晋国公主，却长年未得宠幸，似乎被人遗忘了一般。

只要惠淑妃不跟皇后合作，这后宫就不会掀起什么风浪了。

目前，她是无法和皇后合作的。

朝堂这边，由于刘鉴雄的昏迷，他安插在刘家的那些官员已经稳住了局势，和袁家隐隐成对峙的局面。只要这个对峙局面长一些，他离开京城问题不是很大。

现在就剩下姬小小这边了，这丫头，怎么才能担当起大元帅之职呢，怕是三军将士看到一个女子挂帅，心中未免不服。

还有，到了玥城，小小和玄尘就能见面了。

想到这个场景，玄墨心中未免有些酸溜溜的。万一到时候小小忽然开窍，发现玄尘才是她的真爱怎么办？

可是想想中秋节那日她气鼓鼓酸溜溜的样子，又忍不住摇摇头。

小小是喜欢自己才对，他应该对自己有信心，是不是？

不过，既然是天机老人的意思，让姬小小挂帅倒并非什么难事。但她终究惦念着萧琳身上的伤，最后玄墨让小红学会怎么换药，又留了不少药，才安心出了冷宫。

姬小小挂帅，金玲一定要跟随，方便照顾饮食起居。

玄墨看着金玲，沉默了很久，直到姬小小求情，他才微微一笑，云淡风轻地冒出一句："你确实也需要人照顾，那就带上吧！"

只有小小的话，他是无法拒绝的。

金玲眯起眼睛偷偷打量了一样眼前年轻的帝王，心中微微有些打鼓。

他是发现了什么吗？

最近这位年轻帝王的手段越发凌厉，似乎因为被压抑了太久，急着发泄出来。

他是不是早就开始怀疑她了？

想到这里，金玲忽地想起姬小小给自己把过脉，是不是她说了什么，引起了怀疑？

不管怎么说，这个男人十分危险。

这边安慰好了姬小小主仆,那一边,跑来一个哭哭啼啼的大男人。

"皇上堂兄,你真的不会这么狠心,让我摄政吧?"凌未然一把鼻涕一把泪,哭得那叫一个伤心。

"把你的辣椒水洗干净!"玄墨瞪他一眼,"少在朕面前装模作样!"

"朕"字一出,凌未然立刻收敛了很多,接过宫女递上来的铜盆,将脸放进水中浸了浸,擦干,脸上哪里还有一点点泪痕?

不过他的哀求可没有结束,一把拉过端着铜盆的小宫女的手,笑道:"哎呀,这丫头长得真不错,皇上堂兄,不如就给了我吧!"

"哐当"一声巨响,铜盆掉在地上,小宫女面红耳赤,一半是吓的,一半是羞的。

"好啊!"玄墨淡淡地开口,完全不介意凌未然的唐突。

"皇上堂兄,你政和殿的宫女都不错,索性你好人做到底,都赐给了我吧!"凌未然见他不疾不徐的样子,有些急了。

"可以!"玄墨依然八风不动的样子,只是微微颔首,"要不要朕帮你排好时辰,让她们排队进来?"

呃……

"但是……"玄墨嘴角泛起一丝笑意,"别弄坏了身子,不然谁帮朕主持朝政?"

"皇上——"凌未然哀叫,"小弟我还不想英年早逝!"

天天让他对着那帮老臣子们唧唧歪歪,他会少活不少年呢!

早知道,当初就应该跟着父王去战场,就算被困死在玥城,也比对付那些大臣们强。

"都是自家人,一笔写不出两个凌字,我不会对你客气的。"玄墨笑意更浓,"你若真英年早逝,我会追封你为贞德大帝,为你厚葬的!"

"喂,这名号好像是应该封给女子的吧?"凌未然大叫起来,居然要给他封个"贞德",怎么不直接给他一个贞节牌坊?

"你都死了,我爱封什么就封什么。"对付他这个堂弟,玄墨有的是办法。

……

凌未然睁大眼睛看着他,真的,哪有这样当皇帝的,连死后的封号都是可以胡乱封的吗?

果然他们是一家人,有他的风格。

"你真的一定要我主持朝政?"凌未然眯起眼睛盯着自己的堂兄看。

即使从小一起长大,他有的时候也不是很明白自己这位堂兄葫芦里到底卖的什么药。

"当然!"玄墨点头,一副"你别想逃"的样子。

"你不怕我把蓬莱阁怡红楼都搬到皇宫里来?"就算真搬来也没什么稀奇的,反正他也花名在外,不在于多一条"淫乱"后宫的罪名。

"怡红楼和蓬莱阁都搬来一半了，都搬来也行。"玄墨不疾不徐，"你是二阁主，我可是阁主，搬来之前，似乎得先过我这关！"

"你……"凌未然没招了，一脸的沮丧。

谁让他比人家低一档呢，人在屋檐下，不得不低头啊。

"行了，朕记得你的功劳，不会忘记的。"玄墨笑着拍拍他的肩，"到时候，赐给你二十个美女！"

"不是这个……"

"还有，你父王，朕保证他颐养天年，保证你们金矛王府，恢复往日的荣耀，如何？"最后一句，玄墨说得十分郑重。

凌未然一愣，原来，他这个堂兄，真的是这个世上最了解他的人呢。

"看起来，你还真是抓住了我的七寸！"凌未然叹口气，颓然地起身，往门外走去。

走不多远，他一个转身，看着玄墨："你就不怕我把你的朝政给搅乱了？"

玄墨失笑："越乱越好，求之不得！"

呃——

看这是什么皇帝，还希望自己的朝政越乱越好？

玄墨眯起眼睛，幸好他设了两处据点，不然上次蓬莱阁被人监视，早就露出了马脚。

他们可能万万想不到，蓬莱阁是个虚头，只用来住人，而那些计划，或者可以看到的案卷，都放在怡红楼。

怡红楼是一家俗到极点的青楼，不似蓬莱阁高雅而受人瞩目。怡红楼有的是真正卖身的姑娘，那些姑娘，是从官妓中挑出来的，她们虽然身子被玷污，那颗报仇的心，却一直都在胸膛里跳动。

如今控制住慈宁宫的人，便是怡红楼的人。

狡兔三窟，幸亏，他早就想到了这一招，有备无患。现在想起来，还有些后怕啊。

至于蓬莱阁，他想起一个人来，差不多也是该恢复他真正身份的时候了。大好的将才，浪费在后宫里可不行，此次出征还少个先锋官呢。

三日后，旌旗飘舞，三军士兵整装待发。

"玄墨，我从来没带过这么多人呢。"姬小小穿着一身小红赶工为她做的戎装，娇小的身子，坐在马上，几乎被淹没不见了。

玄墨依然是一身黑色，上面绣着金色的五爪龙，是大魏最尊贵的象征。

而姬小小的戎装，则是一身火红，黑与红的组合，格外醒目。

"慢慢会习惯的。"玄墨看姬小小吐吐舌头，样子十分可爱，不由莞尔，"以后你会带更多的人，大魏的百姓，都是你的子民。"

小小，会是他的妻，和他一起站在皇宫之巅，和他一起指点江山。

"这仗要打多久啊？"听三个师兄说过，战场上都是血腥和杀戮，尸体成堆。

虽然在天机老人的教导之下，她对生死看得比较淡，但是如果是成千上万的尸体，她不知道自己是不是可以接受。

"放心，有师父他老人家指点，我觉得不会太久的。"玄墨拉一拉她的手，另外一手挥了一下，大声喊道："出发！"

三十万大军，这一仗，只许胜，不许败。

若是再败，魏国已经没什么可用之兵了。

他们这支大军，急行军到达离玥城最近的康州，估计需要八天的时间，所以昨日玄墨已经让先锋带着两万轻骑带着粮草先行抄小路到康州去了。

轻骑的速度，至少可以提高三倍，应该在两天左右时间就可以到。希望他们第三天就可以将粮草运到玥城去，那里的粮草撑不了多久了。

三大家族争斗多年，刘鉴雄统治下，魏国崇尚武力，连年招兵。每年用在军饷上面的开支占用了整年收入的一半以上，所以目前国库并不充裕，这仗只能速战速决，他们拖不起。

看将士们的神情，他也知道他们对姬小小这个女子挂帅颇为不屑，好在有自己压阵，皇上亲征，士气倒是不弱。

一路上玄墨不停地翻看天机老人给他的四本册子，特别是破阵之法，看了不少，基本上都简单易懂，但是不懂的，他是想破脑袋也想不明白。

也许，时机到了，自然就会揭晓了吧！

行军不到五日，康州忽然发来战报，先行军在康州附近遇袭，好在没太大伤亡，但是为了轻装简行，丢掉了一半的粮草。

玄墨有些震惊，那楚军神出鬼没，竟然已经进入魏国腹地，只是不知道他们到底来了多少人。

按现在的情况看，他们如果要穿过康州，直抵京师秦都，恐怕也不是什么难事。

想到这个可能，他反倒冷静了下来。

如果他们的人手确实够多，大可以将玥城西南方向的军队掉头攻打康州，拿下康州以后，直捣京师不是更方便？何必苦苦围着玥城，非打下来不可呢？

很明显，进入大魏腹地的楚军并不多，他们合围玥城不假，可是他们也期望早日和东北方向的楚军会合，才敢攻打康州。要不然，这些人不会让先行军丢了一半粮草就进了康州城，他们的力量，必然无法歼灭两万人的军队，所以只能先斩断粮草。

现在圣旨不知道是不是到了玥城，如果到了的话，玥城目前应该由金矛王爷主持大局，应该能拖延比较久的时间。

"你在想什么？"姬小小看着玄墨愁眉苦脸的样子，不由接过战报看了起来。

"我在想，应该给玥城送点消息过去，但是暂时找不到办法。"玄墨皱着眉头，上次玥城被困的消息，传令兵九死一生才送到京城，如今玥城内，怕是已经没人能出来了。现在玥城被围，除非是鸟，人要进去基本不可能。"

"这有什么难的？"姬小小挑挑眉，毫不在意地道，"你写封信，我让阿彩带进去就是了。"

"对啊，我怎么忘了这个了！"玄墨一拍自己额头，整天想着能飞进去，却把真能飞的给忘了。

当下，立刻让大军停下，让人拿了笔墨，简略说了大军行程，以及元帅易主的事情，让金矛王爷主持玥城事务，玄尘一事等魏楚一战结束以后再行定夺。

写完，姬小小招来阿彩，将信纸卷成一团，绑到它脚上，跟她说了一会儿话，便放它走了。

"有阿彩在，咱们和玥城的联系会方便很多。"玄墨轻叹，身边这个小女子，还真是个宝呢。

大军加快行程，于三日后终于到达康州城。

此刻的康州看起来倒是一片平静，完全不像被人袭击过的样子。看上去除却路上那一次，楚军应该没有再来骚扰。

这样恰好证实了玄墨心中的想法，楚军进入魏国腹地的士兵并不多，所以他们不敢贸然攻打康州城，只能进行小规模作战，达到搅乱军心的作用。

"皇上，大元帅！"进城，就看到一个身穿白袍的小将骑马跑了过来，一脸的兴奋。

姬小小看了两眼，忽地叫道："晚月，他怎么在这里？"

"你可以当元帅，我为什么不能当先锋？"江晚月一边下马，一边笑着回答。

"怎么样，我给你找的先锋官是不是不错？"玄墨有些得意地看着姬小小，"晚月可是将门之后，自小熟读兵法，是个不可多得的人才啊。"

"将门之后？"姬小小眨眨眼，"江大人不是文官吗？"

江晚月的脸色变了变，有些戚戚然："那是我的义父，不是我的生父。"

"那……"

"我一家都被人害死了，只留下我一个而已。"江晚月叹口气，语焉不详地解释，然后走到玄墨面前跪下，"末将在康州城外遇袭，未能保护全部粮草周全，请皇上恕罪！"

玄墨的手虚托一下，摇摇头："此事也怪朕考虑不够周全，怨不得你。可有送粮草进玥城？"

江晚月起身，摇摇头："臣到康州以后，连夜派了两千人送粮进玥城，可惜楚军围困如铁桶一般，两千人竟无一人回来，据臣所知，也无一人进入玥城。"

因为没有任何玥城反攻或者骚乱的消息传来，那两千人竟然如泥牛入大海一般，消失得无影无踪。

这实在太诡异了。

"情况诡异，臣未敢再擅自派兵前去，只等皇上前来，一起商议对策。"江晚月有些沮丧，本来以为，自己从小熟读兵书，早就想着能早日上战场，没想到，才出来几天，就屡屡受挫。

"带朕和大元帅去看一下玥城的情况！"玄墨想了想，知己知彼，才能百战百胜，他很想知道，楚军到底是怎么个情况。

现在自己刚到，跟个瞎子一样。好在之前阿彩带了消息过来，让他们知道，玥城之内现在由金矛王爷主持以后，士气不算低迷。特别是知道朝廷大军就要来救援，将士们都很高兴。

玄尘已经被控制起来了，他的武功不弱，不过不光是其他士兵，如今连他亲率的黑旗军对他都颇有怨言。况且在玥城内，他也无法逃走，以他的骄傲也不屑走。

至于江晚月两千人的敢死队，玥城确实没有任何消息。据目前的情况看起来，如果不是被楚军围困住了，那么，就是被全歼了。

这楚军到底是人是鬼，歼灭两千人的一支队伍，居然可以做到无声无息，而且还能做到不让一人逃脱？难怪连江晚月都连连说诡异。

玄墨和姬小小两人跟着江晚月上了城墙，一路上江晚月跟他们说了先行军在到康州路上遇袭的情况。

"你是说，是个女人带的兵？"玄墨听着战事经过，皱了眉头。

"虽然穿着和一般男人一样的盔甲，但臣还是一眼就看出她是个女子。"江晚月现在是男人，在军中有另外一个名字：江明，所以他一口一个"臣"自称也十分恰当。

"可是统帅？"玄墨有些疑惑了，难道天机老人知道楚军带兵的是个女子，所以才要让姬小小出征的吗？

女人对女人？

"据臣所知，不是。"江晚月摇摇头，"听她身边的人，都称她为郁先锋，应该也是个先锋官！"

他气就气在，都是先锋官，他第一次领兵出征，居然在一个小女子手上吃了大亏，说出去，真是丢了自家列祖列宗的脸。

看他一脸愤愤然，玄墨有些诧异。

江晚月跟在自己身边也不是一年两年了，何时见他这般将喜怒都写在脸上过？

"是个很厉害的女人吧？"难得在这样紧张的战事关头，还能见到这么有趣的事情，玄墨忍不住想逗他一下。

"哼！"江晚月鼻孔出气，"再厉害不也就是个女人？！"

"厉害就厉害，关男人女人什么事？"姬小小听得极不舒服，忍不住反驳，"再说你之前也是女人呢！"

……

江晚月居然无从反驳起，只好一脸不屑加愤愤然地转头。

"可算来了！"刚上城头，就看到金香玉也是一身盔甲，正拿着"千里眼"看着对面的情况。

"千里眼"是一种用木头做的工具，中间镂空，加入水晶做的镜片，磨成合适的凹凸状，可是看得很远。这是姬小小从点苍山上带下来的，玄墨当时看到了以后爱不释手，立刻着人仿照。虽然看得距离不如姬小小原来那个，不过也算能看得很远。

"香玉姐姐，你也来了？"见到熟人，姬小小很兴奋。

"你能带个丫鬟过来，我当然也行。"江晚月笑起来，看了一眼姬小小身边的金玲。

玄墨垂一下眼睑，长长的睫毛盖住他眼中的情绪。

少顷，他接过金香玉手中"千里眼"，道："朕看一下！"

透过"千里眼"看过去，果然能看到玥城前面，围着一群楚军士兵。

只见他们穿着蓝色为主的战衣，上面似乎有白色的点缀，不过距离太远，不清楚是什么形状。

据说楚军又名"云纹军"，所有士兵的战衣上都绣有云纹图案，由此得名。

再看得大一些，云纹军的人数果然不是很多，粗略估计不足三万，在玥城外安营扎寨，似乎有些零散。

零散？

玄墨心中咯噔一下，再看对方军营的排布情况，不由皱起了眉头。

一般军队安营，总是中间主营，然后旁边那些营帐排列。即使不算非常整齐，至少也不会十分凌乱。

可云纹军的军营就有些奇怪了，东一个营帐，西一个营帐，有几个营帐相距很远，有几个营帐，却是紧紧地连在一起，中间连道缝都没有。完全一点章法都没有，若是贸然走进去，说不定还会迷路。

迷路？

玄墨的眉头皱得更紧，再将云纹军的排布情况看了一遍，将那些军营的位置默默记在心间。

"皇上看出什么来了吗？"江晚月见玄墨一言不发，有些着急。

玄墨放下"千里眼"，目光却越过江晚月，看了一眼金玲，然后摇摇头："没有！"

江晚月有些失望，却无可奈何。

"今晚将士们先好好休息，明日再想办法吧。"玄墨似乎也有些沮丧，将"千里眼"递给金香玉，就往城墙下走去。

"金玲，你先帮元帅整理一下床铺，打扫一下。"康州的指挥总部，是康州府衙内。

姬小小是女子，又是身份尊贵的贵妃，她的房间自然不可能由那些粗人士兵来打扫。

金玲听到这话以后，不疑有他，点点头："是！"

"晚月，香玉，我们去研究一下战局，看看明日要如何开打。"玄墨一脸平常，带着江

【第十一章 飒爽爽巾帼挂帅四海平】

晚月和金香玉就离开了。

金玲看着他们的背影，再看看姬小小："元帅，你不是元帅吗，怎么不参与战局的讨论？"

姬小小不以为然地道："说了我也不懂，反正明天才做决定呢，也不一定打不打，到时候玄墨或者晚月他们自然会告诉我的。"

"倒也是！"金玲深有同感地点点头，她实在不觉得姬小小是个将才，虽然她武功高得令人咋舌。

是夜，一条黑影从康州城城墙上翻落，悄无声息地落到城外。

空中一阵"扑棱"声传来，很轻微，一只鸽子落在黑影身前，黑影将什么东西塞到鸽子脚上的竹筒里，手一扬，那鸽子便消失在夜空之中。

而就在此刻，一支两千人的队伍，由江晚月亲率，从康州东城门出发，悄悄地以最快的速度，靠近楚军军营。

经过一夜的时间，江晚月等终于在拂晓时分到达了楚军军营外。

"江先锋，我们现在攻进去吗？"身边的小将，看着江晚月，看看敞开大门的楚军军营，有些畏惧，毕竟之前的两千人至今还没有消息。

自这个事件之后，整个军营有些人心惶惶，甚至有传说，楚营之中有妖孽相助，他们是凡人，不可与之抗衡。

被妖魔化的传言，让江晚月嘴角一撇，露出一脸的不屑。军中有奸细，再加上事情确实诡异，所以要传出这样的谣言并不难。只不过，昨日经过玄墨的解释，他早就对楚营没什么恐惧了。

不就是一个奇门八卦阵吗，他是没研究过阵法，不过没想到，大魏的皇帝居然对这些阵法十分了解，还知道详细的破阵之法。

"记得按之前分派的执行，皇上的话，你们有怀疑吗？"江晚月瞪了一眼那个企图动摇军心的家伙。

今晚行动他是特意带上他的，甚至从头到尾，都让他清楚地知道整个计划。

只是很可惜，他虽然是知道，却无法传出去了。

因为，这两千人临时调出来集合，就没有让他们分散过，直接连夜出城了。看着他整夜暗自着急又没有办法离开的样子，江晚月早在心中笑翻了。

有人传了假消息过去，知道真消息的完全脱不开身，这场景实在很搞笑。

两千名士兵在快到楚营的时候，迅速分成八队，两百人一队，留下四百人，由江晚月亲自带领。

八队人马也不从正门攻入，而是一直在楚营周围观察，好像在寻找什么。半个时辰以后，所有的人马都蹲点在特定又奇怪的位置，江晚月站在高处，忽地拿出怀里放着的信号弹，放了出来。

闪亮的信号弹，照亮九月清晨的天空，好似最美的启明星。

八队人马同时发动进攻，明明他们眼前好像完全没有进入的道路，两百人却十分轻易地就攻了进去。每个分队的人，都紧紧按照小队长的步伐，快速进入，如入无人之境。

江晚月看到，有些楚军士兵分明从那些分队士兵身边走过，他们却跟没有看到一样。看起来，皇上果然英明，料事如神。

看看自己身边那个一脸焦急，却极力掩饰的家伙，江晚月再次将恶作剧发挥到极致，一挥手，对着身后四百名士兵道："大家跟我从正门冲进去！"

那家伙脸上一喜，掩都掩饰不住。

江晚月趁他得意间，直接在他的马屁股上插了一刀。马儿吃痛，飞也似的带着一声惨绝人寰的尖叫冲进了楚军军营。

"不要啊，救命啊，啊……"惨叫声还在继续，那个冲入军营大门的家伙很快就不见了，好像凭空消失一般。

这果然不是一道普通的门，难怪看上去没有任何防守。

后面的士兵目瞪口呆，江晚月嘴角笑意越盛，走到军营门口，朝着门口随意搭着的木桩狠狠地砍了下去，木桩轰一声倒下了，这玄铁剑可真好用，早知道早就该问小小借来了。

江晚月笑起来，想起昨天的事情来。

金玲和姬小小去整理房间，玄墨则跟江晚月和金香玉下了命令——晚上偷袭楚营。

江金二人一头雾水，不明白皇上怎么说变就变了，不是明日再做计较吗？

"军中有奸细，此事只能突袭，若是他们有了准备，这仗怕是不好打了。"玄墨叹息一声，"不然，你们以为朕为什么让金玲给小小去打扫？"

小小？

江晚月皱了一下眉头，和金香玉对视一眼，他们自然不会认为姬小小是奸细，那么，就只剩下另外一个……

"晚上她肯定会传消息，趁那个时候，我们出城。"玄墨胸有成竹地道，"朕之前就怀疑，为什么那些营帐如此凌乱，而所谓的军营大门连个竹门都没设，也没有守军，好像巴不得别人进去一样。"

玄墨凭着记忆，将楚营的营帐位置一个个画了出来，又拿出一本蓝色的册子，那上面，有一张图，将一点一点换做营帐的话，排布居然是一模一样的。

"这……"江晚月和金香玉有疑惑之色。

他们之前虽然觉得楚军军营十分凌乱，却没想过，居然还是有图可循的。

"奇门八卦阵，如果一队人马从所谓的大门进去，就别想走出来了。"玄墨笑，"这个阵有九个门，一个是虚的，八个是真的。虚的那个就是你们看到的大门，另外八个，分别是乾、坤、坎、离、震、艮、巽、兑，不需要太多人，进去以后每个人周围就会出现防护，阵内的人是看不到的，到时候直捣中心，你再带多一点点人马，砍掉门口的木桩，幻象自然就

会消失，大军就可以长驱直入了。"

当天到康州府衙以后，玄墨就向姬小小借了玄铁宝剑，只说要改日出征用上，便轻易得手了。

翌日清晨，玄墨点兵出发，让姬小小领兵，硬闯玥城前的楚军军营。

"我从未带兵打过仗。"姬小小有些忐忑不安。

"你带着他们去打就好，放心，我们比他们强！"玄墨用她的说话方式，告诉她，"你不是说，可以恃强凌弱吗，你现在就可以。"

姬小小顿时有些明白过来了，点点头，一挥手，带着五万大军出发了。

玄墨回头，看看前来送行的金玲，一脸笑意："金玲，你说她会赢吗？"

"这……"金玲略一迟疑，当下赶紧道，"自然，娘娘武功这么高强，怎么可能不会赢，她一定会赢。"

"朕当初真没选错人，真会说话。"玄墨依然一脸高深莫测的笑意，"借你吉言，此战，必胜！"

说完，他一脸嘚瑟地从金玲身边走过，留下若有所思，又有些迷茫的金玲。

姬小小带着五万人马直闯楚军军营，闻名已久的云纹军居然溃不成军，完全没想到为什么这些魏国士兵闯入阵中却完全没有被阵法控制住。

楚国国师曾经跟他们说过，现在的阵法，即使来了百万大军，也可以困住，让他们在里面兜圈子。

可是现在，先不过是数百人直闯大营，紧接着五万人马杀到，带头的那位红衣女将，武功高绝，一挥手之间，几十个士兵就轰然倒地。

其实姬小小哪里会领兵打仗啊，她只知道上了战场，就要将敌军打倒就是了。

所以看到楚军军营，又发现那些士兵们也没什么内力，也没什么准备，所以骑着马一掌就轰了上去。

她的内力哪里是那些普通士兵受得了的？

一下子，几十个士兵断骨的断骨，断气的断气。

就因为这一招，让魏军的士气大振。

本来对这个女元帅存了一些轻视之心，碍于她是贵妃的身份，不敢言语。现在看到她小小一个女子，身先士卒，原本就已经十分敬佩。没想到，她手上什么武器都没有，背着把弓箭就带头冲了上去，光靠一双肉掌，打死打伤了数十名士兵。

这下，想不服气也不行了。见贵妃娘娘兼大元帅都冲在最前头了，他们怎么能落后？

一时间，五万骑兵一个个精神抖擞，紧紧跟随在他们的元帅身后，见敌兵就刺，见营帐就挑。

一直依赖和全心信任这个阵法的楚军，根本没有什么防备。虽然之前情报说或者今天会有大军到来，不过他们并没有放在心上。这个阵法，百万大军都可困住，而魏军听说只来了三十万人，不足为惧。

　　松懈的士兵，碰上士气高昂的军队，其结果不言而喻。很多楚军士兵甚至打都没打，看到姬小小一掌以后，直接丢了武器就跑了，只恨爹娘少给长了两条腿。

　　五万人马一路杀过去，十分轻松已经歼灭了一万多人，而自己这边，几乎没什么伤亡。

　　快穿过楚营的时候，听得那边传来激烈的打斗声。

　　"妖女，你的兄弟们已经全线溃退了，还不投降！"那声音很熟，姬小小大喜，是江晚月啊。

　　果然走不多远，就看到江晚月带着数百士兵，跟云纹军打斗在一起。

　　看上去，云纹军的人数是他的数倍，可惜根本没有斗志。中间一个穿着银色盔甲的少年将军，正和江晚月打得难解难分，云纹军这边时不时还有士兵冲上前，想要保护他们的将军，都被江晚月挥退。

　　姬小小一眼就看出那云纹军的首领是个女子，对于男女之分，她和江晚月是一样的眼尖。

　　想起昨日江晚月的话，看上去，这个女子就是那个所谓的"郁先锋"了。

　　难怪江晚月这般气愤，招招都是杀招，恨不得将对方挫骨扬灰。第一次出征，就在这个女人手上吃了亏，这仇怕是要记一辈子了。

　　"晚月，我来帮你！"姬小小想要出手，江晚月却急急忙忙地道，"小小，不许过来，今天是我跟这妖女的私人恩怨，谁也不许插手！"

　　对，他就要把这个妖女给擒下，要生擒，不能让她死得太轻松了。

　　"小小，先把她周围那些人肃清了，这个妖女我要亲自拿下！"江晚月又加了一句，若不是这妖女身边的亲卫军是他的几倍，哪里用得着打这么久？

　　姬小小有些明白他的心情，当下也不推辞，很豪爽地道："放心，交给我就行了！"

　　说着，一拍马儿，她身后那些士兵早将那几千云纹军牢牢围住，根本不需要她动手。

　　眼看云纹军人数越来越少，那银盔女将忽地尖叫一声，挑开江晚月的剑，冷喝一声："姑奶奶不陪你玩了！"

　　趁着江晚月发愣的当儿，她忽地打了个口哨。不一会儿，空中飞来一只大雕，叼起她的后领就往自己背上一甩，将她稳稳甩落在背上，便展翅往空中飞去。

　　"该死的！"江晚月咬牙，大叫一声："放箭，给我把她射下来！"

　　姬小小一听，早就拿起身上背的大弓，抽出三支箭，三指一搭，拉了个满弓，便破空而去。三支银箭，在众多军士的箭雨前方，稳稳地射向空中大雕上女子。

　　大雕上的女子回头，狠狠一咬牙，回身左右一挥，手中的银枪挥走了两支箭之后，手一抖，那银枪居然再也拿不住，从空中跌落下来。与此同时，剩下的那支箭射过她的右手肩胛骨，直接穿透而去。

【第十一章　飒爽爽巾帼挂帅四海平】

　　可惜飞得太高没有人看到，她的双手虎口已经裂开，鲜血淋漓。回头，看了一眼还保持着放箭姿势的姬小小，雕上女子眼中的怨恨之色，十分明显。

　　"哎呀，你应该射那雕才对！"江晚月咬牙切齿地看着远处的大雕，懊恼不已。

　　"射不了。"姬小小平淡地回答，"那雕有个别名叫铁皮雕，原本就是刀枪不入的，不知道谁在它身上还涂了一层药水，即使用你手上的玄铁剑也无法伤它分毫的！"

　　江晚月一愣，再看看满地的箭矢，才后知后觉地叫了起来："难怪那么多箭都被它拍拍翅膀就挥下来了。"

　　起先，他只以为是那些弓弩手的射程不够远，不如姬小小的弓箭好，才会都掉落在地上。现在想起来，雕上那个女子，好像只对姬小小的箭有些恐惧，其他人的箭，她看都没看一眼。

　　"果然是个妖女，不知道哪里弄来的妖物！"江晚月还是恨得牙痒痒，却也无可奈何。

　　"都打退了吗？"姬小小看看他，难得平素稳重的晚月，此刻竟然跟个小女子较上了劲，真是又可爱又可笑。

　　江晚月这才想起自己的任务，赶紧跪下，回道："启禀大元帅，末将幸不辱命，破了楚军八卦阵，只等元帅大军来到。"

　　在他出发之前，玄墨就暗示，会让姬小小带援兵前来接应。

　　江晚月是谁，在蓬莱阁当花魁数年，什么人没见过。这花魁不光要色艺双绝，察言观色投客人所好，也是最要紧的。

　　玄墨一说，他就明白了其中的道理。

　　玄墨是要把功劳都给姬小小，毕竟现在小小寸功未建，在军中没有任何威望。

　　此战一打，姬小小的功夫自然能被人所敬佩，可打仗靠蛮力可不行，还得靠智慧，靠指挥。

　　如果大家知道他这先锋队是姬小小下令夜袭楚营，破阵的计划也是她出的，那她在军中的威望，恐怕一夜之间就可树立。

　　而对于江晚月来说，这计划是谁定的对他都没有任何影响。

　　他是先锋官嘛，他的任务就是打先锋，目的就是先一步把阵破了，这功已经立下了，谁下的令跟他立的功没有任何影响。说不定，他充分领会了皇上的意思，还能多给他些赏赐呢。

　　江晚月的话模棱两可，不过三军自然都会往该想的地方去想。

　　没想到，这大元帅小小年纪，武功高绝不说，排兵布阵也是一流，只一夜工夫，就破了玥城半月之围，又歼灭了敌军半数以上的人马，剩下的一万多人，逃的逃，缴械的缴械，俘虏了近一万人。

　　"起来吧！"姬小小倒没那么多心思，江晚月是先锋，她是元帅，他对她复命合情合理，并没有什么突兀。

　　江晚月依言起身，也知道效果已经达到，多说反而惹人疑心，便转移话题问道："元帅，那些俘虏怎么办？"

　　姬小小顺着他的视线看过去，那边近万名俘虏，用粗绳子连了起来，绑在一起，正站在原来的楚军军营地盘上，面如死灰，等着最后的宣判。

远处，尸横遍野，血流成河。

是了，这就是战场。

三师兄曾经对她描绘过，血腥和尸体，是战场上必不可少的两个组成要素。

但直到现在真正亲临了这个场面，看看周围这满目疮痍的一切，还有魏军士兵似乎习以为常的冷漠，楚军俘虏沮丧惊恐的面容，还有……一堆堆的残骸。

战争所给人带来的真正震撼，原来是在战后。

不过就是一天一夜的时间，一万多人的生命，从这个世上消失了。

即使将生死看得很淡的姬小小，也忍不住心中泛起一丝悲戚之意来。

"那些人……不能放了吗？"姬小小看着江晚月，眼中忍不住有些怜悯之色。

江晚月愣了愣，摇摇头："元帅，这些都是楚国人，即使放了他们，他们在魏国也没法活下去。如今魏楚战争，让他们回楚国也不现实，恐怕还没到家，就被乱军杀了。"

原来是这样……

姬小小皱了眉头："那怎么办？"她从来没处理过这么复杂的事情，这么多人，要怎么办呢？

"元帅，不如等皇上来了，听听他的意见吧？"知道她决断不下，江晚月赶紧找台阶给她下，不然，身后的那些将士恐怕又要起什么争端了。

魏军之中也不知道多少是楚军的奸细，不能再让他们传出什么谣言来。

听到这个提议，姬小小很高兴，玄墨处理这种事情，想必比她顺手多了。

"对了，我们可以进玥城了吧？"既然事情解决了，她立刻又想到另外一件事来，"玄尘……呃，我是说常陵王，他在里面吧？"

江晚月点点头："不错，不过要不要等皇上来了一起进去，我们先送点粮草进去，里面的人恐怕已经饿了好几天了。"

"不用，我们进去等他就好了。"对于"自己人"，姬小小觉得没有必要这么客气。

况且，她很想早点见到玄尘。听说里面的人都饿了好几天了，不知道他怎么样了。

既然她是元帅，江晚月也只有听令的命。想想玄墨都对她没办法，自己又能做些什么呢？只是，玄墨好像说过，别让玄尘和小小单独见面。

这个……自己能阻止吗？

皇上啊，你可给臣出了个大难题啊。

想到马上可以见到玄尘了，姬小小还是很高兴的，战场上的肃杀气氛所带来的那些负面情绪，也被掩盖了不少。

不过看看周围场景，她的心中还是有些戚戚然。

不知道玄尘站在这样的地方，会是什么心情呢？

穿惯了白衣的人，想必是十分爱干净的，可战场上，哪里会有干净的地方呢？

玄尘，这两个月，他是怎么忍过来的呢？

姬小小再次感到有些悲哀，这一次，是为了玄尘。

他为什么非要选择上战场呢，莫非真的所谓的好男儿志在保家卫国吗？

可心里面她觉得这个不是玄尘出征的理由，而且从玄尘的信上说，如果他凯旋而归，就要来接她出宫。后知后觉的姬小小，此刻才隐约觉得，或者玄尘上这次战场，可能与自己有关。

早有传令兵到玥城下传了消息，此刻玥城城门大开，迎接大军的到来。

没有任何阻碍，姬小小和江晚月、金香玉等，带着万余名士兵先进了玥城之内，只等战场打扫干净，玄墨赶到，便可开庆功宴。

金矛王爷亲自带兵迎接，他没想到，自己这个义女不光医术高明，武艺高强，居然还能带兵打仗。那简直就是天上掉下来的宝贝啊，一下子，父女相见，真是忍不住唏嘘一番。

"常陵王呢？"父女叙旧完毕，姬小小左右看看，没有玄尘的人影，不由有些好奇。

"这……"金矛王爷没想到姬小小会问这个问题，不由有些迟疑。

江晚月跟他使个眼色，他顿时明白，原来自己这个义女，根本不知道常陵王被软禁的事情。

可问题是，小小和常陵王到底什么关系，居然一来就要见他？

姬小小和金矛王爷虽然是干父女，不过人家是宫里的娘娘，虽然一个是皇叔，辈分比皇上还高，不过总归是臣子。

如今这位娘娘又是元帅，品阶又比自己高了一级，她的话，金矛王爷还是要听的。

"元帅要见常陵王吗？"金矛王爷想了想，还是问问清楚再说。

辈分上算起来，姬小小应该算是常陵王的嫂子，嫂子要见小叔，而且还是被囚禁的小叔，也算是见个家人，不算过分。

"带我去吧！"姬小小点点头。

金矛王爷看看江晚月，只得在前面带路。

第十二章　秋瑟瑟战场热血初沸腾

　　目前凌玄尘从驿馆搬到了玥城府衙，这次玥城之围，毕竟他是始作俑者，若是继续留他在驿馆很有可能就被暴军围困打死了。

　　那里人太多，而且将士们都太饿了。

　　饿肚子的人，是最危险的，他们是没有理智的。其实这几日城内已经没有粮食了，只能把战死的士兵做成肉饼，分发给士兵们。

　　而这些，有可能就是昨天还活生生待在自己身边的兄弟，好友。

　　在这样的情况下，不把怨气都发泄到凌玄尘这个罪魁祸首身上，他们根本不知道去哪里发泄。

　　驿馆里人来人往太多了，要进去也简单，金矛王爷在没有办法之下，将凌玄尘移到了府衙内和自己住在一起。

　　金矛王爷的威信，让那些暴乱的军士们不敢再妄动，可是对常陵王的怨气却一点都没消。

　　好在这个时候阿彩来了，带来了援兵的消息，暴乱的士兵这才慢慢平静下去，金矛王爷也算松了一口气。他实在不知道，靠着自己的威信还能坚持多久。

　　毕竟，战马都砍了好几匹了，再撑下去，就算玥城士兵要突围也没有工具了。

　　他十分确信，在他们都死了之前，那些暴动的士兵一定会先把玄尘砍成无数块泄愤。

　　"他就在这里！"带着姬小小往府衙里走，到一间房前站定。

　　房间前面站着两个士兵，腰间挂着大刀，手中拿着长枪。

　　这是金矛王爷亲自选的看守人，算是自己的亲信，确定他们不会趁机对玄尘动手，才让他们担此重任。当然，其实他也清楚，这两个士兵是打不过常陵王的，只是常陵王自己愿意留在这里，不屑和他们动手或者逃走而已。

　　算起来，金矛王爷只是见过小时候的玄尘，后来自己十几年因为中毒都没有出过府，对于这个王爷并不怎么了解。但是相处了几月，多少还是明白玄尘性子极傲，所以才放心让他留在这里,也并没有严加看管的。

想到这里,他叹口气。

其实这个王爷也算是聪明,跟着自己行军打仗,颇能举一反三。若不是之前那般急功冒进,假以时日绝对是一位出色的将才。甚至比起摄政王刘鉴雄,都要出色。

关于他的身世,金矛王爷出了府以后,或多或少都有耳闻,想来他的血液中,真的含有属于将军的血液吧?真是可惜了,这一仗下来,这常陵王恐怕是再也无从翻身了。

"玄尘……"正叹息间,耳边传来姬小小的呼声,金矛王爷抬头,有些好奇。

姬小小,她跟常陵王很熟吗?

屋内的人,依然是一身白衣,听到声音以后,缓缓转过头,原本平静无波的眼中,忽地闪过一丝涟漪。

"小小……"不是不知道她是本次大元帅,不是不知道他们终究有见面的一天。

但是他没想到,居然这么快,这么突然。

她的身边,没有玄墨,她居然就这样,私下来见他了,毫不避讳。

不是说御驾亲征吗?

被关起来以后,外面的情况,玄尘是不了解的,金矛王爷也不可能去告诉他。

"玄尘,你怎么样了,我听说这里很多士兵都饿死了,你呢,饿不饿,我带了粮食来的,让他们给你做。"姬小小急匆匆上前,上上下下打量着玄尘。

他瘦了很多,眼窝深深凹陷了下去。原本就有些单薄的身子,现在看上去,越发羸弱,仿佛一阵风就能被吹走。白色的袍子,看上去很不合身,松松垮垮地"挂"在身上,根本撑不起来。

"我不饿。"玄尘起身,嘴角弯起来,给她一个温柔的笑意。

只有面对她,他才能笑得出来。

如果说他的兵败,造成她今日出了皇宫,成了三军统帅的话,那么,他所做的一切至少还有值得的地方。

"还说不饿,都瘦成这样了,还不饿!"姬小小嘟起嘴,在她心中吃饭比天大,打了一天了,其实自己也饿了。

"来人,粮草已经到了,吩咐兄弟们今天早点开饭。"金矛王爷也是聪明人,姬小小随行的人马之中有随带粮草,看看天色也快傍晚了,早些开饭也好。

兄弟们勒紧裤腰带,都过了半个多月了。

这话一传下去,三军将士果然都很高兴,特别是原来在玥城的守军,他们都几天没有好好吃过饭了。整天马肉树皮,稍微吃一点就觉得反胃,可是为了活命,又不得不吃。

金矛王爷通常都是和将士们同吃同住的,他的威望可不是光靠打仗就能积累起来的。不过眼前这个是大魏的贵妃娘娘,又和常陵王似乎是难得重逢,偶尔开一次小灶也属正常。

所以金矛王爷退了下去,留下江晚月和金香玉,走也不是留也不是。

皇上有吩咐，不可让元帅和常陵王单独相处。

"我们在门口等着好了！"金香玉想了想，提了一个折中的建议。

门不关，他们都能看到里面的人，不算"单独"相处吧？

不过看上去，这对所谓的"叔嫂"是需要单独说些话，江晚月两人也相信，姬小小做事有分寸，也不会做出什么石破天惊的事情来。

饭菜很快端上来了，战场上的饭菜，必然不会很精致。

不过姬小小并不在意，她的人生理念历来如此，有好的就要吃好的，没有好的，粗茶淡饭也能过。

玄尘依然吃得少，被强迫着吃了一小碗饭，又吃了桌上小半的菜，便放了筷子。这已经是他几天来吃得最多的了。他也知道金矛王爷已经优待他了，至少没有让他吃草根树皮，这几天还送了几块马肉过来。

他也清楚，战马对于一个战场来说，意味着什么。

少了一匹马，就少一个人逃出去的希望。

一匹战马，只有几十个士兵可以吃，而玥城的士兵，有十余万。

桌上剩余的饭菜，都被姬小小吃进肚子里了。

一来打了一天，滴水未进，是很饿了，二来，浪费粮食从来不是她的作风。

见姬小小吃得风卷残云一般，倒是比他这个应该是饿得更长时间的人，更像饿死鬼投胎，玄尘不禁莞尔。也只有面对她，他才能真心笑出来吧？

"对了，你怎么当了大元帅了？"玄尘其实很想知道，姬小小这个元帅，是玄墨的意思，还是她的意思？

应该……是她的意思吧？

在玄尘心中，作为一国皇帝怎么也不该想到让个女子来挂帅的，虽然这个女子有着强悍的武功。

可是打仗，光靠武功是不行的——这是他这几个月来，得出的最重要的结论。

"是师父的意思！"姬小小撇撇嘴，没有隐瞒，"虽然我也不知道为什么让我挂帅，不过师父说的话，从来没有错过，所以我就挂了。"

玄尘心中顿时有些失望，原来不是为了他啊。

"那皇上竟然答应了？"他比较诧异的是玄墨的态度，姬小小的师父到底是什么高人，竟然只要一句话，就让玄墨答应让一个女子，而且还是后宫的嫔妃来挂帅？

后宫不得干政，这可是大魏的古训啊，他是怎么做到让大臣们都答应下来的？

那个时候的阻力，玄尘就算没有亲眼看到，想也能想得出来。

"玄墨说是师父的意思，所以他就答应了。"姬小小理所当然地回答。

"你师父是……"认识这么久，玄尘想起来，好像从来没问过她师从何人。

他对江湖上门派不甚了解，但是也知道刘鉴雄是大魏第一高手，放眼四国，似乎也鲜少

【第十二章　秋瑟瑟战场热血初沸腾】

37

能找到对手。

四国之中各种门派，还没听说过可以有像姬小小这般武功高强的。

而姬小小，不过十六岁。

"师父不让我说。"姬小小有些无奈，她不知道为什么师父会这样对她要求，但是她觉得师父这么做，总归有他的理由。

"他……呃，我是说，皇上知道？"玄尘的脸色微微有些不大好看，此刻才发现，小小对他和对玄墨似乎态度有些不同。而在这之前，他一直以为他们是一样的，只不过，玄墨比他早几天认识小小而已。

"是啊，当然知道，还跟我师父见过面了呢。"说到这里，姬小小有些沮丧，"师父都不来看我，光和他见面了，还见了两次，都来宫里也不见我。"

看着姬小小一脸委屈的样子，玄尘心中有些不是滋味："你师父……喜欢他……呃，皇上吗？"

是不是只是因为是徒弟的夫君，所以来看看？

"好像还挺喜欢他的。"姬小小嘟嘟嘴，"还给他编了不少秘籍，很多都不适合我学。"

看起来，小小的师父，是要让他们互补了。

玄尘虽然没有遇到过什么女子，可是十五岁以后，太后和刘鉴雄也送了不少女子，想让他当侍妾。

虽然那些女子都是十分干净的处子，可是他总觉得脏，便没有碰，都送了回去。太后宠他，天下皆知，自然也不会责难于他。

没有多少经验，不过是不是处子，他还是能看出来的。

姬小小和玄墨，只是名义上的夫妻。他通过这几次相处，他很确定。以前有个嬷嬷也教过他怎么从面相上看女子是否嫁为人妇，所以第一眼看到小小的时候他就确定了这一点。

那般干净，不可能是已经嫁为人妇之人。所以他才放心大胆地想要将她据为己有，放心大胆地与玄墨一争高下。

"那么你呢，你对他满意吗？"玄尘想了许久，才缓缓问出这一句来。

他不知道为什么两个人要假扮夫妻，或者他们两个只是合作关系，连小小的师父都不知道。

姬小小听得问话，一愣："满意啊，他是我的人，要是不满意，我就早就把他丢了！"

满意呵……

"那你……喜欢他吗？"还是不死心，不肯承认终究是自己枉做小人了。

"喜欢吧？"姬小小随口回答，这个问题，金玲也问过她的，现在想想，基本可以肯定是喜欢。

好像不是肯定的语气啊！

玄尘眉眼一挑，一脸喜色地看着她："那就是说……"他还有机会？

"皇上驾到——"话未出口，门口传来通报。

玄尘苦笑，他来得好快啊。莫非，他和姬小小的事情，玄墨竟然是知道的吗？

小小，不是说要保密的吗？

一直以来，他以为和她，有一个共同的秘密，每每想起，便会甜蜜万分。

没想到，这个秘密，居然还有第三个分享者。这种感觉，就好像一件心爱的东西被人强行借走，虽然东西还是属于他的，可那种失落感让人痛苦万分。

"小小……"玄墨在通传的最后一个字落地的时候，一阵风一样冲了进来，紧张地搂住姬小小的肩，上下打量着她。

"怎么了？"姬小小有些莫名其妙，何时看到他如此紧张过？

不过……

他的轻功是越来越好了，竟然快和自己不相上下了。

"你没事吧？"玄墨眼中有些忧郁，再抬头看了一眼玄尘，眼中那丝担忧和温柔之色瞬间变成了一缕寒光。

警告之色，十分明显。

玄尘与他对视，并不相让，只不过，对视的时间很短，警告之后，玄墨已经低下头，一心一意看着怀里的女子。

"没事，我能有什么事？"姬小小满脸茫然，随即醒悟过来，"你怕我打不过楚军吗？没事的，那些士兵连内功都不会，很好打的，不过那个女将的雕儿太厉害，箭都射不穿。"

玄墨没有过多解释，他自然是知道楚军没人可以打得过她。若不是万全的准备，他怎么可能让她轻易上战场，面临险境？

"对了，仗什么时候打完？"说完战场上的事，姬小小加问了一句。

说实话，她一点都不喜欢战场，只想早早离开这里。

只不过，刚刚玄墨的那份紧张让她心中没来由地有点甜丝丝的感觉——明明刚才的晚饭并没有一样甜食啊。

"怎么，你不喜欢打仗吗？"玄墨皱了一下眉头，他平时看姬小小出手狠辣（武功太高，而且没有作战经验，难免下手没轻重），只以为她见惯了生死，不会在意战场上这些东西。

可是他忘了，正常人谁又会真正喜欢战场上的血腥和尸体呢？

"不喜欢！"姬小小老老实实地摇头，"味道很难闻，那些人死得好难看。"

她只是直观地说出自己的想法，不喜欢就是不喜欢。

"以后我不会让你再见这些了。"玄墨忽地将她搂进怀里。

眼前这个，即使多么强悍也不过是个小女子啊。

"你干吗？"姬小小倒是不介意进入他的怀抱，不过有些诧异。

"你是不是害怕？"玄墨觉得怀中的女子似乎一切正常，不由松开了手。

姬小小奇怪道："我为什么要害怕，那些人不过就是死了，活着我也不怕啊。"

呃……

好吧，不喜欢不等于害怕，他再次被她打乱了自己的思路

"嗯，你身上好香。"姬小小忽地又莫名其妙冒出一句，再抬起自己的手放到鼻子底下闻了闻，"我身上的味道好难闻，可以洗澡吗？"

她的跳跃式语言让玄墨有些哭笑不得，看起来，之前那场战役，应该没有在她心中留下什么阴霾。

"好，我这就让人给你准备沐浴！"玄墨拉着她出门，"让金玲给你准备换洗衣服。"

两人渐走渐远，楼下屋内的玄尘，看着他们的背影忽地嘴角闪过一丝苦笑。

被忽略得真彻底呢！

自己是不是做错了什么？

可是如果他们是真心的，为什么非要做名义夫妻呢？

名副其实不就好了，何苦让自己就这样想歪了，多生如此多的事端？

玄尘继续苦笑，摸摸鼻子。最后那个问题，是不是不该问了？

可是她明明有些疑问，或者，是她自己都搞不清楚自己的心思，那么玄墨呢？

除了占有，还有什么？

想到这里，他眉头皱了一下。

不，他不应该这样消极，事情都还没到最后的关头呢，谁笑到最后又有谁知道？

玥城之内物资匮乏太久，不过好在热水还是不缺的。

姬小小虽然厉害，可跟两万多人对打，虽然不都是她打的，但难免有些疲惫。热水洗了澡以后，姬小小感觉精神好了很多，就是有些腰酸背痛。

在点苍山那么多年，除却刚开始练功的时候会如此，已经好多年都没感觉到这么累过了。

金玲被玄墨带过来伺候她了，看着她欲言又止，似乎有些委屈，又有些哀伤，不过不是很明显，姬小小很累，所以也没有多加注意。

趴在床上，金玲帮着她按摩手臂和背，轻声问道："晚月和香玉，是你派他们晚上去破楚军军营的吗？"

姬小小闭着眼睛，享受着全身的放松，胡乱摇头："不是！"

"你之前不知道吗？"

"嗯！"她舒服地低吟一声，已经慢慢陷入迷蒙的状态。

金玲脸上的表情松懈了一下，随即又皱了一下眉头。

连姬小小都瞒着？

那么，这个计策是谁定的，到底是为了防谁？

门口，出现一个修长的黑色身影，金玲转头，脸色一凛，就要起身行礼。

"嘘……"玄墨冲着她摇摇头，挥挥手，让她退下。

金玲看看姬小小，再看看玄墨，会意，点点头，慢慢倒退走了出去。

她的眼中带着疑惑，却不敢持续太久。

这个男人，什么都不问，似乎什么都不打算问。

是自己多心了吗？

玄墨在床头坐了下来，姬小小趴着身子皱了一下眉头："玄墨，你干吗把金玲赶出去？"

虽然极其疲惫，不过她的听力不会出错，房内有两个人的心跳，两个人的呼吸，两个人的脚步声。

对于这两个熟悉的人，她不用太费力就能认出来。

"我想单独跟你待会儿，不行吗？"玄墨笑起来，双手放到她的肩上，学着金玲的样子，帮她揉起来，"我揉得没有金玲舒服？"

姬小小"唔"了一声，让玄墨有些不置可否。

不过他运气不太好，头一回帮人就碰到了姬小小，她只说实话。

看起来，他的"手艺"确实不如金玲了。这个认知让他有些沮丧起来。

"那我去把她唤回来？"玄墨一脸的悻悻然，难得想伺候人一回，还被人挑肥拣瘦，真是郁闷。

"不用了，就你吧！"姬小小有些含糊地道，"我困了，待会儿你陪我睡。"

呃……

因为他是很好的抱枕，所以暂时就不赶他出去了，顺便"勉强"接受他不太熟练的按摩手法？

叹息一声，看着床上躺着已经昏昏欲睡的小丫头，对于"自己人"她一向都不会客气，也不会撒谎，哪怕是善意的。

也许这也是自己人的好处呢，毕竟没把自己当外人不是？

想到这里，玄墨苦笑了一声，抱着她躺下了。

女子软绵绵的身子，还散发着皂角的香味，混合着她身上特殊的体香，让人心旷神怡。

一天的疲惫，都消失无踪了。

还有八个州郡未收复，还有苍城，不知道之后会碰到什么事情。不过只要这个小人儿一直都在自己怀里，那么，就什么都无所谓了。玄墨抱着姬小小的力道加重了一些，或者，他是时候考虑该什么时候让她真的变成自己的女人了。

这一仗，只要打下来，回朝以后魏国的实权就全部掌握在自己手上了。若是姬小小战功赫赫，又是自己的贵妃，独宠又有什么关系？

至于后宫那些女人，也不见得全有多坏，若是肯安安稳稳待在后宫，那便待着吧，若是要走，发个假死的榜文也不是什么难事。

剩下的八个州郡，该怎么个打法呢？

【第十二章　秋瑟瑟战场热血初沸腾】

41

就现在的情况来看，楚军那边的统帅绝对不是什么软脚虾，能排出八卦阵来的，也算是世外高人了吧？

毕竟天机老人都特意写了个册子给他，可能将来还会碰到不少这样的阵法。

好在有姬小小，若不是她，自己怎么会认识天机老人，又有什么机会得到破阵之法呢？

算起来，这小女子真是个宝呢，还好她是在自己怀里，而不是别人……

别人啊……

呵呵，是该想个办法解决一下了。

九月的清晨，秋意已经十分明显。

特别是地处东北的玥城，院中的树木，黄叶越来越多，落叶也不少。

秋风起，落叶满地翻滚，发出瑟瑟的声音。大军正在整顿，姬小小这个元帅却刚刚起身。

玄墨走的时候，告诉门口的守军，元帅昨日一战累了，让她多睡一会儿。

因为一战解了玥城之围，又不带兵器直接闯了楚军军营，挥出一掌就能打倒几十个人。姬小小这个兵马大元帅在魏军之中，已经是被神化的人物了。

一夜之间，军营之中已经有不少人将她奉为偶像了。能为自己的偶像守门，这些士兵是十分自豪的，自然就更没有人去打扰她了。

天气似乎不错，姬小小活动了一下筋骨，酸疼的感觉已经基本消失了，起床的时候顺便打坐了半个时辰，此刻神清气爽，精神好得很。

金玲为她梳洗了以后，主仆两人便出了房门。

知道玄墨已经去了练兵场整顿布防，再处理昨晚那些楚军俘虏的事情，百无聊赖的姬小小，便跑到昨日玄尘的房间，想再去聊聊天。

昨天好像有些问题还没聊完呢。

只是，昨天还好好待在屋内的人，今天已经人去楼空。

"玄尘呢？"姬小小有些好奇地问着外面的守军。

她是单纯些，可是并不傻。

昨天看玄尘，就知道他过得并不好。金矛王爷亲自带着她来见他，门口站着的守军很不和善，比起自己门口那两个差远了。即使昨天还没起疑，今天有了对比以后，她也有些清楚了。

玄尘大抵是没什么自由的。

前因后果一想，他本是大元帅，如今自己顶了他的职，而之前又是损兵折将，玄尘恐怕是要受到些许惩罚的。

姬小小不是盲目帮自己人的那种人，她知道，但凡有人做错了事，都应该接受相应的惩罚，即使那个人是她的朋友也不会例外。

师父说过，律法是立国之本，天子犯法，应与庶民同罪。

有这样的前提下，她不觉得玄尘能自己离开这个房间。

"元帅，常陵王已经押回京城了。"那守军看了姬小小一眼，低头回答。

姬小小皱皱眉头："为什么我不知道？"

"是皇上下的令。"那守军眼神有些闪烁，"应该已经在路上了。"

"一大早押走的？"姬小小忽地觉得心头有些不太舒服。

玄墨明知道玄尘是她的朋友，为什么连送行都不让她送？

不对啊，好像有哪里不对劲。

"你等等！"看着要告辞离开的守军，姬小小脑海里忽地灵光一闪，"是皇上让你这么告诉我的？"

"是啊！"守军脱口而出，忽地捂住嘴，有些惊惶地看着眼前的女子。

"大元帅饶命！"守军"扑通"一声就跪下了，早听说了大元帅的英名，怎么就问到自己身上了呢。

他本来就不是个善于撒谎的人啊，今天真是衰到家了。

"说吧，常陵王到底去了哪里？"金玲冷冷地看了地上跪着的守军一眼，"说实话，大元帅不会为难你的。"

这……

守军有些无奈，皇上啊，小的只能先对不住你了。

没有完成皇上的交代，可能待会儿没命，可要是继续再骗大元帅，他现在就一定没命了。在"可能"和"一定"之间，他自然选择投靠"一定"这边的。

再说了，皇上未必知道是自己说出去的。

"小的也不知道，一早皇上就亲自过来提走了常陵王，说要是大元帅问起来，就说王爷已经回京了，早就上路了。"

金玲还想再问，姬小小忽地拉了她一把："算了，我们走吧！"

她心中有些郁郁不欢，总觉得，这一次玄墨匆忙把玄尘转移，应该是和她有关。他不喜欢自己和玄尘常见面。

可是如果不高兴，直接告诉她就好了，她会考虑一下的，毕竟，玄墨不高兴她心中也不好受。可是背后搞这些小动作，她心里就很不舒服。

"元帅，去哪里？"金玲对于称呼的转变之快，令人叹为观止。

从"小姐"到"娘娘"到"元帅"，她每一次都可以叫得好像叫了十几年一样顺口，一点都不会发生转换错误的现象。

"去找玄墨。"姬小小有点生气了，是真的有点生气了。

她还很少这样生过一个人的气，这个人，还是"自己人"。

"皇上在练兵场。"金玲闻言大喜，正好她也该去看看魏国的士兵到底是怎么训练的，为什么能一夜之间破了楚营的八卦阵。

问了几个士兵，两人很顺利就到了练兵场。

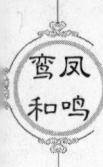

还没到，就听到里面传来一阵阵呼喝声震耳欲聋，可以感觉到十分强大的气势。听上去，昨日一战，粮草都补齐了，将士们的精神应该都不错。

姬小小走进去，果然看到玄墨一身银色的盔甲，披着黑底金色龙纹的披风，站在点将台上，精神奕奕。

原本就美好的容颜，此刻越发地丰神俊朗，让人移不开视线。

站在点将台下，再看看那些气势如虹的士兵们整齐划一的步伐和动作，顿时有种豪气干云的感觉。

若是站在那点将台上，不知道这种感觉会不会更强烈一些呢？

姬小小心中那点郁结之气，被这里洪亮的呼喝声消除了不少，那边点将台上，玄墨身边的金矛王爷，正巧看到了自己的义女。在玄墨那边耳语了几句，玄墨转过头，一脸温柔的笑意，看着姬小小。不一刻，他竟然直直朝着她走过来。

姬小小忽地有些紧张起来，想要质问的话，就这样噎在嘴边。

"来！"玄墨冲她伸出手。

姬小小有些茫然地看着他，手却不受自己的控制，放入了他温暖手掌之中。还没反应过来，玄墨手上一个使劲，已经将她提到了点将台上。

姬小小身形娇小，若是不用力的时候，其实她的身子是很轻的。

站在点将台上看下去，士兵们排列整齐，动作划一，一阵阵呼喝，更是响亮。

姬小小的身子不由微微抖了起来，不是害怕，不是紧张，而是一种兴奋，那种热血翻腾的兴奋。

热血男儿，大概指的就是这个时候吧？

玄墨冲着金矛王爷使个眼色，金矛王爷立刻挥动令旗，大喝一声："停！"

所有的士兵在同一时刻停了下来，将手中的兵器放到身侧，准备听皇上有什么话要讲。

他们抬头的时候，才发现，台上不知什么时候站了一个女子。

娇小的身材，看上去不够魁梧，一身火红的戎装，外面是同色的披风，站在黑衣的玄墨面前，除却颜色以外，容貌上真的不怎么般配。

"这就是昨日大破楚军的姬大元帅！"玄墨拉住姬小小的手，往上一举，"大元帅昨日身先士卒，勇闯敌营，我们有这么智勇双全的大元帅，何愁不能把楚军赶出魏国去？！"

众将士本来还在疑惑中，他们之中，其实真正见过姬小小的只有她当时带着闯楚营的五万人马。

即使从京城带过来的三十万人马，一路同行，她都是在队伍最前方，经常待在玄墨的马车之内，见过她的人也不是很多。

昨日五万人马今日特许可以休息，所以并未前来操练，在场的人中，基本没见过姬小小。

如今听玄墨一介绍，这个小小巧巧的女子，居然就是昨日大破楚军的女元帅，大家心中的偶像，心中不由有些疑惑起来。

台下一阵窃窃私语，这个女子看上去确实不像是个可以带兵打仗的，他们一直以为，传说中的这个女元帅，即使是个女的，也应该是个身材魁梧，孔武有力的。皇上当年肯定是因为她的能力才迎她入宫的，真是委屈了皇上了。

　　可今日一见，这根本就只能算得上是个小家碧玉，除却她眉宇间的英气与一般女子不同外，实在看不出她厉害在哪里。

　　姬小小虽然单纯，可感觉却是最灵敏的，那些带着疑惑的话语，断断续续传入她的耳中，那些士兵的眼神，她也看出了一些端倪。

　　看起来，他们不服啊。

　　玄墨回头笑看着她，他知道，小小一定会有办法解决，让他们服气的。

　　果然，姬小小足尖一点，从点将台上跳了下去，那些士兵们还没反应过来，一个纵身跳起几丈高。

　　没有任何支撑点，她就这样一直"飘"在空中，稳稳地，好像站在平地上一样。

　　这个玄墨见过，是御气飞行，他目前还在练，稍微比姬小小差一点，在空中站立的时间，没有她长。

　　"谁想与我对打一下？"姬小小笑着看着那些士兵忽然惊恐睁大的眼睛，他们的表情，真是好玩。

　　而且周围一切都安静了。

　　一般人怎么可能可以在空中飘浮的？

　　"是……是仙子，是仙子！"立刻有人反应过来了，而且开始大叫。

　　姬小小嘟嘟嘴，落下身子："不是仙子，只是轻功而已。大家若是不服，可以跟我对打，谁要是打得过我，我让出大元帅之位给他坐，好不好？"

　　经过这段时间的磨炼，她渐渐发现，好像周围真的没有武功比自己高的人。她的心中已经有些怀疑了，只不过那是师父的话，她不该怀疑得太深，但对于自己功夫的自信心，倒是增加了不少。

　　见识过她的轻功，那些士兵有些迟疑了。

　　然而军营本来就是个好勇斗狠的地方，见到强者，肯定还是会有人跃跃欲试。

　　很快，走上来三个人。

　　姬小小看看他们的脚步，没什么内功功底。

　　"一起上吧！"她还是笑，没将他们放在眼里。

　　她的轻蔑惹怒了那三个人，他们不知道，姬小小从来都是把想什么都写在脸上的，倒不是故意惹怒他们。

　　"既然是元帅，三个一起上也不丢脸！"三个大男人达成一致。既然是大元帅嘛，必然要比他们高一等是不是？

　　"请元帅亮兵器！"三个士兵一拱手，手上已经拿了顺手的兵器。

【第十二章　秋瑟瑟战场热血初沸腾】

姬小小摇头："不用,我让你们三招!"

这三个人,她一掌就能挥出去好远了。

她的话倒是真的惹怒人了,不过玄墨也不阻止。

兵营嘛,从来都是强者为王的地方,技不如人,就算被人踩成烂泥,也只能认命。

三个士兵顿时感觉受到了侮辱,一挥手,全力冲了上去……

姬小小身影一闪,三个士兵眼前一花,连她的衣角都没碰到。

再回头,却发现她依然站在原地,好像根本就没有离开过一般。

难道他们的元帅还真是仙女,会法术不成?

三个大男人面面相觑,有些不服气,挥刀从左中右三个方向冲了上去。

结果还是一样的,等他们站稳脚步,姬小小还是站在原地没动,可他们连人家的一根头发丝都没碰到。

再从上中下三个角度攻击,结果依然一样。

"唉,你们速度太慢了!"姬小小叹口气,"三招到了,该我了!"话音刚落,三个士兵眼前一花,再看时,手上已经空了。

抬头,姬小小还是站在原地,手中拿着他们手上的兵器。

没有人看清楚她到底是怎么出招的,自己手上明明握得很紧的,可是感觉对方不费力,就拿走了。

"元帅,我们服了!"三个士兵单腿跪下,脸上都是敬佩之色。

他们这个元帅,是有资格自大,就算她再自大一点,他们也服气。

"大元帅威武,大元帅威武!"操场上顿时传来排山倒海的呼喝声,所有的士兵都为有这么一位强大的统帅而高兴。

姬小小轻轻一纵身,上了点将台,看看玄墨,提起内力,大声道:"我会带领大家,夺回被楚军夺走的州郡,将入侵者赶出魏国!"

玄墨是她的人,保护他,保护他的国家,也是自己应该做的事情,不是吗?

况且,在这样热血沸腾的操场上,她也感受到了属于军人的热血。忽然就很想为他们做点事情,忽然,就很想带领他们冲锋陷阵。

姬小小的话,因为内力的关系,传遍整个操场,清晰地传入每个士兵的耳朵之中。

"小小……"玄墨听到这话,有些诧异,"你不是不喜欢战场上的血腥吗?"

他这句问话很轻,兴奋的士兵们根本听不到。

"我想帮他们。"姬小小笑起来,"我不喜欢血腥,他们也不喜欢啊。可是只有把楚军赶出魏国,才能让血腥和杀戮真正停止,不然,就还会继续。"

玄墨眼中一亮,平时看着姬小小单纯的样子,差点都忘记了,当初常乐镇的时候,表现出来的样子。那种睿智,和她的气质十分不像,可是却让人叹为观止。她的说法和做法总是与众不同,却让人刮目相看。

他何其有幸，有这样的女子在身边相伴！

接下来还是操练，姬小小下场和那些士兵又打了一阵，也指导他们的不足。最后兴起，连玄墨都忍不住找了几个小将比试了一下，这些士兵们这才知道，看上去羸弱的皇帝，居然也是个高手。

对于皇上和元帅，他们顿时看得越发顺眼了。虽然外貌上并不太相配，可是文才武略，却是十分相配。

在他们看来，皇上的武功没有元帅高，若他不是皇上，还不一定配得上他们元帅呢。

军营嘛，本来就是个用拳头讲话的地方，谁的拳头硬，大家就服谁。

即使是不受皇上直接指挥的黑旗军，看到这般强大的元帅，他们也是有些敬佩的。桀骜惯了，连皇上都不放在眼中，偏生就是对姬小小服气。

可惜现在他们的统帅不是她，是那个常陵王，真是气死人了，害得他们损了不少兄弟。若不是摄政王给他的权力，全军上下又有几个人是服气的？

黑旗军不参与全军操练，而是在旁边有一个专门的小操场，可以相互看到，却不受皇帝制约。此刻见这边热闹，很多将士也忍不住过来一起比试。一时间，本来并不太亲热的两军将士，有些熟络了起来。

在三军将士眼中，黑旗军一向都是很高傲的。因为他们的功夫，也因为他们是精英，总是一副睥睨天下的样子，让人很不爽。

现在大家一起练习，普通将士这边心中也是有些服气的，毕竟黑旗军的功夫确实比他们高一截。

至于黑旗军这边，发现另一头有了一个强大的元帅，而他们心中一直不以为然的皇帝也不是软脚虾，心中也有了亲近的念头。毕竟冷漠不是他们大多数人的性格，只不过因为待在魏国最高的军营里面，难免有些瞧不起人倒是真的。

一直到晚上，姬小小和玄墨彻底"普通"了一回，和将士们一起用餐。

一个皇帝，一个贵妃兼大元帅，如此礼贤下士，让三军将士们从内心之中又对他们亲近和改观了不少。

这一次，也算是昨日大破楚军的庆功宴，所以大家都十分高兴。一起讨论着怎么收复八郡和苍城，一晃便已经到夜幕降临的时刻。

将士们散去了，玄墨拉着姬小小起身，两个人都有些兴奋。若不是在行军打仗，不能喝酒，他们估计这会儿已经喝醉了。

玄墨清楚，他们还必须保持足够的清醒，防止楚军偷袭。

"对了，怎么会想到到练兵场来找我的？"玄墨这个时候才后知后觉地想起姬小小来练兵场，好像是应该有别的事情的。

姬小小被他一点拨，顿时想起上午的事情，心中阴霾顿时再次涌上来："玄墨，玄尘去哪里了？"

【第十二章 秋瑟瑟战场热血初沸腾】

玄墨一愣，顿时又感觉欣慰。

还好，他早有布置。

"已经押解进京了，他犯了大错，要受到惩罚的。"他怕姬小小求情，先把话说死，"我不会杀了他，毕竟他是我弟弟。"

虽然他是指挥失误，却也罪不至死，不然，魏国但凡有那个统帅打了败仗，都要以此为例了。

姬小小一下沉了脸，挣开他的手，快步走在前面。

"小小，怎么了？"玄墨有些不解，"是不是不高兴我惩罚他，可是国法不能徇私……"

"我讨厌别人骗我！"姬小小回头看他一眼，转身，再不说一句话。

骗？

她知道了什么？

玄墨摇摇头，不可能，他传令下去了，那些人不可能告诉她真相的。以她单纯的个性，又怎么能看出别人骗她？

可是她常常一鸣惊人，莫不是真的看出了什么端倪？

"我骗你什么了？"不行，她不直接说明白，他也不能不打自招，或者不是因为这个呢？

姬小小回头瞪他一眼，深吸一口气，再次转身。

不可原谅！

"小小！"玄墨有些无奈了，她又不说清楚，让他怎么办？

金玲紧紧地跟着姬小小，回头看看玄墨，顿时觉得他有些可怜，便多嘴一句道："皇上，元帅她是……"

"金玲，你住嘴，不许说！"姬小小就是很生气，她想让他自己去反省，主动跟她坦白，而不是被自己揭穿不得已来承认。

金玲低了头，赶紧收声。

算了，皇上和元帅不和，也是好现象，她何必去多嘴？

玄墨有些急了，姬小小一向不是有什么说什么的吗，可现在她忽然不理他了，事情是不是有些严重了？

一路往玥城府衙走，刚到门口，姬小小抢先一步进门，没等他反应过来，飞起一掌，"砰"一声，将房门阖上。

玄墨碰了一鼻子灰，吃了个闭门羹，有些悻悻然地看着紧闭的房门。

他还是九五之尊一国之君吗？

真是难得，居然有个小女子敢给他吃闭门羹的。

玄墨摸摸鼻子，有些哭笑不得，看来今晚要去搭建在府衙内的临时指挥所里面睡了。

听得外面的脚步声渐行渐远，姬小小深吸一口气，还有些气不平，看了金玲一眼道："我们去找义父吧！"

金玲有些犹豫:"皇上走了,也有可能去找金矛王爷了。"

姬小小想了想,点点头:"也是哦。"想来他也没什么地方去的,八成找江晚月和金矛王爷讨论战事去了。

"那你偷偷去找他过来,不要惊动玄墨,好不好?"姬小小想了想,只能退而求其次了。虽然女儿去叫义父过来见她,显得有些没有礼貌,不过目前她真的不想见到玄墨。

金玲点点头,赶紧出门而去。

到了门口,她的嘴角弯起一丝笑意,往临时指挥所而去。

玄墨此刻确实正和金矛王爷和江晚月等人商议接下来的战事。玥城这边的士兵受创比较严重,战斗力有所下降。

而新来的援军虽然有三十万之多,但是经过长途跋涉,加上破八卦阵一仗,多少有些疲惫,暂时也不宜出战。

可现在魏国的国库并不充裕,最好能够速战速决,拖下去百姓们遭殃,户部也变不出钱来了。户部目前虽然已经是他的人在管理了,可出发之前户部尚书可是满脸忧郁地跟他哭了好久的穷。

他心里也是清楚的,三大家族争斗,哪里不用花钱啊。六部都被他们霸占着,户部那边肯定已经空了。

是不是,让凌未然想办法从三大家族那边弄点钱呢?

摇摇头,还是放弃了这个想法。非常时期,能不乱就不乱,不过真的乱了他也不怕,只是会有些头疼而已。

三大家族的实力,已经被削弱了不少了。

"皇上,臣以为,咱们大魏经不起长期战争,楚国是远赴楚水而来,他们难道就经得起吗?"金矛王爷睿智的眼神之中,藏着光芒。

玄墨点点头:"明的不怕,就怕来阴招。楚军偷偷训练了一支三万人的水军,咱们不是全都不知道吗?"

昨日审讯了那一万多俘虏之中的几个将领,得到了消息,果然他们是从楚水泗水过来的。

魏国和楚国的天堑,即使八月天气炎热,可几百丈宽的河面,要想过河,可不是一般人可以做到的。

而楚军居然有人泗水过来,而且一过来就是三万人,这三万人,还布了一个强大的阵势,足可以困住百万人之多。

是什么人在训练他们,是怎么训练出来的,怎么做到的?

对手不明朗,让玄墨他们感觉十分棘手,连最起码的知己知彼都做不到,这仗到底要怎么打下去才好?

一早玄墨就起来处理了那批俘虏,若是想留下,便留他们在玥城做个普通百姓,若是想回国,便主动带他们到楚水边,让他们自己泗水回去。

【第十二章 秋瑟瑟战场热血初沸腾】

事实上，想也知道，谁愿意背井离乡留在魏国？

自然基本上都是要回国的，昨天晚上，金矛王爷有幸见识了那么多人，怎么泅水渡过几百丈宽的楚水。

他们用麦秆含在嘴里作为呼吸之用，一人手中拿一根竹竿，据他们所说，他们泅过来的时候，是坐的竹筏，等快被魏军发现之时，便将竹筏拆开，一人或几人抓着一根，用麦秆呼吸，整个人都没在水中，泅水而来。

那天晚上，楚水水面上漂浮了上万根竹子，可惜却没有引起守军的关注。本来楚水岸边的守卫就十分薄弱，他们不认为有人能够跨越楚水而来，除非坐船。但如果坐船的话，从玥城城墙上，就可以直接放箭将船射沉。所以楚水岸不光布防松散，士兵也没什么警戒心。

毕竟几百年了，没人能从这里攻上岸的。

一早的时候，江晚月就跟玄墨汇报所有的楚军已经回去了，不过他显然有些担忧："这些都是败军，回去以后，会有好果子吃吗？"

玄墨看着他，笑得高深莫测："这不是我们需要关心的问题，只要别人知道，大魏优待俘虏就行了。我们嘛，知道他们是怎么泅水过来的就行了！"

江晚月一愣，随即有些明白过来："皇上的意思是……"

"还不明白？"玄墨看着他，不再多言。

魏国将俘虏都放了回去，这在魏国和楚国，都可以传出好名声。

不过据说楚王多疑，这一万士兵，必不能再被录用了，还有可能连命都会没有。

既然他们不愿意留下，他也不是圣人，魏国也养不起一群吃闲饭的士兵，也不可能放心将他们留在军中。

放他们回去，既成全了自己的名声，又解除了自己的危机，顺便，楚国的名声恐怕不会很好听。

一举三得，何乐不为？

想到这里，江晚月不由感觉额头冒出冷汗，背上凉飕飕的。

皇上心中，大概就是这么考虑的吧？

这边金矛王爷的话一出口，玄墨忽地眯起了眼睛，摇了摇头："他们拖不起，我们更拖不起，大魏国库的钱，能发的军饷，可能比不上楚军带过来的粮草多！"

金矛王爷和江晚月面面相觑，大魏有这么穷吗？

玄墨冲他们摇摇头，使个眼色，冲外面一努嘴。

隔墙有耳？

金矛王爷和江晚月脸色一变，他们的功夫不弱，居然都没有发觉。

一直以来，他们以为皇上的功夫可能比他们高，却不会高很多，但是怎么可能他们一点都没察觉？

现在看起来，似乎小看了这个年轻的帝王。

不过他们不知道，其实他们之前的认知是正确的，只不过最近玄墨练了天机老人给的秘籍，才会比平常人越发耳聪目明一些。

目前他耳目的灵敏程度，已经开始接近姬小小了，一般人休想从他眼皮子底下躲过去。

见屋内人都停止了讨论，玄墨轻轻咳嗽一声，对外面叫道："来人，上茶……"

话音刚落，门就被推开了，金玲走了进来。

"怎么是你？"玄墨一脸诧异看着她，"朕让人送茶来，你……"

"皇上……"金玲行了一礼，然后看看金矛王爷，"元帅说，许久未跟王爷叙父女之情，让奴婢来请王爷过去叙叙家常。"

玄墨垂眸，看不出他心中作何感想，只是道："也是，昨日到现在，小小还未与皇叔单独相处过，也该让他们叙叙父女之情了。"

"皇上……"金矛王爷有些错愕，"战场之上，多少将士离乡背井，这亲情，等凯旋回朝的时候，再叙不迟。"

"也不费什么事，皇叔还是去看看那丫头吧。"玄墨看着金矛王爷，后面加了一句，"这是圣旨！"

"这……老臣遵旨！"金矛王爷一脸无奈，跟着金玲往外走。

"等等！"玄墨了一声，看着金玲，"元帅怎么样了，心情好些了没有？"

金玲看着玄墨忽地有些柔和的眼神，摇摇头："元帅这气，怕是一时半会儿消不下来了。"

"究竟是什么事？"其实他多少心中有数，不过又怕万一不是呢？

金玲看了玄墨一眼，犹豫了一会儿，才轻声道："主子的心思，奴婢也猜不出来。"

玄墨盯着她看了半晌，忽地长叹一声："朕知道了，你们下去吧！"

"是！"金玲有些忐忑，闻得此言，如蒙大赦，赶紧行礼退了下去。

玄墨眯了一下眼睛，回头看看江晚月，却见他正若有所思地看着自己，不由好奇道："看什么？"

"哦不，没有。"江晚月看着他，叹息一声，"臣越来越不懂皇上了，你知道有人有问题，为什么不戳穿？"

玄墨沉吟了半晌，终究化作一声叹息。

金玲是小小的人啊，小小和她，已经有很深的感情了呢，如果……

如果她知道真相，是不是会难过，会难以接受？

"先留着也好，说不定能为我所用。"希望她不是那么冥顽不灵，能感受一些别人对她的好。

"皇上的意思是，将计就计？"江晚月觉得眼前这个男人，以前和自己不过隔着一层纱，如今却和自己隔着一座山。

"你们大家心里清楚就行了，该怎么做，到时朕再看着办。"玄墨想了想，"这一个已经是明了了的，如果这个不见了，他们势必还会派别人来，到时候，要排查起来，就比现在

【第十二章 秋瑟瑟战场热血初沸腾】

困难了。"

江晚月点点头："那倒是！"

"时候不早了，你也早些睡吧。"玄墨拍拍他的肩，往外走去。

屋外秋意正浓，风吹过来，带着一丝凉意。

然后，他跨过前院，到后院的门口站定，似乎等着什么。

凉风吹起他的长发，飘在空中，有些凛冽的感觉。

忽地，前方的门一下被打开了，走出一个气呼呼的娇俏女子："来了怎么不进来？"

"等你叫我！"玄墨似笑非笑，看着她。

"玄尘在哪里？"姬小小气得脸色发红，怒视着他。

本来以为义父肯定知道玄尘的所在，可他老人家就是个彻底忠君爱国的，说皇上下令了，就算是她是贵妃也不能告诉她。

"怎么，皇叔没告诉你吗？"玄墨觉得她生气的样子很可爱，忍不住就想逗她一逗。

"你到底说不说？"姬小小咬牙，一副你不说，我就把玥城翻个底朝天把玄尘找出来的样子，让玄墨心中又有些发酸又有些好笑。

"你为了另外一个男人，居然要跟我反目吗？"玄墨说出这句话的时候，竟真的有些伤心了。

"明明是你为了一个男人要和我反目！"姬小小怒目而视，毫不相让。

"你……"玄墨一时语塞，听起来，好像如她所说也不算错，可怎么听着这么别扭啊。

刚才抱着的那一丝戏谑心理顿时消失无踪，低头沉吟半晌，玄墨无奈地道："你就真的那么想见他吗？"

姬小小深吸一口气，嘟起嘴："是！"

其实也不是非要立时三刻见到玄尘，可是看到眼前这个男人的样子，又听他说这样的话，她心中的气就不打一处来。

"好，我带你去见！"玄墨也来气了。有这么急吗，天色都这么晚了，明天见都不行？

"好，带路！"姬小小冷哼一声，看着他。

"元帅，天色不早了，还是晚些再去吧！"金玲看看玄墨，看看姬小小，不由小声劝解。

"是啊，元帅，都这么晚了，不要打扰了皇上休息。"屋内的金矛王爷也忍不住走了出来，劝解自己的闺女。

因为玄墨在，他自然是要用尊称来和姬小小说话的，先国后家嘛，他分得很清楚。

姬小小恍若未闻，只盯着玄墨一个人看。

"我带你去！"玄墨深吸一口气，大步往外走。

金玲和金矛王爷对视一眼，一脸的无奈。

看上去，皇上的气性也不小。

也是啊，那毕竟是皇上啊，九五之尊，再是个傀儡，也是被人宠着奉承着养大的，这天下的女子，能有几个真的敢给他气受的？

就算是皇后，仗着背后有摄政王撑腰，敢和皇上吵几句，她也不敢命令他做什么吧？

姬小小一来可好，给皇上摆脸色不说，还让他带路，去看另外一个男人。那个男人，还是皇上的眼中钉，肉中刺。这简直就是拿皇上的面子和尊严不当回事啊，难怪他要生气了。

偏偏姬小小也是个做了决定就八头牛都拉不回来的主儿，这会儿在气头上，估计两人都不会有什么好脸色。

金玲和金矛王爷有些无奈，又不能干看着两人斗气，只好默默跟在他们身后。

让人备了四匹马，四个人往玥城城西而去。府衙在城东，玄尘目前秘密关押的地方在城东。

差不多横穿整个玥城。

"你就这么不想我见到他，把他安排在这么远的地方？！"下了马，姬小小的脸色越发难看。

被人怀疑和算计的感觉真的不太好，反正她心里就憋着一口气。

"是啊，最好你们以后永远不要见！"听到责问，玄墨的语气也好不到哪里去，"地方都到了，要进去就自己进去，有什么悄悄话要说就去说，待会儿自己回来！"

说完，拉过马，转身就走。

呃……这个。

金矛王爷和金玲再次无奈对视："你陪元帅进去，本王陪皇上回去。"

好歹是皇上，哪能让他一个人回去，万一路上碰到刺客什么的，怎么办？

魏营之中未必安全，难免有楚军的个把奸细什么的。

金玲点头："副帅放心，奴婢会陪在元帅左右的。"

等金矛王爷和玄墨一走，金玲不由叹息一声："元帅啊，何必和皇上过不去呢，他高高在上惯了，偶尔做事不为人考虑也是难免的，可他毕竟是皇上，能让就让一步吧。"

姬小小一听更来气："皇上怎么了，凭什么就该高高在上？大家都是人，而且他还是我的，自然应该听我的，为什么联合别人来骗我？"

金玲低头，一下说不出话来，再抬头，姬小小已经大踏步走进眼前的老宅。

这是一处老宅，在玥城众多的建筑之中，并不显眼也不大，不过住一个人还是足够了。

进得里面，姬小小就感觉到里面绝对不止一个人，所以，当两个架着长枪的士兵拦到她面前的时候，她并没有感到诧异。

"放肆，这是姬大元帅，还不退下！"金玲赶紧拿出威严，帮着姬小小回答。

姬小小冲她摇摇头，问那两个士兵："常陵王住在哪里？"

那两个士兵对视一样，皇上不是说千万不要让大元帅知道吗，怎么她这么快就找上门来了？

"是皇上带我来这里的！"姬小小看他们犹豫，多少能猜出他们心中想什么。

【第十二章 秋瑟瑟战场热血初沸腾】

两个士兵再是一愣，随即点点头："是，元帅请！"

玄尘住的地方是老宅中间的主屋，还算大，也挺干净，摆设简单，倒是符合他的性子。除却没有自由，大概其他方面都是还不错的。

毕竟是个王爷，而且皇上也并没有真的定下什么罪来，所以老宅内的守军也不敢怠慢了。

很多人都知道这位王爷的"离奇身世"，也清楚他手上还有一支几万人的黑旗军，是专门听他号令的。

还有目前重伤昏迷的摄政王，说不定哪天就醒过来了，到时候刘家找到主心骨，这位王爷的地位恐怕又是不可同日而语了。

所以趁着这个时候对他好一些，没什么坏处。

那些怨恨常陵王攻打无忧城而损兵折将让自己兄弟朋友丢了性命的激愤士兵，自然是不可能知道这个地方的。

敲门进去，玄尘看到姬小小显然愣了一下："你怎么找到这里来了？"

自从一早玄墨让他搬家，他就有些清楚了，玄墨是很在意自己和小小亲近的。

不过他早就想好了，自己的武功不弱，这里的防守虽然严密，可是半夜他从窗户出去应该也不会被太多人发觉才对。没想到，还没到夜半呢，姬小小就已经出现在他面前了。

"他把你转移了，我自然可以问出来。"姬小小心中对玄墨还有气，不过也不会告诉玄尘他们斗气的事情。

在自己人面前，不需要掩饰自己的情绪，至于朋友，玄尘如今都已经是这样的情况了，无谓让他为自己的事情担心。

她这句话，成功地让玄尘以为她是问了玄墨以外的人才知道自己的住所的。

"你这样过来，皇上心里会不舒服的。"虽然从未想过要为玄墨着想，可是他也怕小小难做。

"他已经不舒服了，不在乎这一点。"姬小小一口气还是不顺，见玄尘担忧，立刻换了话题，"对了，你在这里住得习惯吗，吃得还好不好？"

玄尘见她听不进劝，也只有顺着她的话往下说："你不用担心我，我挺好的，暂时不会离开大军的。"

感觉小小似乎更在乎自己的感受，他有些窃喜。

他很清楚，小小是个对儿女之情比较迟钝的人，或者她只是暂时被玄墨迷惑，没有男女之爱吧？

"那就好，我以后每天来看你。"姬小小心中有口恶气没出，所以非要跟玄墨对着干。

听到姬小小孩子气的气话，金玲有些无奈："元帅，可是皇上那边……"

"不用你管，我会看着办的。"姬小小嘟嘟嘴，继续和玄尘对话，"你第一天搬到这里会不会不习惯，要不我留下陪你吧，要是想睡就睡，要是睡不着，也有人陪你聊天。"

"元帅……"金玲惊呼，她这是不要自己的名声了吗？

"金玲，你不要管，如果你觉得住不习惯，就先回去吧。"姬小小回头看一眼金玲，陪个朋友聊通宵而已，有什么好大惊小怪的。

金玲有些无奈，她能走吗，她要是走了，以后有人问起来，就更说不清楚了。

可姬小小就是打定了主意，谁也拉不走她。

当然，也没人拉得动她。

玄尘一看姬小小脸色坚定，也就不劝了。既然她都不在乎名声了，他一个大男人怕什么？

有什么事情他顶着，至少他手上还有一支几万人的黑旗军，大不了拼个鱼死网破，刘家的势力他也可以控制一半。

"金玲，你先出去一下，本王有事和大元帅商量。"玄尘看了一眼金玲，想了想，心中已经做了一个决定。

金玲有些犹豫，她出去，他们两个可真的就是叔嫂共处一室了。

"你先出去吧。"姬小小轻轻推了金玲一把，"有事我会叫你的。"

金玲叹口气，不好违逆，悻悻然地走到了屋外。

"小小，你先坐下，我有东西送给你。"玄尘指指屋内的凳子，一个转身，在床头翻了一阵，拿出一包东西递给她。

姬小小有些疑惑，打开看，见里面是一个龙纹形状的符，还有一张绢绢，上面写着字。

"委任书？"姬小小看着那绢上的话，不由迷茫地抬头看着玄尘，"你让我统领黑旗军？"

黑旗军不隶属皇帝管理，只由统帅一代代地往下传，必须有龙吟符和统帅亲笔书写的委任书，才可以接管。

这也是玄墨暂时没法杀了刘鉴雄或者玄尘任何一个人的原因，他们其中任何一个人死了，黑旗军群龙无首，必乱。

姬小小自然不知道这其中的道道，不过却有些担忧："玄墨要罚你，你若是身边有黑旗军，说不定还可以保护自己周全的。"

虽然也知道有过要罚，可是面对朋友，她还是希望能尽量护他周全。

"黑旗军离了统帅，也没法上战场，不如交给你。"玄尘有自己的考量，"委任书是我写的，我想什么时候收回，就是我一句话的事情。你带去好好打仗，立了战功，壮大黑旗军，对于我，对于你，都是有好处的。"

他要强大，现在不能亲手进行，也可以假手于人。

别人他不放心，给姬小小，他什么都舍得。

况且，现在姬小小手上没有亲兵，多少受制于人展不开手脚，也受不到人尊重（楚营一战玄尘并不太清楚，当时他已经被囚禁），她手上若是有一支完全属于自己的军队，那么，即使是皇上，也要让她三分。

见他重托，姬小小顿时感觉责任重大起来："你放心，我会帮你好好带的，将来还给你的时候，一定是十分强大的。"

【第十二章 秋瑟瑟战场热血初沸腾】

她不知道该怎么领军,但是她知道教人武功。

"记得放好,要紧的时候再拿出来。"玄尘在这方面有经验,所以也同样教姬小小。

姬小小点点头,一脸慎重地将龙吟符和委任书放入自己怀里,再让金玲端茶进来。

这样寂静的晚上,老宅里的灯,通宵未灭。

同样一夜无眠的,还有另外一个人,有人发现府衙内姬大元帅的卧房,也是通宵亮着灯,一直未灭。

清晨的时候,姬小小带着金玲骑马而归。门口,玄墨站在门口,一夜之间,有些胡楂冒出来,在唇边上显得有些憔悴。

一看到主仆二人到了门边,忽地脸色一沉,不发一言转身就走。

"元帅,要不要去跟皇上说一下……"金玲有些着急地看着姬小小,却没想到,她大姑娘也是一言不发,只是鼻子间发出一声冷哼,下马,将马儿交给马夫,直接朝着玄墨相反的方向——她的卧房而去。

金玲看着背道而驰的两个人,又是重重地叹了口气。不过,战场之上,帝帅失和,似乎也未必不是好事。

想到这里,金玲的眼中,闪过一丝亮光,跟着姬小小往她的卧室而去。

一夜未眠的后果是,姬小小在房内睡了整整一天,等醒来的时候,已经是晚上了。

肚子饿得咕咕叫,才发现自己居然差不多一天一夜没吃过东西了。

"元帅,你可醒了,中午来叫你,怎么都叫不醒。"金玲跑了进来,看到她,不由叹气。

"你去哪里了?"看到金玲脚上竟然有泥,姬小小有些疑惑。

金玲一愣,干笑一声,眼神有些闪烁:"中午你赶我出去,结果我一气就跑到城外山丘上去了,没事。"

她去山丘之上,守军也发现了,所以她索性满身泥地回来,也好解释。

接下来的几天时间,除却到练兵场看士兵操练外,姬小小和玄墨基本不说话。

即使在练兵场上,他们也是君臣之礼相见。

除此之外,她果然说到做到,每天都去找玄尘聊天,顺便看看他缺什么少什么,若是自己这边有就大张旗鼓地带过去给他。

五日之后,江晚月传来楚营那边的消息,近一万被魏军送回去的楚国云纹军俘虏从楚水上岸以后,被楚王下令全部处死。

处死的方式是——活埋。

玄墨听到这个消息的时候,一脸平静,似乎早就料到他们的下场。

"楚王说,要给所有将士提个醒,打仗,只有往前冲,没有往后退的道理。如果往后退投降了,就和他们一个下场。"江晚月有些唏嘘,那些楚军也是因为对祖国有感情才回去的,没想到落得个没见到亲人,还丢了命的下场。

只是这样一来,效果却很明显。

四国之间都流传着楚王残暴，魏王仁厚的话语，对楚国此次出兵也是多有诟病。

舆论上，都是偏向了魏国。

"八郡中，楚军的布防可已经查清楚了？"这几天两军都是相安无事，不过八郡和苍城还在楚军手中，他们不动，魏军也必须动，拖下去没什么好处。

江晚月迟疑了一下，回答道："这几日派出了不少探子，八郡的布防图也基本绘制成了，皇上要去看看吗？"

玄墨点点头："好！"说着，便大步往临时指挥所而去。

江晚月看看他的背影，突地叹了口气。

一万人的性命呢，难道在皇上心目之中，真的没有任何感觉吗？

魏国有这样的帝王，到底对于百姓，对于臣子们来说，是福是祸？

作为一个帝王，他隐忍，甚至残忍，或者对国家的强大有利，可是对于生命的蔑视，却让从死人堆里爬出来的江晚月，都忍不住打个冷战。

这几日虽然和姬小小斗气，玄墨也没停止研究天机老人留下的四本册子，目前册子里面那些阵法，早就烂熟于心。所以当他看到探子拿回来的几个州郡的布防，顿时心中就有数了。

因为距离问题，此次只拿回五个州郡的布防图，最靠近苍城的布防因为要通过敌营，查探起来确实有些困难。

但从目前探子绘出的布防图来看，对方领兵的确实是个精通阵法的高手。

对方的将军据说姓郁，郁是楚国国姓，这个郁元帅，是楚国国君第三个儿子。

楚王今年已经年过花甲，这个儿子也已经四十岁了，曾经领兵打过不少仗，不过有输有赢。

从楚国得回来的消息说，这个三皇子根本不会什么奇门阵法，之前战役之中也从来没有使用过。

所以玄墨怀疑是有人暗中帮楚王在打这场仗。

就好像他们魏军这边，虽然是姬小小挂帅，不过考虑到她是个女子又是贵妃，旗上挂的不是姬字军旗，而是凌字。

毕竟是皇上御驾亲征，还有金矛王爷当副帅，挂凌字也是十分恰当。

关键的是，原来挂的旗子，就不需要去换了。

想到姬小小，玄墨叹了口气。

她到底要生气到什么时候呢？

虽然知道这几天她是故意气他的，和玄尘也不可能真的有什么，可是心中总归有些酸溜溜的，郁结难消。

可那丫头偏就要故意气他，他是皇帝，是九五之尊，可他们之间总是他在让步，这丫头就不能给点面子，找个台阶让他下吗？

不行，这次他决不让步，即使为了他大男人的尊严和面子，他也不让步。

【第十二章 秋瑟瑟战场热血初沸腾】

要不然，这次有玄尘，下次还不知道为了哪个男人跟他吵架呢。此风不可长，不然以这丫头的个性，不知道男女大防，万一不小心碰到一个男人，让她有心仪的感觉，他这个正牌丈夫该怎么办？

是夜，夜黑雾重。

已经十月了，玥城地处东北，天气越来越冷，很多人家已经开始在屋内升起了炭炉取暖。

玄尘的屋子里，炭炉偶尔发出"噼啪"的声音，火红火红的，让人看着就生出一丝暖意来。

一条黑影，站在他的窗户口，显得有些阴森可怖。

"谁？"玄尘也是练武之人，自然要比别人敏锐一些。

"常陵王，可否出来说话？"黑影的声音听上去有些苍老，还带着一些阴恻恻的味道。

玄尘皱了一下眉头："你是谁，本王为什么要听你的？"

"有关你的心上人，王爷就不要管老夫是谁了吧？"

玄尘一愣，他和姬小小的事情，虽然现在很多人都知道他们走得近，但是说到"心上人"一词，却无人敢提。

这个人怎么知道，而且还如此肯定？

事关小小，即使那个人只是胡乱说了一句，玄尘也不可能坐视不理。

所以在那个黑影慢慢在窗口消失以后，他打开窗子，还是跳了出去。

好在那黑影离得并不远，似乎专程在等着他。

玄尘走近一些，那黑影便又往前移动一些，玄尘自问轻功不算差，可那黑影他似乎怎么都追不上，一直和他保持着差不多三丈左右的距离，而且看他起起落落之间似乎很轻松。

他的轻功，比自己高得不是一点半点，这是玄尘心中对那黑影的认知。

玄尘一直默默跟在黑影后面不说话，他知道，人家不愿意停，他问了也是白搭。如果人家不愿意让他跟，他根本就跟不上。

已经试过用最快的速度冲上去，却没想到，黑影依然还是在他三丈开外的地方"飘"着。

还好两个人走走停停，时间并不算太长，到了城中一处空房前，黑影跳了上去，站在屋顶之上。

这个时候，玄尘已经感觉有些气喘了，不过还是咬牙跟着跳了上去。

"年轻人，你的体力可不行啊，还不如我老头子呢。"黑影阴恻恻地笑起来，却不转身，只给了他一个背影。

"你到底是谁，找我做什么？"玄尘暗中调息了一下，终于让气息平稳一些了，才开口问话。

眼前的黑影身子纹丝未动："我是谁你不需要知道，只要我知道你是谁就好，我知道你想要什么！"

"什么？"

"作为王爷,看上自己的嫂嫂,听上去,似乎很悲苦的样子。"黑影"嘿嘿"笑了两声,让玄尘的脸色不由自主变了变。

他一向是泰山崩于前而不动声色,但是被这个黑影说中了心事,却忍不住心中大骇。

"和我合作怎么样,我让你心想事成!"黑影又抛出一句。

玄尘低头沉吟半晌,冷冷地冒出:"条件!"

"你的存在,是魏国皇帝和他那位贵妃娘娘之间的一根刺,其实你只要好好发挥你这根刺的作用,让帝帅彻底失和就可以了!"

"你……是楚国人?"玄尘惊呼,想到这个事实,脸色更加不好看了。

"这个你不用理会,只说愿不愿意合作!"

玄尘深吸一口气:"本王为什么要信你?"

"因为你只能信我!"黑影的声音,带着一点回音,"只有魏国皇帝倒了,他的嫔妃才有可能出皇宫,当嫔妃不再是嫔妃,她就不再是你嫂嫂,你想得到她就没有阻碍了。"

似乎……很有道理,很吸引人。

"你要本王做什么?"玄尘眯起眼睛,看不出他心中所想。

但是他这句话,似乎是同意合作的意思了。

"怎么挑拨他们的关系,不需要我来教吧?"黑影再次发出阴冷的笑声,"现在那丫头可是全心信任你呢,最好能让她离开,军中无帅,群龙无首,这场景,很美妙啊。"

玄尘不说话,只是看着他。

"这是你最后一次机会了,可要好好把握啊。"

玄尘依旧没有说话,神色已经变得如往昔一般清冷,让人看不出他心中在想什么。

"别犹豫了,此次若是跟那小皇帝回去,你就永无翻身之日了。"黑影还在循循善诱。

"本王知道该怎么做!"玄尘忽地冷哼一声,"不需要你来教!"

"那我就当你答应了!"

黑影的话一出口,玄尘没有反驳。

"你的功夫,在玥城可以来去自如,为什么不直接去杀了皇上?"玄尘有些不明白。

"呵呵,那小皇帝的功夫,可比你想象的要好得多了。"黑影冷笑一声,他也想呢,早知道早就下手了。

没想到才没多久不见,那小皇帝的身手没见好多少,但是内修的功夫和轻功倒是大有长进,也因为这样,他的耳目灵敏度增加了,即使是自己,也不敢站在离他三丈之内的距离。

虽然不怕他的功夫,但是玥城毕竟有四十万大军,若是将大军惊动了,刺杀了皇帝,即使成功了他还走得了吗?

损人利己是乐趣,损人不利己的事情,他是不会做的。

玄尘也没有细问,好像已经得到了他想要的答案,一个转身,往自己的住所而去。

在玄尘离开不久,另外一条黑影,出现在屋顶之上,整个人往下一矮:"师父,他会帮

【第十二章 秋瑟瑟战场热血初沸腾】

我们吗?"

听声音，便是之前皇宫里那女子。

苍老的声音响起，冷哼一声："人世间，情之为物最容易让人迷失本性，凌玄尘也不过是个普通人而已，你说呢?"

女子似乎愣了一下，随即点点头："也是，一国之君碰到一个小女子尚且晕头转向，这凌玄尘，我看也没什么不同。"

"嗯，说得没错。"老者走近那女子，语气忽地变得凌厉，"上次你情报失误，害我们失去三万精英将士，连郡主都差点被擒，你可知罪吗?"

女子语气有些惶恐："师父，徒儿好像已经被人怀疑，怕是待不久了。"

"哼，若被人怀疑，你就不会知道帝帅失和的事情了。"老者冷哼一声，"怀疑，也只是怀疑而已，又不是确认，就这么点事情，你就想打退堂鼓了吗?"

"徒儿不敢！"

"算了，看在这次你做得还不错的分上，君上并没有怪你，算是将功赎罪了！"老者忽地语气一缓，似乎不打算再追究。

女子松了一口气："谢君上恩赐。"

"记得好好回去做好你的本分，为师必须回去了，那几个阵没有为师坐镇，恐怕会出问题。"

"徒儿恭送师父！"

"对了，你查清楚，上次破了为师八卦阵的，到底是那丫头，还是皇帝身边另有奇人相助?"

"是！"

女子声音刚落，老者的身影已经拔地而起，几乎没有起落，直直往城东方向而去。

楚国，位于魏国东面。

东方渐渐现了鱼肚白，北方的天气，越是冬季，晴天越是多。

今天又是个好天气，姬小小起了个大早，清晨的空气很好，这几天她都每天及时去练兵场报到，和那些将士们已经打成了一片。

金玲帮着她梳妆完毕，忽地叹了口气。

"怎么了?"姬小小有些不解。

"元帅，咱们到玥城多久了?"

姬小小想了想："快十天了吧?"

"怎么不见皇上下令打仗呢，早些打完，我们也好早些回家。"金玲一脸不解的样子，"就算是休息，这么多人也休息得差不多了吧?"

"也是哦。"这几天和三军将士们相处得不错，姬小小也觉得他们精神面貌很不错，每天和他们相处很愉快，倒是不觉得时间难过。

可楚军的事情总要解决吧，看得出来将士们很多都挺思念家里的亲人的，可玄墨怎么不下令攻城呢？

"元帅，我觉得你该找个时间问问皇上，不然这样拖下去不是办法，将士们想家，军心会涣散的。"金玲帮她装上箭袖，一边低着头小声说了一句。

"找他？"姬小小想到玄墨，心中顿时还有气。

"元帅，其实有时候我在想，会不会皇上不愿意你领兵出征啊，或者他另有安排。"金玲迟疑了一下，吞吞吐吐地道，"你也知道，这几天他生你的气呢，我觉得你还是主动跟他认个错，不然，他给你挂个元帅的虚名，根本不让你参与战事，岂不是让朝中那些大臣看了笑话？"

姬小小气得脸色发红："我又没错，凭什么我要去认？他要是敢不让我参与战事，我就带人自己打，黑旗军现在在我手上呢！"

"你说什么，黑旗军在你手上？"金玲脸色一变，"怎么没听你说起？"

"玄尘给我的。"姬小小气呼呼地道，"玄墨明明知道我想早点带将士们把楚军赶出魏国，却还是不分配任务给我，他就是故意的！"

"元帅。"金玲有些急了，"是我多嘴了，其实我什么都不懂，不该揣测圣意的。"

"他就是那个意思！"姬小小跺脚，"走，我们去练兵场，我问他，看他怎么回答，十天，也该休息够了！"

金玲赶紧拉住她："不要啊，你这样去问，会让你们的关系更僵的。"

"做得出就回答得出，他要是背地搞小动作，就活该他出丑！"姬小小怒火噌噌往上涨。明明是他骗她在先的，她不过就是和玄尘说了几句话而已，至于给自己摆脸色看吗？要搞清楚，她才是他的主人呢，她和谁说话什么时候轮到他来管？

姬小小越想越气，快步到了练兵场，果然看到一身黑色龙袍的玄墨已经在点将台上坐着了。

姬小小深吸一口气，足尖一点上了点将台，恭恭敬敬行了个大礼："皇上，大军整顿已经十天了，请问皇上什么时候带领兄弟们将楚军赶出魏国去？"

玄墨在姬小小忽然冲上来的时候已经愣了一下，这几天这丫头几乎不和自己说话，只是冷着脸，却也不似今天这样气呼呼的。

等她问出话了，玄墨忍不住将目光往台下闪了一下，果然不出所料，金玲正站在台下。看到玄墨有些发冷的眼神，金玲忍不住打了个寒战，别开脸，竟不敢看。

"元帅这话是何意？"玄墨垂下眼眸，不再看金玲，转向姬小小。

"臣以为，将士们出来这么久了，必定想念家中亲人。臣看大家士气正旺，不知皇上为何不下令出兵？"姬小小虽然在山野间长大，可是若是要拽文，也不是难事。

"元帅觉得可以出兵了？"玄墨看着她，不动声色。

【第十二章 秋瑟瑟战场热血初沸腾】

"臣觉得可以！"

"那么，元帅可知道楚军统帅是谁，来了多少士兵，摆了什么阵营，离此多少距离，带着将士们该从何处攻入？"

姬小小一下站起身，深吸一口气："还请皇上告知，臣是统帅，应该知道这些。可若有人故意隐瞒，臣不知也不奇怪！"

"你以为我故意瞒你吗？"玄墨一下站起身，再看看台下的将士，不由小声咬牙切齿地看着眼前的小丫头。

不告诉她，还不是防着她身边那个……

算了，也说不清楚。

"那为何这么久以来，没有人告诉臣这些？"姬小小抬头，目光直直地盯着他，"听皇上的意思，皇上应该都将这些打听清楚了，不是吗？"

姬小小的声音很大，所有的将士都听到了，也都安静了，他们在等皇上回答。

这几日看到元帅对皇上一直冷着脸，就知道帝帅之间有些问题。

不过皇上和元帅是夫妻嘛，夫妻吵架，床头打架床尾和嘛，两口子的事情，他们也不好去掺和。

现在的情况看起来，莫非他们吵架竟然是为了国事吗？

皇上好像对元帅不满？

为了什么？

这些将士们的心思都是很单纯的，随便一带，就能带到歪路上去。

玄墨看着练兵场上那些士兵的眼神，就知道事情有些不妙，低头看着姬小小："元帅想知道，不如跟朕去指挥所！"

这样大庭广众之下，多说多错，还是把这丫头拖回去，私下谈谈吧。

姬小小见此场景，想了想，点点头："好！"

她不是不讲理的人，刚刚在气头之上，现在看到将士们的反应，想想玄墨的处境，不由心中暗自有些后悔起来。

或者她应该私下里责问的，刚才怎么火气一下就这么大了呢？连控制都控制不住。

她也清楚，两军对阵，军心一定要稳。

想到这里，姬小小的脸色都缓和了下来，道歉却是说不出口的，只能跟着玄墨走一步算一步了。

金玲自然是无缘得进指挥所的，目前指挥所中聚集了江晚月、金香玉、金矛王爷、还有玄墨姬小小五个人而已。

大家都很有默契地保持沉默，只留下玄墨一个人在那里给大家分析战事情况。

布阵图已经绘制完，放在桌上。

玄墨看着姬小小，然后问："看懂了吗？"

姬小小老老实实地摇摇头："没有！"不过那语气，不似之前那般强硬。

阵法布置，确实不是她的强项，所以在点苍山的时候，三个师兄都有学奇门阵法，唯独她，没有学。

不过她比三位师兄多学了一门驭兽之术，事实上，她比较喜欢和动物们在一起。

在这方面的天分，谁也无法高过她。

"八个郡，琳郡，南郡，珏郡，青郡，疾郡，长郡，水郡，平郡，目前我们只知道五个郡的布防，而且和当初楚营的八卦阵一样诡异。"玄墨看着姬小小，开始分析战况。

说实话，他真的不是不告诉她，只是他心中清楚，即使说了，她也不懂。

"琳郡这个布防是十面埋伏阵，南郡是偃月阵，珏郡是雁行阵，青郡是鱼鳞阵，疾郡是锋矢阵，每一个都有特定的破法，每个阵都布防得很严密，若是不清楚这些阵法的弱点，很难一举攻破。"

玄墨的解释让在座的人脸色都有些不大好看，没想到，楚军这次来的，是一位布阵高手。

不过在场的人除了姬小小以外，都没想到，他们的皇上居然是一位破阵高手，认识这么多阵。

"皇上，既然皇上认识这些阵，应该知道破阵之法吧？"江晚月看看金矛王爷，大家想的，应该都是一样的。

"虽然知道破阵之法，却暂时还无法去破啊。"玄墨皱了一下眉头。

"这是为何？"

"你们知道，八郡之间基本上没有什么阻隔，苍城失则八郡失，这个道理你们都明白。朕是怕大家辛苦破了五郡之阵，楚军来个反扑，我们没有屏障，怕是不好阻挡。"

原来是这样，说得也有道理。

"这样说起来，应该知道另外三郡的布防，这仗才能开打？"姬小小终于听明白了。

阵法她不懂，不过道理她懂。

"这就是我忧心的。"玄墨叹气，"五个州郡的布阵，已经是极限了，我军的探子，已经死了十几个，再往前探，一来要死更多的人，二来，怕就怕依然无功而返！"

"你怎么不早说？"姬小小瞪他一眼，"早说根本不需要死这么多人！"

"你有办法？"这话几乎是玄墨和江晚月几人异口同声说的。

"让阿彩去就行了。"姬小小看看布防图，"阿彩的记性很好，过目不忘，到时候让它画出来。"

玄墨一愣："它只是只鸟，会画图？"

"很早就会了。"姬小小说起阿彩，很是骄傲，"虽然不会写字，不过画图没有什么问题，特别是这种简单的布防图，只要点上士兵和军营都在哪个方位就可以了，难不倒它的。"

玄墨显然松了一口气，脱口而出道："小小，你真是浑身是宝！"

姬小小听得有些得意，想起之前当众给他难堪似乎也有些不对，不由轻轻咧嘴一笑。

【第十二章 秋瑟瑟战场热血初沸腾】

见她笑了，江晚月和金香玉都暗自松了口气，这算不算是一笑泯恩仇了？

"那这事就交给你去办了。"玄墨看着小小，心情顿时也有些轻松起来，之前在练兵场被质问的不快顿时放到了脑后，"希望阿彩真有这么神。"

事情到了这个地步，大家也是各自准备散了。

姬小小和玄墨虽然没有明着说和解了，可是大家都看得出来，两个人的脸色已经缓和了很多，心情估计也是轻松了不少。

出得指挥所，看金玲已经在等待，姬小小顿时给了她一个笑脸："走，我们回去准备一下。"

"准备什么，是准备去看常陵王吗？"金玲大声询问。

玄墨的脸色微微变了变，好像有些问题尚未解决。

"玄尘那边晚一些再去，我回去还有些事情要办，办完了就去他那儿。"姬小小轻松地回答。

刚才玄墨说了，刚才他们五个之间说的话，要保密，即使是最亲近的人，比如金玲这样的，也不能说。

这大概就是所谓的军事机密吧？

"小小，你还是要去……他那里？"玄墨心中又有些酸溜溜起来，他们之间，好像还有件大事未曾解决吧？

"自然是要去的。"姬小小理所当然地回答，旋即又想起之前玄墨骗她的事情，顿时稍微和缓的脸色又有些沉了下来，"怎么，我不能去吗？"

而且最过分的是，耍手段骗她。

好吧，之前练兵场上的事情，就算是她不对，可一码事归一码，她可以为那件事情道歉，却不能因为这件事情上的亏欠，而让她选择妥协不接近玄尘。

"天气凉了，上次让你准备的被子准备好了？"姬小小见玄墨不回答，直接转头不理他，只看着金玲。

金玲点点头："已经准备好了。"

"待会儿找辆马车，送过去吧。"姬小小说完这句，再不看玄墨，只往自己住所而去。

金玲紧紧跟在后面，轻轻劝了一句："之前不是好好的吗，怎么又……"

"我和他的事情，你以后不要管了。"姬小小气呼呼地嘟起嘴，她有她的自由，为什么要听别人的呢？

招来阿彩，交代完毕，看着它飞出去。

金玲自然是听不懂他们的交流的，关于招来阿彩所为何事，她自然也不清楚。

这边事情一完毕，姬小小看看天色，已经是中午时分。金玲来说，马车已经备好，被子也已经放到车上去了。

姬小小和她一起上了马车，往玄尘住所而去。

一进门，姬小小就感觉里面气氛不太对，似乎太过安静了一些。

刚走了没两步，忽地听到里面传来"砰"的一声，好像两样重物撞在一起的声音，接着，不远处传来惊呼："皇上……皇上小心！"

玄墨？

他怎么了，被人打伤了吗？

想到这个可能，姬小小心中一紧，也不管金玲了，早足尖一点，运起轻功，冲了过去。

"怎么回事？"姬小小冲过去，看到玄墨身前围了一圈守军，大家都紧张兮兮地对视着前方。

不顾前方是谁，姬小小眼中只看得见玄墨，那些守军挡不住她，只一瞬间，她就到了玄墨身边。

"怎么样了，是不是出事了，是不是受伤了？"一边说，一边扣住玄墨的脉搏，只感觉他有些气血翻腾，倒是没有受伤的迹象，这才放下心来。

"玄尘？"看到前方倚着桌子站立的白色身影，姬小小明显愣了一下，"你……你们打架？"

怎么会打起来的？

"我……没事……噗！"玄尘话没说完，一口鲜血从他口中喷了出来，落在嘴角边上，还有几滴，落在他白色若谪仙的衣衫之上，触目惊心。

"你怎么了？"姬小小的身影立刻闪到他身边，握住他的脉搏，不由惊呼，"你受伤了？"

内伤还挺重，五脏六腑都被震到了，因此才有瘀血吐出来。

赶紧从怀里拿出一粒药丸给他服下，姬小小不由抬头恨恨地看着玄墨："你干吗打伤他，就算他犯了错，自有国法制裁，你堂堂一国之君要报私仇？！"

"小小……"玄墨有些无奈，这事还真的无从解释起。

一切只能说她来得太巧了一些，这个场景，他就算有千张嘴都说不清楚了。

"小小，没事，是我技不如人！"玄尘吃了姬小小的药丸，又在她的帮助下用内力将药丸催化，让药效很快遍布全身，顿时感觉好了很多。

"玄尘，是不是他故意找你麻烦？"之前就知道玄墨对自己和玄尘来往有意见，难道他是忍耐不下去，所以特意来找玄尘给他点教训吗？

"你们都退下！"玄墨看了一下周围的守军。

屋内就剩下金玲，玄尘，姬小小和玄墨四个人了。

"我只是来找玄尘谈点事情，打起来纯属意外。"见人走了，玄墨赶紧解释。

"什么事情会把人打成这样？"姬小小回头看看玄尘，问，"是不是关于我？"

玄尘看了一眼玄墨，再看看姬小小，点点头。

姬小小扶他到床边坐下，恨恨地盯着玄墨："你不喜欢我和谁接近，你冲着我来就好，何必找我朋友麻烦？我最痛恨你这种，自己技不如人，打不过，就找我身边的人下手。"

【第十二章 秋瑟瑟战场热血初沸腾】

"我没有!"玄墨急着解释,"我真的只是来找他谈事的,是,事情是和你有关,我承认我也冲动了一点,可冲动的不止我一个。"

若不是玄尘玩命一样冲上前来,他也不会用全力。

他若是知道会有这个结果,刚才根本不会出全力。再怎么说,眼前这个人,身上一半的血,还是和自己相同的。

十年前,他是真的将他当亲生弟弟疼爱,如今就算再生气,也不会希望他死。

"你走,我再也不想见到你!"姬小小跺脚,几步走上前,揪住他的领子,一把解开他脖子挂着的七彩羽毛,"现在你自由了,我不要你了!"

"小小!"玄墨有些慌张地抓住她的手,"当初你说挂就挂上,现在说拿就拿走,凭什么?东西都送出去了,哪有收回去的道理?"

姬小小睁大眼睛:"我不要你这样的人,我不想要你了,你不是很高兴吗,你之前并不愿意的!"

玄墨气极:"你也知道当初我不愿意,你还强人所难,我还真以为你不知道呢,原来我是被你的表象给骗了。也罢,这东西本来就是你的,你爱拿就拿走,我不稀罕!"

"咳咳……你们……不要吵了!"玄尘剧烈地咳嗽起来,"是我的错,不关他的事。"

姬小小赶紧到他身边,帮着拍拍他的背:"别急,你身上有伤,急不得,小心。"

见她对自己一顿乱吼,对着玄尘又是这样温声细语,玄墨顿时也火冒三丈:"好,都是我的错,我就是故意针对他的,他本就是败军之将,我就算提前惩罚他也是我的权力,我是皇帝,这个国家,我的话就是金科玉律,我想处决他,他就得身首分家!"

"在他身首分家之前,我会阻止你的!"姬小小抬头看着他,"别以为自己是皇帝了不起,如果是暴君,迟早会引起民愤被百姓推翻,看你这个皇帝能当多久,等你下了龙椅,你一无是处!"

"你……"

"咳咳……"玄尘又咳嗽起来。

"还不快走,非要把人气死了才甘心吗?"姬小小跺脚,"还是要我拎你出去?!"

"好,我走,我走就是了!"玄墨深吸一口气,转身就走。

真是秀才遇到兵,有理说不清。

第十三章　雪纷纷常陵一曲绝尘去

　　阿彩的消息很快，三天以后就已经回来，用嘴和翅膀蘸了墨汁，将剩下三郡的布阵，给姬小小画了个外轮廓，又将代表营帐的圆圈和代表士兵的圆点，一个个叼起来放到合适的位置，三张布阵图，就完成了。
　　姬小小看着布阵图叹了口气，要不要给玄墨送去呢？
　　可是想想还是生气啊，他居然为了阻止她和玄尘来往，而打伤了他！
　　想想那天的混乱，她不觉得玄尘是个会和人轻易动手的人啊。而玄墨却未必，所以分析以后，姬小小总觉得两个人会动手的主要原因肯定在玄墨身上。
　　现在这个布防图，如果要送去，就必须去见玄墨了。可这布防图毕竟关系到玥城上下四十万名将士的性命和前程，不送过去似乎又不行。
　　而阿彩的话，又只有自己能听懂。
　　要不让人转告？
　　姬小小第一个想到了金玲，不过她应该不懂这种打仗布阵的事，让她去送，跟自己把图直接丢给玄墨没什么区别。
　　再说了，当初他们五人在指挥所的时候，都说过这事必须保密，连最亲近的人也不能说。
　　找义父吧，估计又要被他老人家唠叨了，所以现在只剩下江晚月了。
　　想到这里，姬小小不再犹豫，吵架归吵架，让她用四十万将士的利益来赌气，她还做不到。
　　让金玲去找了江晚月过来，这几日，她依然会天天去练兵场，不过尽量和玄墨错开时间。
　　玄墨一般是早上，她便下午去。
　　军中都传说着帝帅失和的事情，她也能从那些士兵的眼中看出一些焦虑来。
　　他们想回家，他们思念亲人，他们想早点把仗结束掉。
　　但是玄墨不能解释，无法解释。
　　她那天就理解了玄墨的无奈，只不过，已经快要到和好的两个人，在突发事情面前谁也

无法理智得起来。

看着江晚月叹息和欲言又止的脸色，姬小小莫名地烦躁起来。

现在想想，玄墨也不应该是太冲动的人。就好像江晚月之前跟她说的那些事情，能隐忍十年夺取皇位的人，可能当着那么多人的面和已经基本上定罪的玄尘打架吗？

这其中有什么猫腻？

姬小小坐不住了，虽然谋划并非她的强项，可是对于阴谋的敏感认知，让她隐隐感觉事情似乎有些不对。

"金玲，让他们备马，我想去看看玄尘。"姬小小有些坐不住了，觉得似乎真的应该去问一下当事人才行。

这几天她其实依然天天去玄尘那里，点苍山的药是极好的，他的内伤已经好得七七八八，再好好养个几日，就可和之前一样健康。

不过姬小小从未问过那天他们为什么会打起来，她只是固执地觉得玄墨会忽然来找玄尘，必定和自己有关，这一点，玄墨自己都是承认的。

可这两个大男人，一个是皇上一个是王爷，怎么都不像是不会隐忍的人。

姬小小甚至有时候想起，当时她冲进去，如果看到吐血受伤的人是玄墨，结果会怎么样？

走进玄尘房内的时候，玄尘正在看书。

一人，一书，一桌，一床，这个场景看上去出奇的和谐，也让姬小小顿时觉得，其实玄墨对玄尘，还是不错的。

现在的玄尘，似乎回到了幽尘居的时代，那般飘逸出尘，尘世间任何污浊，都无法靠近他。

"你来了？"玄尘看到门口的身影，缓缓放下手中的书，却并没有起身，只是看着他温柔地笑。

"嗯！"姬小小点点头，在面对玄尘的时候，她无法对他大声，总感觉，一旦大点声他就会飘走。

坐到他对面，一时间，竟然不知道从哪里开口才好。

"怎么了？"见她不若往日那般多话，玄尘不由有些好奇。

"我……"姬小小难得扭捏一回，若事实真相不是自己想的那般，她该如何去面对玄墨？

"那天你们为什么会打起来的？"最后，还是闭着眼睛问出了口。

不知道真相，对玄墨似乎也不太公平。

那日自己似乎太冲动了，可是因为那个人是玄墨啊，她心中的玄墨，是不可以这样做的，所以才会那样口不择言。

"没什么事，你不要怪皇上了。"玄尘似乎不愿意细谈，只是敷衍了事。

"可是我想知道。"姬小小难得严肃地看着他，她相信玄尘，几乎可以肯定他是不会骗自己的，所以问他就一定可以知道答案。

玄尘放下书，依旧淡淡地笑道："打起来嘛，肯定两个人都有犯错，民间不是有句话说，叫一个巴掌拍不响，我也是冲动了些，不过不知道他的武功竟然这么好了，是我技不如人罢了。"

"他到底跟你说了什么？"姬小小不依不饶。

玄尘看了她半晌，忽地道："时候不早了，该吃午饭了吧，一起吃吧。"

呃……

这话题转移得相当勉强，只是很不巧的，姬小小的肚子居然很听话地"咕咕"叫起来。

她这才想起来，一早起来，阿彩就飞了回来，然后就忙着绘图，画了整整一个早上。

毕竟阿彩只有嘴和翅膀，不如人手灵活，画三张图，虽然比较简单，却还是费了好几个时辰。

玄尘忙让人传了中饭进来，姬小小想要再打听什么，他却是闭口不说了。

只是他不说，姬小小便越发好奇，莫非那天真有什么隐情？

吃完午饭，平时她就该去练兵场了，今天却没走。她是个很执着的人，没有得到自己想要的答案，她是不会离开的。

"玄尘，你为什么就是不肯告诉我？"磨蹭了两三个时辰，眼看着都快可以吃晚饭了，姬小小还是没有得到答案，终于有些急躁起来了。

玄尘动了动嘴唇，刚想说些什么，却听得门口传来话："王爷，您要的书已经送过来了。"

玄尘挑了一下眉，看了一眼小小："我先看看我的书再说。"

说着，起身，竟亲手将那些书接过来，放到桌子之上，然后一本本翻看起来。

"玄尘，你看书也不急于一时，先把那天的事情告诉我吧。"姬小小缠功可谓一流。

玄尘不说话，只是默默将刚刚送来的最后一本书翻看完毕，放下，整一下，整整齐齐放在桌子中央，这才回头看着屋内焦急的女子："真想知道？"

"当然！"姬小小冲他翻了个白眼，眼神明晃晃地写着两个字——废话！

"我告诉你！"玄尘忽如其来的爽快，让姬小小很是愣了一愣，随即他就听到玄尘简单讲述起来，"那天他其实是来警告我的。"

"警告你？"姬小小有些不解。

"就是让我离你远一点，最好你每次来找我，我直接避而不见。"玄尘一脸淡漠，似乎在讲别人的故事，"他说，如果我做得好，回京以后可以减轻对我的责罚。"

姬小小睁大眼："他真的这么公私不分？"

"没错，我不同意，所以一言不合，就交上了手，其实就一招，我打不过他，没想到竟然真的想置我于死地。"玄尘叹口气，"或许他真的很不喜欢我和你多见面，又或者他是太在乎你而已。"

"他干涉我的自由已经是错了，居然还把人打成这样，太过分了。"姬小小气呼呼地跺脚，"走，和我一起找他算账去。"

"小小……"玄尘有些无奈，"他是皇帝，我是臣子，你也只是他的妃子，他一句话就

【第十三章 雪纷纷常陵一曲绝尘去】

69

是金科玉律，要杀人要罚人，随便弄个莫须有的罪名就行了。我想，我回京以后，恐怕脖子上这颗脑袋，是保不住了。"

姬小小越发生气："一切照国法来，也不是说他想杀了你就杀了你的。"

"可我毕竟折损了几十万将士的性命。"说到这里，玄尘眼中闪过一丝不忍，"是我太冲动，太想立功，太想变得强大。"

"只是可惜，我恐怕没有机会为他们赎罪了。"玄尘悠悠叹口气，"也好，一命抵他们这么多性命，我也不算亏。"

"谁说你必须死？"姬小小一叉腰，"师父说了，错而能改，善莫大焉。"

"可我现在被囚禁了，命掌握在别人手中，怎么改？"玄尘苦笑。

"我带你出去！"姬小小看着他，"我打不过四十万将士，可如果要将你送出玥城，还是不难的。"

"你……"玄尘眼中闪过一丝感动，随即摇头，"不行，我不能连累你，你把我送走了，回来怎么跟皇上和众将士交代？"

姬小小低头，沉吟一阵："不管那么多了，先保住你的命要紧，我回来性命是无忧的。"

玄尘看着她，似乎陷入沉思。

"天黑就走，我帮你收拾！"姬小小说着，真的帮他收拾了起来。

玄尘握住她的手，诚恳地道："要走一起走，我不能连累你，如果你不跟我走，我也不走了，大不了就是一死而已。"

姬小小看看他，低头想起了玄墨。

好舍不得，可是玄尘这里，她又不能不管。

算了，不如先走了再说吧，她不可能眼睁睁看着玄尘送死。

"好，我跟你一起走！"姬小小点点头，"你收拾些东西，天黑在城西山丘会合，你出来没问题吧？"

"放心，那些守军还没法看住我。"对于这一点，玄尘很有信心。

姬小小跟金玲出去，看看她，又有些舍不得。

这次走，必然是不能带上她的，只能留她一个人在这里了。好在，金玲自保应该问题不大。

"元帅，怎么了？"见主子脸色凝重，金玲忍不住发问。

姬小小拉住她的手："金玲，以后的日子，你要多保重。"

"你在说什么？"金玲一脸的不解。

"没事，今晚我很累，想早点休息。"姬小小吩咐下去，回到住所快速将自己的一些衣物打了个包，戴上箭袖和玄铁宝剑，又让外面的人不要来打扰，便跳窗而去。

门口，金玲看着一下变得漆黑的窗户，嘴角露出一丝笑意。但是很快，笑意被一些担忧所取代。

对不起，各为其主，我也是不得已。

是夜，城西山丘上，两条黑影已经会合。

"走吧！"姬小小语气轻松，将包袱往肩上一甩，"先出城。"

看看城墙，玄尘摇摇头："我可出不去。"

"知道了，我会帮你的。"姬小小托了他一把，目前玄尘的武功是恢复了，不过不能全力提起真气。

好在玄尘很轻，姬小小轻托一把，他就已经上了城墙顶。

见他已经上了城墙，姬小小松口气，不想包袱里面的玄铁剑一下掉了出来，落在地上，发出一声巨响。

"糟了！"姬小小惊呼一声，赶紧隐入黑暗之中。

半晌过去，居然没有一个人走过来。看起来，他们选的地方真的足够偏僻，连守军都不巡逻。

见没有暴露，姬小小赶紧将玄铁剑拿上，一个纵身轻松上翻过了城墙。

出了玥城，两个人商议要去哪里。

"不如去晋国，正好和去楚国方向相反。"姬小小提议。

玄尘摇摇头："普通人一想就会想到，我们最方便去的地方就是晋国，到时候，追兵一定会往西南方追过来。"

姬小小听着，觉得有理，点点头："那你说去哪里好呢？"

"不如去楚国，他们一定想不到，我们会往最危险的地方走。"玄尘似乎早想过这个问题，脱口而出。

姬小小毫不犹豫地点头："行，那就去楚国，我信你。"

玄尘愣一愣，有些迟疑地问道："你真的信我？"

"我当然信你，不信你我就不会跟你一起出来了。"姬小小笑起来，"到前方琳郡，我们去买两匹马吧，不知道那边在打仗是不是有马卖。"

"放心吧，肯定会有的。"玄尘的语气很肯定。

姬小小嘴一抿，低头，抬头浅笑盈盈，眉眼弯弯，点点头："好！"

两人边说边走，一晃已经天明。

因为战乱，琳郡守卫格外森严，特别是必须先通过楚军军营，才能进入琳郡境内。

好在姬小小和玄尘武艺高强，连夜潜入军营，穿了过去，等到天明时分，已经到了琳郡之内。

琳郡处于楚军的高压统治之下，集市之类的并不热闹繁华。在第一次被楚军占领的时候，这里的百姓，能走的都尽量走了。街上来来往往的，多是楚国的守军，肩上蓝色底白色的云纹，是他们独有的标志。

"看上去，没有地方买马。"姬小小皱了眉头，看看玄尘。

【第十三章 雪纷纷常陵一曲绝尘去】

"先找个客栈住下来，一夜没睡了，这场景只有晚上赶路了，我趁天黑去找马。"玄尘给她一个安慰的笑，"放心吧，我保证，到了晚上，你一定可以有马骑。"

"好！"姬小小点头，满脸的信任。

两个人找了好久，才找到一个难得开门营业的客栈住了下来，用完早饭，玄尘便出门"寻马"去了。

姬小小看着他的背影，嘴角牵扯出一个怪异的笑容，随即耸耸肩，嘟嘟嘴，竟然倒在床上沉沉睡去。

一觉醒来时，已经是傍晚，她竟然睡了一天。

伸个懒腰，看着刚走进屋内的玄尘，正是他进门，才把她吵醒的。

"怎么，找到马了？"姬小小打个哈欠看着他。

"嗯，快了，再等一会儿！"玄尘似乎有些着急地看着外面，等待着什么。

姬小小看着他，也不相问，只是盘腿坐起来，好似老僧入定。

两个人谁也没有说话，大约过了半个时辰，耳边忽然传来喧闹声，由远及近。

姬小小赶紧站起来，往客栈窗户看出去，见琳郡西南方向火光冲天，杀声阵阵。

"我们的马儿来了吧？"姬小小笑盈盈地看着玄尘。

玄尘愣神："你……"

"我不是傻子，你撒谎也不高明！"姬小小拍拍他的肩，"走，我们取马去！"

玄尘看着姬小小转身下楼的背影，有些发傻。

这丫头到底是太单纯了，还是太聪明了？

江晚月为先锋，金矛王爷凌豪为援，魏军一夜破了琳郡的十面埋伏阵，等破晓时分，已经占领了琳郡。

姬小小和玄尘站在门口，一路杀过来，那些已经乱了的楚营士兵，以为魏军早就准备好了里应外合，根本就无心抵抗，被两人轻轻松松就打倒几百人，很快就和魏军会合。

"元帅……元帅！！"魏军将士很多都认出了姬小小，虽然他们不明白为什么他会和常陵王在一起，但是她的存在本来就是整个队伍的强心丸。

之前见副帅金矛王爷领兵，结合之前帝帅不和的传闻，此次出兵将士们还是有不少猜疑的。

现在一见姬小小出现，顿时大家将心头阴霾都一扫而空，而且顿时恍然大悟——原来元帅早一步到了琳郡跟他们里应外合来了呀。

有了这个想法，他们很轻松就直接忽略了玄尘的存在，反正元帅这么厉害，之前破八卦阵，现在破十面埋伏阵，自然有她自己的安排。

大军将琳郡拿下，很快，玄墨的龙辇就已经赶到了。

看到姬小小和玄尘，不由冲着玄尘问道："你告诉她了？"

玄尘摇摇头："她好像……早就知道了，或者我们都小瞧她了。"

"哦？"玄墨愣了一下，随即想起姬小小平素的表现。她一眼看出江晚月的性别，一眼看出凌未然的真性格，拒绝让牙伯当常乐镇的里正，各种各样的事情，在脑海中回了一遍。

看起来，他还真是让这小丫头的表象给骗了。

她的眼神是锐利的，可能正因为她的单纯，所以才不会将人想得太过复杂，以至于一眼就能认出别人心底真正所想。

"你怎么看出来的？"玄墨有些好奇地看着她，自问这么多年来，自己的演戏功底十分强大，不然怎么和刘鉴雄一伙人周旋了这么久到现在咸鱼翻身，其间几乎一帆风顺。

姬小小却摆摆手："我想先知道你们怎么会合作的。"

"谁和他合作？！"玄墨嗤之以鼻，再看玄尘，虽然依然一脸的温润表情，却是微微别过头，不着痕迹地退后了几步。

"你们不说那我也不说了。"姬小小嘟起嘴，看上去跟个赌气的小孩没有任何分别。

玄墨翻了个白眼，这丫头，到底是幼稚还是成熟？

有些无奈，看玄尘是完全没有开口的意思，这个说书人就只有自己来做了。

玄墨叹口气："事实上，还是他提醒我的。"说那个"他"字的时候，他很明显加重了语气，并且瞪了玄尘一眼。

两个人的气，都还没斗完呢。

"他这人脾气别扭，那天却突然趁你到来的时候设了个陷阱让我往里跳，和我对了一掌，当时我是很生气，不过事后想想，似乎有些不对劲。"

"他虽然不能算正人君子，但是阴谋诡计是不屑用的，特别是这种诬陷别人的行为他一向都是很反感的，可这次他居然对我使用了。我当时想着，是不是因为你他转性了，所以先试探了他一下。"

姬小小点点头，也不打断，朝两个人看一看，听着玄墨继续往下讲。

"一个人的性格如果忽然改变了，不是吃错了药得了失心疯，那么肯定就有其他原因。我怀疑这个其他原因是他有什么信息要传达给我，他就是要我起疑心，才会去查到底是怎么回事。"

玄尘鼻子里冷哼一声："还好，还不是很蠢！"

玄墨当做没听见，继续道："所以，我趁着他要书看的当口，在书里夹了信息给他，试探他，问他是不是被人威胁，是不是愿意和我合作。"

"所以你们一直都是靠着那些书在传递信息的是不是？"姬小小笑起来，"跟我料想的差不多。"

玄尘叹口气，依然不改他的骄傲："虽然我不喜欢魏国的皇帝，不过我总归是魏国人，通敌叛国这种事情我还干不出来。我若要借力量，只会借魏国的民心和军心。"

姬小小点点头："嗯，这才是我认识的玄尘嘛！"说着，拍了拍他的肩，一脸的喜色。

【第十三章 雪纷纷常陵一曲绝尘去】

玄墨的脸色变了变，揪住她的手把她抓到自己身边："该轮到你说了，你到底什么时候发现……呃，他骗你的？"

姬小小仰起头，看着他："之前我一直很生气，不过后来想想，跟你一样，觉得玄尘不会轻易跟人动手，所以我打算去问他。结果他怎么都不告诉我，却在有人送书来的时候，忽然开始讲那天发生了什么事。"

"这个转变太突然了，我当时只是好奇，不过玄尘确实不擅长撒谎，中间连个过渡都不会，而且，背后说人坏话，也不像是他的作风。"

玄墨冷哼一声，酸溜溜地道："你倒是很了解他。"

姬小小狠狠瞪了他一眼，玄墨往后一缩，表示不插嘴不说话。

"之后我也是冲动，说带他走，可是以他的性格，就算真的被你处死了，也不会逃走的，他那么骄傲，怎么可能做出逃亡这种事情来？"

玄尘忍不住插嘴："其实我真的有动心，跟你一起走，只要和你在一起，逃亡又何妨？"

玄墨顿时眼神一寒，一下走到姬小小面前，好像希望把她藏起来一般。

"等到了城门的时候，我故意掉落了我的剑，发出巨响，却没有人发现前来阻止，现在两军交战这么关键的时刻，玥城的布防怎么可能这么松散，所以我知道了一定是你早就布置好了。"

"但是城内的守军对你有怨言的！"姬小小这几天练兵场上，没少听到关于对玄尘的抱怨，"所以我又想，玥城之内肯定是有人帮你，这里最有威望的就是我义父，不然就是江先锋，他们对玄墨赤胆忠心，不可能暗中帮你，所以我就想到了，这事恐怕和玄墨也有关系。"

"出了城，我们商量去哪里。一般人都会想到去晋国吧，你却说要去楚国，你难道不怕过几天玄墨要攻打八郡，我们不小心被他碰上抓回去吗？"

玄尘平静无波的脸上，难得闪出一些黑线，果然这任务对他来说有些困难。

"之后，跟在你后面，顺利通过楚营的十面埋伏阵，我就彻底肯定，你和玄墨合作了！"

又说到"合作"二字，两个大男人对视一眼，继续表现出一脸的不敢苟同。

不过姬小小才不管，还是继续说着："这些州郡之前都摆了阵营，师父特地教了玄墨破阵之法。所以我想魏国一定没有可以破这些阵的人，不然，以我师父的个性，大概直接就举荐了，何必自己写册子这么麻烦？！"

"既然只有玄墨一人可以破阵，那么，玄尘又是怎么知道走法的呢？"姬小小眨巴眨巴眼睛，看着玄墨。

"是我把路线写在他每天看的书里送给他的。"那是在决定合作以后的事情，大家都做得异常隐晦。没想到，最大的破绽在这里。

"小小，你让我惊奇又让我头疼。"玄墨捂着额头，"在你面前，还有什么秘密是守得住的？"

"本来就是你们安排得太不严密了。"姬小小翻个白眼，"一进琳郡，形势都没看清楚呢，玄尘就说要住店，我就知道他一定是等你们了。然后他又告诉我，他一定会弄到马的。我知道玄尘不爱骗我，所以他说的一定是真话。所以我知道，晚上你们一定会打过来。"说到这句，姬小小忽地轻轻一叹，"金玲，她还好吗？"

见她忽然转了话题，玄墨忍不住看了看身边一起"听故事"的江晚月和金香玉。

"臣可什么都没说。"江晚月赶紧叫屈。

金香玉也赶紧摇头，撇清关系。

"别看他们了，我猜的。"姬小小有些不满地看着玄墨，"你每次跟我说布防有关的事情，总是特意叮嘱一句，千万不要告诉别人，连金玲都不行。一次两次也就算了，次次都这样，不是摆明了告诉我金玲有问题？"

"你……"玄墨语塞，他好像是有些过于紧张了。

"再说我给金玲把过脉，知道她练过武功，就更引起我怀疑了。"姬小小继续道，"她是为楚国办事的吧？我师父说了，胜者为王败者为寇，你随便处罚，但她是我的人，所以如果你要她的命，我还是会保护她的！"

玄尘眼中，忽地有些落寞，若是有人要杀他，她会想到保他一条命吗？

玄墨愣一愣，要保住金玲的命吗？

可各国对于奸细的处罚，都是很残忍的，至少没有一个打入别国的奸细可以活下来过。

不然，今天楚国派奸细过来，明天晋国又派一个过来，反正大家都不用死，多来多往，多好？！

"怎么了，不行？"姬小小看着玄墨皱眉，有些担忧。

"国有国法！"玄墨确实很为难。

"这事知道的人不多，你是皇上，一定有办法的。"姬小小看着他，"你没办法，那我只有带她走了，我不能让我的人死而不管。"

"你们都必须守口如瓶！"玄墨沉了脸叹口气，看着屋内所有的人。

"是！"江晚月和金香玉一起点头。

他们也觉得金玲不是一个很坏的人，每个国家出来做奸细的人，又有多少是心甘情愿的？

"喏，戴上！"姬小小从怀里拿出一样东西递过去，玄墨定睛一看，竟然就是那天被她扯下来的七彩羽毛。

这是和解的信号吗？

"那天你们是真打，所以我并没有原谅你们打伤玄尘。"姬小小看着玄墨，一字一顿地回答，"不过，这事确实是我误会，你不是故意打玄尘的，所以我道歉！"

大家都愣了一下，之前两个人都是很犟的脾气，谁也没想到姬小小居然会道歉。

"不过……"更没想到的是，姬小小还有下文，"你之前骗我说把玄尘押解进京了，这件事情你也要道歉，而且你以后必须保证不许干涉我交朋友的自由，我才是你的主人，不是吗？"

【第十三章 雪纷纷常陵一曲绝尘去】

江晚月和金香玉嘴角抽搐了一下，就知道小小不是那么好说话的主儿。

可是，让皇上道歉？

屋内三个人……好吧，要加上姬小小，所以，现在四个人的眼睛都盯着玄墨看，看他有什么反应。

玄墨的脸色果然不大好看，他刚才也诧异为什么小小这么爽快地跟自己道歉，现在才发现，原来是有后着。

看看玄尘，这家伙此刻斜靠在墙上，一副准备看好戏的模样，就让他心里很不爽。

若是道歉了，以后就再也不能管小小和他来往了。

可若是不道歉，大家又会说他堂堂男子汉小肚鸡肠，一个女人都道歉了，他却还在这里犟着，为了面子不认错。

"你认错了，我就原谅你了！"姬小小直直地盯着他，她才不管其他人的眼光，只想得到她想要的结果。

毕竟，那件事上，玄墨确实错了。

算了，他和姬小小之间的事情，这几个人又不是不知道，反正面子里子早就全没了，认就认呗。

"好，我错了，我认，我不该骗你！"他敷衍一句，试图蒙混过关。

"还有以后不能干涉我和谁做朋友。"姬小小加一句，她可不会让他混过去。

玄墨挠挠头，有些无奈："可是小小，我们是夫妻啊，我和萧琳在一起你也会不舒服，你和他走那么近，我能一点想法都没有吗？"

姬小小倒是没想到这层，歪着脑袋想了很久，才道："我和玄尘的关系，跟你和琳姐姐根本不一样，至少我和玄尘不会有孩子，你们却有个孩子……虽然不在了，可是……可是我还是不舒服。"

听她这么一说，玄墨原本在心中仅剩下的那一点不快也消失不见了，这丫头，情窦未开呢，不过看上去似乎也知道谁在她心中是最重要的。

"那，如果是他和萧琳以前生过孩子，现在两个人还经常来往，你会不会不舒服？"玄墨有些挑衅地看着玄尘，等着姬小小回答。

姬小小很认真地想了想："可是那个和琳姐姐生孩子的不是他啊。"

玄墨顿时有些挫败："我是假设，好吧，假设那个人不是萧琳，是别的女人，现在和他一起生活，一起怀孕生子，你会不会不高兴？"

"我为什么要不高兴？"姬小小有些莫名其妙，"如果有人可以给玄尘生孩子，玄尘也乐意和她一起生活，我高兴还来不及，他看上去太寂寞了，总是一个人。"

玄尘的脸色一片黯然，玄墨一脸的嘚瑟。

这个时候，什么尊严面子都抛到脑后去了，玄墨大声道："你放心，我以后再也不干涉你和他来往了，你们可以来往，但是你必须把我放第一位，明白吗？"

"你们是不同的。"姬小小严肃地道，"我晚上要抱着你睡呢，没有你我睡不着的。不过和玄尘聊天比较愉快，不过人可以不聊天，却不能不睡觉，所以肯定是你重要。"

江晚月和金香玉的肩膀忍不住抽动起来，敢情因为玄墨还有个抱枕的作用，所以他就比玄尘重要呢。

聊了一整天，江晚月和金香玉算是识趣的人，知道和好的两个人肯定要说一些话，便以军务为由，匆匆离去。

唯有一个不太识相的人，不是很想走，只是看着他们两个。

"呃……"玄墨看着某人，"你没地方去吗？"

玄尘耸耸肩："这里挺好，我哪儿都不想去。"虽然已经知道答案，可多少还有些不甘心。

好吧，就算现在这个时候，稍微破坏一下也好。

山不过来我过去就是了。

玄墨摸摸鼻子，有些无奈地看看姬小小，再狠狠地瞪了玄尘一眼，拉起小小的手，眼中多了几分挑衅："小小，我们出去走走吧，三军将士可是很想你呢。"

"好！"姬小小点点头，这几日和玄墨赌气，练兵场确实去得少了，她也有些想念那些将士们了。

自从出示了玄尘给的龙吟符，原本对她的武功很服气的黑旗军更是军心大振。

毕竟军人嘛，也想着上战场奋勇杀敌，报效国家的。

之后帝帅失和，三军将士特别是黑旗军这边的将领们都是捏了一把汗的，就怕出了什么问题。

虽然他们对这个女元帅很服气，但对于皇上，这段时间接触下来，确实和他们心中那个怯懦无能的昏君差别很大。

可以说，他甚至十分睿智和能干。

之前听说了太多的传言，看起来，果然传言这种东西是不能信的，眼见才为实啊。

女元帅和皇上虽然外型上不是很搭配，不过从能力上来说，是真的很相称的两个人。所有将士都看好他们，他们不希望自己心目中美好的一对夫妻反目成仇。

现在玄墨和姬小小算是和解了，自然也应该去军营走一圈，告诉他们，之前不过是计策，以后他们会和以前一样，相亲相爱。

一路拉着姬小小的手未曾松开，玄墨忽然觉得，其实当着外人的面道歉似乎也值了。

早知道如此，当初也就不赌气了。

不过当初真不知道自己在这丫头心中是什么样的地位，现在算是基本清楚了，这丫头对自己，还是有男女之情的，只是她自己不清楚罢了。

而玄尘嘛，现在似乎对自己没有什么威胁了，一颗悬着的心总算是有些落了下来。

接下来，或者他该好好调教调教这丫头什么叫做真正的夫妻了。

事实上，两个人真的就只是到军营"转"了一圈，只是为了告诉三军将士，他们和好了，

【第十三章 雪纷纷常陵一曲绝尘去】

而之前的那些，不过是因为障眼法。

之前那些不管是真的还是假的吵架，在将士们心中，便都成了皇上和元帅的计策。

玄墨自然不会跟他们去详细解释，他现在很想和姬小小独处一下，毕竟，吵了这么久，他们已经很久没有单独待在一起过了。

琳郡城往东北方向走，便是下一个他们准备攻克的目标——南郡。

爬上东北方的一座山丘，这里没有人烟，不过可以看到南郡的布防。难得不用探子，不用阿彩，可以如此近距离观摩偃月阵，玄墨自然不会放过机会。

和姬小小站在山丘之上，看着那星星点点布置出来的阵法，玄墨忽然觉得如果带着身边的女子指点江山，恐怕将是这世上最美好的事情。

他们可以站在最高处，俯瞰整个魏国，或者，野心再大一些，可能是整个天下。

"你在想什么？"看着玄墨一脸神往的样子，姬小小有些好奇。

"我在想……"玄墨转头看着她，"我想将这江山，送到你脚下，与你共享。"

姬小小歪着头想了想："我不用你送我东西，你自己本来就是我的，所以，你的东西自然也都是我的。如果你要什么，就告诉我，如果我有，我送给你，如果我没有，我努力去争取来，送给你。"

玄墨失笑："打江山这种事情，就让男人来吧，你好好站在我身后，享受成果就好。"

姬小小一脸不认同："为什么要分男人女人呢，师父说过，这个世上只有能力不够强和能力足够强之分，跟男人女人没关系。"

呃……

玄墨想了想，还真的无从反驳起。

没办法，他自己技不如人，而且还是不如女人，又有什么资格去教育眼前这丫头什么叫男尊女卑呢？

不过若是这丫头真变得和宫里那些女人那般唯唯诺诺，那她身上的闪光点，便再也没有了。

父皇说，爱一个人，便要接受她的全部，包括她犯的错误，她身上的缺点。

只是很可惜，父皇爱错了人。

在玄墨之前二十五年的人生之中，他觉得自己绝对不可能步父皇的后尘，即使以后真的喜欢上一个女子，也会让她为自己改变。

直到碰上姬小小，他才深刻明白父皇说的那些话的真正含义。

当你爱上一个人的时候，她对是对的，错也是对的，就算全天下都认为这个女子身上有某个缺点，而在他的心目中，那却是她身上最发光发亮的地方。

当你爱上一个人的时候，就算她是罂粟，绝美而致命，却依然会在你死亡那一刻，依然爱她，矢志不渝。

这就是当年父皇对母后的爱吧？

玄墨叹口气，只可惜，父皇所爱非人，两情相悦这种事，全天下来说都是十分困难的，更何况本就冰冷毫无人情味的后宫之中呢？

想到这里，他情不自禁伸出手，将姬小小圈在怀里。

"你怎么了？"感受到身后那个人忽然传递过来的落寞之情，姬小小忍不住感到有些奇怪。

"没事。"玄墨轻拥着她，半晌，忽地加重了语气，"以后再也不许不要我！"

"嗯？"

"那根七彩羽毛，永远不许拿走！"

……

"只要你以后再也不骗我，我就答应你。"姬小小在前面加了个小小的前提条件。

玄墨不由失笑："好，我以后再也不骗你。"

"你刚才就骗我了。"姬小小嘟嘟嘴。

玄墨一愣："我又骗你什么了？"

"你说带我去看三军将士，又说带我来察看敌情，其实你根本另有企图。"

"我有什么企图？"玄墨有些不解。

姬小小眨巴眨巴眼睛："你就是想把玄尘还有那些将士们都赶走呗，只留下我们两个人，是不是？"

"嗯？"玄墨看了她一眼，旋即反应过来，不由哈哈大笑起来。

"我挺高兴的。"玄墨看着她，忽地低头，噙住她的唇，吮吸。

姬小小还沉浸在刚才那一吻之中，脑子一片空白，傻愣愣地看着眼前的男人。

"我们坐一会儿吧。"难得一片祥和安静，玄墨拉着姬小小坐了下来。

秋天的山丘上，有些萧瑟之气，草儿变黄了，坐下去的时候，沙沙作响。秋风吹过来，落了几片黄红色的叶子在他的肩头，配着黑色的衣衫，格外显眼。

坐到他身边，很自然地将脑袋靠在他的肩上。坐下以后，身高问题就不大了，她的头正好可以靠到他的肩上，很舒服的位置。

匆匆忙忙，居然已经是傍晚了，太阳此刻只剩下红彤彤的圆形，将热气全部回收。

天地之间，红霞满天，一对璧人，坐在山丘上，肩靠肩，头靠头。

一切美得不可思议。

"玄墨……"姬小小轻轻叫了一声。

"嗯？"

"以后不要骗我了。"

"嗯！"

"以后也不要因为怕我伤心，故意骗我，善意的谎言都不行。"

"可是……"

"没有可是。"姬小小的语气一贯地霸道，只是在这样的场景之下，多少显得有些不和谐，

【第十三章 雪纷纷常陵一曲绝尘去】

"就算我会因为金玲的事情伤心,可做错了事情,总要受到惩罚的,这个道理我还是懂的。"

可你已经影响惩罚的结果了!

玄墨张了张嘴,最后还是没把心里这句话说出来。

还好,那种让她可以抵死保护的朋友,不算很多。

他是帝王,有的时候必须要舍弃一些东西,比如友情,甚至亲情。

唯独一样,爱情,他并不想舍弃。

"还有……"姬小小继续给玄墨"立规矩","我不喜欢战场上的血腥和杀戮是事实,可那并不表示我就会害怕。我答应过三军将士会陪着他们一起将楚军赶出去,让他们早日和亲人团聚,我就不会每次都躲在他们身后。你不要觉得我不喜欢这些,就故意安排我不去接触。"

看来自己的心思,被她看了个彻彻底底。

让玄尘带走她,本也就存了这两个心思——金玲和战场,他确实不想让她接触。

"你是皇帝,不能有私心,我是元帅,答应过别人的事情,就要做到。"姬小小很严肃地望着他,"在这里,想要不接触血腥和杀戮,就只能彻彻底底把这一切结束掉,这样不光是我们,三军将士,甚至还有这里的百姓都不需要见到这些东西了。"

玄墨默默地看着她,好似发现了新大陆。

"怎么了?"姬小小摸摸脸,"我脸脏了吗?"

"我想,我捡到宝了!"玄墨忽然一把搂她进怀里,"放心,以后你想做什么,告诉我,我一定会支持你的。"

姬小小有些傻乎乎地被他拥进怀里,忽地闷闷地说了一句:"不对,明明是我捡到你的嘛,我要对你负责……"

玄墨的笑意,在那一瞬间扩展开来,一发不可收拾。他双手一举,将小小抱起,大步走向营帐。小小不知所以,却发现自己不能挣脱,不忍挣脱,也不愿挣脱。她没想明白为什么自己武功更高却会这样,就被玄墨带入一个全新的世界。

夜,格外寂静。

琳郡衙内,姬小小和玄墨的住所不远处的一个房间屋顶上,隐隐飘来一阵箫声。

箫声凄楚,寂寥,好似从天际飘来。

如果夜视好的人,可以看到屋顶之上,似乎站着一个白色的身影,风姿绰约,飘然若仙,好似天外来客。

只是那飘然若仙的身姿,在这冬季的深夜之中,显得那般无助失落。

好像丢失了这个世上最宝贵的东西,那样哀伤。

天际开始飘落雪花,从细细碎碎,变成鹅毛般大小,纷纷扬扬,将天地之间很快裹上了一片白色。

白色的雪，白色的身影，天地人，融为一体。

箫声哀哀，将天地之间，都陷入一片哀伤之中，让人忍不住泫然泪下。

姬小小从玄墨怀里悠悠醒转，浑身的酸痛让她皱了一下眉头。

玄墨告诉她那是一种享受的，分明就很疼。

"只会疼一次，以后就不会了。"玄墨轻柔地帮她按摩了一下腰部。虽然他知道女子的第一次会很疼，但是看到平素十分坚强彪悍的姬小小在他身下疼得直抽气的时候，他的心还是忍不住狠狠疼了一下。

"是玄尘在吹箫。"姬小小嘟囔一句，身上的酸痛让她浑身发软，而玄墨赤裸的怀抱，让她感觉比平日和衣抱着的感觉还要好。

舍不得离开。

"不许在你夫君的怀里提起另外一个男人！"玄墨大手一捞，他自然明白今夜玄尘为何如此失常。

一路打过来，他们都是同住在一个屋檐下，为的就是让他看清楚他和小小之间的互动，让他死了这份心。

爱情之中的人，都是自私的。

玄墨自然明白，姬小小身上专属处子的体香，恐怕瞒不过玄尘这个在宫里长大的孩子。所以，他使了点心机，在路过他门口的时候，偷偷踢了一颗小石子过去，引起屋内人的警觉。

好在，姬小小当时一心都想"对他负责"，没有注意到他脚下的小动作。

那个时候，他忽然能明白宫里那些女人们为什么会使用那么多手段了，有时候，在感情上面，偶尔也应该使用一些手段的。

还好，自己在她自己还不自知的时候，已经成了她的人，真好。

冬季的清晨，琳郡下了第一场雪，早起的门口，已经是白皑皑一片。

下了一夜的雪，早上起来倒是停了，不过屋顶树枝之上，已经挂满了厚厚的白雪。

一脚踩到地面上，发出"咯吱咯吱"的声音，惊扰了前来打扫的下人们。

"皇上万岁！"这里的下人很少，玄墨和姬小小加上玄尘，都不喜欢很多人围在身边伺候着，所以只有两个打扫的下人，还有早起帮忙梳洗的两个丫头而已。

此刻，扫着雪的两个人，见到他出来，赶紧跪下了。

"起来吧！"玄墨看看门口已经被扫出一条路来，不由挥挥手，"不要扫了，你们去烧点热水准备着，待会儿元帅起了床，要沐浴用。"

"是！"两个人起身，恭恭敬敬地准备离去。

"还有，让桃红柳绿准备好浴巾和浴桶，什么时候元帅要用，随传随到。"

桃红柳绿，就是琳郡当地官员给他们安排的丫头。

挥退了两个人，玄墨心情大好，童心大起，开始往没有扫尽的雪地上一步一步走了起来。

【第十三章 雪纷纷常陵一曲绝尘去】

雪很厚，刚刚没了脚背，踩下去，人就顿时矮了一截，然后又高起，又矮了下去。

如此反反复复，不知不觉已经走出很长一段路。

回头看看自己的脚印，玄墨不由失笑，应该带那丫头一起出来走的。直觉上，他觉得那丫头肯定会喜欢这北方的雪景。

点苍山地处偏南，可能，她从来没见过这么大的雪吧？

转身，却看到眼前一人站在不远处梅花树下，白衣，玉箫，白色的梅花花瓣偶尔飘落在他身旁，只显得那人如同白玉雕塑一般，和天地融为一色的白。

玄墨一动不动地看着他，一身黑色的锦袍，加上上面金色的龙纹，在天地之间显得格外醒目。

他的腰带，已经被毁了，外面披了一件同样黑色的披风，披风后面，绣着一条金色的团龙。

寒风之中，他的衣袖和衣摆被吹起，发出轻微的"嘭嘭"声。

黑色，稳重地落在地上，不似白色，随时会御风飞起般的感觉。

一个是属于地上的，一个是属于天上的，两个同样俊美的男子，就这样对望着。

然后，白色的身影缓缓动了动，抬起手，手中的玉箫指向黑色的人影。

"你打不过我的。"玄墨在他面前说了"我"字，便表示，他现在和他身份，是对等的，并非天子与臣子的关系。

他们只是同时爱上了一个女子的两个男人，平等的男人。

玄尘没有说话，手中劲风更甚，玉箫狠狠地扫了过来，半点情面都不留。

玄墨翻身而起，一手抓住身上的披风，在空中一个漂亮的翻身，画出一道金黑相间的弧度，将那劲道化作无形。

玄尘一抿唇，趁他刚站稳，手中的玉箫再次击过去，不让他有任何的喘息机会。

玄墨身子往后一仰，灵巧地侧身从他身边滑过，黑色的衣袂飘荡起来，宽大的袖子往地上一扫，卷起一地雪花飞扬。

劲风，将梅树上的积雪震动，纷纷碎落下来，迷了两人的眼。

玄尘的白衣玉箫，顿时好像上了一层保护色，和落雪融为一体。

白衣轻轻地飘起，卷起空中的雪和花瓣，玄尘甚至没有转身，只是身子往后一仰，整个人就又朝着玄墨袭来。

雪花梅花都为之失色，都是白色，他仿佛就是天地之间，最美的白色。

原来同为白色，都是有差别的啊。

玄墨心中暗叹一声，继续使用轻功，足尖踮起，御气飞行于半空之中。这一次，他不再躲避，化被动为主动，宽大的袖子在空中一卷，一道劲风扫向玄尘的脸颊。

玄尘下意识仰头，往旁边一躲，没想到玄墨这只是虚招，趁他别过头，右手已经从袖子里伸出，身子往前一倾，直直冲到他身边，手起，狠狠击打在他的手腕之上。

玄尘只觉得手腕一麻，下意识一松手，手中的玉箫顿时掉落在雪地之上，几乎没入雪地之中。

"你输了！"玄墨借力，翻身轻轻落在他身前不远处，脸上的表情，看不出是怒是喜。

弯腰，捡起地上的玉箫，玄尘轻轻掸干净，再吹了一下，箫音依然悠长。

"以后好好对她。"玄尘看着他，脸上亦无悲无喜，"否则，即使我打不过你，亦会跟你拼命。"

玄墨嘴角弯起一丝笑意："我自己的人，自然知道如何对待！"

这一仗输了，输的不只在武功之上，还有争夺他心爱女子的资格。

结果还是什么都不如他，玄尘转身，缓缓走远。白衣玉箫，就这样融入雪地之中，仿佛从来没存在过这个俗世之中。

"玄墨……"身后，传来女子清亮的声音，喜得他回头，果然看到那抹红色的俏影，站在雪地之中，眉眼弯弯，看着他。

就这样被一辈子看着也好，只望她一辈子眼中，都只有他而已。

随即，他的脸上染上薄怒："谁让你出来的，我不让他们给你准备热水沐浴吗，怎么，居然没有来吗？"

"我醒来没有人发现，我偷偷跑出来的。"姬小小笑着看他，"若不是这样，还看不到你和玄尘比武呢，好漂亮的招式。"

虽然在她眼中，那些招式漂亮不够实用，不过真的很好看，用来纯欣赏还是不错的。

"你看到了？"玄墨稍微有些尴尬。

既然看到了，那么，最后那些话她也应该听到了。

"如果有一天你背叛了我，或者我可以考虑他。"姬小小巧笑倩兮地看着眼前的男子，忍不住想要刺激他。

小女孩一夜长大，眉梢眼角顿时有了几分少女所没有的风韵，让玄墨一下移不开眼睛。

该死的，她越来越吸引人了，关键是，她常常还不自知。

笑得这般好看，让树上的梅花都失了颜色，真想把她藏起来，只笑给自己一个人看。

"不许！"玄墨走上前，用身子将她挡住，至于是不许跟玄尘走，还是不许笑得这么好看，连他自己都不清楚了。

"身上还酸痛吗？"他看着，手放到她的腰部，想给她温暖。

"没事了。"姬小小摇摇头，"我起床的时候调息了一阵，已经好了。"

"还是去洗个澡吧，洗个热水澡会更舒服的。"玄墨还是坚持着，反正都准备好了。

姬小小想了想，点点头，毫不客气地道："不如你帮我搓背。"

呃……

让堂堂一国之君帮个小女子搓背？

玄墨睁大眼，看着一脸理所当然的小女人。

算了，无谓解释了，反正这小丫头用起"自己人"来，总是"不遗余力"。

【第十三章 雪纷纷常陵一曲绝尘去】

第十四章　火腾腾百鸟朝凤万兽临

下午，雪停了许久，玄墨牵着姬小小，缓缓走去城墙之上。

每日，他们总是要去练兵场，然后，姬小小就在那里待上一天，他则到城墙之上，观看楚军的九转龙门阵。

书上的那十六个字他早就倒背如流，但一直得不到破解的方法，所以只能一次次地去看，想要找到一些突破口。

事实上，画出来的布阵图，他也已经看了不下数百遍，只是总归不知道从哪里下手才好。

今日有些不同，他一刻都不想和小小分开，索性去了练兵场转了一圈，就带着她一起上了城墙。

从"千里眼"里望过去，楚军的阵营还在，也没有任何其他动静。

姬小小不知如何破阵，所以从来都没有看过，她只负责管好那些士兵的操练就行了。

不过既然今天上了城墙，便忍不住拿着"千里眼"看了起来。

九转龙门阵，顾名思义，九转，看上去，仿佛是九个圈组成，横为三排，竖为三排，正好九个"转"。

细看，那"九转"还真有些像盘起的团龙，仿佛随时便会喷出水火来。

龙，传说中是可以行云布雨的天上神物。可喷火亦可喷水，是天地间将水火融合得最为和谐的神物。

九个"转"互相照应，首尾呼应，进可攻，退可守，简直是天地之间最为完美的阵法。

"左右两边还有水源，他们为什么要把阵摆在水中间？"姬小小的"千里眼"滑了一下，看到左右三个"团龙"旁边，居然各有一条不大不小的溪流。

"那是楚水的支流。"玄墨解释，此阵排布以及周围的环境，他早就烂熟于心，"就算这九转龙门阵真是个神阵，那些阵中的楚营将士也总要吃饭喝水的。"

姬小小放下"千里眼"有些失望地道："我还真以为这九条龙会喷水呢。"

"不但会喷水，而且还会喷火呢！"玄墨随口道，"我先后派了好几支小分队去查探虚实，发现那阵四周能喷水，中间会喷火，可谓水火两重，杀伤力极强。至今为止，除了一个浑身烧伤回来就死去的士兵，没有任何一个人活着回来过。"

"真的会喷水？"后面的话被忽略不计，姬小小只抓住前面一句。

"嗯，我怀疑是水箭，不然水的杀伤力不会这么大。"玄墨皱皱眉头，"他们应该有一种专门喷水的工具，喷出来的水跟箭一样，可致人死亡。"

"嗯，水就在他们身边，要喷水确实很简单。"姬小小也犯了愁，点点头。

玄墨忽地心中一动："你说什么？"

"我说水就在他们身边……"

"对，要是水不在他们身边，切断他们的水源，他们这阵就会降低一半的威胁。"玄墨一把捏住她的手，"你提醒我了，没水的话，他们拿什么来喷呢，拿什么来制作水箭？"

姬小小也高兴起来："对啊，以前怎么没想到呢？"

"早知道早就应该带你来看了。"玄墨一脸的激动，"小小，你真是个宝！"

说完，竟情不自禁狠狠地吻了她一口。

周围守城的士兵都很合作地转过头去，玄墨这才想起身边还有其他人，顿时有些不自在起来。

也只有在小小面前，他才会经常如此失态。

算了，反正他这辈子就被这小女子吃定了。

"传令下去，让副帅和江先锋到指挥所找朕！"玄墨找了传令兵，下达了一道命令，"让骑兵营挑选两队精兵，各两千人，晚上集合，朕有重要安排。"

"是！"

看看天际，夕阳的温度并不高，雪水并没有多少融化。

一场大战，即将来临。

【第十四章 火腾腾百鸟朝凤万兽临】

四千骑兵黉夜出发，到楚营两侧溪流的源头，堵截水源。

玄墨吩咐，水源先不要堵死，留下一点，等雪水全部化了以后再堵上。

因为最近的源头有楚军把手，为了不打草惊蛇，魏军骑兵必须骑马行走一夜，到更远的地方，用沙袋拦住水流。

如今已经进入隆冬时节，楚水水面上到处可见一大块一大块的浮冰，而楚营旁边的溪流也早已冻住，所以少了一些水流，他们是不易察觉的。

只等雪水化光，再没有水源供给，将最后一个缺口一堵，楚营便彻底没了水源。

不过源头的水确实不易堵上，左右各两千骑兵，一人带了两袋沙包都不够用，只好就地取材，将周围的泥沙运来，才勉强将水堵住。

直到七天以后，阿彩飞回来，告知那四千骑兵已经完成任务，只等这边信号弹一发，他

们便会将最后一包沙袋堵上。

而此时，雪水已经化得差不多了，楚营两边，原本冻得几尺厚的坚冰，也在他们持续不断的努力下，变成了一块块的浮冰。

因为有大块浮冰的干扰，他们并没有感觉水比平时少了多少。

"皇上，是否开始攻营？"江晚月和金矛王爷走上来，看看天色，没有下雨和下雪的迹象，这个时候攻营最是合适。

"时辰差不多了。"玄墨点点头。

"我去点将！"姬小小跳起来，"将士们听到这个消息肯定很激动。"毕竟是最后一仗了，打完他们就可以回家过年了。

"不行，你不许去！"玄墨忽然沉了脸，"此次战役由皇叔负责，江明辅佐，你们去吧！"

江晚月和金矛王爷不疑有他，赶紧点头，跑了下去。这一路打过来，皇上的下令，从来没有错过。

可姬小小却歪着头，看着玄墨："为什么不让我去，前几次每次都是我冲在最前方的。"

因为在琳郡时候的那番话，玄墨在后面七个郡的战役中，再没有限制她的行动。

每一次战役，都会让她参加。

姬小小好像天生是个领袖，每一次冲在最前方，奋勇杀敌，总是能调动全军将士的士气。

但每一次战役，玄墨都很清楚那些阵的破解之法，所以让江晚月为先锋，先捣了阵法扰乱视线的关键点，再让姬小小带人打进去，阵法已经失效，以她的功夫，加上她惯能带动士兵的士气，要打胜仗不是难事。

可现在，他对这九转龙门阵根本就没有摸索透，截断水源也大概只能让它失去一半的威力。

而剩下来的那个阵法，到底有多少威慑力，目前还完全不清楚。

说他私心太重也好，说他太过小心也好，总之他宁可自己上阵，也不会让眼前这丫头去冒这个险的。

在胜算没有超过九成的情况下，他是不会放心让姬小小前去的。

"你在担心什么？"姬小小看着深锁眉头的玄墨，"是不是这场仗打起来不轻松？"

关于她经常能一眼看穿人心的能力，玄墨已经一点都不觉得诧异了，只是点点头："你师父那个册子，我没有研究透，我甚至不知道破阵之法，可卸去了水源，至少能让这阵的威力减少一些，但是具体能减少多少，还剩下多少威力，我完全不清楚。"

"所以你不想让我去，怕我出危险？"姬小小这才明白玄墨刚才那话的意思。

玄墨看看周围站岗的士兵，显然他们没听到她的话，于是点点头："小小，我不能让你冒一点险。"

"可那些将士呢？"姬小小忍不住低头，拉住他的手，"你让我去吧，我的功夫比他们好，回来的可能性也比他们大啊。"

"不行！"玄墨看着她，"我宁可我去，也不会让你去！"

"你……"姬小小有些生气地一跺脚，"你武功没我好！"

"我轻功和你一样好，如果真的有什么危险，逃命出来的可能和你是一样的。"

姬小小一下不知道该说什么了，看着眼前这个男人的态度，知道强求必然是没有用了。不过因为他的担心，她心底还是有些甜丝丝的。

见她不说话了，玄墨顿时有些心软："不如这样，我们到附近山坡之上观战，你去击鼓，鼓舞士气，不是一样吗？"

姬小小觉得这个方法折中，也合适。

"不过有一点，我要跟你一起去，你必须待在我身边，知道吗？"玄墨一脸郑重地看着她。

她在自己身边，即使有危险他也可以第一时间去保护她。

虽然知道自己的武功不如她，可他觉得，自己作战经验比她丰富些，对危险的敏感度也比她高，到时候有个人提醒会好很多。

这已经是他的底线了，虽然也不想看到她不高兴，可她只要有命在，他一定会用一辈子的时间去逗她开心的。

"好吧！"面对保护欲过强的某人，姬小小只好无奈地点头。

不是没有办法脱离他的身边，她的武功，想必这里谁也拦不住她。

可她也不想他露出苦恼的神色，和他圆房以后，她也懂了很多事情，或者夫妻之间，真的应该互相关心，照顾对方的心情才是长久之道吧？

况且，一场仗并非是只靠一个人或者某几个人的武艺高强就能胜利的，那需要三军将士的通力合作。

毕竟面对的是对方几万甚至几十万的将士，谁成了散沙，谁就容易输。

能给三军将士鼓劲，让将士们的心拧成一股绳，共同进退，也是非常重要的。

一红一黑，两个身影，在这个白雪融化以后的冬季天空之下，显得格外醒目。

玄墨上台做了一番演讲，表示这次要和大军一起出征，由他和元帅击鼓，鼓励士气。

那些将士们果然激动万分，对此次元帅没有带头冲锋陷阵也没有任何异议。

毕竟，她还要保护他们的皇上不是吗？

摘了高挂数日的免战牌，十五万大军，骑兵领头，后面跟随步兵，从平郡城门出发，往楚营进发。

苍城前方顿时沙尘滚滚，仿佛铺天盖地，能遮云蔽日。

冬季原本不甚烈的阳光，在沙尘之下，显得越发软弱无力。

到了九转龙门阵之前，姬小小才发现，这里看不到整个阵的排布，只感觉整个阵都在转动，转得人头昏眼花。

仿佛真的是九条巨大的团龙，蓄势待发，不容小觑。

【第十四章 火腾腾百鸟朝凤万兽临】

玄墨带着她到就近的山坡高处，摆上大鼓，由江晚月为先锋率先闯入敌营。

九转龙门阵的左右进口处便是最厉害的水箭发射处，这个是从那个烧死之前逃回来的士兵口中得知的。

因为没了水源，所以江晚月可以从两边攻入，不过他现在还在等最后的指令。

"呵呵，我道是谁，你们魏国没有人了吗，让这么一个嘴上无毛的白脸小子来带兵打仗？"阵前，一个穿着金黄色盔甲的男子，生得刚烈勇猛，虽然称不得膀大腰圆，却绝对是阳刚之气男人味十足。

看他沉着脸的样子，即使是戏谑的口吻，却也带着不容忽视的威严。

而江晚月，虽然穿着男装，但是由于不是月中，其实还是女相十足，乍一看上去，确实像个小白脸，没有什么威信可言。

听得那男人出言讽刺，江晚月也不甘示弱："听说楚营已无将领可派，我一个小小的白面先锋，居然需要太子殿下亲自出阵迎接，小将我真是诚惶诚恐啊。"

原来，那男子居然是楚国储君郁骏太子。

郁骏的脸色微微变了变，到底是一国储君，算是有几分耐力和风度，忽地哈哈大笑起来："小白脸莫要嚣张，有本事，将此阵破了，本宫便佩服你的本事！"

江晚月知道他在激自己进阵，也不上当，只笑道："郁骏太子，有本事，你不要靠着这种歪门邪道的阵法来打仗，我们真刀真枪杀上几个回合，看谁的本事高强！"

一边说着，一边看着天空，这信号怎么还没来？

"阿彩回来了！"姬小小指着天空之中那道彩色的小身影，有些激动，抓起鼓槌开始狠狠地击打在大鼓之上。

那是开战的信号，说明两边的水源已经堵死，楚军的水箭无法发挥威力了。

江晚月一挥马鞭，大喝一声："太子殿下，得罪了！"说完，带头从右边冲入阵营之中。

右边阵营一开，推出一排黑色金属做的管状物体，开口对着江晚月带进去的那些士兵。这个物件后面连着皮管，很快射出几道水箭。

那水箭果然很有杀伤力，江晚月身边几个士兵惨叫一声便倒下了。

不过也就这么几支而已，那黑色金属便再也滴不出一滴水来。

"怎么回事？"楚军士兵有些已经慌了，郁骏太子早一步进了中间的阵营之中，见此情景大喝一声："关闭阵门，关闭阵门！"

右边的"团龙"想要再关闭，已经来不及了，江晚月带着一万人马已经冲入阵中。

失去了武器的士兵，根本不是这一万骑兵的对手，一时间被冲得四分五裂。

而左边阵营，也是一样的场景，由另外一名将领，虎骑营的张思禄带着的人马，已经冲破了那边的防线。

"水阵被破了！"有人朝着郁骏太子报告，那声音太响，以至于姬小小都能听到。

"发动火阵！"郁骏太子脸色都发黑了，在中间阵营之中，从玄墨和姬小小这个角度可以清晰地看到他纠结一起变了形状的脸。

看来，他们的计划非常成功。

姬小小击打大鼓的手越发用力，鼓声震天，杀声震天。

所有的魏军将士都知道，他们的元帅，他们的贵妃和他们的皇上，正在就近的地方，给他们鼓气。

这个时候不表现出英勇，要什么时候表现？

左右两边的"团龙"忽地减少了一半士兵，空中阿彩有些慌乱地飞过来，跟姬小小报告它在空中察看的情况。

"后面两个阵发动了，一半士兵进去了，不知道会怎么样。"姬小小听得阿彩的报告有些着急。

毕竟，她也清楚玄墨并没有百分百的把握来破这个阵。

除却水，这个阵中，还有火，还有他们至今还无法知道的一些东西。

"再去察看，及时汇报！"姬小小挥退阿彩，看这玄墨，"还要继续打吗？"

玄墨看着冲入阵中的两万人马，咬了咬牙："不入虎穴，焉得虎子？！"

魏国的国库，已经容不得他再将这场战争拖下去了，军饷是个大问题，户部尚书如今都快成要饭的了。

拖下去，是死，不拖下去，可能还有一线生机。

"小小，如果……如果这仗败了，魏国可能就没有机会翻身了。"玄墨在姬小小耳边轻轻地道，"我一直以为我能有必胜的把握，现在却没有了。答应我，如果兵败，你就回点苍山去，那里有你的师父师兄保护你，不会受四国战乱的侵害，你可以在那里快快乐乐地生活。"

姬小小脸色一白："你是要和我诀别吗？"

玄墨沉默。

"慢说事情还没到那一步，就算真到了那一步，你觉得我会离开你吗？"姬小小狠狠地瞪着他，"我就是个么吃不起苦的女子，我是你的妻子，大师兄说，夫妻本是同林鸟！"

"可大难临头各自飞，也不会有人说什么！"玄墨有些急。

"玄墨，你混蛋！"姬小小手上劲道不减，将一腔愤懑之情狠狠地砸在鼓上，"你要是死了，我也不想活了，还能飞到哪里去！"

这样决绝的话，比任何甜言蜜语，山盟海誓都要来得动听。

玄墨不说话了，他知道，姬小小下的决心，九头牛都拉不回来。

他目前要做的，就是去打赢这场仗，便是对她最好的保护了。

"我来！"他接过姬小小手中的鼓槌，"你休息一下！"说完，狠狠地击打在大鼓之上。

好像满腔的希望，都集中在这大鼓之中。

就在此刻，空中传来一声尖锐的叫声，姬小小原本想要阻止的手缩了回来，循着声音看去，却看到空中不知何时飞起一只大雕。

【第十四章 火腾腾百鸟朝凤万兽临】

"是那个什么女将军的铁皮雕。"对于这只雕，姬小小印象很深刻，若不是它，当时她三箭齐发，一定能把那个女将军射中。

"糟了，阿彩！"姬小小尖叫一声，却发现铁皮雕前方有一个小小的影子，正在仓皇逃窜。

那大雕，正在追赶阿彩。

阿彩是这场战争的勘探员，因为飞得高，又有姬小小这个懂兽语的人在，对于掌握整个战场的状况有极其重要的作用。

很显然，楚军也发现了这个情况，才出动了大雕。

大雕上坐着的，就是那天从姬小小箭下逃走的那位郁姓女将军。

看到这个情况，姬小小不敢多想，背上弓箭，揪过一旁停着的战马一下就冲了出去。

"小小……"正在使劲击鼓的玄墨听到马蹄声才发现身边的人已经不见了，赶紧将鼓槌一丢，也赶紧牵过一匹战马跟了上去。

"小小，快回来！"前方就是九转龙门阵的阵门口了，小小这样冲过去，怕是要入阵了。

姬小小好像没有听到，反手抓过弓，搭上三支箭，狠狠地往雕上的那个女子射了过去。

雕上的女子显然也发现了姬小小，那三箭，她自然也是不会忘记了。

当下赶紧一拉大雕的头，以雕为盾，挡在身前。

那雕倒也是很有灵性的样子，两个翅膀一撑，挥落了两支箭，又有中间一支，击中它的胸口，跌落下来。

果然是刀枪不入，姬小小一抿唇，再次搭上三支箭，拉了个满弓，这次的目标，不是雕上的女子，而是朝着那雕儿的眼睛射了过去。

所有的地方都可能浸过药水，只有眼睛不可能，那是它的弱点。

三支箭，都朝着它的眼睛射，躲过两支，不可能三支都躲过。

所以，最后一支箭，从那雕儿的眼睛斜斜地擦过。

那也够了，有血从雕儿的眼中滴落下来，引来一声尖锐的悲鸣。

"啊……"雕上的女子紧紧抓住雕儿的背，却还是被因为疼痛而翻来覆去乱飞的雕儿颠得好像快要掉下来一般，引得她发出好几次尖叫。

"阿彩快跑！"姬小小冲着空中慌乱飞舞的阿彩挥手，让它赶紧飞往安全的地方。

"咕——"忽地，空中乱叫的声音变成一声长鸣，那雕儿居然被彻底惹怒了，居然忍痛朝着阿彩冲了过来。

阿彩才只有那雕儿的几十分之一大小，那雕儿一拍翅膀，它要飞上二三十下才能逃开，所以没几下，它小小的身躯已经到了雕儿的嘴下。

"阿彩小心！"姬小小也顾不得其他了，一拍马背整个人往空中跃起，身后跟来的玄墨此刻正好赶到，想要抓住她，却已经慢了一步。

空中的姬小小，使劲全力，朝着大雕的头部狠狠打了过去，让它的口一下张大，将已经揪住的阿彩一边的翅膀给松了出来。

90

翅膀受伤的阿彩，飞动不起来，一头朝下栽了下去。

"阿彩！"姬小小赶紧往下想要抓住阿彩，此刻的大雕已经反应过来了，转头朝着姬小小袭击过来。

姬小小轻功虽好，可毕竟比不上飞鸟，御气飞行也有时间限制，一时间，竟然只能招架。

雕儿一只眼睛受伤，此刻已经发了狂，狠狠朝着姬小小这个罪魁祸首冲过来。它本身刀枪不入，保护住另外一只眼睛以后，便疯了一样攻击姬小小。

"小小，小心！"玄墨此刻也加入了战场，"你先下去！"他练过御气飞行，自然知道这个不能坚持很长时间，需要休息。

"我要救阿彩……"姬小小得了空，看到自己已经置身于九转龙门阵之上，而阵内，不知何时燃起了熊熊大火。

火势极强，根本没有任何下脚的地方，而阿彩，正奋力挣扎着一只翅膀，不让自己掉入火海之中。

可一只翅膀根本无法掌握平衡，阿彩的小身躯，已经无可避免地离火海越来越近。

姬小小急了，看到玄墨帮手，便赶紧朝着阿彩的方向一个"千斤坠"冲了下去。

"小小，小心火，快离开！"玄墨急了，可此刻却被疯狂的大雕给缠住了。

他的武功不如姬小小，只能靠着轻身功夫左躲右闪，根本躲不开大雕的攻击，一时间，脱不开身。

可姬小小一心都在阿彩身上，哪里会去听他的，只是想着将阿彩救上来。

就在她的手快要触到阿彩的时候，隔空忽然闪过一道劲风，逼得她下意识一个翻身，再次腾空，避开这个劲道。

而阿彩，已经无可避免地跌入了火海之中。

"阿彩！"姬小小急得眼泪涌出了眼眶，知道此刻下去救已经来不及，抬眸，看到一个穿着黑色斗篷的身影，正和她一样，站在半空之中，没有依靠任何的辅助物。

姬小小愤恨地看了那黑衣人一样，从她这个角度看过去，他的脸被罩在斗篷之下看不清楚。

御气飞行已经到了极限，姬小小知道不能斗下去，一个翻身，不朝下，反朝上，冲着那只纠缠着玄墨的大雕而去。双手一撑雕身，一个"鹞子翻身"，双腿狠狠蹬在大雕身上，借了力道，狠狠地朝着那黑衣人打了过去。

劲风过处，那黑衣人不避不闪，就这样看着她快速朝着自己冲过来。黑色的斗篷发出"砰砰"的声音，衣角被掀起，他头上的帽子也被姬小小那道劲风给挂落。

一个黑发黑须，五六十岁左右的老头，出现在姬小小面前。

姬小小冲到他面前的手掌忽然收了回来，睁大眼睛大叫一声："师父——"

话音刚落，只见那黑衣老人嘴角闪起一丝冷笑，一掌推过来，狠狠打在她的胸口，口中冒出两个毫无感情的字："蠢货！"

那一掌极狠，姬小小只觉得体内五脏六腑都纠结在了一起，翻江倒海一般，喉头一甜，忍不住张口，一口血就喷了出来。

"你……不是……""师父"二字还没说出口，姬小小的身子便似断了线的风筝一样，往阵中火海里坠了下去。

"小小……"玄墨急得要推开大雕的纠缠，却被它一爪揪住，情急之下，他咬牙往下一拉，左手背上，顿时被大雕的爪戳穿，再拉出长长的口子。皮被掀掉，肉被划开，可他什么都顾不得了，只想着赶紧冲到小小身边，接住她看看她好不好。

可两个人的距离毕竟太远，姬小小的身子已经无可避免地离火海越来越近，越来越近。熊熊的火苗，就要像吞噬阿彩一样，吞噬掉姬小小那小小的身躯。

看着那抹红色的身影，被大火映衬着越发通红，玄墨只觉得肝胆俱裂，整个人就好像要被挖空了一样，只想着抓住她，赶紧抓住她……

空中迅速飞来一个黑影，冲着玄墨冷笑一声："真是难得的痴心帝王啊！"

"你……"玄墨眼前，出现一张和天机老人一模一样的脸，让他不由自主愣了一下，忽地叫起来，"师父，快救救小小，快救救她……"

"哼，都一样蠢！"黑衣老人冷笑一声，举掌朝着玄墨拍了下去，"去一起做一对同命鸳鸯吧！"

掌风闪来，玄墨的身形并未停顿，只是急急朝着姬小小的方向飞去，根本不顾那掌风正迎头打上自己。

他的眼中只有那抹开始慢慢要消失在火海之中的红色身影，那身影，就要和火海融为一体。

不要，千万不要，他的双目通红，使劲全力往下堕，耳边，传来一声巨响。

"砰！"一声，地动山摇，他的身后，一道白色的身影飞过来，接住那黑衣老者的一掌。

那一掌下去，飞沙走石，空中居然起了一阵飓风，火苗乱舞，连姬小小的身子，也在接近火苗的时候，忽然在空中打了几个滚，减缓了下降的速度。

玄墨的不管不顾，终于让他抓住了小小的身子，可两个人已经离火苗太近，他也已经用完了全部的力气，只能眼看着自己，也跟着小小一起往火海中堕了下去……

也好，不能同年同月同日生，那么，便同年同月同日死吧！

玄墨闭上眼睛，什么皇位，责任，顿时都成了过眼烟云，没有什么比怀中这个女子重要。这世上多少恋人，生不能同衾，死不能同穴。而他和小小，这辈子也够了，值了，至少他们能死在一起。

玄墨嘴角弯起一丝绝美的笑意，可惜这个时候没有人看到，不然，刹那间天地将为之失色。

耳边传来呼啸的风声，上面一黑一白两个人快速打在一起，身形快得人根本看不清楚，也没法看。

因为自他们开打，整个战场便飞沙走石，飓风卷起一阵阵沙土，让人睁不开眼睛。

一时间，战场之上的将士们都有些盲目了，即使人就在眼前，都分不清是敌是友，几十万大军，好像全都瞎了一样，摸索着，打着，连刀枪的金属碰撞声，在这样的天色之下，也被隐于无形。

火，就在自己身下，灼热的温度，已经可以从腿上感觉到了。

玄墨试图将姬小小的身子举高一些，可惜他早就没有了支撑身子地方，空中无法使力。

结果只能让自己的身子更往下滑，感觉小腿已经没入火中，即将成为灰烬。

他闭上眼睛，叹息一声：父皇，儿臣不能完成你的遗愿了，可儿臣和心爱的女子一起死，此生也无怨了。

就在此刻，烈火之中忽地传来一声响彻天地的叫声："嗷——"

那声响，将天地之间所有的声音都掩盖，让大地都为之抖动了起来。

所有的士兵，不管是楚军还是魏军，都无心恋战，齐齐抬头往声音传来的方向望去。

只见一只拥有鸡首、燕颔、蛇颈、鹰爪、鱼尾、龟背，尾部飘着漂亮的孔雀毛的七彩大鸟忽地腾空而起，同一时刻，它的背顶住玄墨和姬小小，迅速将他们托了起来，飞向空中。

玄墨只觉得耳边响着呼呼的风声，却半晌没有感觉到烈火独有的灼热感觉，一下睁开眼睛，却发现自己站在一只七彩大鸟的背上，那背部平稳，犹如龟背。

正在疑惑的时候，感觉那大鸟飞低了一些，冲着九转龙门阵上方灼热的火焰狠狠扇了一下翅膀。

火势顿时减去一半，再一扇翅膀，那熊熊大火便偃旗息鼓，只留下黑漆漆的沙石，还有一些被烧焦的魏军士兵的尸体。

"嗷——"大鸟再飞起，冲着原来铁皮雕的方向而去。

那铁皮雕，用没有受伤的眼睛看了一眼冲过来的大鸟，忽地毫不犹豫地掉转头，就往楚营方向飞去。雕身上坐着的女子不停地呵斥，它仿佛没有听到一般。

"是凤凰，是凤凰——"地上的士兵终于有人从震惊中清醒过来，大喊了起来。

这一声喊，好像星星之火，顿时燎原。

"是凤凰，真的是凤凰啊……"楚营和魏营士兵，难得如此整齐划一地喊出同样的话。

传说中的神鸟——凤凰，从来只是听说，而没有亲眼见过的凤凰，就在他们眼前，在他们头顶翱翔。

漂亮的七彩羽毛，让日月为之失色，响亮的嗷叫，让所有声音都陷入无形。

"嗷——"又是一声响彻天地的嗷叫，空中奋力打斗的两个人忽然分开，众人的注意力却早就被忽然出现的神鸟分散，没有人注意到，那个黑色的身影，以飞快的速度逃匿而去。

白色的身影随后紧随，一时间，飓风停顿，沙石归位，天地一下清明了不少。

玄墨此刻已经抱着姬小小坐到了凤凰的背上，一震动，小小喉间的瘀血忽地一阵滚动，竟顺着嘴角流了出来。

"小小，怎么样？"玄墨一手托起她的背，用内力护住她的心脉，却发现自己的内力和

【第十四章　火腾腾百鸟朝凤万兽临】

93

她根本无法抗衡。

好像泥牛入海，毫无终极可循。

"师父……"姬小小缓缓睁开眼，入眼，却是玄墨焦急的脸，眼中不由闪过一丝失望，"不是……"

"小小，你醒了，怎么样？"玄墨再次问，也无心去计较她睁眼第一个念叨的人，竟然不是他这个亲亲夫君，而是个糟老头子。

姬小小摇摇头，一手摸到自己腰间。

"你要找什么？"

"药……护心丸！"姬小小虚弱地动着嘴唇，从来没觉得自己这般无力过。

"别急，我帮你找。"玄墨在她腰间摸索一阵，找出几个小瓷瓶递到她面前，"是哪个？"

姬小小指指其中一个瓶子，玄墨忙从里面倒出几粒药丸递到她嘴边。

"一粒就够了。"姬小小摇摇头，看着那药丸。

玄墨赶紧拿出一粒，放入她口中，再试图用内力加快药效。

"不用，我自己来！"姬小小撑着身子坐起来，盘腿，开始调息。

药效很快发作，姬小小的脸色不再那么苍白，睁开眼的时候，有了些许精神，这才问道："发生什么事情了？"

玄墨刚要回答，却听得身下的凤凰鸟忽地又嗷叫了一声，却见姬小小脸上一喜："是阿彩，我们现在坐在阿彩身上。"

玄墨睁大眼："你说是阿彩，阿彩怎么会变成凤凰？"

"就是它，它刚才告诉我的。"姬小小有些兴奋起来，内伤因为她的情绪，和刚才的护心丸，被压制了下去。

"嗷——嗷嗷——"凤凰，或者说阿彩，忽地又冲着空中大叫了几声。

姬小小有些好奇地朝一侧天边望过去，忽然看到好像有"乌云"铺天盖地地涌过来。

那"乌云"十分奇怪，有各种各样的颜色，带头的，是一个红点，越来越近，越来越近，她才看清，那火红色的，居然是一只长得和阿彩一模一样的凤凰鸟。

"嗷——"阿彩叫了一声，迎了上去，姬小小笑着看着一脸惊讶的玄墨，笑道，"原来阿彩是彩凰，那是火凤，凤凰本是一对的，凤为雄，凰为雌。阿彩说，以后她就是我的坐骑，而火凤以后就属于你了。"

那火凤忽地冲着玄墨叫了一声，声音低沉，不似阿彩尖锐。

"它让你坐上去。"姬小小推了玄墨一把，"快去。"

"可是你……"玄墨看着姬小小，有些担心。

吃了护心丸以后，她的脸色是好了很多，可还是比正常人要苍白，脸颊上方因为兴奋染上了红晕，可整个人看上去却还是比平时虚弱很多。

他有些不安，有些担心。

隐约地，感觉有些不好的事情要发生，整个心都是提着的。

"去吧，我没事。"可姬小小的声音，听上去早不似刚才那般虚弱，让他又安心不少。

起身，足尖一点，火凤盘旋在空中，见到这场景，拍着翅膀稳稳停住，让玄墨坐到了他的背上。

他的身后，无数的鸟儿在聚集，高处的苍鹰、百灵、黄鹂、大鹏、白鹤，低一点的甚至孔雀、雉鸡等都来齐了，有几万只之多。

"凤凰浴火，百鸟朝凤！"玄墨忽然想起天机老人给他的那本册子上面那一句，不正是现在的场景吗？

他终于明白阿彩为什么会变成凤凰了，浴火凤凰啊，经过火的洗礼，它才能变成真正的凤凰。

彩凰唤来火凤，凤凰齐聚，自然会引来百鸟朝贺。

这是新一届的鸟类之王，恐怕，也是整个禽类和兽类的王者。

可"万兽奔腾"又是什么意思呢？

玄墨正疑惑，却听得耳边传来各种鸟鸣，一时间，地动山摇，沙石滚滚，间或可以听到楚营传来郁骏太子仓皇的声音："沙阵，石阵，都给本宫发动，都发动起来，还愣着干什么！"

原来这九转龙门阵，居然含着金木水火土五行，千变万化，让人捉摸不透。

另还有象阵，里面的士兵居然都骑着大象出来迎战。

魏营的那些战马哪里见到过这些庞然大物，一下子所有的马都受了惊，让马背上的骑兵根本牵不住，好多士兵都被甩下了马背。

受惊的马儿开始往后乱窜，不少魏营士兵成了马下亡魂。

"糟了，怎么办，那些马儿怕大象。"姬小小有些焦急地看着玄墨，一时间也想不出什么解决的办法。

玄墨也急，却也无法可施。

现在的情况，破解阵法的前面八个字已经实现了，那么后面八个字，到底是怎么回事？

因为有了之前的情况，他心中倒是存了好几分侥幸之心。

这个时候，毕竟急也没用啊。

忽地，他身下的火凤和姬小小身下的彩凰忽地同时发出一声和鸣，两个人正犹疑，却见地上不远处很快发出"轰隆隆"如打雷一样的巨响，远远看去，仿佛有几尺高的沙石，朝着楚营这边滚滚而来。

"那是什么？"玄墨看向姬小小，她也是一脸的迷茫。

近了，又近了，再近些，他们终于看清楚了。

"万兽奔腾！"玄墨激动地叫了一声，所谓的万兽奔腾，他终于等到了，终于看到了。

千万头野兽，有狼、豹子、老虎、狐狸、狮子，各种各样的，不知道从哪里聚集起来的，从楚营那边，往九转龙门阵方向前进。

【第十四章 火腾腾百鸟朝凤万兽临】

玄墨用尽内力,冲着下面大叫:"魏军后退,魏军后退!"

江晚月和金矛王爷站在地上,自然不可能越过楚军看到前面发生了什么事情,不过地面的震动,还是感觉到了。

既然皇上都在大叫撤退,他们又无法斗得过眼前的庞然大物大象,本就想着撤了,现在一听命令,赶紧让人打了旗语,传令后退。

魏军好似溃败一般,匆匆往后撤去。

楚军顿时得意起来,至于地面异常的震动,他们以为只是大象的脚步太重,以至于才会出现这样的情况。

可魏军退出去还没多远,就听得楚营传来一声声惨叫。

奔腾而来的野兽,迅速掀翻了楚军的营帐,踩着营帐,冲入九转龙门阵中。

它们像是得到了统一的指挥,分成三列,将九转龙门阵分成三块,各个击破。

火凤和彩凰,在空中不停地发出一阵阵的鸣叫,一长一短,一短再一长,好像发出一阵阵的命令。

天上的鸟儿,遮住了天空,很多大型鸟类,一只只飞下去,帮着将地上的那些士兵一个个叼起来,飞高,再摔在地上。

而原本地上楚营的马匹和大象,在这个时候,也跟中了魔一样的,忽然倒头,开始拼命地踩踏楚营士兵。

一时间,楚营之中哀嚎遍野,和着空中两只神鸟的鸣叫,那种声音能将人的耳膜都震破。

整个大地都在抖动,天地好似要翻转过来一般,沙石再次被卷起在半空之中,除却在天上的姬小小和玄墨,即使退出去一段距离的江晚月等将士,也无法睁开眼睛,看清楚到底发生了什么事情。

血水混着血肉,弱肉强食。

人类,这个世上自诩为最高贵的生物,从来没有如现在这般弱小。

在这么多禽类和兽类面前,人类好似这个世上最渺小的生物。

地动山摇,只不过一个时辰左右,好像经历了几百年之久。

随着彩凰一声尖锐的嗷叫,所有的野兽和禽鸟都有次序地退了下去,天地之间,只留下一片寂静和清明。

沙石散开,浓浓的血腥味冲了上来。

地上横七竖八的,都是将士们的尸体,这一场仗中,楚营士兵几乎被全歼。

空中传来一声悲鸣,只见原来逃走的铁皮雕上,坐着两个人,赫然是那位郁姓女将军,和郁骏太子。

她什么时候将太子救出来的,没有人知道,不过此刻她已经飞出去很远。

姬小小看了那两人一眼,抓过背后的弓,搭上箭,还没来得及拉个满弓,忽地手一软,整个人斜斜地就倒在了阿彩的背上。

"小小……"原本兴奋不已的玄墨，转头正要和姬小小一起庆祝这喜庆的时刻，却发现姬小小的身形矮了下去，再细看，连眼睛都阖上了，脸色惨白，整个人正不停地颤抖抽搐。

"小小，你怎么了？"玄墨刚要跳到阿彩背上，却见阿彩忽地展翅，往平郡方向极力飞去。

玄墨知道凤凰都是通灵的，赶紧坐稳，果然火凤也紧跟着飞了过去。

战场上的事情，他已经无心去理会，他的眼中，只有那抹红色的娇俏身影。

不要出事，千万不要出事啊！

玄墨从来没有这么相信过漫天神佛的力量，此时此刻，除了祈祷，他居然什么都没法做。他痛恨自己的无能，只能无可奈何地跟着。

两只神鸟到了平郡城墙之上，便降落，玄墨赶紧跳下凤背，将姬小小从阿彩身上抱下来，大叫一声："军医，快把军医叫来！"

留守的士兵见到皇上一脸的焦急，又看到元帅躺在他怀里，当下赶紧跑去将平郡所有的军医都叫到了平郡衙内，姬小小的住所。

几十万大军，配的自然不止一个军医，每个军营的军医此刻全部被聚集到了衙内，一个个开始望闻问切。

"到底怎么样，你们倒是说句话啊！"玄墨看着每次给姬小小号完脉就沉默的军医，不由暴跳如雷。

"皇上，你的手……也受伤了！"有个军医终于开口，说的却不是姬小小的伤，而是玄墨的。

玄墨的左手伤得很严重，连皮带肉，被刨去一大块，已经露出森森白骨。之前他自己点了穴道将血止住，此刻心思都在姬小小身上，哪里还会管那么多？

"朕说的是元帅的伤，不是朕的！"

玄墨这话一出，军医们再次陷入沉默之中。

"皇上……"马儿虽然没有鸟快，不过从城墙到衙内，又经过这么多军医给姬小小号脉的时间，江晚月和金矛王爷也已经回来。

大致听了一些情况，他们两个急匆匆就赶了过来。

"如果元帅有什么事情，你们一个个都别想活了！"玄墨一挥手，吓得军医们顿时跪了一地。

金矛王爷赶紧抓住他的左手："皇上，元帅受伤重，一时半会儿可能没有办法，可龙体要紧，若是皇上有了什么损伤，元帅就算醒来也不好受！"

有姬小小做挡箭牌，玄墨的脸色缓和了一些，江晚月赶紧让一个军医上前，先给他上药包扎。

"说实话，元帅到底怎么样了？"玄墨坐在床边，眼睛一眨不眨地盯着床上的小人儿。

从来没觉得她如此单薄过，苍白的脸，好像薄得透明，几乎可以看到里面的血管。唇上没有一丝血色，配着她身上火红的戎装，形成鲜明的对比。

【第十四章 火腾腾百鸟朝凤万兽临】

那个永远笑着的，调皮地眨着大眼睛的姬小小，此时此刻，出奇地安静。

"皇上……"那军医迟疑了一下，才道，"元帅的五脏六腑都已经震碎了，若不是有一股奇怪的气息护住了元帅的心脉，此刻她怕是已经……"

"护心丸，是护心丸！"玄墨忽然想了起来，往姬小小的腰间摸索出一个瓷瓶，"她就是吃了这个，才一直撑到这场仗结束的，再吃一粒，朕这就再给她吃……"

"皇上！"那军医大着胆子握住他的手，"元帅这药确实神奇，可只能护住心脉，对其他受损的内脏没有任何作用！"

"你……什么意思？"激动的玄墨睁着眼睛看着军医，神情竟有些呆滞。

"人体内，心脏是重要，可若没有其他器官辅助……"军医低头，不敢拿正眼看他，"都损伤而不能运动，元帅她……恐怕会因为慢慢内脏衰竭而死……"

"滚！"一声咆哮之中，刚才还帮着玄墨包扎的军医，被整个从屋内甩了出去，估计不死也去了半条命。

整个屋内，气压一下变得极低，所有的军医都忍不住瑟瑟发抖起来。

双目通红的玄墨好像疯狂的狮子，那个被甩出去的军医已经被人用最快的速度抬了下去，他的死活估计无人去理会，因为屋内的人都忙着担心自己的死活。

江晚月和金矛王爷也是不知道从何劝起，只是担忧着看着床上的女子。

那般活泼，那般明朗的女子，此刻竟然如此安静地躺在床上，让人觉得非常不习惯。

本应该是永远开朗笑着，蹦跳着，永远充满活力的性子，此刻却苍白无力得让人的心，都忍不住一揪一揪地疼。

玄墨用没受伤的右手拉着姬小小的手，她的手很小，却常常能爆发出惊人的力量。

但是此刻，就这样无力地落在自己的掌心之中，好似平常女子的手，柔若无骨。

他很不喜欢这样的感觉，他宁可她醒来，两个手指一捏便可以折断他的玉扣，单手一捞就可以将他扛在肩上。

只要她肯醒来，以后她抱他，扛着他，吻他，他都不会再拒绝了。

只要她肯醒来，她要怎样便怎样，什么都由着她，一辈子惯着她，宠着她，就算她要天上的星星，他也会让人搭梯子想办法摘下来。

凤凰在空中盘旋，低鸣，一声声仿佛低述，格外悲戚。

忽地，两只神鸟展翅飞起，冲往蓝天之中，很快消失不见了。

屋内的人心中一阵悲凉，莫非，连这神鸟都觉得它们的主人已经治不好了，所以要离她而去了吗？

人走茶凉，原来神鸟，也不过只是畜生而已啊。

玄墨被两只神鸟的鸣叫声唤回了一些神志，看着地上跪着的军医们，忽地眼神变得凛冽起来："都跪着干什么，还不去开药方，给贵妃娘娘治病！"

"这……"军医们面面相觑，这皇上是忽然失忆了吗？刚才那个军医已经说过了，姬贵妃的伤，是没得治了。

面对一个等死之人，还开什么药方？

虽然大家心里都有疑问，却没有人敢真的说出口来。

刚才那位同僚，可是前车之鉴啊，他们谁也不想被丢出去，摔断胳膊摔断腿。

"是！"先有一位军医应了声，后面的军医赶紧陆陆续续都应声，打算去隔壁开方子去了。

反正不管怎么样，先离开这里再说。

一向都挂着温润笑意的皇上，一发起火来，居然如此可怖。

床上那位元帅兼贵妃娘娘，可见在他心中的地位相当不一般。

可惜了啊，年纪轻轻，还不到十七岁呢，难得有军功又有帝王的宠爱，居然就要香消玉殒了。

军医们心中叹息一声，到衙内书房，摊开文房四宝，准备写药方。

只是，一个等死之人，不管写什么药方都已经没用了啊。

军医们一筹莫展，各自摇头叹息。

终于有个军医落了笔，开了一张普通治疗内伤的药方，身边的军医们纷纷仿效，有些开了灵芝人参，这些东西，倒是能续一时的命。

不过姬小小自己服的护心丸已经是灵丹妙药，也只能护住心脉而已，这些东西，未必有用啊。

连着三日，姬小小口含千年人参，被灌下各种药汁，可是完全没有一点点苏醒的迹象，五脏六腑还是无可避免地一点点衰竭下去。

玄墨甚至拿出了天机老人留下的养生秘籍，里面那些续命药丸也挨个给她试用。

只可惜，天机老人一向因材施教，这些药丸对他有很大的作用，可对于姬小小……

男女有别，体质有别，很多居然都是不能用的，气得玄墨差点把那册子给一把火烧了。

遍寻天机老人又找不到，听说那日空中飞来一个白衣人，和打伤姬小小的黑衣老头打得难解难分，他怀疑那才是真的天机老人，而黑衣那个却不知道是谁，只是长得和天机老人有些像。

现在想起来，那黑衣的老头，黑发黑须，看上不过五六十岁的样子。而天机老人则是白发白须，看上年逾百岁。

玄墨现在没有心思去理会那些，他只想找到天机老人。

但是等了三天，确实没有什么消息，而姬小小的脉象越来越弱。

这些，即使军医们唯唯诺诺不敢说出口，他心里还是有数的。床上的人儿，他是最熟悉的，她的呼吸，她的心跳，正在慢慢地减缓，变弱，好像就在停止的边缘。

而他，毫无办法，只能一天天看着她衰弱下去。

他从来没有如此痛恨自己的无能，心爱的女子现在就要丧命，而他，只能坐在她身边，什么都做不了。

【第十四章 火腾腾百鸟朝凤万兽临】

"皇上……"江晚月走进来，小心翼翼地看着玄墨布满血丝的眼睛，"你已经三天没吃过东西了，这样下去，身体会垮的！"

"滚，滚出去！"玄墨睁大血红的双眼，挥着衣袖，眼睛却一刻不愿离开床上苍白的小人儿。

他不敢睡，甚至不敢眨眼，怕一眨眼，床上的人儿就不见了。

她是那样单薄，好像一阵风就能将她吹走，曾经就是这样单薄的身子，爆发出惊人的力量，激起三军将士的士气，在战场之上挥斥方遒，冲锋陷阵。

"皇上……"江晚月再劝，"若是皇上身子垮了，谁来照顾元帅？"

玄墨恍若未闻，目光定定地看着床上的人儿。

垮了又如何，若是她真的就这样狠心抛下一切离去，他要健硕的身子又有何用。

不如随她一起去了才好。

"皇上，好消息！"江晚月正无奈，却听得外面传来金矛王爷的声音。

玄墨一下站了起来："可是找到能救小小的办法了？"

金矛王爷跑到屋内的脚步顿了一下，脸上的喜色顿时变得有些尴尬，摇摇头："不是！"

"那是什么？"江晚月看看金矛王爷，心中叹息一声。

皇上此刻，怕是除了姬小小以外，再也不会关心其他任何事情了。

"楚国送来了求和书，派了使者同我朝和谈，不日就会到苍城了。"金矛王爷原本喜气洋洋的语气，此刻变得平稳起来，不敢过多显得高兴。

床上那个女子，是他的义女，亦是他的救命恩人，他也着急啊。

可皇上这般下去，终究不是办法，他是一国之君，肩上还有重任，不可以为了一个女子，失了斗志。

"皇上，你看……让谁去和谈为好？"金矛王爷叹息一声，看了看床上的姬小小，依然坚持不懈地问。

玄墨一甩袖子："出去，都出去！"

"皇上！"

"不许打扰元帅！"玄墨蹙了眉头，依然盯着姬小小看，袖子一挥，跟赶苍蝇一样，赶屋子里的人走。

江晚月拉了一下金矛王爷的袖子，冲着他摇摇头，拉着他往外走。

他已经试过无数次了，现在的皇上恐怕什么话都听不进去。

"事急从权，和解这事，以末将看，还是请副帅亲自去一趟吧？"到了门外，江晚月看着金矛王爷，"您是皇叔，又是副帅，这个身份，对于楚国来说也算够尊重了，毕竟他们是战败方。"

金矛王爷叹口气，点点头："也只能先这样了，只望那丫头福大命大，真的能挺过这一关。我看，若是那丫头真的……皇上恐怕更难劝服了。"

江晚月低头，沉吟一阵道："我看，若是元帅真的遭遇不幸，皇上可能也会跟着去了。"

"不行！"金矛王爷有些激动地拉住江晚月的手，"皇上是大魏难得的明君，不能因此出了差错。寿王还小，又有皇后这样的母后，到时候三大家族复兴，朝堂又要乱了，遭殃的恐怕还是那些黎民百姓啊。"

江晚月深有同感："好不容易到了这个分上，皇上不可以出任何差错啊！"

两个人忧心忡忡地朝着屋内看了一眼，金矛王爷咬咬牙："我们必须想办法，让皇上不能再这么消沉下去。"

"可这世上只有一个姬小小啊。"江晚月长叹一声，"就是这般独一无二，无可替代，才会让皇上深陷其中啊。"

"这世上，独一无二的女子，虽然难找，却并不一定没有，一定会有办法的。"金矛王爷深吸一口气，大步朝着指挥所而去。

他要准备和楚国使者详谈，必须回去好好准备一下。

平郡到苍城，骑马需要一夜的路程，就在金矛王爷离开的时候，平郡郡衙门口来了一位大家期盼已久的白衣老人。

"天机前辈！"江晚月和天机老人是有过一面之缘的，所以一眼就认出了这个被侍卫拦在门口的老人。

"哎呀呀，我老头子差点要越墙而入了，还好有熟人认识，果然是好人有好报，帮的人多就是有好处。"天机老人捋捋雪白的胡子，笑嘻嘻地看着江晚月。

江晚月赶紧让他进来，一边焦急地道："前辈怎么才来啊，我们都快急死了！"

自从那一晚的事情以后，江晚月虽然没听姬小小和玄墨亲口说过，不过隐隐也猜到姬小小的师父到底是谁了。

想想也是，普天之下，能教出姬小小这样的弟子来的，除却天机老人，还能有第二人吗？

"哎，事情自有定数。"天机老人倒是加快了脚步，"这回倒是多亏了阿彩来找我老头子，不过呢，小小命中注定该有此劫，不是人力所可以避免的，急也没用。"

"皇上，您看谁来了？"江晚月一脸兴奋地跑进屋内，"天机老前辈来了，是凤凰将他找来的。"

他终于明白，为什么三日前那两只神鸟会相携离去，原来不是因为姬小小没救了，而是它们搬救兵去了。

玄墨迷茫的眼神，在接触到那抹白色的身影以后，顿时激动起来："师父，你来了，你终于来了！"

"小徒婿，别激动别激动，先让我看看那丫头。"天机老人坐到床边看着床上的人儿，玩世不恭的脸上难得有了几分郑重之色。

"唉，都怪我啊，为了追那小子，居然都没注意到自己这小徒弟受伤了。"把完脉，天

【第十四章　火腾腾百鸟朝凤万兽临】

机老人放下姬小小的手,"终究是来晚了一些啊。"

玄墨和江晚月都是心中"咯噔"一下,玄墨已经死死抓住了天机老人的手:"师父,你别吓我,小小还有救,是不是,你快说,怎么救她?"

天机老人看着玄墨半响,叹息一声:"也不是没得救,就是……"

"怎么?"

"需要一些东西。"

"什么东西,我帮你去准备,如果大魏没有,就去楚国,就去晋国,地上没有就去天上,只要你说出来,我一定用尽全力去找。"

天机老人赶紧拉了一下已经差不多陷入疯癫状态的玄墨,捋了一下胡子,高深莫测地看了一眼她:"其实,这东西倒是不用去外面找,这里就有。"

"是什么?"玄墨一愣,这里?这里除了他和江晚月,就还有天机老人和姬小小,哪里还有什么东西?

莫非是小小身上随身携带的药丸吗?

他帮她换过衣服,她身上的药丸已经被拿出来研究过了,没有找到什么合适的药啊。

当然,也不排除那些他不认识的药,有可能在那里面……

玄墨有些兴奋起来:"师父,我帮你去拿小小的那些药,药已经不在她身上了。"

"不是药,是……"天机老人一副欲言又止的样子,"是命,你的命!"

"我的命?"玄墨愣了一下,忽地急急握住天机老人的手,"是一命换一命吗?我愿意,只要能救小小,你要什么都可以拿去,她若死了,我也无法独活。"

"皇上,不可啊!"江晚月急了,"大魏不能没有您!"

玄墨根本不理他,而是拉着天机老人:"师父,要怎么做,你快动手吧,只要小小能活过来就行。"

天机老人站着不动,只是问道:"你可知道,你若是死了,小小可能也无法独活,你舍命救她,有可能你们两个人都活不了,你认为值得吗?"

"值得,当然值得!"玄墨叫起来,"等她醒了,师父你告诉他,我身子不好,被你带走治病去了,她就能活下去了,这傻丫头最听你的话了。"

"皇上,万万不可啊!"江晚月"扑通"一声跪倒在玄墨身前,牢牢揪住他的衣角,"皇上,大魏不能没有您!"

"走开!"玄墨飞起一脚,将江晚月踢到一旁,对着天机老人道,"要怎么做,动手吧!"

"哈哈哈,我的小徒儿果然没看错人!"天机老人大笑起来,拍拍玄墨的肩,"小徒婿,是要你的命,不过不是一命换一命,用你一半的寿命给她,以后你们的命就一样长了,你可愿意?"

玄墨一愣,才知道之前天机老人是试探他,不由赶紧点头:"全部的寿命都可以给她,何况半条。"

"可是你要想清楚，或者你只有两天的命了，给了她一半，就只有一天了。"天机老人眯起眼睛，看着玄墨的反应。

"不能同年同月同日生，若能同年同月同日死也是美事！"玄墨毫不犹豫地再次点头，没有丝毫迟疑。

天机老人满意地点点头："好，事不宜迟，我们现在就开始，不相干的人，就都出去吧。"

这里，不相干的人，自然就只剩下江晚月了。

"前辈，千万不要啊，皇上关系着大魏千千万万黎民百姓的希望啊。"江晚月只觉得独木难支，只好寻求天机老人的支持。

"我老头子可不是大魏人，大魏百姓的死活与我何干？"天机老人嘿嘿笑起来，看着玄墨。

玄墨沉了脸："出去，如果你还把朕当做皇上，就出去！"

江晚月看看天机老人，再看看玄墨，有些无奈，跪下行了一个礼，便出门而去。

他要去将三军将士带过来，一同阻止皇上这荒唐的行为。

"门关上，待会儿可能还会有麻烦呢。"天机老人看着玄墨，"一旦开始，你可就不能后悔了，待会儿他找了同盟来，怎么办？"

玄墨一听，一阵风一样跑了出去，不一刻，就将江晚月揪了回来。

"皇上……"

玄墨出指如风，直接点了他的睡穴，丢到墙边角落，然后看着天机老人："快点开始吧，他四个时辰以内不会醒。"

天机老人有些无言地看着他："你下手可够狠的，四个时辰，一个晚上都过去了，用不了这么多时间，何况，他还是你的得力手下兼心腹。"

玄墨摇摇头："等事情结束了，朕亲自跟他道歉就是了。"

"你倒是有做明君的胸襟！"天机老人满意地点点头，现在还不是告诉他实情的时候，这个小徒婿还蛮好玩的，和他的小徒弟一样，别人说什么就信什么，还一国之君呢，嘿嘿……

不过话说回来，玄墨又和他不熟，哪知道这天机老人最爱作弄人了。

唉……

"开始吧！"天机老人从怀里拿出几粒药丸，用水化开，将姬小小舌下续命用的千年人参取出来，再将药汁喂入她口中。

玄墨看到药汁神奇地流进了姬小小的口中，这几日，他可是嘴对嘴喂着，才让她喝了一些药下去，不然根本喂不下去。

天机老人是怎么做到的？

正在愣神间，天机老人又拿了另外一碗药递到他面前："喝了！"

玄墨不疑有他，接过来一饮而尽。

天机老人在他浑身上下几处大穴拍了几下，忽地玄墨只感觉浑身上下从骨髓里透出一阵

【第十四章 火腾腾百鸟朝凤万兽临】

阵剧痛，好像就要将整个人整散架了一样。

"啊——"只一会儿时间，玄墨整个人倒在地上，忍不住发出一声惨叫。

感觉有什么东西从体内流失掉，又有什么东西源源不断地涌入身体之中。

去势太快，来势太猛，根本不是他目前的身子所能够承受的。

"师……师父，你……给我喝了什么？"玄墨咬着牙关，冷汗还是不住地从他额头滴落下来，浑身抽搐颤抖着，根本不受自己控制。

天机老人把着他的脉搏，笑道："让你不要答应得这么快，非要逞能，还不问清楚就答应了，罪有应得！"

一边说着，一边看看玄墨已经毫无血色的脸，不由叹口气，将手放到胸口心脏的位置，只见有圈淡淡的光晕出现在他手上。玄墨顿时感觉胸口一热，刚才那些在体内乱窜的力道虽然依然很猛，却没有刚才那么难受了。

"你的身子承受不住，只能我老头子助你一下了。"天机老人叹息一声摇摇头，"你的功力我已经给你提到最高，不然无法和她身上的抗衡。"

原来如此，玄墨了然地点点头，咬紧牙关，由着天机老人开始疏导体内的那些气流。

等他的气息慢慢平和下来，天机老人便将他抱到床上，让他盘腿而坐，又扶起姬小小的身子，道："现在，你们两个相对而坐，听我口诀，引渡你的真气到她身上。"

玄墨握住姬小小毫无生气的手，听着天机老人的口诀，先将真气在自己体内运行了一周天，再顺着天机老人的话，由几处大穴将真气缓缓灌入她的体内。

不知道过了多久，只忽地感觉对面的小人儿好似有了回应一般，真气被吸走，却也开始周而复始地在两个人体内循环。玄墨大喜过望，赶紧再将自己全部的真气缓缓打进她的体内，不再保留任何一点。

姬小小体内的真气被调动起来，不由自主跟着他所引导的路线走，不一刻，两个人的真气便好像已经融会贯通了一般。

约莫二刻钟的光景，姬小小缓缓睁开眼，却听得身后天机老人道："不要问，专心跟着他的真气走。"

姬小小听是师父的话，顿时大喜，当下也不迟疑，开始主动跟着玄墨引导的路线走。两个人的头顶都冒出淡淡的白色烟雾，额头上布满了豆大的汗珠。

这个情景，两个人都已经进入了忘我的境界，天机老人嘿嘿一笑，看起来两个人对对方都十分信任，好现象啊。

又过了三刻钟光景，两个人手上一松，好似虚脱一样，倒在床上。

天机老人赶紧扶姬小小躺下，她的脸色已经红润如常，却还是一如之前那般昏睡着。

玄墨有些不知所措："师父，小小为什么还不醒？"

"你是不相信老头子我？"天机老人佯装愤怒，"她之前受伤太重了，需要休养，大概三日之后就会醒了。"

"对不起，师父。"玄墨坐起身，低下头，有些诚惶诚恐的样子。

"好了，你也累了，试试调息一下，别等这傻丫头醒了，你却倒下了，那我老头子就白辛苦了。"天机老人吹吹雪白的胡子，嘴角一颤一颤的。

玄墨赶紧到旁边椅子上盘腿坐下，将真气在体内调息一周天以后，竟发现神清气爽，身子比之前要轻盈且精神得多。

"师父，这……"玄墨睁眼，疑惑地看着天机老人。

既然他说要他半条命去渡给小小，那么，做完这一切以后他应该会感觉到比以前衰弱才对吧？

"唉，被你发现了。"天机老人嘟嘟嘴，拍拍他的肩，"小徒婿，你还不是很笨，为师可以放心把这个交给你了。"

说完，他从怀里掏出一本册子递给玄墨。

玄墨对于他左一本册子右一本册子递给他的行为早就习惯，这次连讶异都没有，直接拿过来看了一眼。

"双修？"看着册子上两个熟悉又陌生的字眼，玄墨满脸的不解。

"你们也成了真夫妻了，好好照着这上面的练，活个一百几十岁的不成问题。"天机老人的手，又在他肩上拍了两下，显得有些语重心长。

"什么？"玄墨都要跳起来了，不是刚才还告诉他要丢半条命吗，怎么现在变成能活一百多岁了？

"怎么，嫌命还不够长啊？"天机老人吹胡子瞪眼，"能活一百多岁就不错了，毕竟都是普通人，别太贪心，贪心容易出事……"

说到后面半句的时候，天机老人的情绪似乎有些低落，可惜激动的玄墨并没有察觉。

"好好研究，等小小醒了跟她一起练，记住，练这个必须两个人相互信任，不能有杂念！"天机老人说完这句话，人已经到了角落江晚月身边。

"我记住了！"玄墨毕恭毕敬地点头，看看地上的江晚月，不由想起还有件重要事情，"师父，能不能救他，他一直这样下去可不行。"

天机老人帮着江晚月号脉，点点头："嗯，只要他的心还是原来的心，便只要找一个世间阳气最足的女子与之相配，可解他身上的阴气。"

"师父，这男子身上才有阳气，女子身上，怎么会有阴气？"对于周易八卦之类，玄墨没有什么涉猎，不过偶尔也听说过。

"那些江湖术士的话怎么能信，以讹传讹！"天机老人有些不高兴地看着他，"阴阳之气，男女身上皆有，看是你用的阳气多些，还是阴气多些。男子身上阳气足，可若像他这样将阳气强行抑制，引阴气出来，这种阴气最为强盛，故可以用来伤人于无形。"

"哦！"玄墨似懂非懂，"那是不是从女子身上引出来的阳气，也比一般阳气要厉害？"

"只能说杀伤力要强很多，却对自己本身身体有害。"天机老人指指江晚月，"就好像

【第十四章 火腾腾百鸟朝凤万兽临】

他一样，强行颠倒阴阳本就为天地法则不容，自然伤身。"

原来如此，玄墨恍然大悟："好，此事我贴出皇榜，找世上阳气最足的女子……"

"不可不可！"天机老人摇摇头，"这就是老头子我当初不告诉你们的原因，这种事情可遇不可求，强求不得。若天愿助他，此女子不用去找，自然会出现在他周围，若是天不愿助他，就算此女子在他身边，也不会属于他。"

玄墨见天机老人一副高深莫测的样子，也知道他不会细说，只得叹息一声。

看上去，一切都要看江晚月的造化了。

"时候不早了，我老头子还有要事，先走一步！"天机老人看看天色，忽地跳起来，开了门就往外走，"记得好好练这本子上的功夫，虽然你的功夫不济，不过尺有所短寸有所长，说不定你有些方面可以给那傻丫头做补充。"

呃……

不用说得这么直接吧？

玄墨一脸的黑线完毕，再抬头，哪里还有天机老人的影子？

奇怪，后面又没有人要追杀他，他跑这么快干吗？

玄墨带着一脸的疑问，看看床上的姬小小，忽地一拍脑袋："对了，好像有重要的事情忘记问师父了呢。"

那个和天机老人长得一模一样，只是年轻了几十岁的老者到底是谁啊？

若说他和天机老人一点关系都没有，恐怕没有人会相信。

"嗯……"床上的人儿动了动，竟然缓缓睁开了眼睛。

玄墨皱了一下眉头，天机老人不是说她要过三天才能醒吗？

"小小，感觉怎么样？"走上前，玄墨扶着姬小小看，"哪里不舒服？"

姬小小摇摇头，叹息一声："我在哪里？"

"你现在在平郡衙内，你受伤了，睡了好多天了。"玄墨耐心解释，看到她醒了，忽地想起了，冲着外面大喊，"来人，把军医找来。"

跟天机老人说的情况有些出入啊，不会有什么问题吧？

玄墨想着那白胡子老头爱玩的个性，想了想，还是有些不妥，让军医给她先看看再说吧，别又出什么问题。

虽然知道天机老人不可能害他的爱徒，不过谁知道会出什么幺蛾子对付他啊？

军医们就在附近，刚才也有人听到这里有些动静，不过他们谁也不敢过来看热闹。

毕竟他们谁也不想被皇上丢出来。

皇上杀人不偿命啊。

现在听到一喊，大家都战战兢兢跑了过来，却看到睁着眼睛的姬小小，一个个眼睛都瞪得铜铃大。

"快帮她看看身体怎么样了！"玄墨沉着脸，看着那些瑟瑟发抖的军医。

看上去，自己这几天确实吓着他们了。

终于有个军医大着胆子帮着姬小小号脉，因为是在军中，就没有宫中那么多计较了，也不需要悬丝诊脉什么的，反正贵妃娘娘此刻是元帅，和大家一起生活在军营之中，没有什么避讳。

"皇上……"

"怎么样？"玄墨眯起眼睛看着满脸惊讶的军医。

"元帅身子已无大碍了，之前因为五脏衰竭得厉害，所以需要些时日调养，不过已无性命之忧，臣开些温补的方子，让娘娘服用半年，应该就能与以前一样身健体壮了。"

这军医的话一出口，身后那帮军医都忍不住松了一口气。

玄墨看着姬小小，又想想天机老人的话，难道他又被耍了？

那白胡子老头怎么永远都不会放过任何一个耍人的机会？

"玄墨……"姬小小有些虚弱地看着他，"我想起来了，那个穿着黑衣服的人……长得好像师父。"

玄墨愣一下："你也想到这个了？"回头，看看满屋子的军医，瞪了一眼，"还不去开方子煎药给元帅调理身子？"

几个军医神情一凛，赶紧下去了。

至于无力的女子为什么忽然就好了，他们就算想问也不敢问。还有眼尖的人看到江先锋躺在角落的地方，中间发生了什么时候，更不在他们关心的范围内了。

屋内，姬小小满脸疑惑地看着玄墨："我刚才好像听到师父的声音了，他是不是来过了？"

"是！"玄墨点点头，"不过已经走了。"

姬小小皱皱眉头："师父为什么不愿意见我呢，我还想问他那个黑衣人是谁呢，为什么会跟他长得这么像？"

玄墨心中一动，那天机老人走得这么快，莫不是就是怕姬小小和自己追问那黑衣老人的事情？

他现在已经肯定，当时空中出现的那个和黑衣人交手的白衣人，就是天机老人无疑了。

既然他能这么及时赶到，想必他早就算到或者知道那个黑衣人的身份，不然不会一上来就直接跟那个人开打。

那么，他说姬小小要三天才会醒，只是为了欲盖弥彰？

不然他实在想不通，即使是老顽童的性格，也不会事事都拿来耍弄人的。

总有几样事情，他是有目的的吧？

况且，天机老人被人称为世外高人，一定自有他的"高明"之处。

"你师父可能有急事吧。"玄墨安慰着姬小小，眼角瞄到了躺在地上的江晚月，赶紧上去，解了他的穴道。

【第十四章 火腾腾百鸟朝凤万兽临】

之前虽然三天三夜不吃不喝不睡，明明已经疲惫到了极点，可因为刚才和姬小小一起将真气运转，此刻的玄墨居然非常有精神。

"皇上，不可……"江晚月醒来第一句话就是阻拦，但是在看到屋内的场景之后，不由叹了一口气，"臣还是晚了一步，技不如人！"

"天机老人只是耍着我们玩的。"玄墨只得跟他解释，"他只是想试试朕对他这个小徒儿到底好不好，值不值得他将这个徒儿托付给朕。"

江晚月睁大眼，有些喜色："真的？"

"嗯，他说朕活个一百多岁不成问题！"玄墨伸开双手，让他看自己精神奕奕的样子，"看，朕现在比你都精神。"

"太好了，苍天庇佑！"江晚月激动起来，顾不得君臣之礼，拉住玄墨上下打量。

玄墨有些无奈："精神是好了，不过几天没吃东西，朕有些饿了，不如你帮朕去传膳吧！"

江晚月大喜过望，这几日他们轮流着劝皇上吃东西，都没人劝得进。现在好了，皇上愿意吃东西了，说明情况很乐观。当下，他不再犹豫，赶紧站起来帮玄墨传膳去了。

见他走了，玄墨嘴角露出一丝笑意，翻开天机老人留下的册子，第一页，居然夹着一只手套。

是的，是一只，不是一双。

玄墨有些疑惑，拿起来看，却见下面写着：天蚕丝的手套一只，人若太完美，老天也会妒忌。

看着那只泛着银光的手套，玄墨再看看自己被包扎得像个粽子一样几天没有换药的左手，顿时便明白了。

他的左手恐怕是废了。

肉被削去不少又没有换药，怕是烂了，之前担心小小没有感觉疼痛，现在才发现，那手已经麻木了感觉不到痛了。

招了军医进来，拆开绑带，果然整只手看上去好像只剩白骨和血水，军医拿小刀帮他剔去烂肉，剩下的基本上就真的只能看到一只白骨的手，要想长新肉除非大罗金仙在世，否则是不大可能了。

姬小小拿了不少伤药出来，又提供了药方，不过她的眼中，也只剩无奈。

毕竟不是神仙啊，这手若是在刚伤的时候给她治，她还能有信心让他长出新肉不留疤痕。

而现在，肉都剔光了，就算能长出些许新肉恐怕也不是一只完整的手了。

看起来，还是天机老人有先见之明，送了一只天蚕丝手套。有了这手套，玄墨这只废手估计比普通人的手更有力道，刀枪不入啊。

"算不算因祸得福？"玄墨举着那手套，笑着安慰一脸遗憾的姬小小。

姬小小靠坐在床头，大眼睛忽闪忽闪的，竟有些红红的。

心中那种感觉，酸溜溜的，却不是因为玄墨跟别的女人亲近，而是另外一种，想哭的感觉。

"怎么了？"玄墨慌了，"是不是不舒服？"

"没有！"姬小小摇摇头，"我也不知道为什么，就是听你的话，就想哭。"

"傻丫头，你师父都送了手套过来，说明他早就算到我的手废了，冥冥之中自有上天注定的，你不要难过。"不过看她泫然欲泣的样子，玄墨还是忍不住安慰起她来。

姬小小这才有些开朗起来，玄墨这才放心，让人将饭菜端到床头，和姬小小一起用。

门外，又传来熟悉的箫声，玄墨愣了一下，看看姬小小。

"我好像经常听到这箫声，是玄尘在我昏迷的时候吹的吗？"姬小小看着玄墨，"我可以见见他吗？"

以前的姬小小，从来都是说见就见，而现在她似乎也会考虑到玄墨的感受了，知道用疑问句而不是命令的语气。

有了这个转变，玄墨心中还是很宽慰的，加上信任她，便就点点头："我让人叫他进来。"

三天了，玄墨在屋内不吃不喝三天，另外一个男人，也一样在外面的冰天雪地里，待了三天三夜。

是的，又下雪了。

这是平郡今年第二场雪了，天气越发地寒冷，已经是腊月了。

玄墨算算日子，等小小养好身子再回朝的话，估计要在这里过除夕了。

屋内，玄尘一身白衣，看着床上躺着的人儿。

她灵动的眼神，表示她虽然还未康复，精神却非常的好。

姬小小心中哀叹一声，若不是玄墨非要她躺着，这会儿，她其实已经可以起床了。

算了，等跟玄尘聊完天，她应该跟玄墨灌输一下，适当的运动也有利于身体的康复这个概念。

看到床上的人儿思绪不知道飞向了何处，玄尘也不打扰，只是静静地坐在她身边。

玄墨的深情，他这几天看到了。

同生共死的爱，他果然是无法插手进来的，即使就是想在她弥留之际，坐在她的床头看看她，都名不正言不顺。

叔嫂，不是他们之间的那道坎，他们之间的那道坎，其实是她的心啊。

当彻底明白了以后，他的心，便如同死灰一般。

原来做了这么多事情，她的心根本就不在自己身上，而早就遗落在了那个他自以为不够好的男人身上。

他的自以为是，害了很多人。

那些在攻打无忧城时无辜阵亡的将士，那肃杀的血腥和沙尘味道，似乎至今还在鼻尖萦绕。

那些将士，不是他亲手杀的，可却是他亲手将他们推上断头台的。

【第十四章 火腾腾百鸟朝凤万兽临】

这与杀人何异啊!

"玄尘,你来了?"姬小小回头的时候,仿佛才看到玄尘坐在她身边。

事实上,人家都来了好一会儿了。

"嗯,身体好点了吗?"玄尘用他一贯平淡却温和的口吻,问出他心中思考已久的问题。

他不知道姬小小为什么要见他,而玄墨居然真的乐意过来当这个传令人。

玄墨是真的确定小小的心在他身上了,便对自己再不设防了吧?

所以,今天叫他过来是为了让他真正的死心吗?

"其实我已经全好了,可玄墨就是不让我起来。"姬小小嘟嘟嘴,一脸的不满。

即使从那不满之中,玄尘都能看出隐藏着的幸福啊。

心,真的该死去了。

叹息一声,他出言安慰:"他是为你好。"

"所以我才会乖乖地躺在这里啊。"姬小小一脸的了然,却还是带着不满的抱怨。

嘴角那丝无奈却甜蜜的笑意,让玄尘的心越发往下沉。

好像有一滴血,从心尖上滴落下来,痛得人浑身一颤,再想寻找,却已经无影无踪。

"你也好几天没睡了吧?"姬小小看看他出尘的脸上也布满了和玄墨一样的胡楂,不由叹息一声。

一个"也"字,玄尘明白,玄墨一直就在她心中,即使她目前面对的是他,却还是会忍不住将他和另外一个人相比。

"那天,我看到了,听到了。"姬小小是个不会隐藏的人,心里有什么话,她便会说出来。

即使是男女之间的事情。

现在她和玄墨成了真正的夫妻,对于感情之事也算豁然开朗。但是她不是普通的小家碧玉大家闺秀,自不会扭扭捏捏,喜欢便是喜欢了,不喜欢便是不喜欢,一向有什么说什么。

"我只是把你当做最好的朋友。"她不会用婉转动听的话语去劝说,心中却也知道,让玄尘真正死心,是最好的选择。

"我知道!"玄尘闭上眼睛,她今天让自己进来,就是为了让自己死心是吗?

他明白了,了然了,她是为他好,她不想他痛苦。

他不是一个会死缠烂打的人,尽管坚持,但是当看到结果不是自己所想的那样时,亦不会强求。

看到她幸福,他便也就高兴了。

所以,他的嘴角勉强扯出一丝笑意:"你爱他吗?"

"爱……"姬小小说到这个字的时候,脸上泛出点点红晕,带着暖暖的笑意,点点头,"我想,应该是爱吧……"

会心疼,会在意,会吃醋,会抵死缠绵,会想要一生一世,独一无二,那不是爱,又是什么呢?

原来爱是不需要别人教的，只要用心去领会，聆听，便会知道。

看到她脸上的笑容，玄尘知道，这辈子他已经没有任何机会了。

不知道为什么，心中竟然似乎有块大石放下了一般，竟变得轻松起来。

人这一生，得一知己足矣，他还有什么可奢求的呢？

即使这个女人不能跟他携手一生，一起相看天下河山。可这份情，却已经足够他在将来的岁月之中回味无穷了啊。

"那就好……"他的话，好似叹息，风一样闪过床上女子的耳际，然后消失不见。

"玄尘，你也要快乐。"看着男子眼中的轻愁，姬小小忍不住开导。

他本不该属于这尘世间，只是误落了凡尘，惹了一身爱恨情仇债。

"我会很好的。"玄尘看着她，心中已经有了决定。

她快乐，所以他也会快乐，只要她好，他便也就好了。

"好好休息，我也要去休息了。"心空了，却也轻松了，他想，他能睡着了，能好好地去睡一觉了。

姬小小点点头："回了京城，我想玄墨不会很严厉地惩罚你的，你也有功。"

她还想着这件事情啊……

玄尘轻笑，所谓的惩罚，他早就已经不在意。

出得房门，外面一阵凛冽的北风呼啸而来，他没有运功抵御扑面而来的寒气。大概只有这清冷才能让自己格外清醒吧？

是啊，一切都结束了，全部都结束了。

那些自以为是的日子里，他所做的所有一切，是该有个了结的时刻了。

门外，那抹黑色的身影，站在雪地里，就这样看着他。

难得的，没有仇视，没有不屑，没有对过去的憎恶，只是这样看着他，平淡无波。

他会是个好皇帝，玄尘心中闪过这个念头时，他的心彻底定了。

自己不适合当皇帝，其实在很早之前，心中便已经清楚了。只是那一时起的执念，竟让他们之间变得如此。

一念生则堕地狱，一念灭，则天堂。

世间万物，便是如此。

所以两个人就这样对视着，忽地，玄尘冲着他淡淡地一笑，那一笑，是释然以后，对着广阔无垠的冰雪天地，坦然的心情。

一花一天堂，一草一世界，一树一菩提，一土一如来，一方一净土，一笑一尘缘，一念一清净，心是莲花开。

想通了，便什么都是美好的。

所以他转身离去，并没有回头。

【第十四章 火腾腾百鸟朝凤万兽临】

那一方世界太小，容不下他，而他本该属于自己的世界。

玄墨看着那远去的白色身影，感觉似乎越来越飘逸，好像要腾空飞起一般，再也抓不住。

有些地方，真的变了呢。

他忍不住抿了一下嘴，仿佛回到十年前，某个稚嫩的声音，总是跟在他身后，大声叫着："墨哥哥，帮我放纸鸢……"

"墨哥哥，母后给我的甜点，我们一起吃吧！"

"墨哥哥，我们来捉迷藏！"

"墨哥哥，母后说她最喜欢我，可是我想墨哥哥她也喜欢的。"

"墨哥哥，是我不好，我躲在假山后面不出来，让你受母后责罚了！"

"墨哥哥……"

那个时候，母后不许玄尘叫他"皇帝哥哥"，在她的心目中，大概总觉得这皇位应该是玄尘的吧？

但两个孩子自小便一起长大，感情比一般兄弟都要好。

那个时候，只要玄尘喜欢，太后也是睁一只眼闭一只眼。

从什么时候开始，两个人开始生分的？

是那一次捉迷藏吧？

已经十五岁的玄墨，带着八岁的玄尘，偷偷溜进慈宁花园里，躲在假山后面。

十五岁的他已经是一国之君，自然是比同龄人要成熟很多，不过面对眼前这个小他七岁的弟弟，总是忍不住宠着他。

玄尘比同龄人聪明，不过因为太后的宠爱，自然爱玩一些。玄墨也宠着他，他要玩，自己便陪着他玩。

那个时候，说是捉迷藏，其实也是为了练轻功。

两个人已经请了武师来教他们武功了，八岁的玄尘，刚学会用点轻功，可以爬到梁上，便拉着哥哥一起做"梁上君子"。

然后，他们看到了一切。

那个他叫做亚父的男人，那个在朝堂之上对他毕恭毕敬却处处阻挠他的男人，他看到了，他在太后面前，温柔无比。

可在他只有十五岁的少年眼中，那样的温柔，让他反胃。

转头，看着玄尘也是一脸的苍白，抓着横梁的手，关节一阵阵地泛白。

八岁的孩子，又是在宫里长大的，已经懂得了很多。

十五岁的玄墨，也已经有了第一个女人。太后不关心他，可大臣们关心，虽然那个女人最后被袁敏找个借口杀了，可男女之事他还是懂了。

所以，当听到那个男人说出一句"我们的儿子……"时，他便明白了，母后为什么这么多年以来总是让他事事让着玄尘。

不是因为玄尘比他小，不是因为他是大哥，不是因为他是皇上，只是因为，他的身上没有流淌着那个男人的血。

母后对于她和父皇的过去，一直深以为耻。

即使，父皇那般深刻地爱过她，她却从不领情，还一直认为，是父皇，才会让她的幸福从身边溜走。

但是玄墨听父皇说过，母后是自请入宫的。就因为这样，最初的父皇以为母后只不过是个贪慕虚荣的女子，对她不冷不热。

而母后，在入宫之初其实也并不想真的得圣宠，好像只是跟谁赌气。

可有一天，她忽然开始慢慢引起了父皇的注意了。

现在想起来，母后那个时候，怕是故意的吧？

他相信母后有这个心机，有这个手段。

就是从那个时候开始，田家开始蒸蒸日上，而刘鉴雄也在军中得到了重用。

再之后，金矛王爷意外中毒，刘鉴雄便毫无意外地开始掌控了大魏上下的兵权。

也就是从那个时候开始，父皇的身子一天比一天衰弱。

从他有记忆起，四五岁的时候父皇还有些力气。再之后，才三十几岁的父皇，走几步便会气喘吁吁，动不动就会躺在床上好几天都不起来。

这样的情况，一直维持到他七岁那一年。

当母后面无表情走出来，宣布父皇驾崩的时候，他感觉属于他的天空已经塌了。

作为太子的他，自然而然登基上了皇位。

而太后，也宣布了父皇的遗旨：兵马大元帅刘鉴雄，为摄政王，辅佐幼主临朝。

没有人有异议，兵权就在刘鉴雄手中，甚至他的权力还在不断扩大。

同时，太后还宣布她肚子里，还有一个遗腹子，是先皇的血脉。

那个时候，太后只有两个月的身孕。

而她的丈夫，大魏的皇帝，已经卧床半年之久了。

大臣们有些怀疑，可太医并没有说皇上躺在病榻之上不能人道，再加上田刘两家的势力，还有后来加进来的袁家，三大家族一压上，谁还敢吭声？

有一次，太后当着他的面抱着玄尘喃喃自语："你为什么不早点出来呢，早点出来，这一切都是你的，什么都是你的，何必让爹娘再去操那份心呢？"

只有八岁的玄墨，听不懂这话的意思。

但是现在，他懂了，完全懂了。

所以，他嫌恶地看了一眼身边的玄尘，在那个男人搂着太后进入内室以后，翻身落地，从窗子跳跃而去，再也没有理会身后的那个所谓的弟弟。

也就是从那个时候开始吧，玄尘偏执地开始喜欢白色，甚至让太后将他靠近慈宁宫的住所搬到了幽尘居，将周围用重重的文竹围起来。

【第十四章 火腾腾百鸟朝凤万兽临】

常陵王凌玄尘，好像一下子沉默了，他不与人交往，开始迷恋于最喜欢的音乐，整天抚琴弄箫，沉浸在自己的一方小天地里不愿意出来。

　　从那个时候开始，玄墨开始刻意冷落这个他所谓的"唯一的弟弟"，不去打听他任何事情，不去关心他任何事情。

　　在经过叛逆时期和刘鉴雄的两次正面交锋以后，他充分发现了自己的势单力薄。

　　怪只怪他以前太信任母后和弟弟，甚至觉得如果将来弟弟喜欢，将这皇位给他也可以，反正他们都是父皇的儿子，父皇泉下有知也会欣慰的。

　　可现在不同了，他必须为了父皇守住这凌家的江山。

　　父皇，就只剩下他这一个血亲了。

　　只有十五岁的少年，开始培养自己的势力，从毫无势力开始，到现在，有属于自己的暗卫，心腹，甚至到现在，夺取了兵权。

　　那其中的伤，其中的痛，没有经历过的人，又能明白多少？

第十五章　月朦朦大帅女贼初相见

已是腊月，下了两场大雪，上一场雪尚未融化又在积雪之上堆了厚厚一层。

而姬小小，在玄墨的威逼利诱，外带彻底将自己当做抱枕送给她等一系列的办法之下，总算是老老实实在床上躺了三天。

不过，也仅仅只有三天。

三天以后，姬小小终于大呼受不了，摸着躺着浑身发软的身子，跳下床再也不管玄墨黑着脸的样子，拖着他上街上溜达去了。

外面的温度很低，化雪的天气，比下雪天还要冷。

玄墨让姬小小穿上貂裘披风，里面里三层外三层裹得像个球一样，才允许她出门。

虽然她的内力正在恢复中，不再是之前那个破碎的瓷娃娃了，不过因为之前那一次的差点失去，让他不得不格外小心。

也知道整天关她在屋子里对她身体确实也不好，见她乖乖躺了三天，才允许她出门呼吸一下新鲜空气。不过她的内力目前大不如前了，还是不要用来抵御寒气的好，所以才不顾她的抗议，硬是让她穿了这么多衣服。

"走路都不舒服。"姬小小看看圆滚滚的自己，语气有些不满。

长这么大，她还是第一次穿这么多衣服呢，而且，她居然就这样让玄墨给自己穿上了。

其实她很想告诉他，即使不用内力，她本身体质就是抗寒的体质，毕竟从小到大师父给她吃了不少改善体质的东西。

这些东西，是不会因为一次内伤，而从她体内消失不见的。

可是当她看到玄墨眼中的害怕，小心翼翼好像生怕自己消失不见了一样神情，她就不忍心反对了。

明明她才是主人呢，怎么现在感觉被吃得死死的那个人反而成了自己了？

姬小小吐吐舌头，看着玄墨小心翼翼地扶着她走在大街之上。

真不知道他到底在紧张什么。

现在她的内力虽然只恢复了三四成，可下盘的功夫可是从小就练的，哪里这么容易摔倒？

不过看他小心翼翼的眼神，想起这几日总是发现他半夜惊醒盯着自己看，好像生怕一个不小心，她就会从他眼皮子底下消失一样。

那种感觉，她有些心酸，又有些甜丝丝的。

虽然连日来她无数次告诉他，她已经好了，真的彻底好了。除了内力需要靠着两个人双修慢慢恢复，大概要半年时间才能和以前一样，甚至因为双修的关系，她的内力应该会比以前高。但是比起普通人来说，她的三四成功力，也已经是这世上数一数二的高手了。

因为这一场仗打下来，她对自己的武功有了充分的信心。

即使最后被那个黑衣老人打伤，但是那个黑衣人却需要师父出手才能打退，可见武功已经登峰造极。

算了，被他扶着，小心翼翼保护着的感觉其实挺好的。

姬小小便由着心的抉择，跟着感觉走，就这样借着他的力，靠在他身上缓缓行走。

有地方可以偷懒，何乐而不为？

感觉到佳人对自己的依靠，玄墨不由一笑："是不是累了，要找个地方歇息一下吗？"

"才出来多久啊，怎么会累？"姬小小呼吸着周围清冷的空气，那三天在屋子里她可都快憋坏了。

幸亏玄墨的脑子终于开窍了，答应让她每天出来走走。不过加了个前提条件，那就是——他必须陪在她左右。

看他那紧张的样子，姬小小不答应也不行了。

算是被甜蜜地"绑架"了吧？

姬小小靠在玄墨身上，发现原来偶尔柔弱也是不错的，不需要事事强悍才能得到关心和爱护。

原来师父说的话，也未必全对呢。

"小小……"玄墨看看周围的积雪，估计这几天周围州郡也一定是下了大雪，这样的天气，若是想要回京，恐怕会在路上耽搁不少时间。

再加上金矛王爷去谈判了，已经过去五六天了，传来的消息是说一切顺利，有些详情还需要再和楚国使者商议，应该过不了几日就该回来了。

"嗯？"姬小小看着身边有些犹豫的男子，"什么事？"

"在这里过除夕，你不介意吧？"如果是在皇宫里过，一定会比这里热闹很多，吃穿用度也是会好不少。

可是现在算算日子，如果现在回去，昼夜兼程也未必能在除夕之前赶到京城。再说，如果急着赶路，他也怕小小的身子受不了。

"这里挺好的啊，我为什么要介意？"姬小小不明白。

她十六年的除夕都是在点苍山上过的，师父师兄会给一个红包，然后再把他们从山下带来的各种各样好玩的礼物送给她，有时候，会是他们亲手制作的。

她会下厨，给大家做一桌子的菜，看着师父师兄吃饱喝足，她也会很满足。

她不觉得除夕这一天多么重要，只知道过了这一天，她名义上就要大一岁了。

可真正大一年，却是要在生日的时候。

师父把捡她回来的那天当做了她的生日。那是三月里，桃花都开了，她在桃林之中，小小的身子，哭得格外响亮，所以取名叫"小小"。

至于为什么会姓姬，师父没说，姬小小便也没问。

她有师父师兄的疼爱，现在又有玄墨的爱，她觉得她的人生应圆满了，不需要再多出一个父亲或者母亲来，干扰她的生活。

倒不是恨自己的亲生父母，师父从来都说，有因才有果。当年他们即使是故意丢弃自己的，想必也是有他们自己的苦衷。

"这边日子清苦，怕你不习惯。"见她忽闪忽闪大眼，没有利欲熏心，没有算计心机，越是这样，玄墨便越想将这世上最好的东西都给她。

"没什么不好的，我年年在点苍山过，只有五个人。现在在平郡，有这么多人一起过除夕，我还从来没有这样的经历呢。"姬小小很兴奋地看着来来往往的百姓，已经开始幻想着热闹的除夕之夜。

听说，山下过除夕很热闹呢，张灯结彩，喧哗非凡。

他们这次出来，没有太过招摇，两个人换的都是普通百姓的衣服，除却姬小小穿得像个球奇怪一些以外，其他的都没有什么问题。

当然，这么冷的天，穿得像个球一样的人，不止她一个。

除却玄墨太过出色的外表外，他们两个人就真的像是世上最普通的夫妻。

"唉，大叔大婶，你们怎么买这么多东西？"一不小心，就看到姬小小不知道什么时候拦下了一对中年夫妇的独轮车，看着上面琳琅满目的东西有些好奇。

姬小小可爱的脸蛋，甜美的声音，惹得两位上了年纪的夫妻很是高兴："哎呀呀，姑娘，你连这个都不知道呀？快过年了，咱们不是得买点年货啊，这仗也打完了，今年可得过个好年呢。"

"年货？"姬小小转头看向玄墨，"在山上的时候，我听师兄们说过呢，到了年关每家每户都要办年货的，我们要不要去办一点？"

玄墨眼中都是宠溺的笑："你想办年货？"

"嗯，大家都在办呢，师父说，要入乡随俗。"姬小小点点头，第一次在山下过年，她看着什么都新鲜。

特别是现在仗已经打完了，街市上面卖年货的小贩也多了起来，不再如战前那般冷清了，各种吆喝声四起，即使在这积雪满地的时候，依然听得人心里暖暖的。

【第十五章 月朦朦大帅女贼初相见】

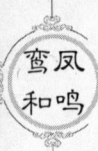

"好，我们也去办年货。"玄墨宠溺地刮了一下她的鼻子，其实年货这种东西，怎么会需要他这个皇帝和贵妃来亲自办呢，估计这种东西平郡衙内都放了好几车了。

不过既然小小喜欢，他陪她当一回世间平凡夫妇又有什么关系？

两个人到路边买了一辆独轮车，当然，很容易就买到了，毕竟，他们身后跟着一帮暗卫，早就帮他们把这些事情搞定了。

姬小小一路挑过去，买了桂圆荔枝干，打成大大的一包一包，再学着身边的那些百姓们，还买了半头猪，又买了几匹棉布。

总是她看上什么，玄墨都会掏钱买下来，喜得那些小贩们看到他们两人都堆满了笑脸。

能让身边这个小丫头高兴，又能让战后百姓们得些实惠，玄墨心中还是很乐意的。

他就像世上最普通的丈夫一样，跟在妻子后面，推着独轮车，将妻子挑选的年货一样样地搬到车上。

除却他那绝美异于常人的容颜，那卷起袖子，撩起衣摆塞进腰带里的粗鲁样子，没有人会将他跟那个高高在上的九五之尊联系起来。

他是这个世上最宠妻子的丈夫而已。

很快，独轮车上已经堆满了小山一样的年货，连身边的暗卫都看不下去了，想要上前帮着推车。

毕竟，九五之尊在大街上推着独轮车，在他们眼中看起来总是十分别扭的。

玄墨瞪了他们一眼，他现在很享受呢。

最爱的女子，就在他身边，而且她很开心，那就行了。

这和身份本就无关，不是吗？

两个人真的就好像普通夫妇那样，推着一车子小山高的年货，到了平郡官衙门口，引得里面那些大小官员，丫鬟仆人们吓得差点跪在地上不起来了。

皇上亲自推车啊，这怎么可以啊？

"愣着干什么，赶紧把东西卸下来啊。"玄墨从肩上放下推车用的绳子，几个家丁和官员赶紧跑过来，一个个把上面的东西卸了下来。

他们一个个都纳闷，这些东西，官衙自然有采办的会去买的，何必皇上亲自动手？

不过看看姬小小喜笑颜开的样子，心下多少有些明白了。

敢情，皇上当着苦力，是为了博红颜一笑啊。

"小心点小心点。"姬小小指挥着他们把东西放起来，"这里还有给你们买的礼物呢，可别弄坏了。"

在她的印象中除夕是要送礼物的，不过现在还不是时候，等除夕的时候再一个个分给他们就好了。

礼物嘛，要自己亲手挑的才够诚意啊。

"这些送厨房去。"玄墨指着上面的那些鸡鸭鱼肉，"分给大家吃。"

"是！"几个士兵化身家丁，扛着那些东西往里走。

还有那些桂圆包荔枝包，各种甜点，点心，则被送到了仓库，分下去给府中各人了。

连着几日，两个人乐此不疲地往府中搬年货，好好享受了一把世上普通百姓的生活方式。

玄墨反正无限制地宠着她，只要她高兴就好。

苦的是厨房里的厨师，还有每天搬货的官员、士兵和家丁们。

府里的采办这个时候早成了苦工了，每天帮着到门口搬货就行了。即使这样，因为之前早就准备好了年货，现在玄墨他们买来的东西，便成了多余的。

快到年关，终于有人将江晚月推出去婉转问玄墨，这些东西该怎么办？

没想到，玄墨早就想好了："分给那些百姓吧，战乱一起，他们受了不少损失，并非人人能吃上肉的。买的时候，朕就已经想好了。那些肉让厨房处理处理，弄成腌肉腊肉咸鱼什么的，分了吧。"

看来这皇上，还没有糊涂到家啊。

江晚月苦笑一声，才将重要的事情报上来："皇上，金矛王爷已经和楚国谈妥一切细节回了平郡了，楚国的礼单皇上可要过目吗？"

玄墨点点头："拿来看看也无妨，正好在年前把事情办妥了，皇叔也可以跟我们一起过个好年。"

江晚月一走，很快金矛王爷就来了，呈上了礼单。

玄墨大概浏览了一遍，赞赏地看着金矛王爷："王爷办事果然深得朕心。"

这次和谈，金矛王爷趁机敲了不少金银赔偿，这样算起来算是大大充盈了国库。

接下来，要彻底扳倒三大家族，金银也是少不了的。

等三大家族一倒，这国库空虚的问题，倒是可以彻底解决了。

金矛王爷看看玄墨身边坐着的姬小小，欲言又止。

"皇叔还有什么话要说？"玄墨注意到了，开口询问。

"哦，没事。"金矛王爷看看姬小小，"老臣走的时候，元帅伤重，老臣还以为回来就见不到她了。"

说到这里，他的眼圈竟有些红了。

玄墨笑道："此事确实是朕想给皇叔一个惊喜，既然见到了，你们父女两个叙叙旧。"

说着，他起身，将空间留给他们。

金矛王爷微微抬头看了一眼姬小小，又迅速低头。

"义父，怎么了？"姬小小有些好奇金矛王爷的态度，"我又不是妖魔鬼怪，义父为何不敢看我？"

金矛王爷有些黑的脸上竟然闪过一些羞愧之色，忽地一咬牙看着姬小小道："小小，义父本来以为你挺不过这一关了，可也不能看着皇上一直颓废下去，所以……"

"所以什么？"

【第十五章 月朦朦大帅女贼初相见】

"总之义父做的这一切,都是为了皇上好,你也不希望若是你有个三长两短,皇上便一蹶不振吧?"

"义父你在说什么?"姬小小听得莫名其妙。

金矛王爷摇摇头,忽地叹息一声:"小小,对不起!"

金矛王爷的道歉让姬小小很是有些莫名其妙,但是他却不肯再多做解释,随即就告辞离开。

好在除夕将近,玄墨陪着她到处办年货,买礼物,忙得不亦乐乎,没多久,她便把这事抛诸到了脑后。

一晃便是除夕当日,平郡官衙热闹非凡。大小官员,将士,家丁,丫鬟,都收到了姬小小亲自挑选的礼物,一个个高兴激动得差点对着他们敬爱的元帅顶礼膜拜。

过了初三,金玲也被送到了平郡。

楚国那边是战败国,没有其他要求,只想要魏国将金玲归还。

反正玄墨并不想置她于死地,交给楚国,算是给他们一个台阶下,何乐而不为?

然而楚王残暴,金玲到楚国会遭遇什么处罚,就不在他关心的范围内了。

至少,他没有失信于身边那个小女人不是吗?

这种头疼的问题,交给楚王去办,正好。

金玲是被服下无色无嗅的迷药以后困在了玥城,不然以她的武功恐怕早就逃脱了。

没有用囚车,而是用马车将她带到了平郡,姬小小看到她的时候,她浑身无力。

不过姬小小并没有急着帮她解开药性,只是看着她,然后叹了口气。

"本来我求师父,若是楚国赢了便让他放你和皇上一条生路。没想到,最后求情的人却是你。"金玲看着姬小小的眼神,有些无奈。

姬小小笑起来:"我就知道你不会是个很坏的人,果然被我猜到了。"

"可我骗了你呢。"金玲看着眼前生动的脸,有些不解。

"你又没骗倒我。"姬小小还是在笑,"我很早就知道你有武功,很早就知道你经常会半夜出去,所以当玄墨说你是楚国奸细的时候,我根本就不惊讶。"

"你早就知道?"金玲睁大眼,"为什么不拆穿我?"

姬小小歪着头看着她:"你既然戴了七彩羽毛,我就有责任保护你。你不想让别人知道的事情,我是不会告诉别人的。师父说,看人要看人的眼睛,你的眼睛告诉我你不是大奸大恶之徒。"

金玲脸色有些黯然:"我也是迫不得已,我娘亲死得早,家里的人都欺负我,所以当有一天,一个黑衣老人站在我面前,问我要不要跟他学武功的时候,我毫不犹豫地答应了。可是这世上,是没有天上掉馅饼这种好事的,既然学了他的武功,我自然要帮他办事。他控制着我,每年给我喂一粒药,如果到时候不吃解药,就会全身抽搐血管爆裂而死。我也是大魏人啊，我何尝想背叛我的祖国？可是，即使师父不给我喂毒药，我也会为他做事的，毕竟我确实欠他的。就好像如今和之前，我都欠了你的情一样。"

姬小小听着她的话，大眼睛忽闪忽闪："金玲，你难道没有察觉到吗，你体内的毒药，已经解了！"

金玲睁大眼："你说什么？"

"那天从太后那里把你救回来，我就发现你体内有毒素，当时还以为是太后给你下的呢，怕有麻烦所以我帮你解了。"姬小小很认真地道，"我怕你害怕，所以就没告诉你，原来你不知道啊？"

"还有半年才需要吃解药呢，所以我并没有发觉。"金玲老老实实地回答。

"既然解了毒，你可以不受他控制了。"姬小小很高兴地拉着她的手，"不如就还是跟我在身边好了。"

没想到，金玲摇摇头，坚决地道："虽然师父给我喂毒做得有些过分，可他毕竟是我的授业恩师。就算要走我也应该跟他告个别，算是有始有终。现在我被你们抓住了，他还肯提出来让我回去，我想，他对我还是有些师徒情分的。"

姬小小知道再劝下去也是无效，倒也不勉强："我帮你解了身上的迷药吧，这样你去那边也方便一些，有人想欺负你你也可以自保。"

"你不怕我害你吗？"金玲觉得越发看不懂眼前这个小女子。

姬小小笑："你要害我早害了，再说你也不是我的对手。"

金玲顿时有些无语，虽然知道她说的实话，可这么直接，总归还是让自己有些接受不了。

姬小小倒是不管她有什么想法，很快拿了药过来喂她服下。

马车没有在平郡停留太久，很快便启程前往苍城，过了苍城，边界处便有楚国的人在那边接应。

据说这次楚国受重创，郁骏太子也受了伤，来谈判的是个年轻的元帅，为人严肃老成，在面对金矛王爷的时候，亦是不卑不亢，一丝不像是战败国的将领，倒是很让人欣赏。

目前，那位楚国的新任元帅，就在无忧城和苍城边界等着金玲的到来。

出了平郡，金玲试着调息了一下，发现体内真气已经可以行走自如了，当下便有些放心了下来。

去跟师父做一个告别吧，这么多年来，她为他做的事情也已经够多了。活了这么多年，好像一直都在为别人活着。

解了毒的金玲，心情好了起来。

有时间，她一定要好好报答那个小女子呢。

想到姬小小那巧笑倩兮的脸颊，又摸了摸脖子上的七彩羽毛。其实，当她的丫鬟真的还是不错的呢。

又能帮她出头，又能帮她疗伤，还能帮她解毒，最后，还能保她一命。

【第十五章 月朦朦大帅女贼初相见】

鸾凤和鸣 下

"金玲姑娘，下官只能送你到这儿了！"护送金玲出城的刘三，当年是金矛王爷身边的马夫，如今的副将。

"多谢刘将军！"金玲下了马车，冲着他行礼。

"金姑娘前途多珍重。"刘三心中暗叹一声，这个姑娘不知道是否清楚楚王的残暴。

当初近万名降军被活埋，她一个姑娘家，做了奸细败露自然不可能逃过楚王的惩罚。

边界那边，站着一位白袍将军，大概不到三十的年纪，却有超出他那份年纪的老成持重。不苟言笑的脸，如同刀削一般，比起那略显粗鲁的郁骏太子，又多了几分儒雅。

只不过，郑重的神色，让人总是不敢相信他才二十七，而不是七十二。

这是金玲对这位柳姓将军的第一印象，太像个老学究了，也有属于上位者的威严，让人不容小觑。

不过，金玲不喜欢这般严肃的男子。

这让她再次想起了姬小小，两个人都是元帅，却相差好大。

"柳元帅！"金玲上前行礼，"有劳了！"

那男人看了金玲一眼，指指身边的马车："姑娘请上车吧！"

本来以金玲的身份，他是不需要亲自来接的，不过关系到两国之间的事情，他这个元帅才亲自过来一趟，以显示楚国对魏国的尊重。

毕竟，楚国是战败国啊。

他只是不明白，楚王为什么要让这个已经败露的奸细回来，更不明白的是，这个已经败露的奸细，居然没有被魏国处罚，而是真的就这样毫发无损地送回来了。

上下打量了一下金玲，白袍男子皱了一下眉头。

看眼前这女子，纤瘦的身段，容貌倒也算得上清秀可人，莫非，她遭受的是那种不能言说出来的惩罚？

这种惩罚，对女子来说，确实是最过残忍的。

想到这里，白袍男子眼中开始有了一些了然与同情。

不明白眼前男人眼中的千变万化，金玲甩甩头，轻松跳上马车坐了进去。

楚国，呵呵，作为一个楚国的奸细，她居然是第一次来楚国，这不得不说是一种讽刺。

苍城边境到无忧城，又是一天的路程，到了天黑时分马车终于准时到达了无忧城下。

金玲被安排住在无忧城官衙之内的别院里，一些生活必需品也安排妥当了，甚至还找了个小丫鬟伺候她。

她心中有些忐忑，明白此次到楚国必然不是楚王的意思，而是师父的意思。

虽然已经抱着离开的决心了，可是想到遵从了十几年的师父，竟还有些会发抖。

因为长久以来的恐惧，好似已经盖过了所谓的报恩和尊重的心。

烛光摇曳，前途未卜，金玲坐在屋内发呆。

忽地，破空声传来，金玲一偏头，一道银光闪过，身后柱子上钉上了一只飞镖，飞镖的头上钉着一张纸条。

金玲站起身，确定那飞镖没有毒以后，才将那镖拔了下来。

看了纸条上的内容，她脸色一变，赶紧换了一套夜行衣，吹灭蜡烛，蒙上脸从窗口翻身闪了出去。

"师父……"兜兜转转，她终于在某处屋顶找到了那抹熟悉的黑色身影。

"你回来了？"黑衣人的声音听上去微微有些颤抖，"受苦了吗？"

"徒儿很好。"金玲抑制住狂跳的心，想着怎么跟眼前她恐惧了十年之久的老人开口说离去的事情。

"看起来，那小丫头对你还算不错。"黑衣人"嘿嘿"笑两声，身子在寒夜的风中轻轻晃了两下。

"师父，你……受伤了？"金玲后知后觉地上前一步，扶住黑衣人的身子，看着他的脸色果然有些苍白，不由担心起来。

黑衣人却冷眼睨她一眼："放心，为师一时半会儿还死不了，要杀你还是绰绰有余的。"

"师父，徒儿没有别的意思。"金玲低了头，"师父武功这么高，到底是谁能让师父受伤？"

"这事不用你管！"黑衣人警觉地眯起眼睛，"知道你心里清楚自己还是我的徒弟，就行了。"

"是，徒儿永远是你的徒儿！"金玲这句话倒是真心的，毕竟，是这个老人将她从家族斗争的漩涡里拯救了出来。

"嗯，知道此次为师叫你回来做什么吗？"老者似乎很满意她的态度，语气都缓和了很多。

金玲摇头："徒儿不明白。"

"楚王是个成不了大气候的人，一点点小挫折就将他吓得要投降求和。"老人缓缓地道，"还送那么多礼物给魏国，为师觉得那些礼物魏国并不需要。"

金玲一愣："师父的意思是……"

"若是礼物出了什么问题，你觉得，魏国会就这样善罢甘休吗？"

战乱，黎民流离失所，血腥和杀戮，还没看够吗？

师父的心是什么做的，竟一点都没有同情心吗？

"怎么，不愿意？"老人看着她，"还是，你在那丫头身边待久了，又想起自己是魏国人了？"

金玲忙单腿跪下："不是的，师父，徒儿只是觉得，楚国刚经历过战火，如果和魏国再开战，恐怕不是魏国的对手。"

"哼，楚国的死活，与为师何干？"老人忽地冷哼一声，"一个小小的楚国，岂能满足

【第十五章　月朦朦大帅女贼初相见】

为师的宏图大志？"

　　金玲彻底愣住："师父……"

　　"让你怎么做就怎么做，无须多问！"老人冷了脸，忽又换了语气，"你放心，这事完成以后为师就给你解药，彻彻底底放你自由！"

　　金玲有些喜色："这是金玲要做的最后一件事了吗？"

　　即使知道身上的毒已经解了，可还没等他开口，师父就主动说她做完这件事情就可以离开了，那岂不是省了不少事？

　　也罢，就算是他们师徒之间，有个完满的结局吧。

　　金玲没有过多解释，只是起身点点头："师父放心，徒儿明白了。"

　　"这是楚国送给魏国的礼单，你看看，为师相信你是个聪明的孩子，知道从哪里下手最好。"一张纸平平地飞到金玲面前。

　　金玲接过来，乘着月色和极强的夜视能力，看了一眼，忽地有些讶异："咦，怎么没听她提起？"

　　"知道该怎么做了吗？"老人忽略她的诧异，只是看着她。

　　金玲忙点点头："徒儿明白了！"说着，将礼单放在手中揉成一团，很快，便化作了粉末。说完这一句的时候，金玲没有再犹豫，转身离去。

　　身后，老人的脸色一变，忽地剧烈咳嗽起来。半晌，他才收了声，自言自语道："哼，你想创造一个天下，我非要毁了这个天下，只要你不舍得死，你的天下便永远不会到来！"

　　正月的东北，寒风瑟瑟，金玲几个飞纵，顺着原路返回，刚到无忧城官衙附近，一道白色的身影飞了过来，快得她几乎来不及躲闪，就被拦在了当场。

　　"你是谁？"白袍男子背着手长身而立，即使不苟言笑，却偏又有一种遗世独立的美感。

　　金玲暗道一声不好，怎么惹上这位瘟神了？

　　还好自己蒙着面，不然麻烦大了。

　　"本帅在问你，你是谁？"白袍男子似乎一眼看穿她的功底，所以并不急着动手，好似捉住她已经是板上钉钉的事实，甚至他再加了一句，"为何夜闯官衙？"

　　金玲变了变声："只是路过而已，你哪只眼睛看到我要进官衙？"

　　白袍男子倒是愣了一下神，他确实没看到她进官衙，不过看路线这不是直冲着官衙来的吗？

　　"不是到官衙，难道我喜欢在屋顶上散步也不行吗？"金玲看他愣神，赶紧继续狡辩，"大楚可有法令说不许百姓在屋顶上散步的？"

　　"好了，夜深了，公子请早些休息吧，我告辞了。"金玲忍住笑，没想到眼前这家伙还蛮好糊弄的。

　　"强词夺理！"白袍男子听到这句话以后，勃然大怒，化掌为爪，狠狠朝她抓了过去。

原来还没被自己绕晕啊？

金玲暗自叹口气，却不敢怠慢，脚下生风，赶紧后退。

她的轻功还是不错的，不过跟眼前这个男子比起来，似乎差了不是一点两点。

一个打，一个躲，每次都惊险万分。

白袍男子一掌打在她的左肩上，害得她气血翻腾，差点整个身子一软倒下去。

她很清楚，眼前这个男子并没有用全力。

不行，不能这样下去。

金玲一咬牙使个巧劲，衣摆划过男子的掌下，眼看惊险万分，白袍男子忽地动了动嘴唇，冷声道："你叫什么名字，我柳暮云手下，不杀无名之辈！"

趁这个空当，金玲挥出一掌，又侧腰经过他成爪的手下。

"嘶……"一声，布帛破碎的声音响彻夜空。

柳暮云愣了一下神，看了一下手中的黑色布条，再看看金玲身上露出一角的肚兜……

这个……怎么会这样的？

就在他闪神间，金玲已经从背后抽出长鞭，忽地往他面前一抽，漫天鞭影在飞闪，卷起屋顶上的积雪点点，仿佛一张铺天盖地的网，躲都无处可躲。前无去路，柳暮云自然只能往后退了几步，金玲已经往后退出去几丈远，消失在了夜空之中。

"元帅，怎么回事？"就在此刻，官衙里跑出一队巡逻的士兵，抬头看着屋顶上的柳暮云，领头的那个立刻认出了他们的元帅。

"一个过路的小毛贼，已经被我打跑了。"柳暮云想也没想，只是冒出这么一句。

为什么要帮那个女人？

连他自己都觉得莫名其妙，随后，脑海之中居然展现出两个字来——有趣！

在他二十七年的人生当中，似乎是第一次在脑海之中出现这么两个字。

而那个女子，他甚至连她长什么样都不清楚。

难道只是因为最后一招诡异的身法？

他很清楚，论真本事那女人根本不是自己的对手，自己对付她就跟猫对付老鼠一样轻松。

可问题是，那最后一招极其诡异，连自己都忍不住有些犹豫要不要去直接接下，并且在同一时刻身体已经本能地作出反应往后退去。

那是她的保命绝招吧？

不知，她还有什么招数呢，他忽然很想了解一下。甚至，此时此刻，在他心中已经有了那个要了解的人选。

所以他不再犹豫，一个翻身，下了屋顶，朝无忧城官衙的别院行去。

别院里漆黑一片，里面的人似乎安歇下了很久。

柳暮云嘴角闪过一丝冷冷的笑意，轻叩房门。

好半晌，里面才传来带着浓重鼻音的女子声音："谁？"

"是我，柳暮云！"

"原来是柳元帅，金玲已经睡下了，不知元帅有什么事吗？"

柳暮云沉吟一阵道："刚刚衙内来了位刺客，暮云怕姑娘受了惊吓，所以特来相问。"

里面传出一声叹息："元帅，金玲是从生死边缘走回来的人，早就将生死置之度外了，若那刺客真是冲着我来的，死也就死了！"

柳暮云一愣，里面的女子怎么一副生无可恋的语气。

莫非，那屋顶的女子真的不是她？

心中怎么都不甘心，柳暮云还是坚持："金姑娘，虽然暮云知道你不怕死，可此事关系楚国利益，姑娘还是让暮云进去搜查一下吧。"

里面沉默了良久，才传来一声叹息："金玲知道柳元帅担心的是什么，既然如此，元帅进来就是。"

听着里面带着一些沧桑的话语，柳暮云准备推门的手，居然犹豫了一下。

不过很快，他便镇定下来："多谢姑娘理解，暮云保证一个人进来。"

说着，听到里面有门闩落地的声音，他便推门走了进去。

金玲摸索着打火石，点燃了屋内的灯笼。她穿着一身淡蓝紫色的长裙寝衣，衣摆上绣着墨绿色的文竹，很是秀气。

看她睡眼蒙胧的样子，眼中有些哀伤，一头青丝只在右边绾成一个随意的发髻，还有些许垂落在脸颊旁边。

有一种无助又柔弱的媚态。

柳暮云心中竟然不知何时颤抖了一下，他不明白自己的思绪，却还是理智地压制住，环视了一周。

"这屋子，一眼就可以看清楚了吧？"金玲抬头，定定地看着他，"我有没有窝藏刺客，元帅想必也已经清楚了。"

"不是，我并不怀疑你窝藏刺客。"柳暮云忍不住辩解。

金玲一愣，随即忽地苦笑了一声："看起来，柳元帅是怀疑我是刺客了？"

这么直接的话，让柳暮云居然一下子不知道怎么回答才好。

"怎么，柳元帅打伤刺客了吗？"金玲看着他，脸色格外平静，"是左肩还是右肩，左腿还是右腿，元帅要看哪里？"

"我……"这样的语气，这样的问话，柳暮云在二十七年的人生之中，从来没有听哪个女子这般说过。

当然，他接触的女子本也不多。

"不如，我把衣服都脱了给元帅看吧。"金玲眼中闪过一丝无奈，开始慢慢解开颈部第一颗扣子，一边轻叹，"在魏国刚开始怀疑我的时候，他们便会这样对我了，没想到到了楚国自己人的地方，却还是逃不过被怀疑的命运。"

说完这句话的时候,她手上的扣子,已经解到了第三颗,隐约可以看到里面墨绿色的肚兜。

　　"金姑娘,不用了,刺客并未受伤。"柳暮云忽地低了头,他刚刚怎么居然看愣了?

　　"没有受伤?"金玲手上的动作一停滞,有些不知所措地看着他。

　　"算了,夜深了,既然刺客并未来打扰姑娘,姑娘早些安歇吧。"柳暮云忽地后退两步,到了门口,"对不起,打扰了!"

　　说着,帮忙关上了门。

　　在门口站了一阵,忽地,听到里面传来隐隐约约的哭声,哭声很细微,里面的人似乎拼命压抑着不让哭声外传。

　　可是,柳暮云的听力自然比常人敏感,他还是听到了。

　　他是真的伤害了里面的那位姑娘吗?

　　奸细本来就不是一个正常人可以胜任的活计,里面那个姑娘才十八岁,在魏国隐藏了那么久,一定是受了不少委屈。

　　没想到,到了自己效忠的国家居然还要遭受这样的待遇。

　　若是换了自己,也会有些悲哀吧?

　　抬手,想要进去安慰一下。柳暮云却发现自己根本没有任何立场去劝说,她的悲哀不都是自己引起的吗?

　　想到这里,他长叹一声,低头缓缓离去。

　　屋内的金玲,听着外面一声叹息,脚步声越走越远,不由抬头,看了一眼房门的方向。

　　烛光下,她的脸上没有一丝泪痕,只有一丝冷笑:"早知道你这么不经吓,我应该脱快一点让你看得更清楚一点!"

　　说完,她吐吐舌头,吹熄了蜡烛一头倒在床上。

【第十五章　月朦朦大帅女贼初相见】

　　就在金玲在楚国活动的时候,平郡这边,姬小小和玄墨已经在回京的路上了。

　　因为楚国在接到金玲以后,送给魏国的礼物就会立刻启程前往京城。他们必须在楚国使节到达京城之前回到宫中。

　　玄墨一手搂着马车内不太安分的小女子,一边嘴角泛起一丝笑意。

　　凌未然那小子倒是做了几天安乐皇帝,据说这小子从不上朝,也不理政,整天斜眼看着三大家族你争我斗。

　　看到刘家势力大了,便扶植扶植袁家,看到袁家势力大了,便扶植扶植田家,总之朝堂上下,三大家族势力十分均衡,并且已经衰败了。

　　斗了这么久,也该有人会去收个场了。

　　玄墨轻轻搂了一下姬小小,笑意更大,他这个回去捡现成的皇帝,恐怕又要被那小子好一顿抱怨。

　　"玄墨,我要骑马!"姬小小不知道第几百次提出同样的要求,玄墨都是置之不理。

"玄墨……"姬小小嘟着嘴，看着他。

"不要。"玄墨看着身边的小女人，抓住她的手，"小小，不要这样，等你武功彻底恢复了你想怎么骑都行，但是现在不行，我真的怕了，怕再次看到你遭遇危险。"

这几天他算是摸准了小小的脾气，哀兵政策是最好的选择了。

这丫头吃软不吃硬，他早就看清楚了，特别是经过这生死一劫，只要自己一露出怕失去她的表情，无论天大的事情她都会妥协。

就好像现在，其实马就在外面，她只要一个飞身出车窗就可以骑上马，可一见到玄墨的眼神，她就忍不住不想违拗他的意思。

这个男人，真的怕了呀，怕失去自己。

在因为坐马车而不自在的同时，姬小小的心中，还是有些甜丝丝的。

算了，坐马车就是闷一些，不过有玄墨陪着，她可以睡觉嘛……

好像也不错。

姬小小想到这里，将头靠到玄墨肩上："好了好了不去了，让我靠着睡一会儿吧。"

玄墨嘴角闪过一丝狡黠的笑意，搂紧她的肩，笑道："好，睡吧，等到了我叫你。"

对付这傻丫头，以柔克刚是最好的办法了。

不过他们之间好像又弄反了，一般都是女人用"柔"克男人的"刚"吧？

算了，不计较了，反正从一开始，他们两个好像都一直有男女颠倒的嫌疑了。

习惯就好，习惯就好！

玄墨在心中安慰着自己，看着靠在自己怀里，找了个舒服的姿势，已经安然入睡的某小女人，叹了口气。

他是不是太宠着她了？

不过也好，最好宠得她依赖自己，少了自己就浑身不自在不舒服，那样她就会越来越离不开他，慢慢地，习惯成自然，自然成必然，他就再也不会失去她了。

想到这里，玄墨嘴角的笑意更浓了，脸上一副阴谋已经得逞的向往神情，好像美好的日子已经触手可及了。

一路行来，到京城已经过了元宵佳节，十几天的路程让玄墨愣是慢吞吞地加长到了二十天。

担心小小的身子，担心她受不了颠簸之苦，所以刻意放慢了前进的步伐。

不到天黑就休息，日上三竿才上路。

他是皇帝嘛，谁敢提异议？

且让三大家族多斗上一会儿吧，一路行来，都可以听到各处对此次魏楚之战中他这个皇帝的歌功颂德。

看起来，自己的威望基本不成问题了。

黑旗军也交到了姬小小手中，三军将士对金矛王爷本就服气，现在又加上皇上和贵妃娘娘，大魏的兵权已经牢牢掌握在他自己手中了。

对付三大家族，刘家已经势败，官员多数为玄墨的自己人，目前留下的不过是个空壳子。加上黑旗军的易主，玄墨开始逐步将黑旗军分成几个小队，分别编入其他军营，现在即使是刘鉴雄清醒了恐怕也回天无力了。

现在主要是怎么让三家彻底倒台，毕竟多是自己的长辈，他要封天下悠悠之口，还有些麻烦。

特别是田家，虽然太后已经被自己控制，可毕竟是自己生母，朝臣，百姓，多少双眼睛盯着。

他一向以儒雅仁德治天下，若是对生母不孝，一不小心人心向背，怕是要落下一个暴君的骂名。

"皇上，到京城了！"车外，车夫毕恭毕敬地对着里面传话，"已经到宫门口了。"

"嗯，知道了！"玄墨看看怀里睡得正酣的小女子，不由微微一笑，也不吵醒她，只是打横将她抱起来，让人撩开车帘子步出了马车。

"皇上，这……"前来接驾的大内总管景德安，看着皇上竟然亲自抱着贵妃娘娘下车，吓了一跳。

"嘘，别吵醒她！"玄墨瞪他一眼，看着接驾的队伍和龙辇正在前方等着，也不管众官员和宫人们诧异的眼神，抱着怀里的女子就一起上了龙辇。

大小官员面面相觑，这龙辇，可只有皇上和皇后可以共同乘坐，这和贵妃娘娘一起坐，是什么意思？

可眼前这个皇帝再不是以前那个任他们搓圆捏扁，唯摄政王命令是从的小皇帝了。

特别是苍城一战，几十万士兵亲眼看到浴火的彩凰唤来火凤，供皇上和贵妃娘娘乘坐。这种奇事，早就在大魏百姓之间，传得沸沸扬扬。

都说龙凤相配，龙是帝王，凤是皇后。

既然凤和凰是一对，那么和龙凤相配也差得不多。

所以，在各地流传的说书人版本中，玄墨是上天下凡的真命天子，而姬小小，则是要帮他完成大业的凰女。

听说，千年的四国五分的局面，就要在这位大魏皇帝手中结束了。

传说幻化成了各种版本，目前玄墨和姬小小的名气和人气空前高涨，几乎已经到了让人顶礼膜拜的地步。

而那些大小官员们虽然谁也不清楚，为什么他们向来团结的三大家族会明争暗斗到这个地步，可不知不觉间，在他们忙着斗争的时候，这个小皇帝将全国的兵权都握到了自己手中。

他们之前所谓的领袖人物刘鉴雄，现在即使醒来似乎也不会有什么力气回天了。

要知道，金矛王爷算起来还是他的恩师呢。

现在想起来，皇上请金矛王爷出山这步棋走得妙啊，将兵权收归皇室，顺便压制刘鉴雄。

【第十五章 月朦胧大帅女贼初相见】

金矛王爷对朝廷对皇家的忠心大家都有目共睹。

朝中目前有传说，说金矛王爷中毒十几年，这毒是皇上找了姬贵妃解的，所以王爷才会认贵妃为义女，又甘心为副帅带兵出征。

而想着这一路争斗下来的路程，三大家族里面有些脑子清楚的人，已经有些汗涔涔了。

这个皇帝，绝对不会是个懦弱的主儿。

光看他那位替他处理政事的堂弟，传说中的逍遥王，临朝之时看似很逍遥，可几个月下来，朝中似乎也没有出过什么重大事情。

反而三大家族，以不可思议的速度开始衰败下去。

这个逍遥王，真的逍遥？

听说，逍遥王和皇上是一起长大的，若是逍遥王是个两面派，皇上何尝不可能是？

所以今天看着皇上抱着姬小小上了龙辇，那些大臣是一声都不敢吭，尽力将疑问都放到了心里。

只不过很多人已经定下了以后要溜须拍马的对象。

姬贵妃，恐怕会是宫中新贵，看这情况，假以时日必定是皇后娘娘。

摄政王已经躺下了，太后最近深居简出，皇后据说天天在宫里闹脾气，可却也什么事都做不来，失宠已经是很久以前的事情了，现在连势都失去了，还能有什么作为？

众人心里都打着小九九，玄墨一眼扫过去，心中冷笑。

说演戏，他都演了十年了，会看不懂那些官员们脸上瞬息万变暴露出来的心思？

只可惜，他们想要拍谁的马屁都不行了，三大家族倒台势在必行，就看是用什么手段和罪名了。

不为别的，就为他们手上多年聚集的财富，他也不可能手软。

姬小小醒来的时候，已经躺在长乐宫自己最早住的那个地方的床上了。

自进冷宫以来，紧接着就是出征，她还从未回到这里住过。

故地重游，如今迎接她的只有小红了。

叹口气，姬小小看着欲言又止的小红，淡笑道："你放心，金玲很好，她自有她的去处。"

那一边玄墨正笑眯眯地看着她："刚进长乐宫你就醒了，刚才这么多人，这么热闹却吵不醒你，你的耳朵对声音有特殊选择吗？"

姬小小吐吐舌头："人家讨厌那么多人对着我又跪又拜的嘛，所以只好假装长眠不起了。"

"呸呸呸！"玄墨瞪她一眼，"又乱说话，什么叫长眠不起？！"

看到他紧张的样子，姬小小乐了："什么时候你也变得这么迷信！"

玄墨看着她，忽地叹息一声："小小，自从认识你以后，我愿意相信满天神佛的存在，因为我相信他们会保护善良单纯的人，其中一定包括你。"

见他这样郑重的神情，姬小小倒收了玩笑之心："玄墨，就是神佛要收我，我也会跟他们抗衡，如果打不过，我一定要带你一起走。不管去哪里你都不可以离开我！"

"小小……"玄墨抿一下唇，听着她有些霸道的誓言，有种想将她拥入怀里的冲动。

"哎呀呀，好酸好酸啊，皇帝堂兄，我可是大老远就闻到一股子酸味了，这你侬我侬的，搞得我都不好意思进来了。"戏谑的声音传来，惹得玄墨皱紧眉头，姬小小却喜笑颜开。

"凌大哥，好久不见了。"姬小小想要迎上去，却被玄墨一下拉住："不许去。"

"皇帝堂兄，好歹我帮你干了这么多活，都没要报酬，你不该拦着我们兄妹叙旧啊。"凌未然哇哇大叫。

玄墨无视他哀怨的脸色："你们不是亲兄妹。"

"不是亲兄妹就没有兄妹之情了吗？"凌未然嘟嘴，一副怨夫的样子。

玄墨无视这表情："跟朕出来，这段时间你做的事情还没跟朕好好说呢，这监国一职可不是让你用来玩的！"

凌未然有些委屈地看着自己的堂兄，却是被他拽着胳膊就往政和殿拖去了。

玄墨拉着凌未然到了政和殿，景德安在身后紧紧跟随。

玄墨对景德安这个总管太监一向是不屑的态度，只不过嘛，身边都是忠臣似乎也无聊，跟个小人在身边，自己又了解他的想法和作风，其实更好控制一些。

宫里嘛，偶尔也需要一个这样弄权的小人的，反正其他嫔妃他也没兴趣，其他嫔妃宫人想要弄权，想要上位，也得由他先压着。

谁还能比这位景公公还会玩弄权术？

在他面前想要班门弄斧的，也得先掂掂自己的分量。

今天，他好像又有什么新消息，欲言又止，看得玄墨一阵好笑，偏就让他憋着，左右拉着凌未然聊了大半天才放他走。

"皇上……"憋不住的人，往往自己也会冒出头来引起别人注意。

玄墨心中好笑："小景子，有什么事要告诉朕吗？"

"皇上，奴才前些天到了浣衣所了。"景德安小心翼翼地看着玄墨，不知道自己这个消息，对眼前这位年轻的天子有用没用。

"哦，小景子，以你的身份，去那儿做什么？"玄墨不动声色地看着景德安，他脸上每一处细微的变化，都逃不过自己的眼睛。

这位景公公确实掩饰得很好，看起来，估计又是一些无聊的消息。

"奴才听说那儿有个嬷嬷闹事，所以奴才过去看了一下。"景德安还是在小心翼翼地寻找措辞。

玄墨皱了一下眉，自己是不是该跟他提个醒，别在自己这里说话还卖关子。

"浣衣院一个小小的奴婢闹事，何必你景公公亲自过去？"想了想，还是先听听是什么消息再说，所以玄墨暂时按兵不动。

【第十五章 月朦朦大帅女贼初相见】

"皇上，别的奴婢也就罢了，可这一个，还非得奴才自己出马才行啊。"景德安发现自己终于转到重点上了，也不再看玄墨的脸色，急急地道，"这个奴婢可不一般，她以前可是皇后身边的人。"

这下，玄墨微微有些感兴趣起来，轻轻地挑一下眉："哦？"

皇后虽然已经在他的控制之中，可要想彻底有个什么罪名让她下台，似乎是真的有些困难。

废后毕竟是大事，而且她身后，还有三大家族之一的袁家。

"皇上可还记得月嬷嬷吗？"景德安见皇上似乎感兴趣的样子，赶紧往下说。

"闹事的是她？"那个月嬷嬷。玄墨怎么会不记得？

据说这个月嬷嬷是刘鉴雄的人，所以后来袁家和刘家闹翻了，她也就没落下什么好下场。

不过此人心机颇重，想必一定不会就这样甘心待在浣衣院度过余生。

"皇上英明！"景德安点点头，"这个月嬷嬷能耐可不小，居然能鼓动浣衣所的奴才们都不干活，还说，她手上握着皇后的不少秘密，要皇后亲自去浣衣所接她出来，不然她要让皇后不得安生。"

玄墨皱了一下眉头，皇后的秘密？

不知道有没有足以扳倒她的，月嬷嬷在皇后身边多年，想必参与了不少伤天害理的事情。

想到这里，玄墨看着景德安："那月嬷嬷，现在在哪里？"

"皇上，奴才听那月嬷嬷这么说，想着事关重大，不敢让她再待在浣衣所，就接她到奴才住所附近的小院住下了。"

"可问出是什么事了吗？"

"回皇上的话，那老婆子的嘴紧得很，奴才怎么问她都不说。"景德安低着头，小心地微微抬眼看着玄墨，"她说，不见着皇上她是不会说的。"

"她要见朕？"

"是，她说，她手上的秘密，是天大的秘密，关系到大魏的江山，关系到皇上的皇位继承人……"

皇位继承人？

玄墨皱了一下眉头，如今能名正言顺继承自己皇位的人，除了悦儿还有谁？

莫非和悦儿有关？

他其实一直隐隐觉得悦儿的出生有些不妥，但是看着他越长越像自己的脸，倒从未怀疑过这个孩子不是自己亲生的。

记得当时自己对皇后确实缺乏关心，好像有一天听说她肚子痛了以后，连去看一下的兴趣都没有。

再之后，好像听说只是普通阵痛，虚惊一场。

那是什么时候？

好像离悦儿生日五六天的光景？

再之后，萧琳便生产了，他和所有刚当爹的男人一样，在产房门口守候着。这个时候事故发生了，产婆抱着一个无脑的女婴出来说，萧贤妃生了一个怪异的死婴。

太后看了那婴儿一眼，便说是妖孽降世，将萧琳关在了宫里。

之后，过了三天的样子，皇后肚子痛，这次好像是真的了，然后据说生下一个健康的男婴。那个女婴甚至连他这个做爹的都没看上一眼，就被丢去了乱葬岗。

玄墨越想越可疑，不由抬头看着景德安："小景子，把月嬷嬷去带过来，记得不许让任何人知道！"

"是，奴才明白。"景德安赶紧点点头，转头，露出一副志得意满的样子。

月嬷嬷很快被带了上来，她穿着太监服，低着头站在景德安身边，像极了一个温顺的小太监。

没有人会怀疑景德安身边会带着一个老嬷嬷，而皇后太后的眼线们也早就不顶事了。

月嬷嬷看着玄墨，立刻跪倒，诚惶诚恐的样子，和以前那个总是算计着的，并不把这个小皇帝放在眼中的月嬷嬷像是两个人。

玄墨嘴角泛起一丝冷笑："月嬷嬷，朕就在这里，把你知道的，都说出来吧！"

月嬷嬷了玄墨一眼，坚定地道："皇上，奴婢知道早年奴婢跟在皇后身边干了不少伤天害理的事情，想必皇上心中也清楚，皇上心中对奴婢的怨怼不少于皇后娘娘，所以奴婢斗胆跟皇上请个密旨，保奴婢一命。奴婢以后一定远离京城，不再参与任何宫内之事。"

这倒是个聪明人，也知道那些秘密一说，估计她也活不长了，先保个命再说。

玄墨轻笑："嬷嬷要朕的圣旨，朕给你就是了，你只要说到做到，朕自然不会杀你。"

说完，他写了一张密函，递给月嬷嬷。

那月嬷嬷仿佛吃了定心丸，看了看景德安，景德安忙告辞退了下去。偌大的殿内，就只剩下月嬷嬷和玄墨两个人了。

"说吧！"玄墨看着她，"当年的事情，朕想知道。"

"皇上英明，对当年的事情，想必也早就有怀疑了吧？"月嬷嬷笑起来，她的宝还真是押对了。

"月嬷嬷，少在朕面前玩心眼，这么多年以来你难道还没玩够吗？！"玄墨冷笑一声，"快些，不然朕可以自己去调查，你的命还是在朕的手上。"

月嬷嬷神色一凛，毕竟这么多年对这个皇上都抱着轻视之心，所以即使一开始她被皇后调到浣衣所，也从来没想过要通过皇上来解救自己。

之后，她听说皇上御驾亲征，再之后，还听说打了胜仗，将大魏兵权牢牢掌控在了自己手中。

她才知道自己小瞧了这位年轻的天子，看起来似乎应该从他这里下手，自己的后半辈子，才有希望可言。

【第十五章　月朦朦大帅女贼初相见】

当然，她如果足够了解这位年轻天子的行事作风，一定会后悔今天所作出的愚蠢的决定。她跟他玩心眼，似乎还嫩了一点。

"悦儿不是皇后生的。"既然皇上要个痛快，月嬷嬷自然也不再卖关子，"是当年萧贤妃生的。"

果然是这样，玄墨虽然有着心理准备，可乍一听到这个消息，还是惊讶万分："皇后是如何做到的？"

"当年，皇后娘娘和萧贤妃同时怀孕，皇后的胎儿，因为是……是用了药才得到的，太医一直说药物对胎儿会有影响。可是皇后不肯堕胎，她说那是她唯一的希望，太医也没有说孩子一定就有问题。"

"这事，就这样被压了下来，皇后让太医守口如瓶，谁也不许说。"

"可这个孩子一直就不大好，到了七个多月的时候，居然就要生了，要知道，皇后比贤妃娘娘晚怀孕。当初她就是看到贤妃娘娘怀孕了，才气不过对皇上用了药的……"

玄墨挥手打断她："说重点！"

"皇后其实也怕孩子有问题，所以肚子痛的时候，并没有大张旗鼓，只是让奴婢找了相熟的产婆前去接生。而皇上又正好不去，此事便容易办了。"

月嬷嬷咽一下口水继续道："果然不出太医所料，皇后生下了一个死婴。那死婴，大概因为之前服药的原因，有些怪异……"

玄墨这下明白了，那个诡异的女婴到底是哪里来的。

"可萧琳生孩子的时候，朕就在外面，你们是怎么做到偷龙转凤的？"玄墨比较关心这个。

"给萧琳接生的产婆，都是皇后安排的。"月嬷嬷看看玄墨，"而且，太后她……也参与了。"

"太后也参与了？"玄墨越发震惊，他一直以为，太后至少是不知道的。

"当时摄政王想要对付萧家，正在罗织罪名，所以宫里不可以有一个得宠的萧家女儿存在。"

"萧贤妃生下皇子以后因为力竭晕了过去，太后身边的人，借口陪着太后去看产妇的时候，将死婴装在太后赏赐的物件之内送了进去，将小皇子也就是今天的寿王，换了出来。再将死婴抱出来，给太后看。"

玄墨握紧拳头，听着月嬷嬷的话。

"后来的事情，皇上您也知道了，太后怕你看出死婴已经有一段时间，所以当着你的面发怒，将那女婴丢去了乱葬岗，将萧贤妃关在了宫里。当时婴儿出生的时候是哭过的，但是太后并不确定贤妃娘娘有没有听到，所以，最后，索性一劳永逸……"

愤怒，是目前玄墨唯一能想到的两个字，也是他目前唯一的心情。

他真的是出离愤怒了。

很早以前，他还在为找不到废后的理由而伤脑筋，可如今有充足的理由了，他却怎么都高兴不起来。

千算万算，他怎么都没有算到，居然最后是这个理由。

那个女婴，怎么说都是皇后身上掉下来的肉啊，就算是个死婴，那也是个公主啊，也是他们的亲生女儿啊。

她怎么可以这般无情，就这样将她丢到乱葬岗上？

记得当初萧琳知道自己生了个怪胎的时候，都吵嚷着要看，要去从乱葬岗把她挖出来。

可皇后呢，就这样狠心地将自己的亲生女儿丢弃在那里，而且还是她亲自决定的！

他想到了悦儿，想到了他身上的伤，一个失去自己孩子的母亲，不是会更疼来之不易的孩子吗？

哪怕那个孩子不是自己亲生的，这么小的孩子，她怎么下得去手？

玄墨让月嬷嬷退下，嘱咐景德安将她看紧些，自己却在政和殿待了整整一个晚上。

他不是个合格的父亲，无论是对于女儿还是儿子。那个一出生就死去的女儿，他甚至连看都没有看一眼。

一夜无眠，姬小小倒是并没有来打扰他，大概以为他政务繁忙吧？

天刚亮了没多久，景德安忽地跑进来道："皇上，逍遥侯拽着金矛王爷说有要事要见皇上。"

"哦？"拽着，是什么意思？

玄墨皱了一下眉头，这儿子拽着老爹，似乎不大合适，一定是出了什么事了。

于是他话音一沉："宣！"

"是！"

凌未然果然是"拽"着他老爹进的大殿，甚至在看到玄墨以后，以很严厉的口气对着金矛王爷叫道："跪下，自己跟皇上说清楚！"

"怎么回事？"玄墨知道，凌未然虽然花名在外，平时也是吊儿郎当桀骜不驯，可对于金矛王爷这个父亲，他还是很孝顺的。

所以应该是出了大事才对。

金矛王爷看着玄墨，有些羞愧地低下头。

他是皇叔的身份，是皇上的叔叔，平时行礼通常都是单腿跪下而已。魏楚一战以后，他更是被准许见到皇上只用行点头礼就行了。

现在这么大的礼，也没见他反抗自己儿子，所以这也是出大事的征兆。

玄墨心中有些不安，看着金矛王爷，等着他的下文。

"皇上，明日楚国就会来送礼了，到时候先在使馆住下，还请皇上选个黄道吉日，接收礼物。"金矛王爷语焉不详地说着，再看看自己儿子的脸色，又住口不再说了。

玄墨皱一下眉头："这接礼单，还需要选个黄道吉日吗？又不是下聘纳彩，让他们在使馆休息两天，第三天将礼物呈上来就是了。"

"可是……"金矛王爷叹口气，咬了咬牙，直接道，"那楚国的公主，皇上总该选个黄道吉日，接进宫来吧？"

玄墨一愣："公主，什么公主，礼单上并没有写啊。"

凌未然见老爹如此样子，叹口气："皇上堂兄，你不知道啊，我父王擅自做主，替你向楚国的郁馨郡主提了亲，现在，楚王已经收她为义女，封了公主送到秦都来了。"

"什么？"玄墨睁大眼，"皇叔，真有此事，为什么之前不说清楚？"

公主啊，自然不算"礼物"，所以不会出现在礼单之上。

也难怪楚国此次如此大方，送了这么多礼物，看起来，还有一部分应该是这位郁馨郡主……不，应该是郁馨公主的嫁妆了。

这样子，楚王就挽回了一部分面子，不算是赔偿款而是嫁妆，说出去也好听些，所以多给点他也心中乐意一些。

可皇叔为什么忽然想起要帮自己提亲？

玄墨从震惊之中醒悟过来，看着金矛王爷，等着他的解释。

金矛王爷低头道："当时老臣看姬贵妃已经奄奄一息，而皇上一蹶不振，怕皇上就此颓废下去，所以臣绞尽脑汁想让皇上振作起来。"

"你帮朕提亲，就能让朕振作吗？"玄墨觉得实在荒唐，弱水三千，他只想取一瓢饮，就算身边放着几千瓢水，又能如何？

"老臣该死，老臣糊涂！"事到如今，金矛王爷也十分后悔，"臣听说，那郁馨郡主在楚国十分有名，文武双全，还经常带兵打仗，性格刚烈。臣想，此女倒是和贵妃娘娘的性子有些相似，若是娘娘真的有什么……不测，或者这位郁馨郡主可以替代娘娘的位置，让皇上振作起来。"

"荒谬！"玄墨一拍桌子，吓了金矛王爷一跳，"姬贵妃是个活生生的人，这个世上，只有一个姬小小，又不是什么物件，岂是随便一个谁可以替代得了的？"

"老臣愚昧！"金矛王爷的头更低了，他也知道自己这回做的事情确实不地道，所以才会一直隐瞒不报。

所以当他找儿子商量此事的时候，才会由着愤怒的儿子拽着自己进宫，连老脸都不要了。

"退回去！"玄墨本就对这种别人硬塞上来的女人很反感，如今好不容易自己掌权了，这事必须自己说了算。

"皇上！"金矛王爷吓出一身冷汗，"万万不可啊，此事涉及两国邦交，若是皇上将郁馨公主退回，楚王一定恼羞成怒，以倾国之力攻打大魏。"

"打就打，又不是没打过！"玄墨有些赌气地看着他，"败军之将而已，有什么值得担心的。"

"皇上！"这次说话的是凌未然，"咱们这次虽然打了胜仗，可也损兵折将，比如无忧城一战，损失二十几万精兵。再加上国库空虚，国内形势又不稳，三家那边……也到生死存亡的关口，皇上，大魏没有能力再打仗了。"

玄墨陷入沉默，良久以后，缓了一下语气，态度依然强硬："朕不想这后宫再多一个无关紧要的女人了，皇叔，此事既然是你惹出来了，那么朕就交给你去处理。逍遥侯反正也没有娶亲，若是真的没办法，就让你喜欢的郁馨公主当你的儿媳妇吧！"

"皇上！"这回凌未然都出冷汗了，"臣还年轻！"

"二十三了，朕像你这么大的时候，悦儿都两岁了！"玄墨眯起眼睛，闪现狐狸的光芒。

金矛王爷叹口气："皇上，老臣提亲的时候，说得很清楚，这郁馨郡主是要到皇宫嫁给皇上的，所以……"

"所以，她不可能嫁给别人，只能嫁给朕，是吗？"玄墨忽然觉得自己已经没有脾气了。

他很清楚魏国的实力，此次魏楚之战，已经让大魏元气大伤了，再打的话，根本消耗不起。他之所以急着想向三大家族伸手，也是因为国库确实没有钱了。

现在才过正月，离收成还很遥远，赋税收入有限。而大魏一向轻徭薄赋，如果忽然提高太多税率会引起百姓的不满。

户部那边已经焦头烂额了，打仗的时候就屡次写了密函上来，呼叫要速战速决，不然连粮草都供应不上了。

所以这个仗，是万万不能打了。

玄墨觉得自己现在有些焦头烂额了，原本他还想着怎么让宫里那一众女子出宫去呢。

现在好了，一个都没出去，还得进来一个。

这一个，暂时还不好怠慢了，不然会引起两国纠纷。

难道当皇帝的，就这么没自由？

"皇上，臣以为，反正宫里已经有位晋国公主了，再多一个楚国公主也没什么大不了。"凌未然看着玄墨的脸色，慢慢进言，"宠幸几次，由着她自生自灭就好了，女人失宠在后宫很常见的。"

"你……"玄墨瞪他一眼，亏自己还视他做知己，敢情他一点都不明白自己的想法。

别说他答应了小小，以后只会有她一个女人，即使没有答应过，他对这种因为利益关系而去宠幸某个女人的事情一向是深恶痛绝的啊。

"皇上，臣知道你讨厌此事。"凌未然看着玄墨脸色就明白他心中的想法，所以越发毕恭毕敬，"可为了两国的百姓，为了大魏的江山，您就牺牲最后一次吧！"

"不行！"玄墨想都不想，开口拒绝，"朕答应你妹妹从此只有她一个女人，朕是九五之尊，怎么可以言而无信？"

金矛王爷和凌未然面面相觑，天子要专一，这听上去似乎有些荒谬。

"皇上，你可是天子，可以喜爱一个女子，却不能独宠啊，不然如何为皇家开枝散叶？"金矛王爷虽然也很高兴义女能得宠，可江山在他心中永远都是第一位的。

"凌家子孙已经够多了，未必非要朕的亲生子才能继承皇位，未然就是很好的人选！"

【第十五章 月朦朦大帅女贼初相见】

玄墨眯起眼睛，眼神瞟向凌未然。

凌未然吓了一跳，"扑通"一声就跪下了，脱口而出："皇上堂兄，你可别害我！"

"不想朕做出这个决定，就帮朕解决这件事！"玄墨一点都不开玩笑，严肃地看着他，"不然朕禅位给你，让你娶那位公主便是，反正她要嫁的是大魏的皇上！"

凌未然额头顿时大冷天冒出了冷汗："皇上，臣觉得，你还是先娶了那位公主吧，反正是公主，未必懂得男女之事。洞房之时随便糊弄一下，说不定她就以为自己嫁了人了。"

这话一出，玄墨倒是有些犹豫了。

事关两国黎民百姓，而对方那个公主显然肯定是黄花闺女。

说不定，她和小小一样不通男女之事呢？

如果真是这样，事情就好解决了，实在不行等小小当了皇后，封那么公主当个皇贵妃，以后就算没有子嗣，也可以得享天年不会遭遇殉葬之类的事情。

"皇上，臣这方法，可行得通吗？"凌未然见他低吟，想来是心中有些活动，不由赶紧再加把劲。

玄墨叹息一声，挥挥手："这也不失为一个好办法，朕再考虑一下，反正还有四天时间。"

凌未然这才稍稍有些放心，拉着老爹行了礼，告辞而去。

开玩笑，让他当皇帝？

看皇帝堂兄现在这皇帝当得，什么自由都没有，他才不要把自己锁在这个华丽的大牢笼里呢。

一定要想办法把这件事情解决了，不然自己将来的日子可堪忧啊。

凌未然想到这里有些汗涔涔的，看看自己一脸懊丧的老爹，有些抱怨的话，一下也说不出口了。

算了，谁让自己是孝子呢，还是自己去解决吧。

玄墨当夜让景德安去通知了姬小小一声，说最近政务繁忙要在政和殿过夜，过些天再去长乐宫看她，让她注意身体，千万别擅动真气之类，嘱咐了很多事情，听得姬小小直嫌他啰唆。

其实这些事情他很想再亲自过去嘱咐一遍，只是他现在不知道该如何面对小小，有些事情不知道该如何说起。

不管是皇后的事情，还是那位楚国公主的事情，他实在想不到该用什么措辞比较恰当。

算了，能拖一天是一天，到时候真的没有更好的办法的时候，他再去跟她坦白交代就是了。

想想自己，一个皇帝做得如自己这般窝囊也算是前无古人后无来者了，纳妃废后，还得考虑到贵妃娘娘的感受。

算了，谁让自己就爱这个小丫头呢，舍不得她受一点点委屈啊。

而那一边，长乐宫内的姬小小，听到玄墨让景德安传来的话，顿时大大舒了一大口气。

虽然她很享受玄墨无微不至的关怀，可那关怀实在是太"无微"了，事无巨细他是什么都要管。

偷偷去看了一下在政和殿埋头公务之中的玄墨，宫里确实没有传出哪位嫔妃在皇上回宫之后受了宠幸，只说这几日皇上日日勤于政事，姬小小更是大大地放心了。

倒不是真的不相信玄墨，可他毕竟有很多嫔妃。以姬小小的性子，即使玄墨真的宠幸了哪位嫔妃她估计也会直接把玄墨抢过来。

不过，她不喜欢被欺骗的感觉。

"闷着无聊啊！"姬小小在第三日起床的时候伸了个懒腰。

自她回来以后，玄墨便下了令，宫里面不许任何人来打扰她，除非她自己去宣。

问题是，那些宫里戴着面具的人，她真的是一点兴趣都没有。

"好无聊，我出去溜达溜达！"姬小小梳洗完，看看小红兴致大起，"我们去看看琳姐姐吧！"

小红赶紧拦住她："皇上说了，贵妃娘娘身子不适，不宜出门，要是无聊就在长乐宫内散散步……"

"就这么大的地方，我连屋顶有多少瓦片都数清楚了，有什么好逛的？"姬小小看着眼前这个小管家婆，"还是在军营里好，进这皇宫就觉得闷得慌。"

"慢慢也就习惯了。"小红听到这句，深有同感地叹口气，"奴婢刚来的时候，也是跟娘娘一样的，有时候早上起来每天就对着天空看，想着要是自己有翅膀就好了，能经常飞出去看看，可惜奴婢不是鸟儿……"

"你想出去？"姬小小看着她，睁大眼，"你早说啊，我可以带你出去啊"

"啊？！"小红张大嘴，赶紧摇摇手，"娘娘你可别当真，奴婢只是顺口说说。这宫里的人，进来了，怎么可能出去？"

"谁说出不去的？"姬小小看着她，想了想，"我现在真气没恢复，又答应玄墨不乱动真气，这样吧，你不是想像鸟儿那样飞吗？"

"嗯！"

"跟我来！"姬小小拉着小红的手，往长乐宫门外走去。

"娘娘，你怎么带奴婢来御花园？"小红被自己主子一惊一乍弄得都忘记了自己有看住她的重任，浑浑噩噩地就被姬小小拉着走了很长一段路。抬头，才发现两人已经到了御花园。

"嘘……"姬小小让她小声点，"别把别人招来，目前就这里暂时没人！"

说着从怀里拿出一个竹竿一样的东西，拔了塞子，空中便升起一粒信号弹。

没多久，空中飞来一只彩色的大鸟，翅膀拍过，空中便闪现出一道绚丽的彩虹。

"啊——凤凰！"小红尖叫起来，不可思议地捂住了自己的嘴，不敢相信自己眼前所看到的。

凤凰啊，传说中的凤凰，她居然亲眼看到了。

那个传说是真的，他们说贵妃娘娘和皇上坐着凤凰大破敌军，居然真的真的是真的……

【第十五章 月朦朦大帅女贼初相见】

"好了，跟我来吧！"姬小小看着那只停在自己眼前的大鸟——阿彩，很大方地邀请小红一起坐上去。

小红还在震惊之中，不知不觉就被姬小小拽上了阿彩的背，等她反应过来，人已经到了半空之中了。

"啊！"魔音穿耳，姬小小赶紧捂上耳朵，还是抵不住身后那位的尖叫，"救命啊，好高啊，救命，娘娘，你放过奴婢吧，救命，救命……"

姬小小看看紧紧抱在自己腰上的手，叹口气："放心吧，坐稳了，阿彩不会甩你下去的。"

"奴婢不敢，奴婢不敢啊，救命，救命……"小红闭着眼睛，都能感觉到风从耳边呼呼刮过，顿时更加脚发软，手发紧了。

"到了！"姬小小很无奈地站起身子，将小红也带了起来。

阿彩扑棱着翅膀，卷起一阵风，便消失不见了。

"啊——啊——啊——"小红还是坚持不懈地叫。

"到了！"姬小小终于受不了，扶住她的肩膀，狠狠推了她一把。

小红一下坐到了实地上，这才有了落地的真实感，赶紧睁开眼睛，才发现已经到了宫外一处空旷的地方。

"到了，真的到了？"小红左顾右盼，附近没有人，只有她们主仆两个人而已。

"凤凰呢？"吓得脸色发白的小红，现在开始到处寻找阿彩的身影。

"早走了！"姬小小翻了个白眼，"刚才这么近你闭着眼睛不看，现在人家都走了，后悔来不及了！"

小红拉着姬小小的手，央求道："奴婢没有准备嘛，娘娘，你再叫它来一次好不好，这次奴婢一定不叫，还睁大眼睛好好看！"

姬小小瞪她一眼："行了，待会儿回去的时候，我再叫它过来一次就好了。"

"真的？"小红惊喜地睁大眼，忽地又有些惊魂未定地道，"还要坐，还要飞这么高？"

"放心，它是神鸟，不会摔你下来的。"姬小小努力冲破她的心理障碍。

小红想了想刚才的情况，虽然自己闭着眼睛，不过刚飞起来的时候，她还是看了一眼的。虽然很高，不过确实非常平稳。

"娘娘，有这么好的东西，你干吗不经常带在身边，养在御花园也好啊。"小红很天真地看着姬小小。

"你傻啊！"姬小小敲一下她的脑袋，"这么贵重的神鸟，万一有人起了歹心怎么办？它又不懂人类那种歪心思，玄墨说了，还是让它们远离人类比较好，不然就算它是神鸟，也未必能斗得过人类。"

小红有些不可思议地看着姬小小："娘娘，你在宫里待久了，好像是不是也有些看明白了？"

姬小小又敲一下她的脑袋："已经出宫了，不要叫娘娘了！"

小红摸摸有些发疼的额头，嘟着嘴应了一声："哦，那就叫小姐吧……小姐，你可不可以不要敲奴婢的额头，会敲傻的。"

"已经够傻了！"姬小小不理会她的抗议，只是往外走。

好久没回京城了，即使在京城的这段时间，她也没好好逛过京城，如今有空，就闲逛一会儿吧。

"啊，小姐，不好了！"没走多远，小红忽然大惊小怪起来，"奴婢答应皇上的，不让小姐到处乱走的，现在连宫都出了，这下奴婢死定了。"

"放心吧，有我在，你保证死不了。"姬小小笑起来，"我保证你活得比我长！"

小红依然忧郁地看着她，可是拖又拖不动自己这个拗执的主子，只好默默地跟着。

"哎呀，既然都出来了，就玩个痛快，以后的事情以后再说。"姬小小好笑地看着她，"你这样提心吊胆着，回去又要提心吊胆，不是什么都玩不好？"

这话似是而非，可似乎听上去……挺有道理的。

可是，现在让她怎么高兴得起来嘛……

"知道京城哪里的吃食最好吃吗？"姬小小看看小红，有些无奈。

"小姐，奴婢虽然从小在京城长大，可一直待在宫里，十二岁进宫，整整八年了，哪里出来过京城啊。不过奴婢听可以出宫的公公们说，京城珍宝斋的鸡鸭最新鲜，醉仙楼的海鲜最好吃，砚脂斋的胭脂水粉最好用。"

姬小小好笑地看着她："我只问了好吃的，胭脂水粉可以吃吗？"

"小姐……"小红低下了头，她是有点私心。

"哈哈，知道你的心思了，我们先去研脂斋，然后再去吃东西。"姬小小笑着拉着她，"得让我的丫头心情好了，才能陪我好好逛街不是？"

"小姐……"被看穿心思的小红，闹了个大红脸。

被姬小小这么一闹腾，小红心情顿时好了很多。

砚脂斋的胭脂，她只是从一个得宠宫女那儿得到过一小点，只能用三次的样子，一用便喜欢上了，总想着托人带一些。

不过宫女能托的人只有那些公公们，而且私自携带是要被问责的，除非关系真的很好，否则没有人愿意帮你带。

在宫里八年，小红就得到过两小盒砚脂斋的胭脂，用得再省也早就用完了。

现在可以亲自来挑选，怎么会不让她雀跃？

"喜欢什么随便挑，我送给你！"姬小小伸个懒腰，从怀里拿出一叠银票，"钱有的是！"

小红一看，顿时更加喜笑颜开，什么皇上嘱咐，什么不许出宫，都给忘到九霄云外去了。

很快，小红手上已经拿了不少胭脂水粉。

砚脂斋的老板看着两个年轻女子，穿着本就不俗，又见姬小小拿了一叠银票出来，顿时

【第十五章 月朦朦大帅女贼初相见】

喜笑颜开，看着小红道："两位姑娘，楼上还有不少好货色，要不要去瞧瞧？"

小红看了一眼姬小小，眼中的渴望相当明显，不过还是摇了摇头："我是做奴婢的，用这些就已经有些折寿了，不敢再用贵的了。"

"老板，前面带路，都拿出来看看！"姬小小一把拉住小红就跟着老板走，又看着小红笑道，"只要你喜欢就行了，反正有人送，你还担心什么？你是我的丫头，我说能用就能用，何必在意别人说什么？"

那老板看着姬小小，眼中顿时有些欣赏之色："这世上，如小姐这般好的主子，怕是很难找了。"

小红忙道："能跟着我家小姐，是我的福气。"

"我的人我说了算！"姬小小很得意地跟这老板进了包间。

很快，就有管事模样的人，亲自拿着个托盘送上来很多珍贵的胭脂水粉，这让小红眼中都忍不住冒出桃心来。

"我真的可以用这些吗？"她一直拧着自己的胳膊，强烈怀疑自己是做梦。

"别拧了，拧坏了！"姬小小笑看着她，"慢慢挑，全挑了也行，不行就让玄墨来付钱！"

"不用了，奴婢不贪心，能用几盒就不枉此生了。"小红精心挑选了几盒，让老板打包起来，脸上已经是红晕一片。

付了钱，小红看着打成包的胭脂水粉，眼睛都快眯成一条线了。

"好了，这回可以陪我吃东西去了吧？"

小红紧紧抱着胭脂水粉，似乎生怕别人把那些东西给抢走一般，一脸坚毅的表情："小姐，你现在就是让奴婢上刀山，下火海，奴婢都跟您去。"

"吃东西而已，不用上山下海的！"姬小小这回换刮她鼻子了。

主仆两个人打打闹闹已经到了包厢门口，姬小小看着一脸兴奋的小红，一个不防竟撞到了某个硬物身上。

"哎哟，疼……"姬小小捂住头，她是撞柱子上了吗？

记得也就是大师兄能撞得她这么疼，他是练硬功的，刀枪不入。

"小小？"

"大师兄？"姬小小抬起头，看着那张熟悉的脸，不由脱口而出。

"小小，你这么会在这里？"柳暮云手上还拿着好几盒胭脂水粉，看起来正在挑选。

姬小小睁大眼睛，半晌才反应过来："大师兄，应该是我问你为什么会在这里才对吧？"

"什么？"

"这里可是买胭脂水粉的地方呢，大师兄难道你需要这些东西抹在自己脸上？"

呃……

"别胡说，这是大师兄帮别人买的。"柳暮云虽然有些责怪的语气，不过脸上却还是一脸的宠溺，"你怎么会在秦都的？"

姬小小摸摸肚子，笑道："大师兄，你要是告诉我给谁买胭脂水粉，我就告诉你我为什么在秦都。还有啊，我的肚子好饿，我们可以边吃边聊吗？"

柳暮云有些无奈，对于这个小师妹，他从小看着长大的，从来都是有求必应。

不过是吃顿饭而已，他哪里有反对的余地和心力？

"好，要去哪里？"

"我要吃珍宝斋的烤鸭，还有醉仙楼的海鲜！"姬小小不假思索地回答。

"你倒是不好的不吃！"柳暮云摸摸她的头，"走吧，先去珍宝斋，打包只烤鸭带去醉仙楼吃！"

姬小小欢呼雀跃："太好了！"

知道自己这个小师妹一向是有吃万事足，柳暮云不由摇摇头："你呀，还是小孩子脾气，一点都没见长大！"

姬小小冲他吐吐舌头："你怎么知道我没有长大，我都嫁人了，还没长大啊？"

"什么，你嫁人了，你真嫁人了？"柳暮云瞪大眼，"居然真的有人要娶你？"

姬小小有些不乐意了："大师兄你什么意思，我那么没人要吗？再说了，就算没人要，我不会去抢一个我要的人吗？"

"你……抢的？"柳暮云不可思议地看着她，有听说过抢金银抢财宝的，没听说过抢人的。

强抢民女除外。

难道他家小师妹强抢了什么民男吗？

【第十五章 月朦朦大帅女贼初相见】

一行三人从珍宝斋买了烤鸭，再到醉仙楼要了一个包厢，姬小小终于将自己的经历一股脑儿全告诉给了大师兄。

对于这个和她一起长大的大师兄，她倒是没想过有任何隐瞒。

看着姬小小提起那个男子满脸的笑意，柳暮云不由摸摸她的头，叹口气："真是女大不中留，对了，这位是……"

他的眼光，瞄向了小红。

小红见过皇上和常陵王，一直觉得那已经是世上最好看的两个男人了，如今见到柳暮云，那种不同的男子气概让她不由红了脸。

原来，和皇上和常陵王不同风格的男子，也是可以这么好看的。

"奴婢是贵妃娘娘的贴身婢女，奴婢叫小红。"她的声音细如蚊蝇，不过耳力甚好的柳暮云却还是听到了。

"小红……"柳暮云若有所思，"那就是宫女了？"

"是！"

"小小，你把个宫女带出宫了？"柳暮云知道大魏宫里的规矩，宫女是一辈子都不能出宫的。

143

姬小小笑道:"没事,待会儿再让阿彩送她回去就是了。"

柳暮云看看姬小小有恃无恐的样子:"小小,玄墨毕竟是皇上,就算他再宠你,你也应该考虑一下他的感受。违反了宫规,到时候,是他要去安抚那些大臣和宫人们,你有时候也得考虑一下他的感受。"

姬小小听着这话,陷入沉思:"……是吗,他会难做吗?"

"你是他最宠的妃子,有时,如果太偏袒了你,他也惹人非议的。"柳暮云抿一下嘴,"况且,我看这大魏的朝廷上下,似乎正要经历一场风雨,你千万别给他添乱。"

"是这样吗?"姬小小倒是从未想过这个问题,她一向都是由着自己的性子来的,"可是我帮他打赢了魏楚一战,没有添乱啊。"

"你呀,是被他保护得太好了。"柳暮云想到目前姬小小的处境,不由有些担忧起来。

还是暂时不要告诉她自己此行的目的了吧?

那位金矛王爷听说是大魏出名刚正不阿的人物啊,不是什么弄权之人。

这其中一定有什么原因。

据说当时小小躺在床上差点死了,金矛王爷应该就是那个时候来求亲的。

看看小红手上的胭脂水粉,一脸的沉迷,再看看姬小小盯着烤鸭海鲜流口水,吃得毫无淑女相的样子,柳暮云忽然有些明白了。

那位目前他所谓的公主殿下,倒是和小小有几分相似。

也是从不爱打扮,也是喜欢舞刀弄枪,爱好也绝对不是一般女孩子家所喜欢的。

一个喜欢吃,一个呢,更偏激一点,居然喜欢……

汗,算了,看起来,小小肯定还不知道这件事情,不然以自己对她的了解,第一,应该告诉他这个大师兄知道,第二,估计早就闹腾开了,不会这么平静。

"对了,大师兄,我的事情说完了,你还没告诉我你买这么多胭脂水粉做什么呢。"姬小小一边啃着螃蟹腿,一边不忘刚才这个问题。

柳暮云抿了一下唇,他很想咆哮一下说,某位公主殿下不肯打扮,不肯穿宫装,所以他这个大元帅只好自己出来给她买胭脂水粉。

到时候她真要闹腾,自己就点她的穴道,找宫女强制给她换装化妆!

不过也还好,有公主的这个性子,不然一路上遭遇多次袭击,恐怕她就算不命丧黄泉,也应该被吓疯了。

"大师兄,你怎么不说话?"姬小小看着他一脸沉思,不由更好奇了。

"我……"柳暮云抿一下唇,"我现在在一家大户人家做教头,那位小姐是个练武之人,如今要出嫁了却不肯化妆,不肯换女装,家里又没人能降得住她,所以我想着买点胭脂水粉,到时候点了她的穴道,让丫鬟帮她换装化妆就是了。"

姬小小皱一下眉头:"是这样吗?"

她还以为自己有大师嫂了呢。

"就是这样！"

姬小小忽地有了兴趣："你当值的那个宅院在哪里，我想见见那位小姐，说不定我还能帮上她的忙呢！"

"这……"柳暮云有些头大起来，"在京郊，比较远，你还要回宫呢，别让玄墨难做！"

姬小小顿时有些垂头丧气："如果不是为了玄墨，我真想不回去了，那个皇宫好闷的。"

柳暮云看她这样子，不由有些心疼起来，想了想，道："这样吧，改天大师兄找了二师兄和三师兄，一起去宫里看你好不好？"

"真的？"姬小小两眼发亮，"二师兄三师兄他们也可以来京城吗？"

"当然，我让他们赶过来就是了。"最疼爱的小师妹有难题，做哥哥理当解决不是？"

"那我跟玄墨说一声去，让他这几天到宫门口留意一下。"四个师兄妹很久没聚了，姬小小很是兴奋。

柳暮云笑起来："你回去以后，先不要告诉玄墨，也不要告诉他你见到我的事情，我和你二师兄三师兄自有办法正大光明地进皇宫。"

"你们有办法进宫？"姬小小对宫里的规矩还算清楚，顿时感觉很是新奇。

"怎么，不相信你大师兄？"

"不是！"她怎么会不相信大师兄呢？

"大师兄是为你好，你在宫里少待几日，我保证，我和你二师兄三师兄一定会一起出现在你面前，好不好？"

姬小小从不怀疑大师兄的话，如果他说能做到的事情那就百分百一定能做到。

很快，就能见到三个师兄了呢。

越想她的心情就越是高兴。而让她稍微有些小小郁闷的是，自己这次出宫，玄墨居然未加理会。

亏她还带了一些好吃的准备平复一下他的怒气呢。

不过想想，自己这次既没有动真气，亦没有在外面闯祸闹出什么大的动静来，所以并没有引起玄墨的注意也是正常的。

看看小红这几天已经从见到阿彩的震惊之中平稳下来，又开始努力鼓捣她那些从砚脂斋得到的宝贝。

有时候有其他相熟的宫女过来，她都要炫耀一番，不过不舍得用，偶尔只是用一点点，生怕一下子都用光了。

除却一些保养的药膏她用得比较勤快以外，其他的都放在她专用的那个小箱子里锁起来，有空就要拿出来看一看，数一数，就怕被偷了。

看到她似乎没心思理会自己的样子，姬小小有些无奈又有些好笑。

没了人管，她倒是自由了，不过因为大师兄说他们三个都会来皇宫看她，她倒是都不敢出宫去了，生怕错过了和三个师兄难得的团聚时间。

所以这几天她除却去竹林看看那些她早期种下的珍贵草药之外，便是在皇宫各处到处溜达。

玄尘似乎很久没有来幽尘居了，自从回京以后，他的人似乎都消失了一般，常陵王府也不见人影，不知道他做什么去了。

姬小小站在幽尘居的门口，一个人都没有，不由有些失落。

想起那段时间，在这里听箫，听琴，吃着海鲜的场景，真的是有些怀念啊。

"哟，这不是贵妃姐姐吗，不是说在长乐宫养病吗，怎么有空到这里来呀？"

身后，忽地响起一声突兀的声音，让姬小小一下从沉思中回过神来。

刚才想起以前的事情太过出神了，再加上自己的内力并未完全恢复，居然没有察觉到有人靠近。

转过身，见一个女子，穿着鹅黄的落地百褶裙，外面套了一件白色鹅绒披风。

腰身盈盈一握，单薄得甚至在这乍暖还寒的季节里，似乎随时都会被风吹走。

沈幽婉？

姬小小愣了一下，眼前这个眼熟的女人在哪里见过了。

上次她小产的时候，自己还想去救她和宝宝呢，可惜没救成，去晚了一步了。

"沈贤妃。"记得沈幽婉是及笄入宫的，应该比自己小一岁，姬小小对于她那一声"姐姐"倒是没多大想法。

"姬贵妃是在思念故人吗？"沈幽婉看着她，再看了一眼幽尘居。

常陵王和姬贵妃交好，这在宫里目前已经不是什么秘密了，战场之上，军营之中，宫里嫔妃有几个眼线也是很正常的。

"故人？"姬小小有些不解，"玄尘一直是我的朋友，算什么故人啊？"

故人，应该是以前的朋友，或者是已经去世的人吧？

"你到现在都还和他保持着关系吗？"沈幽婉睥睨着看着她，为什么这样一个水性杨花的女人还是可以得到皇上的专宠？

不过听说楚国使者这次带了他们的公主过来，听爹爹说是金矛王爷代替皇上去跟那公主求的亲。

只是不知道为什么楚国使团来了以后，本来应该是定在昨天进宫面圣的，逍遥侯好像去了一趟，说了些什么，又推后了七天。

那楚国公主能让皇上亲自去求亲，想必将来一定会得宠。

沈幽婉想到这里，心中有些高兴起来，眼前这个小女人得宠的日子不会太久了，很快就有人替代她的地位。

想起自己腹中失去的胎儿，或者不久的将来她可以再怀上一个。

帝王的宠爱嘛，自古都是如此，就看后宫女人们，谁比较有手段了。

不过看她一脸懵懂的样子，想必不知道她帮着打败的楚国接受了她夫君的求亲，将公主送了过来。

算起来，还是她做的媒呢，哈哈。

沈幽婉越想越得意，忍不住笑了起来。

"沈贤妃，其实你应该多笑笑的，你笑起来好美。"姬小小看着笑起来的沈幽婉，一扫刚才出现的那种阴郁之气，本就十分美貌的容颜，显得越发夺目耀眼。

沈幽婉一愣，看着姬小小，试图从她眼中找出一点讽刺或者其他反面的意思。

可是很可惜，没有。

宫里的女人，哪个没有手段？

对，一定是眼前这个丫头掩饰得太好了！

沈幽婉狠狠一咬牙，冷笑一声："是呢，皇上也这么夸过妹妹，说妹妹笑起来真的是很美。"

姬小小心中"咯噔"一下，刚才还没转过去的心思，现在倒是转回来了。

这个女人当初怀着的可是玄墨的孩子呢。想到这个，她心里顿时就有些酸溜溜的不舒服起来。

可她还是拼命告诉自己，算了，那是以前的事情，玄墨答应她以后再也不会碰其他女人了。

大师兄说了，要为玄墨多着想，他是皇上，他也有很多为难的地方。

"嗯，是吗？"但是对于这个沈幽婉，她一下还是没有什么兴趣再交谈下去了，于是只是淡淡地应一声，"我还有事，先走了。"

"姐姐先别走啊。"沈幽婉上前一步拦住她，"咱们姐妹许久不见了，该叙叙姐妹情才对。"

"我们，姐妹情？"姬小小不记得什么时候答应跟眼前这个女子做姐妹了。

"呵呵，都是皇上的嫔妃，自然就是姐妹。"沈幽婉呵呵假笑两声，"过些天若是有新的姐妹进宫了，咱们可就是老人了，要相互扶持才是。"

姬小小本来对沈幽婉的态度感觉有些不舒服，只想着离开，不过听到说这些话，心下便有些狐疑了起来。

"哦呵呵，妹妹的意思是，以后总有新人入宫的，咱们迟早都要成为老人的，姐姐没听说，只闻新人笑，不闻旧人哭这句话吗？"沈幽婉想了想，没有把楚国公主的事情说出来。

听说，皇上那边传话，此事要严格保密，到时候万一眼前这个蠢丫头知道了，跑去大吵大闹，自己和父亲这边，怕是都讨不得好去。

再说了她也很想看看这个蠢丫头到时候"忽然"知道这个消息的时候，是怎么在皇上和众大臣面前丢脸的。

那个时候这蠢丫头再去闹，不怕皇上不责罚她。

【第十五章 月朦朦大帅女贼初相见】

心中打着小九九，沈幽婉看着姬小小的脸色变化。

"不，不可能，他答应我的，不会再和别人一起。"姬小小摇摇头，她才不信呢，就算有新人进来又如何，玄墨一定不会背叛她。

"呵呵，自古以来，帝王对女人说的话又怎么能当真呢？"沈幽婉笑道，"别说是后宫三千佳丽的帝王，便是有点权势的男人们，在床上说的那些话又有几句可以当真的？"

姬小小沉思了一声，脱口问："是吗？"

他答应她的时候，那样言之凿凿，眼神那般真挚真诚，他以为要失去她的时候，那般憔悴，那般不舍。他关心她的时候，眼中全是担心。

师父说看人要看眼睛，她不信自己会看错。

反而眼前这个女人，她的眼神闪烁着，好像在打什么不好的主意，让她心中有些怪怪的感觉。

"姐姐，皇上是不是很久都没去长乐宫了？"沈幽婉这句话，倒是说到姬小小心坎上了。

两天之前偷偷出宫去，玄墨居然都没有过来质问她，这让她心中有些小小的不爽。现在被沈幽婉这么一说，她心中的疑云又升了起来，脸上顿时有些表现了出来。

见她脸上的神色，沈幽婉知道自己说进到了她的心坎里，不由再加把劲："咱们都是没什么权势的人，我爹爹虽然当个官儿，可哪里比得上袁家刘家田家出生的那些人？"沈幽婉先哀怨地叹口气，"姐姐，妹妹说句实在话。妹妹虽然是金矛王爷的义女，可干的总不及亲的好，真要什么要紧事，人家未必真心实意帮你，你说呢？"

姬小小脸色沉了沉："谁说的，我义父对我很好的。"

呵呵，你那义父早就把你给卖了，为了讨好皇上，居然不顾自己义女在宫里当妃子，帮着皇上提亲去了。

沈幽婉心中冷笑一番，也不细说，只道："俗话说，良药苦口利于病，忠言逆耳利于行，妹妹的话就说到这里，天冷了，妹妹这身子不能久立寒风之中，先告辞了。"

转身，也不管有些目瞪口呆的姬小小，沈幽婉的嘴角泛起一丝笑意，单手轻轻抚过自己的小腹，仿佛那曾经的生命，到如今还存在一般。

孩子，娘亲会给你报仇的，娘亲会让你重新回到娘亲的身边来。

第十六章　轰隆隆百年大厦一朝倾

是吗，这宫里必须要拉帮结派，有权势有后台才能得到皇上的宠爱？

那，还是爱吗？

她从来不是一个坐以待毙的人，所以她起身往政和殿而去。

好像她就从来没问过他，他到底是不是愿意跟着自己的，当初是被自己的强悍掳来的，那么现如今呢？

他会不会有喜爱的女子，但是迫于自己的原因，没敢承认，或者他说的那些话，真的只是因为他打不过自己，所以勉强说的？

姬小小越想越有这个可能，不由加快了脚步，往政和殿赶去。

政和殿外，那几个公公都是认识她的，赶紧跪下道："贵妃娘娘千岁！"

"皇上呢？"

"皇上不在这里。"

"不在这里？"姬小小有些不信，前几天她来看过，玄墨几乎一整天都在政和殿。

难道他去长乐宫看自己了？

想到这里，姬小小心头有些窃喜，问道："那皇上去哪里了？"

两个小太监面面相觑，最后说了实话："皇上带着景公公，去凤仪宫了。"

凤仪宫？

姬小小愣了一下，皇后那里？

怎么玄墨有了空不去长乐宫，反而跑去了皇后那里？

还没想透彻，姬小小的脚已经不由自主往凤仪宫方向而去，不问清楚她都会睡不着的。

政和殿到凤仪宫，她始终都不记得答应玄墨不擅用真气，只是跑步过去的，没有用上轻功。

凤仪宫这边的人员已经大换水，都是玄墨的人，见到姬小小，一下认了出来，这可是他们主子特地吩咐一定要善待的女子。

"贵妃娘娘！"他们恭敬地行礼。

姬小小嘟嘟嘴："皇上是不是在里面？"

"是！"两个侍卫对视一眼，刚才里面可真是热闹非凡呢，这贵妃娘娘来看热闹也真是来得是时候。

"我要进去！"姬小小看着他们自动拦路，不由越发生气了。

一定是玄墨的意思，不让她进去。

她越发觉得里面一定有什么的。

"啊——"刚说完这句话，里面忽然传来一声尖叫。

是皇后的声音。

"我跟了你这么多年，你给我个孩子怎么了，就算他不是我生的我也养了他这么多年，你凭什么要夺走他？！"

姬小小皱了眉头，皇后这话什么意思？

"皇上，我到底哪里做错了，我只是爱你，只是想拥有你，这样也不行吗？即使悦儿不是我生的，可只要想到孩子是你的骨血，我就会喜欢他，就会爱护他，你不能夺走他……"

里面倏地又传出一片嘈杂的声音，好像是桌子椅子翻落在地，又响起几个宫女的惊呼："皇后娘娘……"

姬小小刚想往里闯，门口出现了熟悉的金黑色身影，他的怀里抱着的正是已经五岁的寿王悦儿。

"玄墨……"姬小小看看他，再看看他怀里的悦儿。

小小的悦儿趴在父亲的肩上，一直沉默着，对父母的这次吵架不哭也不闹，好似一下子长大了很多，小脸一直很严肃，窝在自己父皇的怀里。

直到看到姬小小，他忽地转身扑了过来："师父姐姐……"

姬小小有些猝不及防，条件反射顺手接了过来。悦儿到了她怀里，忽地放声大哭起来，小肩膀一耸一耸的，眼泪鼻涕横流全都揉到了她的身上。

"这是怎么了？"天生的母性使然，让姬小小忘记了此行的目的，而是拍拍悦儿的背，小声哄着他，一边将目光投向那"知情者"。

玄墨沉着脸，看起来心情非常不好，不过看到是姬小小，却没有多说什么，只是紧紧拉住她的手："走！"

一行三人，姬小小抱着不停哭泣的悦儿，一边被玄墨拉着手，聪明地没有说话。

玄墨的神情看上去需要好好冷静一下的样子。

夕阳下，三个人，一高一矮，还有女子怀里哭泣的小男孩，好似最美的一家三口，在阳光下拖出长长的影子。

不知多久，等姬小小醒悟过来的时候，已经是在长乐宫门口了。

长乐宫的宫人们跪了一地，玄墨只是不说话，面无表情地拉着姬小小和悦儿到了内殿。

悦儿再聪明，再成熟，毕竟不过是个五岁的小孩子而已。

此刻他已经停止了哭泣，趴在姬小小的肩头睡着了。

宫人拿了手巾，将他脸上的泪痕抹去，姬小小这才放心将他放在床上任由他沉沉睡去。

"小小，你将来会是个好母亲吗？"一直没有说话的玄墨，在看到小小做的这一切以后，忽然开口。

有些莫名其妙的话语，让姬小小有些错愕地抬头看着他。

除却照顾生病的孩子，姬小小到目前为止也就只照顾过悦儿一个，关于母亲的问题，她上次因为小红的话而思考过。

她不排斥做母亲，如果孩子的父亲是玄墨的话，她更加觉得这是件非常美好的事情。

"我想生一个你的孩子！"不知不觉，她已经将自己的心思说了出来。

话音刚落，她忽然被拥进一个温暖的怀抱，耳边传来轻喃："小小，答应我，记得要做个合格的母亲，因为我已经做了一回不合格的父亲了。"

姬小小有些诧异，但是她很明显可以感觉到玄墨身上传来的失落的感觉，所以她什么都没有说，只是紧紧地抱了他一下。

许久以后，玄墨忽然道："小小，你不要生孩子了吧，听说生孩子很痛苦，我不想你受苦！"

姬小小一下抬起头："你放心，我是大夫，我知道生孩子是怎么回事，我想当母亲。"

"小小，你真好。"玄墨深吸一口气，他知道很少有女人亲眼看到过别的女人生孩子还能有这么大的渴望和勇气去生孩子的。

姬小小回头看看睡着的悦儿，拉着玄墨到了长乐宫院子的石桌旁坐下："玄墨，现在可以告诉我，发生了什么事吗？"

玄墨看着她，不由一阵犹豫。

要不要告诉她呢，她会不会觉得自己对于自己的子女太过冷漠了？

可当初皇后那般设计他，然后怀上了自己的子嗣，他心中自然是不舒服的。

"怎么了？"姬小小见玄墨满脸的犹豫不决，不由心中的不安再次扩大开了。

"小小，我对于悦儿，是个合格的父亲吗？"玄墨看着她，眼中有些沉痛。

姬小小想了想，点点头："你对悦儿很好的。"

玄墨站起身："现在不要问，明天等悦儿醒了，我带你去一个地方，然后再告诉你事情的全部好不好？"

不管怎么样，也是要面对的，事情要一件一件解决。

悦儿和皇后的事情解决了，还有郁馨公主的事情，件件都让他头疼。

不可有情，又偏生多情。

这便是作为帝王的悲哀吧？

这一晚，玄墨抱着姬小小歇在了长乐宫内，他的手紧紧搂着她的腰，像是要将她嵌进自

【第十六章　轰隆隆百年大厦一朝倾】

己的身体里，成为自己的一部分。

姬小小很难得一夜未眠，却是一动未动。

大概是因为双修的关系，他们之间有时候会心灵相通。

特别是一方的情绪波动格外大的时候，那种感觉会更明显。

姬小小现在感觉到玄墨其实也并没有睡着，但是他只是想抱着自己，就这样一直紧紧抱着。

好像生怕她会离开他，再也找不到一般。

想起之前在凤仪宫听到的那些话，姬小小心中有些小小的震惊。

听上去悦儿似乎不是皇后亲生的，而玄墨看起来并没有怀疑悦儿不是他的孩子，那悦儿到底是谁生的呢？

姬小小心中酸溜溜的，想起有好几个女人可能都差点可以给身边的那个男人生孩子，她便有些不舒服起来。

这种感觉，是她爱上他了吗？

姬小小忽然惊觉这一点，以前大师兄二师兄所说的爱原来就是指这个吗？

爱就是这样患得患失，经常忐忑不安，是这样吗？

这个问题，她想了一个晚上都没有想通。

天刚明，悦儿就在床上又哭又闹，一直到趴在姬小小怀里才停止了哭泣，好像找到安全的港湾："师父姐姐，悦儿以为……以为连你都不要悦儿了……"

姬小小有些无奈地看了一眼玄墨，那意思是说：都怪你，看你把这孩子吓得。

玄墨叹口气，从姬小小怀里抱过悦儿，耐心哄道："别怕，父皇在这里，父皇不会不要悦儿的。"

听到父亲的保证，悦儿抬起头吸着鼻子委屈地看着父皇："可是父皇这样对母后，悦儿以为父皇不喜欢母后，连悦儿都不喜欢了呢。"

"不要再提你那个母后了，她不是你母后！"玄墨想起皇后，不由自主沉了脸，"父皇今天带你去见一个人，你五岁了，也该知道一些事情了，生在皇家这是你必须经历的！"

姬小小心中微微有些明白玄墨的意思，看起来悦儿的生母应该还在世上。

不由自主地，她脑海里浮现出萧琳的身影来。

"玄墨，悦儿还小，有些事情还是晚一点再告诉他吧！"姬小小眼见着悦儿都为这事哭了两场了，心下有些不忍。

玄墨深吸一口气："难道一直由着他认贼做母？"

姬小小愣了一下，皇后抢了别人的孩子，确实有些过分，算起来，悦儿的生母肯定和她不共戴天了。

可是，悦儿才五岁……

"悦儿，别怪父皇狠心，谁让你生在皇家！"玄墨抱起悦儿就往外走。

姬小小见拦不住，只得忧心忡忡地跟在他身后。

不出意外，玄墨停在了冷宫门口，仰头看着冷宫上的牌匾，脸上竟带着一丝迟疑。

"怎么了？"姬小小心中已经有了答案，却还是不明白玄墨为什么在门口停住了。

"四年了！"玄墨忽然长叹一声，"朕真的欠了她的。"

他很少在姬小小面前自称"朕"，所以，这一次，姬小小有些心酸起来，却又拼命劝慰自己，那已经是四年前的事情了，玄墨说不会背叛她的，以后他只有她一个女人了，不是吗？

推门进去，萧琳正在院子里晒太阳，看上去神色非常平静。

她脸上疤痕已经完全脱落，整个人也显得不再那般灰暗和瘦弱。

玄墨和姬小小离开京城的时候，曾经嘱咐过自己的手下让他们善待冷宫中的女子，并周密地保护她。

"……琳儿……"是有多久，没这般叫过眼前的女子了？

又是有多久，没听过人，这般称呼自己了？

萧琳有些迷茫地抬起头，看着玄墨，忽地，眼皮一挑，跪了下来："臣妾参见皇上……"

"起来吧！"还没等她说完，玄墨已经一个箭步冲了过去，单手扶起了她。

随即，他放下手中的悦儿指指萧琳道，"悦儿，去，叫母妃！"

悦儿的小脑袋根本反应不过来到底父皇的话是什么意思，只是傻愣愣地看看萧琳，再看看玄墨："父皇，为什么要叫琳姨叫母妃？"

"因为她才是怀胎十月，把你生下来的亲生母亲！"玄墨毫不忌讳地回答。

萧琳整个人都震了震："皇上，这到底怎么回事，臣妾怎么一句都听不懂，臣妾的女儿不是，不是已经……"

"不，那是皇后的女儿！"玄墨看着她认真地道，"你为朕生下的，是个儿子！"

萧琳睁大眼睛："这……不可能！"

"就是悦儿！"玄墨揭开谜底。

姬小小看着他们三个站在自己面前，听着玄墨的话，忽然觉得那好像才应该是真正的一家三口。

而自己则是那个闯入者。

可即使如此，她还是不由加了一句："琳姐姐，我亲耳听皇后说的，悦儿不是她亲生的！"

"这……"萧琳还是有些不敢置信地看着他们两个，再看看悦儿，忽地一下抱起了他，"悦儿，你是我的孩子，我的孩子没有死？"

玄墨闭了一下眼睛，将之前月嬷嬷告诉他的话，全部毫无保留地告诉了萧琳。

不光萧琳目瞪口呆，连姬小小都觉得有些不可思议。

她现在可以理解玄墨的愤怒和悲哀了。

"孩子，你终于回来了，你回到娘身边了，你知道吗，娘这几年无时无刻不在想你。"

153

萧琳抱着悦儿，又哭又笑，一边不停地亲他，"娘该死，第一次见到你居然推倒你，娘真是该死，自己的孩子居然认不出来。"

"琳姨，你不要哭！"大概是母子天性使然，萧琳一哭，悦儿便觉得有些不舒服，赶紧伸手帮她擦擦眼泪，只是那称呼却还是没有改过来。

萧琳愣了愣，眼中闪过一些悲哀的神色，不过很快就平复了下来："没事，叫什么都没事，只要你回到娘身边，娘就高兴了。"

姬小小深吸一口气，忍着想要逃离的冲动，却还是对着悦儿道："悦儿，不能叫琳姨了，该叫母妃。"

"为什么？"悦儿有些不明白，"悦儿已经有母后了，还有姬母妃，为什么还要有个母妃？"

"我们都不是给你生命的那个人。"姬小小叹口气，忽地又佯装有些生气地道，"师父姐姐的话你也不听了吗，让你叫母妃，你就乖乖地叫，以后要对母妃好，要乖乖的，知道吗？"

悦儿眨巴眨巴眼睛，似乎在思考什么。

"要是不乖，以后师父姐姐就不教你飞上飞下了。"姬小小瞪他一眼，悦儿赶紧转头埋到萧琳怀里，甜甜叫了一声，"母妃……"

"哎……"萧琳的眼泪再次夺眶而出，那应的一声这般满足，好像全世界在她面前她都可以不要，只要她怀里的这个小人儿就行了。

姬小小叹息一声，看看玄墨，玄墨正好也在看他。

两个人的眼中似乎有了一些平日里不常见的东西，却又不知道是什么。

萧琳眼中此刻只有悦儿一个，其他的事情完全都看不到了。

良久以后，在悦儿的劝慰下，又哭又笑的萧琳，"扑通"一声给玄墨跪下了："臣妾谢皇上隆恩，有了悦儿，臣妾以后就算做牛做马也难以报答皇上的恩情。"

"是朕对不起你，居然到现在才发现这件事情，任由她们污蔑了你整整五年。"玄墨真心地道，"以后你就不要住在这里了，搬去瑾华宫吧，也好方便照顾悦儿。"

萧琳惊喜地睁大眼："皇上的意思是……让悦儿一直留在臣妾身边吗？"

"怎么，你不愿意吗？"玄墨微微一笑看着她。

"臣妾愿意，当然愿意！"萧琳点头如捣蒜，再次给玄墨磕头，"臣妾此生，再没有遗憾了。"

她曾经想要的，就是有个孩子。

"小小也喜欢悦儿，瑾华宫离长乐宫近，你们两个可以互相走动。"玄墨深吸一口气，看着萧琳，"琳儿，朕再没有什么可以给你了，只希望你好好养育悦儿！"

"臣妾有悦儿就行了，臣妾什么都不求了。"萧琳点点头，"臣妾曾经对皇后有怨，对太后有怨，对皇上……也有怨，可是现在什么都没有了，什么都不要了。"

玄墨深吸一口气："悦儿朕暂时带走半日，待会儿让人来宣旨，封你为皇贵妃，入住瑾华宫，到时候，悦儿会在那里等你的，你先收拾一下东西吧。"

说完，他冲着悦儿拍拍手，让他到了自己怀里。

萧琳恋恋不舍送走刚刚认回的儿子，又看着姬小小，冲着她点点头，轻道："谢谢！"

这是个善良的女子，同为女人她可以感觉到姬小小心中的落寞，这个丫头不是善于隐藏自己感情的人。

可她仍然愿意为自己确认悦儿的身份，也愿意劝悦儿叫自己母妃，她偶尔强悍的外表下，其实藏着一颗柔软的心。

萧琳在此刻，终于明白玄墨为什么会喜欢上眼前这个女子了。

即使自己同为女人，都没法不喜欢这样的姬小小啊。

不出一个时辰，由大太监景德安亲自到冷宫宣旨，赦免了萧琳，又升了一级，封了皇贵妃，入住瑾华宫，养育亲生儿子寿王凌悦。

这圣旨一出，后宫一片哗然，不出一日传遍了整个朝野。

关于皇后和太后所做的事情，玄墨并未在圣旨中说明，可各种猜疑却在此刻悄然升起。

三大家族惶惶不可终日，一场暴风雨，即将席卷整个大魏朝廷。

玄墨这几天很忙，各种关于皇后的传言喧嚣尘上。

田家和刘家已经有不少人开始跟玄墨上疏，细数袁家这几年所犯下的罪行，以达到向他表达和袁家划清界限的意思。

玄墨自然照单全收，却没有向任何人表明自己的想法，这让三大家族有些坐立难安。

三天以后，玄墨的案台之上，放上了一本护国公关于和皇后脱离父女关系的奏折，他冷笑一声，招来暗卫，传令："该收网了！"

要揭老底，大家都揭得差不多了。

现在，让玄墨头大的是另外一件大事了。

他有三天没去长乐宫了，上次小小来找他，他心情不好没问她有什么事，但是隐约感觉这丫头有心事，忧心忡忡的样子莫非和自己有关？

"皇上，常陵王求见！"恰在此刻，景德安跑了进来。

玄墨愣了一下："他怎么来了？"

自战场回来以后，玄尘似乎都一直在保持沉默。

在常陵王府深居简出，连幽尘居都没有来过。因为之前的事情，玄墨对玄尘的事情一直犹疑不决。

毕竟，他是有功也有过，损兵折将是真，后来帮着抓内奸收复失地也是有功劳。

功过相抵，其实不判罪也未尝不可。

这几日他又忙着三大家族和郁馨公主的事情，对于玄尘他也就采取了静观其变的态度。

毕竟，他还有一个另外的身份。

玄墨心中有些没底，却在看到一身白衣而没有穿王爷服的玄尘以后，微微松了口气。

眼前的男子，依然飘逸出尘，准确地说，应该更出尘了，好像真的已经到了世外一般，和尘世格格不入。

这样男子会抢皇位，说出去，恐怕没人相信。

"皇上……"玄尘看着他，长身而立，单腿跪了下去。

没有叫"皇兄"，而是叫了"皇上"，玄墨知道，他们之间的兄弟之情恐怕就这样断了。他已经决定承认自己不是皇室血脉了吗？

"常陵王，别来无恙！"玄墨不动声色地看着眼前这位同母异父的弟弟。

是的，是他的弟弟。

他们曾经有着比这个世上任何一对亲兄弟都要亲的兄弟情，只是因为那一日慈宁宫房梁顶上的一幕，竟让他们生分了十年之久。

"皇上，臣想为无忧城一战中死去的几十万将士赎罪！"玄尘抬头看着龙椅上高高在上的玄墨，到现在为止，他都不得不承认，玄墨真的很适合那个位置。

"你想怎么赎罪？"玄墨对此很感兴趣。

玄尘叹气："我一条命，自然无法抵消他们几十万条性命，所以我想过了，我想用下半生的忏悔为这些将士的灵魂超度。"

玄墨顿时有些明白了："选好地方了吗？"

"国安寺高僧众多，在那里想必心灵会得到救赎！"玄尘嘴角竟有一丝向往的笑意。

玄墨沉吟一阵："其实，如果你需要的话，朕可以给你新建一处……"

"不用了。"玄尘摇头，"魏楚一战，劳民伤财，国库的钱已经不够了吧？"

玄墨一愣，此事他让户部严格保密，玄尘怎么会知道？

"你有暗卫，我未必没有。"玄尘看着他淡淡一笑，"刘鉴雄能有一支黑旗军，自然也可以组建一支暗卫为他所用。"

"你……什么意思？"玄墨沉了脸。

"我只想说，对小小好些！"玄尘看着他，"这么干净的女子，这世上怕不会再有第二个了。"

"此事不用你操心！"玄墨瞪他一眼，终于有些明白了他的意思，"我对她，自然是一生一世的好，不是任何人可以替代的。"

玄尘点点头："这样，我走得也放心些。"

玄墨心中一动，沉声问道："准备什么时候走？"

"三天后。"玄尘低头，再抬头，"我想再见她一面。"

"好！"玄墨点点头。

他的爽快让玄尘愣了一下，不过很快释然。

也是，自己都已经有了决定了，眼前这个男人自然是乐得大方一回。

玄尘退了出来，没有去长乐宫，而是去了幽尘居。

琴还在，却落了灰。

他坐上去，轻轻擦拭，试试琴弦，琴音依然清澈动听。

有多久都无法再弹出清静无为的琴声了，只为那个小小的身影在心中落地生根，发芽壮大。

做了这么多，以为是为了她好，却发现自己原来错得离谱。

琴声淙淙，他为知己而弹。

不是非要她前来，但是他知道她至少听得到。

那就足够了，不需要再多。

那一天，我看到你穿过紫竹林而来，鞋上手上甚至脸上都是泥泞，可是偏偏那双眼睛，干净得犹如天上的星子，不带一丝杂质。

那个时候，我才知道，所谓的干净和穿什么颜色的衣服无关，和是不是避世无关。

真正的干净，是看心的。

你的心是干净的，那么你就是干净的。

小小，你是我见过的，这个世上最干净的人。

就是从那个时候开始，我想拥有你，一直到狂热的地步，无法自拔。

因为实在太脏太脏，所以太渴望得到这个世上最干净的东西。

可是在你面前，我越是争取，越觉得自己的肮脏，因为想要得到你，我甚至变得比以前更加肮脏。

对不起，我不知道为什么会变成这样。

明知道你其实不愿意，明知道你心中只有他，可我依然不甘心，做了很多错事。

我现在，要为我所做的错事去赎罪了，最后一曲琴，献给知音。

也是我这一生，唯一的知音——姬小小。

一曲终，早有人在幽尘居院子内泪流满面："玄尘……"

清脆的叫声，带着一些哽咽。

姬小小抹抹脸上的眼泪，她甚至不知道为什么会流泪，只因为那琴声她不由自主地走过来，到这里的时候已经泪如泉涌。

"小小，你来了？"玄尘起身，依然是温润如春风的笑意，好似真的已经看透了一切，出尘而去了。

"玄尘，我怎么哭了？"姬小小看着他，再看看手上的泪，连自己都觉得有些莫名其妙。

玄尘笑起来站起身，走到她面前摸摸她的头："傻丫头，自己为什么哭都不知道吗？"

"不知道！"姬小小老老实实地回答，她可以听出琴声中的情绪，却不知道为什么会有这样的情绪。

"傻丫头。"玄尘再摸一下她的头,"以后,你只有笑了不会哭了。"

这样就好了,很美好。

"小小,我要走了,我是来跟你告别的。"玄尘依然笑着,表情格外轻松。

"你要去哪里?"姬小小不解。

"去我该去的地方。"玄尘看着她,"为我的过去赎罪!"

"赎罪?"姬小小深吸一口气,"是因为战场上的失利吗?"

玄尘点头:"算是吧!"

姬小小沉吟一阵:"每个人都有属于自己的路,我不会拦你,如果你感觉要怎么样做能让心里好受些,那么你就去做吧!"

玄尘深深看她一眼,忽地道:"小小……"

"嗯?"

"可以给我一根七彩羽毛吗?"

"嗯?"姬小小抬头看他,"你要那个做什么?"

"只是想要,可以吗?"玄尘依然温润地笑,让人看不出他心中到底在想什么。

姬小小有些迟疑:"可是,挂上七彩羽毛就是属于我的了,可你不是……"

"只是单纯问你要一根羽毛,也不行吗?"玄尘眼中有些失望。

姬小小想了想:"这样吧,我给你,就是单纯做个纪念哦!"

说着,她从怀里拿出一根天蚕丝,绑上一根七彩羽毛,绕在玄尘的手上:"你看,你这样呢随时就可以取下来了。如果是做记号,成为我的人他自己是取不下来的。"

玄尘笑得有些勉强:"玄墨那根,他就自己取不下来,是吗?"

"那是当然!"姬小小笑起来,"天底下,除了我,没有人能取下来了。"

他们两个,在小小心中,终究是不同的啊。

"你什么时候走?"姬小小仰起头,看着他,心中微微有些迷茫。

以前,她以为自己能听懂他的琴声,他的箫声,以为自己是很了解他的。

可是现在,这个男人越发飘逸,云里雾里的样子,让她有些看不清了。

"这你不用知道,反正我今天已经跟你告别过了。"玄尘再次摸摸她的头,以后,恐怕再也摸不到了吧?

既然已经不属于自己了,留恋亦无用。

也许,那是他最好,最完美的归宿。

姬小小有些失落地看着玄尘的背影,他为什么不肯告诉自己什么时候走呢,朋友一场,好歹自己应该去送送他的。

不能送他,大概会是她一生的遗憾吧?

在长乐宫内长吁短叹了一日,晚上的时候,来了一位让她同样十分纠结的男子。

"玄墨？"算起来，已经四天了吧。

"你怎么愁眉苦脸的？"玄墨知道她去见了玄尘，也大概能猜出她苦恼的来源，却并不戳破。

姬小小对他倒是没想隐瞒："玄尘要走了，你知道吗？"

"嗯，跟我说过。"玄墨点点头，"他想去国安寺。"

"他真的要出家？"虽然之前隐隐有感觉，但是得到确定的消息以后，姬小小还是有些惊讶。

不过很快，她心中也就释然了。

毕竟，在她眼中，玄尘那般飘逸出尘，似乎原本就不该是存在于这个尘世间的人。

佛祖面前，或者真的是他命定的归宿吧？

看着玄墨点了点头，姬小小赶紧急急地拉住他的手："有没有说什么时候走？"

"三天以后吧！"玄墨算了算时间，这个时间刚好。

等事成之后再跟小小解释吧，小小不是个擅长演戏的人，不要到时候穿帮了。

"我要去送他。"姬小小果断坚定地冲着玄墨点头。

"好！"玄墨宠溺地笑笑，"去吧！"

不是想骗她，实在是情非得已。

三日后，姬小小到达常陵王府的时候，玄尘已经不在了，整个王府空荡荡的，好似从来没有人居住过一样。

他走得如此干净，不留一丝想念，甚至连衣服都没有带走，只是穿了身上那一套。

姬小小心里有些空落落的，招来阿彩，往国安寺方向飞去。

并非为了阻止什么，只是想真心地跟他说一声珍重。

国安寺位于京城西郊，其实距皇宫不远，有了彩凰神鸟相助，自然不过一刻钟便到了那里。

因为玄尘是个王爷，早就得到消息的国安寺主持不敢怠慢，在寺内迎接。

一场盛大的剃度仪式，在姬小小到来之前，就已经开始。

站在门口，看着玄尘的头发一根一根落下来，姬小小心下有些戚戚然，却无力上前阻止。

师父说过，每一个人都应该选择他自己所要走的路，他人还是不要随意去阻止的好。

所以她只是看着，然后看着换上僧服的玄尘，变成了高僧了尘。回头看到她的时候，了尘很明显愣了一下，不过很快便平静无波。

"施主，你来了！"他轻轻叩手，手上还戴着红色天蚕丝系着的七彩羽毛。

姬小小的心，好像蚂蟥扎过一般，火辣辣地疼。

"为什么不让我来送行？"她深吸一口气，"我不会阻止的，只是想送送你！"

了尘看了她一眼，知她的执着，眼中有些无奈："施主今日已经看了，施主请回吧！"

盛大的剃度仪式，进行了一天，因为是个王爷，所以国安寺主持不敢收为徒弟，只是划

【第十六章 袁隆隆百年大厦一朝倾】

为方外之人，不列入任何辈分之中。

等姬小小恋恋不舍坐着阿彩回宫的时候，宫里，正在发生了一场她意想不到的变化。

姬小小到达皇宫的时候，是傍晚。

心情还没有平复，她想找个人安慰，于是她想到了玄墨。

只是今晚的皇宫似乎有些异样，她要出门，小红拦着她不让她出去，看着她闪烁其词，姬小小直觉反应就是有事发生。

就在此刻，外面传："沈贤妃驾到！"

自上次幽尘居一事以后，姬小小对沈幽婉开始有些反感，所以听到这个通传以后，不由自主皱了一下眉头。

"娘娘不喜欢贤妃娘娘的话，不如奴婢去回了她？"小红看上去格外紧张，反而让姬小小改变了主意。

"不用，我见见她！"

玄墨曾经有令，任何人不得到长乐宫打扰姬贵妃养病，而沈幽婉这个时候冒着风险而来，肯定是有问题的。

虽然她不是很喜欢那个沈幽婉，但是有时候，从不喜欢的人口中，往往能得到自己想要的消息。

"哟，贵妃姐姐，您怎么还坐得住哇？"沈幽婉一进门，就带着一脸讥讽的笑意。

皇上再宠这个蠢丫头又怎么样，江山在他心中始终是最重要的。

这不，楚国公主进了宫，他不是一样要跑去洞房吗？

今天纳妃的仪式可真是隆重，除却不能穿红色嫁衣，不能点龙凤烛，连什么合卺酒，红盖头，都一应俱全，一点都不输封后的架势。

不过她听说这蠢丫头白天人不见了，看起来皇上还是在乎她的想法的，必定是给支走了吧？

今晚可是洞房花烛夜，这种好事，她怎么可以不来通知呢？

"怎么了，我为什么坐不住？"姬小小很自然顺着她的话往下问。

"全后宫的嫔妃们都去喝喜酒了，你怎么不去？"沈幽婉一脸诧异地看着她。

姬小小不解："喜酒，谁的？"谁要成亲吗？

"皇上纳妃之喜，大宴群臣，咱们后宫的这些旧人们也可以分一杯羹呢！"沈幽婉一脸的自然。

天知道，当玄墨说此事不可传到长乐宫的时候，她是多么忌恨。

得亏小太监来传令的时候她正好不在，是让宫人通传的。

她知道玄墨对自己有愧疚，所以她假装不知道，偏要捅破这层纸。

看着姬小小瞬间变得苍白的脸，沈幽婉不冷不热地加上一句："那楚国公主可真是有面子了，皇上特地封了德妃，以前宫里只有三夫人，如今，这第四位可是特地为她设的呢。"

"贤妃娘娘，皇上有令，此事不可乱传，娘娘难道不知道吗？"小红有些急了，一把拉着姬小小往自己身后藏。

"你是哪里来的野丫头，没规没距的，这里有你说话的份吗？"沈幽婉一瞪眼，再看看脸色越发难看的姬小小："贵妃姐姐，这样的丫头你留在身边也不怕丢面子吗？"

姬小小忽地惨惨一笑，看着沈幽婉："我的人，还轮不到你来管，你特地跑来给我报信，我谢谢你，但是这里是长乐宫，不是碧霄宫，容不得你来撒野，我的位分可在你之上！"

"你……"沈幽婉瞪她一眼，忽地冷笑一声，"既然如此，妹妹也不多说了，如今悦仙宫正热闹着呢，姐姐不去看看吗？"

话音刚落，眼前的女子一阵风一样消失不见了。

小红狠狠地瞪着沈幽婉，沈幽婉冷笑一声："看着本宫做什么，本宫不过是来给贵妃姐姐说说家常而已。"

"你是故意！"小红瞪着她，"我家娘娘哪里对不起你，你非要事事跟她对着干？"

"你家主子做了什么，难道她不清楚？！"沈幽婉冷笑一声，转身离去。

悦仙宫，在兰陵宫西边，离冷宫也极近。

玄墨选择这里迎接郁馨公主，也是为了尽量不让姬小小听到动静。

只是他千算万算，都算不到沈幽婉对姬小小的怨恨居然这般大，即使抗旨也要看着她难受。

而他更没有算到的是，居然有人在合卺酒里面下了药。

"凌未然，朕要你的脑袋！"玄墨一边狠狠地诅咒，一边压制从小腹下传来的一阵阵热气。

悦仙宫外，金矛王爷黑着脸，怒视自己的儿子。

"父王，你别这样看着我，我也是情非得已。"凌未然低下头，"那郁馨公主很小就随军出征了，红帐，军妓什么没见过，她会不知道什么叫洞房花烛吗？"

"那你之前这般骗皇上？！"金矛王爷脸色更黑，他这儿子，居然连老子都骗！

凌未然咽一口口水，艰难地道："不这么说，皇上堂兄怎么可能答应我们演戏？这要是不演这场戏，魏楚可又要开战了，父王，你说我们该怎么办？"

金矛王爷一下沉默了，想了想，深吸一口气："你想过怎么跟你妹妹交代了吗？"

小小可不仅仅是他的义女，亦是他的救命恩人，金矛王爷想来想去，终究是对不起她。

凌未然听到这里才叹口气："如今是箭在弦上不得不发，大不了我明日去长乐宫给小小负荆请罪，她要怎么罚都行！"

悦仙宫内，此刻却是另外一种景象。

玄墨眼前的场景越来越模糊，而坐在喜床上的郁馨公主，也是一脸通红，却也是死死抓着手下的衣服。

【第十六章 轰隆隆百年大厦一朝倾】

两个人，仿佛都在忍。

玄墨的脑海中，除却忍，已经想不到其他，否则他也定然能看出床上女子的不对劲。

两个人都是喝了加料的合卺酒的，偏偏两个人都在忍。

良久以后，郁馨公主站了起来，好像终于想通了什么，走到玄墨面前尽量用平静的语气道："皇上，臣妾伺候你就寝吧！"

玄墨眯起眼睛看着她，握紧拳头，想要拒绝却被急促的呼吸盖了过去。

郁馨公主低头，手慢慢伸到他的腰带之上，不算绝艳的脸上，有着坚毅的神色。

不是很美，眉宇间独有一股英气。

眼前的脸，和那张占据玄墨全心的娇俏脸庞重合起来，越看越分不清。

"小小……"玄墨低喃一声，低头看着眼前的女子。

"小小，你怎么长高了？"他再眨一下眼睛，已经不知道自己到底在说什么了。

郁馨公主的手，勾住他的腰带，按扣，带缩，一拉，腰带被解了下来。

已经迷糊的玄墨，脑海中忽然闪现出那根被小小一指捏成两半的白玉扣。

不，她不是小小，眼前这个女人，不是小小！

玄墨甩了甩脑袋，一把拉住郁馨公主的手，不让她继续下去。

"砰！"一声，悦仙宫正殿的两扇大门被推到了地上，一股劲风袭来，让玄墨越发清醒过来。

淡绿色的娇俏身影，就这样定定地站在门口。

"小小……"玄墨转身看着她，一下愣住，连抓着郁馨公主的手都忘记放下。

"玄墨，你在做什么？！"姬小小睁大眼，看着已经落在地上的腰带，忽地一伸手，那腰带便好似被吸住一般，飞到她的手中。

手伸起，握成拳，腰带扣顿时变得如粉末一下落入地上，化作一阵灰，被风吹走了。

同时吹走的，还有那抹绿色的身影。

"小小……"玄墨再也顾不得其他，赶紧追了出去。

"现在怎么办？"凌未然傻乎乎地看着敞开的大门，皇上堂兄可是答应他今天绝不离开悦仙宫的。

可是现在……

"哼，你的烂摊子，你自己收拾！"金矛王爷气咻咻地看了自己儿子一样，一甩袖子走了。

"怎么都留给我？"凌未然叹口气，明明是父王自己闯出来的祸，他好不容易想了个"好主意"来解决，现在倒好了，错的那个人好像变成他了？

算了，他也不管了。

悦仙宫内，郁馨公主的手抓着桌子角，忽地冲到屋外。

二月底的晚间，十分寒冷。

凉风吹过，她整个人都清醒了一下。

咬了咬牙，她飞身而起，上了屋顶消失在茫茫夜色之中……

此刻，御花园内，两个身影从上面交相掠过。

"小小……"玄墨着急地跟上去，好在姬小小的武功还没恢复，所以没多久竟让他追上了。他现在担心的是她的身体，天机老人说过半年内不可擅动真气。

"你走开！"姬小小一掌挥过去，不带丝毫情分。

她真的是气疯了，什么都顾不上了。

玄墨轻功好，险险躲过却不忘关心："小小，别擅动真气，伤了身子！"

"要你管，你不是打算和那个什么公主宽衣洞房了吗，还在管我做什么？"姬小小越说越气，手中掌风连发，将御花园的花草都毁掉不少。

"小小，我只是打算做做戏而已，等把这关过了再解释给你听，不然魏楚又得打仗，魏国消耗不起了。"

"哼，做戏？"姬小小喘着粗气立在荷塘边，"做戏需要解腰带吗？"

玄墨狠狠跺脚："我也不知道为什么会这样，我被人设计了，合卺酒里被加了药，刚才我没法控制！"

"所以如果我晚来一步，你们就脱光了？！"姬小小气红了眼，眼泪都忍不住掉了下来。

"不，不会的！"玄墨看看姬小小，再看看荷塘，腹内的火热随着他刚才真气的运用越来越控制不住。

终于，他咬了咬牙，忽地纵身而起，一下跳到了荷塘之中。

二月底的夜，北方的秦都还十分寒冷，荷塘中的水更加是刺骨的冷。

刚刚还在发怒的姬小小不由愣住了，半响才问道："你在干什么？"

玄墨努力不用内力去抵抗寒冷，而是让刺骨的塘水刺激着体内每一根神经，达到降温的作用。

"我……若是再多待一会儿，我就打算先出门浇点冷水，小小，你相信我，我从来没想过要背叛你。我只是以为这个郁馨公主大概和你一样单纯，所以想先骗她过洞房花烛，但是我绝不会和她真的圆房！"

姬小小有些平静下来，看看水里的玄墨，竟有些不忍，但是心中还是有疑问："那你举行这么盛大的纳妃典礼？"

玄墨牙齿冻得咯咯响，却还是坚持回答："我只是想，她也是个可怜的女子，进了宫注定要在这里到老死为止，又得不到丈夫的爱，所以我想了想便给她一个盛大的婚礼。"

"一来，也算是跟楚国说明我们求和的诚意，二来，也是不让她怀疑我只打算跟她演演戏而已。"

姬小小低着头，似乎在思考什么，然后再盯着玄墨脸上看了半响，才道："你上来吧！"

【第十六章 轰隆隆百年大厦一朝倾】

"小小……"玄墨可怜兮兮地看着她，"你是不是不生气了？"

"先上来！"姬小小皱眉。

"不，你原谅我了我就上来！"玄墨有些耍无赖。

姬小小翻个白眼："我还生气，谁让你骗我的，不过你的药我能解，不要解就算了，我先走了，你冻死在这里算了！"

玄墨忍不住仰天长叹一声，好吧，他也清楚，"妥协"两个字，似乎基本上在小小身上是找不到的。

纵身，上了岸，湿漉漉的玄墨跟在小小身后，叹息一声："你不怕我忍不住药效去找别的女人吗？"

"那你就看不到我了！"姬小小冷哼一声，"看你刚才的表现也知道你不敢！"

玄墨大喜："小小，你是相信我了？"

"暂时的！"姬小小声音很冷，"不过相信并不代表原谅！"

"小小……"玄墨垮了脸，早就知道不那么容易过关。

玄墨看看小小，再次耍赖："小小，其实不用解了，你不就是最好的解药吗？"

姬小小翻个白眼，从一个瓷瓶里拿出一粒药丸塞到玄墨嘴里："今天你睡地上！"

自从上次她着了黑旗军的道以后，春药的解药她一直都放在身上。

玄墨将药吞了下去，有些委屈地看着她："都怪你义父和义兄，以国家大义劝说我，所以我才答应演这场戏的，不然就算我不当这个皇帝了，我也不会同意的。"

姬小小坐在床边，想了想问道："玄墨，如果不和那个楚国公主成亲，真的会引起再次的战争吗？"

"应该是的，楚国虽然战败，可愿意送公主过来和亲已经是显示了很大的诚意了，如果我们拒绝，恐怕天下都要耻笑楚国，到时候，他们必以倾国之力来攻打魏国。"

还有一句话，玄墨怕小小伤心，并没有说出来。

那就是，当初是金矛王爷，也就是她的义父亲自去求的亲，若是魏国退亲，魏国也会背上出尔反尔的罪名。

"魏国打不过楚国吗？"姬小小看着他，"我们不是打了胜仗吗？"

"虽然魏国赢了，可也损兵折将劳民伤财了，若是再打，即使能赢，魏国也会衰退，到时候，晋国鲁国必定乘虚而入，我们大魏根本打不起这场仗！"

"哦，我困了，睡觉吧！"听着玄墨的分析，姬小小只是面无表情地应了一声，然后倒头躺在了床上。

玄墨认命地接过她递上来的铺盖，躺到了地上。

幸亏姬小小睡觉时并不需要人服侍，不然，被宫人们看到他堂堂一个皇上，居然被罚睡地铺，明天恐怕将无脸见天下人了。

床上的姬小小一直背对着玄墨，整整一夜都没有换过姿势。

有些事情，她想了一夜，依然没有想通。

知她一夜未眠，见到这般忧郁的小小，玄墨有些不放心，梳洗完毕，留在长乐宫，等着她开口。

直到用完早膳，姬小小这才好像想通了一些什么似的，叫他："玄墨，我有些事情不明白。"

"什么？"

"你想要独宠我，是不是宠得很累？"

玄墨摇头："你怎么会这样想？"

"我没有背景没有姿色，要在宫里立足是不是真的很难？"姬小小叹息一声，"你要平衡朝中各种势力，还要考虑其他三国的实力，而我偏偏什么都没有，你想要宠我都没有理由。"

玄墨没想到小小居然会想得这般深，赶紧安慰道："没事，小小，你有我呢，我永远都在你身边，是你最大的靠山！"

姬小小双手托腮，还是叹息了一声，没有说话。

"皇上……"外面，景德安急匆匆跑了进来，"皇上……"

"什么事，大惊小怪的？"玄墨皱一下眉头，这个景德安，平时看他挺沉稳的，今天怎么回事？

"外头来了三个公子，说是……姬贵妃娘娘的哥哥……"景德安抹把冷汗，这姬贵妃到底什么来头啊，居然有这样三个哥哥。

玄墨带着疑问的眼神，看向姬小小，姬小小也是满脸的莫名其妙："我只有三个师兄，没有哥哥啊！"

"那就是了，估计就是他们了。"想起天机老人的性子，玄墨觉得，教出三个没交没代的徒弟也是正常的。

"小安子，都是些什么人啊？"他想了想，还是问问清楚比较好。

"晋国的国师，楚国的元帅，还有……"

"谁？"

"鲁国的皇上……"

"啊？"姬小小张大嘴，"师兄们不是应该在点苍山吗，怎么又国师又元帅的，还有皇上？"

说到这里，姬小小忽地看着玄墨道："那不是和你一样大？"

"呃……可以这么说。"玄墨感觉额头开始出冷汗了，赶紧对景德安道，"还不快请他们进来！"

等一下……

楚国的元帅？

玄墨脑子有些转过来了，那不是送郁馨公主进宫的那个人吗？

难怪呢，昨日他看自己的眼神带着一番考究，好像若有所思的样子，还说了一些现在已经想不起来，却莫名其妙的话。

敢情是有暗示啊！

那自己在三位妻身的面前，不是早就声名狼藉了？

到时候他们在姬小小耳边一阵教唆，小小还正有余怒未消呢，正是可以挑拨的时候。

正担心着，眼见着三个身材颀长的男子已经在景德安的带领下走了进来。

一个穿着白袍箭袖武人装束的，正是昨日送亲的楚国使者，楚国大元帅柳暮云。

另外一个穿着玄色长袍，袖口领边卷着藏青色绣着云纹边，一脸温润的表情，好像泰山崩于前也不会让他动颜分毫。

第三个，看上去年纪最轻，眉梢眼角间显得桃花处处，一看便是风流多情，易得女子投怀送抱的类型。看他一身金色衣服，正是鲁国最高贵的颜色。

这俗艳的颜色穿在这位鲁国年轻国主身上，竟丝毫不显得俗气，反而让人有种惊艳的感觉。

玄墨自出生便知道自己容貌非凡，可看到这三位各有千秋的容貌，却一个个都不比自己差，心下不由惊了几分。

天机老人的门徒，果然是不容小觑。

"大师兄，二师兄，三师兄！"玄墨还在惊异，姬小小已经一头扑了上去，拉着这个的手，抱着那个的腰，久别重逢让她真的是激动万分。

玄墨脸色变了变，起身，尽量不着痕迹地将姬小小拉回自己身边。

看着占有欲极强的玄墨，三个男子对视一眼，独孤谨挑一下他的狐狸眼看着小小："小小啊，师兄们都来了许久了，怎么没听你介绍这位是谁啊？"

姬小小瞪他一眼，也知道他故意的，不由叹息一声："他是我夫君，不过他有很多女人，昨天还娶进一个，所以我在想，到底还要不要让他当我夫君。"

"要，当然要！"玄墨急了，就知道这小丫头余怒未消，千错万错都是他的错，他不该骗她的。

"小小，你要是不愿意待在这里，那就跟师兄们回点苍山吧，正好咱们也很久没见师父了。"独孤谨笑嘻嘻地配合着小师妹。

他们兄妹两个，从小斗到大，也因此格外心有灵犀。

"这个……不知道几师兄，那个小小已经嫁给我了，我是她丈夫，她自然是要留在我身边的。"玄墨越发急了，赶紧拦住，这个鲁国国君看上去不好对付。

"这个长得一对狐狸眼的，是我三师兄独孤谨！"姬小小赶紧一个个介绍，"白袍的是我大师兄柳暮云，那个永远笑着但是不说话的，是二师兄月希存。"

介绍完三位师兄，姬小小又指着玄墨道："这是魏国的皇上，凌玄墨，目前还是我的夫君！"

呃……

"以后也是，永远是！"玄墨赶紧加上一句。

"哈，这里好热闹！"他们身后，不知道何时站了个女子，宫女装束，高挑的身段，眉宇间有些豪放之气，若是穿上男装一定英姿勃发。

姬小小一看来人，大喜："香玉姐姐，好久不见了，最近去哪儿了？"

原来来人正是许久未在宫中出现的金香玉。

自魏楚一战后，金香玉和江晚月二人便没有再出现在宫中。

玄墨跟她提过，等三大家族一倒，他就打算给江晚月恢复男儿身，再平复他家中的冤屈。当然，还包括金香玉的。

如今金香玉忽然在这里出现，倒是让姬小小有了一个意想不到的惊喜。

"我呀，就在宫里。"金香玉笑起来，"只是你一直没看到我罢了。"

"今天怎么来长乐宫了，来了多久了？"姬小小想起刚才和师兄见面太过激动，都忘记看周围的人了。

因为金香玉一身宫女装束，虽然身材比别的女子高挑许多，不过这里人来人往，倒是也并非太引人注目。

"来了好一会儿了，看你们兄妹叙旧，不好意思打扰。"金香玉笑起来，"不过难得听到这么精彩的介绍，所以我忍不住现身了。"

"又没有隐身，怎么现身……"一旁的独孤谨听完金香玉的话，不由脱口而出，"又不是妖精。"

金香玉循着声音看去，不由笑道："你是小小的三师兄吧，那个什么……对，狐狸谨！"

独孤谨刚才那句只是脱口而出，本是见对方是个宫女，虽其貌不扬，却跟小小又亲近，想着开个玩笑也未尝不可，本是想逗小小一下。

"在下行不更名坐不改姓，独孤谨！"难得他严肃一回，赶紧纠正。

金香玉点点头："差不多嘛……"

独孤谨一头黑线，狐狸谨跟狐狸精谐音，这个女子根本就是在用他的话骂他自己，谁让他刚才说她是妖精来着？

那金香玉是什么人，客栈都开了好几年了，南来北往的客人见得多了，骂人不带脏字这种事情，她若是称第二，没人敢称第一。

姬小小看着这一幕笑出声来："香玉姐姐，三师兄难得吃瘪呢，以前在山上的时候，他就常欺负我，还说我笨嘴笨舌的，看他以后还敢这么说不，要是再敢这么说，我让香玉姐姐给我报仇。"

"你这丫头……"独孤谨有些尴尬地看了一眼金香玉，再看看姬小小，"到底谁你是师兄，谁跟你一起长大的，吃里扒外的家伙！"

说实话，刚才真的只是无心一句话而已。

通常他跟那些姑娘们打趣打习惯了，加上他本就长了一张讨喜的脸，那些姑娘媳妇都喜欢围着他转，哪里管他说什么话啊，直接都拜倒在他的长袍之下了。

他当然不会知道，金香玉之前是由玄墨抚养大的，十岁开始就跟着十五岁的玄墨了，又见过玄尘，两人皆是世间绝色。

再加上开客栈这么多年，常有四国来往客商，虽说容貌不可与独孤谨相比，可形形色色的人也见得多了，早就过了以貌取人那个阶段了。

见气氛有些尴尬，玄墨忙圆场，借此扭转他在三位妻舅心目中的不良形象。

"三位师兄，远道而来，想必辛苦了，我这就让人准备酒席，为各位接风洗尘！"

独孤谨见转移了话题，不由松口气，看看柳暮云和月希存道："我们的妹夫还算懂道理，去看看有什么好吃的招待我们吧。"

说完他拉着两人，跟三辈子没吃过东西似的，就要出长乐宫去。

玄墨暗自擦一把冷汗："三师兄，你先少安毋躁，这准备酒宴还是需要些许时间的。"

柳暮云看这场景，又好气又好笑，好歹三师弟是一国之君啊，现在被个小女子搞得手足无措的样子，真的是太丢脸了。

"三师弟，现在还没到午时呢，时候还早，我们还是待在长乐宫跟小小聊聊天吧。"

柳暮云这话为独孤谨解了围，姬小小也笑道："三师兄，你倒是有多饿啊，你们鲁国揭不开锅了吗？我还想听听你们三个怎么摇身一变都有了新身份，把我都蒙在鼓里了。"

四个人说说笑笑往屋内走，玄墨有些无奈地看着他们离去的背影，金香玉一脸同情地看着他："皇上，你好像被冷落了呢！"

玄墨回头狠瞪她一眼："多管闲事，小心朕让你们一辈子都待在蓬莱阁！"

金香玉赶紧讨好："皇上，你可是九五之尊呢，金口玉言，可不能说话不算啊！"

"哼，知道朕还是九五之尊就好！"玄墨没好气地看着她，再没好气地看看插不上话的正殿内四个人。

算了，他们也好久不见了，想必有很多话要说，小小高兴就好了。

正殿内，四个人聊得正欢。

"快说说，到底怎么回事？"姬小小看着三个师兄，十分激动，太想知道他们的事情了，"大师兄先说，魏楚之战的时候，元帅可不是你，你怎么当元帅了？"

柳暮云赶紧将他的经历说了出来。

天机老人收的这三个徒弟都是有来历的，柳暮云是楚国武将之子，月希存是晋国贵族，独孤谨，不用说自然是鲁国皇族。

姬小小下山以后，三人得到天机老人的指示，回到自己国家，等待有所作为。

因为天机老人说，他们只有有所作为了，才能帮上他们最宠爱的小师妹。

三人虽然不知道姬小小此次下山会遇到什么事情，不过天机老人算出来的事情从来没错。

他们知道小师妹下山是寻姻缘，虽然小师妹自己不知道，不过他们师徒四个都是清楚的。

先说柳暮云，他到了楚国，回了武将世家的柳家，原本以为顶着天机老人的名号可以很快得到重用。

可偏偏，此时楚王特别相信一个道号玄机的国师，这位国师据说神龙见首不见尾，他也从来没见过。但是这玄机道长确实厉害，能掐会算居然不输给师父。

他给楚王献言，说让柳暮云出征，此次魏楚之战必败，所以柳暮云入朝以后，便一直没得到重用。

而此次魏楚之战，排兵布阵的都是这位玄机道长。

他让楚王派太子郁骏为帅，三王爷之女郁馨郡主为副将，说是皇室之气必能压住魏国将帅。

他似乎算到魏王会和贵妃御驾亲征，龙气太足，故而让楚国也派了皇室子弟前去，结果还是没有压制住。

楚国败后，玄机道长在楚王面前有些失了信任。

此刻，楚王仿佛才想到有个世外高人的大弟子在朝为官。于是急急任命柳暮云为三军元帅，前去议和。

"后面的事情，你大概也清楚了。"柳暮云叹口气，"对了，金玲你认识吧？"

姬小小一愣："她以前是我的丫头，不过是楚国的奸细，我让玄墨放她回去了。"

"嗯，是我接的她。"柳暮云也不知道为什么会提起她，只是道，"我有一次看到她脖子上挂着天蚕丝，怀疑是你给的，后来我又看到了七彩羽毛，就肯定了这个想法。"

独孤谨忍不住插嘴："大师兄，人家姑娘挂在脖子里面的东西，这么冷的天你是怎么看到的？"

一向严谨的柳暮云，被自己三师弟一问，脸上居然难得染上了一些赧色："只是……无意看到的。"

"是吗？"独孤谨好笑地看着自己这位大师兄，关于男女之事，他可是见得多了，柳暮云脸上的神色，自然逃不过他的眼去。

"大师兄，你上次在街上碰到我，为什么骗我？"姬小小消化完柳暮云带给她的消息，不由皱了眉头，也没留心独孤谨的话，只是想起之前的事情来。

柳暮云赶紧解释："之前听你当了贵妃，我才知道师父他老人家让我们下山的用意，所以想着先不告诉你，等他们两个都到齐了，一来给你一个惊喜，二来，给我们那个妹婿也可以有些震撼。毕竟，送公主和亲的人是我，我想知道这其中到底发生了什么事情。光靠我现在的身份，还是不能压得过魏王的。"

"那大师兄，你觉得玄墨怎么样？"姬小小其实心里也没有底。

"从目前的情况来看，还算不错。"柳暮云赞赏地点点头，"破阵，夺兵权，斗三大家族，难得他还对你一心一意。昨晚他和郁馨公主都中了药，都能忍得住没碰她，看得出来他

对你用情很深。"

姬小小不知为什么，心中松了口气："那……"

"不过……"柳暮云继续道，"他身为魏王，责任重大，身上的担子一日不除，他就无法全心全意来对你，如今有个郁馨公主，我还能有办法将消息压制住。可将来，是不是会有王馨公主，李馨公主，送亲使者又是谁，谁也不知道啊。"

姬小小愣愣地看着自己的大师兄，他说得太对了。

"可当皇帝，振兴魏国，是玄墨父皇的遗愿，总不能让他为了我不当皇帝吧？"姬小小知道玄墨对皇位其实没有多大留恋，但是对于他的父皇却有很深的感情。

玄墨若是不开心，她心里也会不舒服的。

"目前，我们只有先努力让其他三国形势相对稳定了。"月希存无奈地叹口气，"现在，师兄们能为你做的，也只有这些了。"

姬小小感激地看着他："二师兄，你还没说你的事情呢。"

月希存嘴角依然是那抹温柔的笑意，将他的事情娓娓道来，不带一丝感情，仿佛在说别人的故事。

月希存的故事其实比柳暮云简单得多。

晋国月家本就是世家贵族，权势滔天。

如今出了一个天机老人的高徒，自然受到家族的力捧。

加上月希存是四个师兄妹中最擅长周易八卦的，几次算天命抗旱求雨下来，晋王对他一下信任有加，封了国师，一人之下，万人之上。

"师父当年让我们因各人不同而学不同的东西，看起来他早就算到我们现在的情景。"独孤谨难得认真一次，叹口气说起他的故事。

鲁国被独孤家也统治了上千年，独孤谨是鲁王第三个儿子，从小聪慧，被天机老人收走当了三弟子，一直失去音讯。

鲁国皇室一直以为这个皇子已经修仙得道去了，只存在于传说之中。

独孤谨回去的时候，正好碰上一场皇室争权的变革。

鲁国国王，也就是独孤谨的父亲，被太子下毒病入膏肓。独孤谨到了以后，妙手回春解了父皇的毒，又抓了下毒之人。

太子自然被废，而谁当太子，又成了鲁国国内议论最多的话题。

自鲁王病后到病愈，又装病抓下毒之人这个期间，鲁王将政事全部交给了独孤谨管理。

独孤谨文能治国，武能安邦，在太子叛乱之际，一人从千军万马之中活捉了他的大哥——太子独孤寒。

经此一役，鲁王有些心灰意冷，自己生了十几个儿子，在最后关头竟只有一个离开自己身边十数年之久的儿子肯来帮他，救他。

失望透顶的鲁王，看透了一切，禅位给独孤谨，自己找了个偏殿修仙炼药去了。

结果就是，该修仙的没修成，没想过会修仙的倒是真的修仙去了。

姬小小看着独孤谨："难怪呢，师父当年非让你学什么治国之道，兵法通则，我还想着这些东西看着就能睡着，学来做什么？还与你的性格十分不符，原来是这么回事，师父真是神机妙算。"

"呵呵，师父是神机妙算，那他也该算到我们所能遇到的危险。"独孤谨咬牙切齿，"而且还不告诉我们妹婿的身份，他是成心想玩我们。"

柳暮云和月希存这回十分有默契地点点头："师父必定早就算出魏楚之战，却不告诉我们，不然我说什么都要上战场阻止，或者还能帮小师妹的忙。"

因为在点苍山上长大，他们是兄妹四人对于国界的定义看得很淡。

在他们眼中，天下之大，不是一个边界线可以分开的，只有亲人的感情，是最珍贵的。

四人聊得正酣，不一刻已经到正午，玄墨派人来传，午宴已经备好，请四人过去入席，又准备了流华宫让三人居住。

午宴自然是十分盛大的，玄墨为了彻底扭转在姬小小"娘家人"面前的形象，可谓是煞费苦心。

一边秀恩爱，一边再三表示自己对姬小小的情有独钟，痴情不改。

三位"哥哥"各种刁难都被他一一化解。有些调戏作弄，他也闷不做声，逆来顺受。

总的来说，一顿宴席下来，玄墨通过了各种考验，基本上，三位"哥哥"都比较满意，也答应住在宫里几日，再彻底考验一下这位妹婿。

一般情况下，后宫女眷众多，特别是除了宫女之外都是皇帝的老婆，历朝历代任何国家除却皇子皇孙之外，是不会让外姓男子入住后宫的。

玄墨这次为了获取好感，特意打破了这个规矩。

一来，是为了让小小能随时和三位师兄团聚，不用特地招他们进宫，或者自己出宫。

二来，也是为了表示在这个后宫之中，所有的女人都比不上小小。

因为这一点，三位"哥哥"对于这位妹婿越发满意起来，不过因为他的身份却还是有些犹豫在心中。关于他们的小师妹和这位大魏皇帝的未来，他们依然是不怎么看好。

不过既来之则安之，他们也许久未见小小了，先叙叙兄妹旧情也好。

稍事休息，第二日，姬小小就带着三位师兄参观皇宫。

在她看来，皇宫是玄墨的家，那么现在也就算是自己的家了。

带着三个师兄参观"自己家"也是应该的，将来她还打算去参观师兄他们的家呢。

"你们住的地方叫流华宫，我不喜欢这里，正门出去就是慈宁花园，西边是慈宁宫，我不喜欢太后，虽然她是玄墨的母亲。"姬小小想起之前太后和皇后对她所做的事情，对玄墨所做的事情，便一脸的不高兴。

往北走，分别是碧霄宫，雪阳宫，还有就是悦仙宫和兰陵宫了，最北就是冷宫。

说到悦仙宫，姬小小又不高兴地看着柳暮云："大师兄，你明知道玄墨是我的夫君，怎么还是把郁馨公主送进宫了，大师兄一点都不疼我。"

柳暮云一脸尴尬："那个……都已经到京城了，大师兄也没有办法，毕竟柳家都是楚国人，若是因为郁馨公主的事情惹恼了楚王，大师兄的家人都要遭殃。"

"大师兄，你别解释了，我跟你开玩笑的。"姬小小笑起来，"若不是之前你不知道我挂帅，我想也不会发生现在这种事情了。"

见姬小小真的是一脸的不介意，柳暮云这才松了口气。

刚到悦仙宫门口，听得一阵阵呼喝声传来，兵器划过长空的声音，虎虎生风。

"娘娘，后宫之中不可如此！"宫女惊慌的声音传出来，引得姬小小四人面面相觑。

发生什么事了吗？

"我们去看看吧！"姬小小拉一下柳暮云的袖子，偏生柳暮云皱了一下眉头："不去！"

那位公主，可是他生命中的瘟神，一路上折腾他也折腾够了，他恨不得以后再也不要见到她。

"大师兄！"姬小小奇怪地看着柳暮云，"你就那么怕她？"

柳暮云冷哼一声，并不说话。

好吧，动不动就坐着她那只独眼雕飞走逃婚的公主，其实还是有些可怕的。

算起来，幸亏途中遇到了几次袭击，让这位公主的倔脾气上来了，人家非要阻止她做的事情她就偏要去做。不然，他这个楚国大元帅恐怕还在满世界寻找这位空中乱飞的公主的身影呢。

她根本就是把这皇宫当做她新的战场了，而柳暮云将这烫手山芋丢到魏国皇宫以后，他是再也不想管了。

"大师兄，你不会是默认了吧？"独孤谨不放过任何一个可以打击到任何人的机会，包括他的大师兄。

柳暮云没好气地道："这个公主可不是什么善男信女，你们还是少惹为妙！"

"大师兄，你不是对她心动了吧？"独孤谨叫起来，"俗话说，不是冤家不聚头呢。"

"是啊是啊，大师兄还给这位郁馨公主买过胭脂水粉呢，大师兄，你都没给我买过。"姬小小和独孤谨两个人配合起来向来是天衣无缝的。

柳暮云有些无奈地看着他们两个："我给你买那个干吗，你又不用……里面那位姑奶奶也不喜欢用，所以说，只要她肯打扮成个女人，别说买胭脂水粉了，就算让我去亲手给她做都行！"

"难得大师兄也有为难的时候。"独孤谨不怀好意地笑起来。

柳暮云叹口气："本来就长得不像个女人，要是再不打扮打扮，到时候我那妹婿还以为我们楚国送了个男人进宫当妃子呢！"

难得他一本正经说出这段话，惹得其他三人忍不住莞尔。

就在此刻，空中一道劲风闪过，一个鹅黄色的人影和着银白色的金属光，一下冲着柳暮云方向杀过来。

柳暮云反应极快，一个错步轻松躲过，定睛一看，不由语气越发无奈："公主殿下！"

"你爹娘有没有教过你，背后议论别人说别人坏话非君子所为？"郁馨公主长身而起，收剑，一气呵成，连说话都包括进了。

姬小小看着眼前的女子，其貌不扬，却独有一份女子身上难得的英气。

"是你？"姬小小想起来了，这不是那个两次从她箭下逃命的骑雕女子吗？

原来她是位公主啊。

难得在皇室长大的女子，居然有爱舞刀弄枪的。

"是你？"郁馨公主自然也认出了姬小小，忽地一剑挥了过来，"还我雕儿的眼睛来！"

姬小小猝不及防，不过即使她的武功还没完全恢复，却也在郁馨之上，一个借位错步躲过那剑。

不过郁馨并不满意，一抖银剑连出几招，姬小小有些无奈，她也看得出来郁馨武功还算不错，如果自己武功能恢复十成，打败她简直轻松自如。

不过现在自己的武功只有六七成，虽然仍在她之上，却要稍微费些力气。

加上郁馨久经沙场，武功虽然不如她，但是对敌经验丰富，知道怎么攻击才是最有效的，因此五六招下来，除却姬小小气息平稳面色如常，而郁馨已经气喘吁吁以外，竟然没分出胜负来。

就在此刻，姬小小伸出的那一指，竟隔空一道内力点在她的虎口之上。

郁馨只觉得虎口一麻，整个手臂发软，剑也握不住，"哐当"一声掉在地上。

"你……"她狠瞪着姬小小，一个迈步又要上前。

"公主殿下，收手吧，你不是我小师妹的对手！"柳暮云终于看不下去了，"她之前受了伤，内力还没恢复你就已经不是她的对手了，如果她内力恢复了，对付你不过只需要一招罢了！"

他之所以刚才不出声，一来是两人速度都很快，二来，他忽然发现，郁馨公主所使的招数，似乎跟那日在屋顶碰到的黑衣人的招数十分相像。

特别是，最后一鞭几乎和郁馨公主的剑法如出一辙。

只是一人用的是鞭，一人用的是剑。

难道，她们竟是师出同门吗？

可问题是，那些招数只是感觉上很像，却又有着差别。

这世上，除却点苍山天机老人的高徒们以外，其他门派基本上门徒所使的招数若是同一招，必然是一样的，或者小有变化，却也只是在某个范围内。

只有天机老人的徒弟，招数不同，顶多只有神似，却不会形似。这是他老人家，一直坚持因材施教，各自领悟的方式造成的。

难道只是自己的错觉？

柳暮云忍不住想起那晚的黑衣人，撕开的黑衣，夜色下，嫣红的肚兜，雪白的肌肤……啊呸，自己在想什么呢？

柳暮云一皱眉头的时光，那边姬小小已经冲着郁馨公主笑开了："不用打了，你不是让我还你雕儿的眼睛吗，我还你就是了。"

郁馨气呼呼地道："怎么还？"

"把它招来，我还给你看！"姬小小很有信心地拍胸脯。

郁馨将信将疑，不过那雕儿的眼睛人人都说治不好，如今只能死马当做活马医了。

打个口哨，一只巨大的铁皮雕停在了众人面前，这样的庞然大物，估计就算有人能治它的眼睛也不敢上前治。

姬小小心中好笑，那一箭不过是擦着它的眼睛过去的，顶多有点损伤，倒不会将整个眼珠子损坏，要治起来其实还是不难的。

难的是，这雕看上去很是凶恶，大夫们怕是多不敢上前，所以索性就说治不好了吧？

不过那雕儿虽然凶恶，看到姬小小却有几分害怕。

一则她是射伤它眼睛的人，二来，姬小小是彩凰的主人，凤凰本是禽兽的尊长，它们的主人，它这只雕儿自然也得毕恭毕敬一些。

所以当姬小小靠近跟它说缘由的时候，那雕儿格外听话，让姬小小看它的眼睛。

这一点，让郁馨啧啧称奇。

那眼睛果然在自己预料的范围内，只不过因为长期没有经过治疗，伤口有些化脓，恢复起来需要比较长的时间。

姬小小开了药方，又加上点苍山的一些药丸，给雕儿外敷内服，对郁馨道："三月内如果不再受伤，就可以恢复了。"

郁馨有些不敢置信地看着姬小小，再看看雕儿，忽地十分爽快道："好，如果雕儿的眼睛真能治好，我郁馨从此以后就把你当做我肝胆相照的朋友，以后有什么事说一声，上刀山下火海，任由差遣！"

姬小小"扑哧"一声笑出声来："做我的朋友可是会得到我最周全的保护的哦，哪里会需要上刀山下火海这么恐怖，你这么说可没人肯跟我做朋友了！"

郁馨也忍不住笑起来："也是……"

两个前两天还被公认为是情敌的女子，如今在悦仙宫居然一笑泯恩仇，竟有种找到知己的感觉。

"那做你朋友的那些优惠，我都要！"郁馨毫不客气地拉起姬小小的手，相视而笑。

两个女子的性子本就有很多地方相同，如今一见，仿佛见到这个世上另外一个自己。

"好了好了，我们都被忽视了。"独孤谨摸摸鼻子，语气颇有些酸溜溜的。

姬小小这才想起今天此行的目的，赶紧拍拍郁馨的手笑道："你反正长期在宫里，我们还有时间见面，我三个师兄难得来一次，我带他们逛逛。"

郁馨点点头："好，记得要给雕儿换药。"

"好！"

"记得常来切磋武艺！"

"这个还是不要了，你的武功不如我，玄墨也不让我擅动真气。"姬小小毫不客气拒绝。

郁馨倒也不生气："我就喜欢你这直来直往的个性，有什么说什么！"

出了悦仙宫，柳暮云难得一脸佩服地看着姬小小："小师妹，这世上大概也只有你能搞定她了。"

姬小小挑挑眉："其实郁馨她人挺好相处的。"

三个男子对视一眼，一出来就喊打喊杀的那女人，好相处？

"喏，这里就是御花园了。"四人往东拐个弯，已经有些鸟语花香的气息，春天即将来临，不过姬小小显然并不领情，"除了有些中看不中用的花草是咱们山上没有的，其他的根本不能和咱们那儿相比，真不知道这里有什么好看的。"

那些从天下无数地方运来的奇花异草，在他们小师妹眼中竟然只博得了"中看不中用"五个字，他们若是那些花儿，估计差也要羞死了！

走马观花走过"中看不中用"的御花园，便是紫竹林。

"这里本来是玄尘的住所，不过他出家当和尚去了。"穿过紫竹林，便是幽尘居。姬小小眼中，顿时流露出一些物是人非的感叹。

叹口气，姬小小继续带着他们转悠："那边就是我住的地方了，长乐宫，这边最大的宫殿是皇后住的凤仪宫，这里我最熟了。"

再往前走，便是惠淑宫和瑾华宫。

"住惠淑宫的，是周淑妃？"一直未开口的月希存，在此刻忽然问了一个看似无关紧要的问题。

"是啊！"姬小小忽地想起什么，"对了，周淑妃是晋国公主呢，二师兄，你是不是认识她？"

月希存敷衍一笑："她是公主，我不过是世家子弟，倒是小时候在有些活动上见过一两面，所以问问。"

"哦！"这道理也说得过去，姬小小点点头，一行人已经到了惠淑宫门口。

"阿铎姐姐，奴婢真的不是故意的，奴婢看到那蜈蚣心里害怕，就拿着扫把乱打，没想到会打死它的！"惠淑宫门口，传来阵阵哭声。

四人循声看去，见一个十八九岁的宫女怒视着地上跪着的一个小宫女，好似正在教训她。

"阿铎？"姬小小见过她，她是周淑妃身边的贴身宫女，据说是从晋国带过来的贴身丫头。

听到喊声，阿铎抬头，见是姬小小，刚要行礼，眼光又越过她，看到了她身后某个人，

不由脸色变了变:"月三少爷?"

姬小小顺着阿铎的目光,投注到了月希存身上眨眨眼:"二师兄,你们认识?"

这一边,阿铎未等月希存回答,忽地也不管地上跪着的宫女了,冲进惠淑宫内叫起来:"阿雅姐姐,淑妃娘娘,你们快来看谁来了?"

月希存脸上的笑容难得消失了一下,皱起了眉头,看看姬小小几个道:"我们去别处转转吧!"

姬小小有些奇怪:"二师兄,看起来阿铎是认识你的呢,你干吗走开?"

独孤谨在这方面是个人精,打着哈哈笑起来:"我明白了,最难消受美人恩,是不是啊,二师兄?"

话音刚落,耳边传来一阵嘈杂的脚步声,月希存眉头皱得更紧,忽地一个纵身,竟在那些脚步声靠近之时,蹿到了屋顶几个起落消失不见了。

那个泰山崩于眼前而不会挑一下眉的月希存,居然就这样临阵脱逃了。

这好像根本不是他的行事作风啊。

"阿铎,人呢?"门口,露出一张略显得苍白的脸,消瘦的身段配着绝色的容颜,端的是艳华无双,不是周淑妃是谁?

"奇怪,刚才还在呢,和贵妃娘娘一起来的。"阿铎到处张望。

周淑妃总算是看到了姬小小,脸色忽地变得狰狞怨恨起来,上前一把拉住姬小小的手:"说,你把他藏到哪里去了,快告诉我,告诉我!"

姬小小使劲挣开周淑妃的手,皱一下眉头:"我二师兄这么大个活人,我还能把他藏到口袋里不成?"

周淑妃一愣,忽地又睁大眼睛,一手指着她的鼻子:"那你说,他去哪里了,你一定知道,一定知道!"

姬小小有些无奈:"他自己有脚,自己会走,武功又比我好,我又怎么知道他会去哪里呢?"

"你……"周淑妃一下答不上来。

而姬小小身后的柳暮云和独孤谨也不禁皱起了眉头,老二是怎么跟眼前这个嚣张跋扈一点礼貌都不懂的晋国公主搭上关系的?

"淑妃……"看着小师妹被欺负,做师兄的怎么能不帮上一把?

独孤谨喃喃念叨了一下两个字,忽地看着周淑妃笑道:"淑妃娘娘是吧?"

桃花眼一挑,一个男人也能风情万种。

周淑妃晃了一下神,若不是她心中早就被月希存所占据,此刻怕是已经深陷。

"我如果没记错的话,之前大魏设三夫人,贵妃,贤妃,淑妃,淑妃的称谓是三夫人最后面的,所以说,姬贵妃应该是比淑妃娘娘大两级,为何淑妃娘娘见到贵妃娘娘不行礼,反而大呼小叫,一点体统都无?"

好歹也是一国之君,要定人之罪,说起来的话都是冠冕堂皇的。

周淑妃脸色一白,她自然是知道宫里的规矩的。

只不过这段时间以来,皇后太后分别被软禁,她和沈幽婉掌管着后宫大小事宜,即使姬小小回宫以后,因为一直在养伤,玄墨并未让她管理后宫的事情,体现不了她贵妃的身份,所以这周淑妃和沈幽婉两人在后宫可谓是要风得风,要雨得雨。

沈幽婉还算隐藏得好,而周淑妃原本就是任性惯了,只是被压制太久,如今得势,自然是抖起来了,谁也不管。

眼前这个男子,看上去非富即贵,听说昨晚皇上在宫里留宿了三位贵客,莫非这两人就是那三人中的两人吗?

周淑妃的心思还在千回百转,那一边阿雅已经忍不住开口:"你是哪里来的,敢对我家娘娘这般挑理?即使我家娘娘未对贵妃娘娘行礼,也轮不到你这个外人来说,你是哪家的子弟,见到我家娘娘,也不下跪?!"

周淑妃一听阿雅这话,倒是安下心来。

本来就是,再是贵客,也得对她这个皇帝妃子行礼才是,即使王宫贵胄见到自己,也得行个点头之礼,这贵客是贵客,还能大过王爷去?

独孤谨不怒反笑:"别说你一个后宫嫔妃,就算是见了你们大魏的皇上本人,我们也是平辈论交,你一个小小的嫔妃想要让我下跪,也不怕折了你的寿?!"

"你……"阿雅还要说,却被周淑妃拦住,露出难得温和的笑意道,"这位公子,想必是贵妃娘娘的家人,丫头无知,还请公子不要生气。"

说着,又转身看着姬小小:"刚刚没看到贵妃娘娘,忘了行礼,是元媛的不是,元媛在这里,给娘娘赔不是了。"

忽如其来的客气,让姬小小有些发傻。

"呃……不用不用,不用行礼的。"姬小小双手乱摇,赶紧阻止周淑妃行礼的动作。

周淑妃顺势也站了起来,看着柳暮云和独孤谨道:"昨日听说宫里来了三位贵客,想必二位就是了,不知二位如今住在哪里,改日元媛可登门拜访,尽点心意。"

柳暮云和独孤谨面面相觑,这女人变脸速度太快了一点吧?

如果她知道后宫来了三位贵客,会不知道他们住在流华宫吗?

"我师兄他们住在流华宫……"姬小小脱口而出。

独孤谨赶紧一拉她,对周淑妃道:"淑妃娘娘,男女授受不亲,你来我们三个大男人住的地方恐怕不方便,就此告辞了!"

说完,和柳暮云使了个脸色,一人一手拉着姬小小就走了。

这个女人,看上去就不是个好相与的角色,小小那么单纯,还是少跟她说话为妙。

还好姬小小也没挣扎,倒是乖乖跟着两位师兄走了。

"那个女人不是什么好人,以后少跟她说话。"走出没多远,独孤谨就不忘教训起自己

的小师妹来。

姬小小笑起来:"我早就知道她不是什么好人,而且刚才她那样子好假,不过人家有礼貌,我总不能无礼相对吧?"

呃……

他们倒是忘记了,自己小师妹的直觉一向都是很灵的。

郁馨公主和周淑妃这边一闹腾,月希存也不知道去哪里了,一行人顿时就没了多大的兴趣,看看时辰也已经到了中饭点,便一起回了流华宫。

流华宫内,月希存依然一脸温润的样子,坐在大堂之上,好像之前的逃离事件从来没发生过。

"咳咳!"独孤谨轻轻咳嗽一声,"二师兄,你回来得好早啊!"

月希存温润的脸上难得展现出一丝尴尬,低头清了清嗓子:"哦,我看中午了,有些饿了,就先回来了。"

"二师兄,你几天没吃饭了?"姬小小笑弯了腰,难得看到这位八风不动的二师兄有别的表情出现在他脸上呢,这个时候不好好配合三师兄,更待何时。

月希存瞪她一眼,转头,直接保持沉默。

这下姬小小和独孤谨都没办法了,他们这个二师兄,那可是一棍子打下去都打不出个屁来。

恰在此刻,午膳被传了过来,算是为月希存解了围。

待到午膳一过,门口便有了通报:"淑妃娘娘驾到……"

这下,三兄妹眼疾手快,一起出手,全部朝月希存方向站定,一人拉一只手,姬小小比两位师兄慢了一点点,只拉住他的衣摆。

"你们干什么?"月希存难得有些恼,可偏偏他的武功也算独步天下,可面对眼前这三个人,是绝对挣不脱的。

"不许逃走!"独孤谨出手,忽地点了他的穴道,把他按坐在椅子上。

独孤谨在四人之中武功最高,仅次于天机老人,月希存想要解开他点的穴道,没有半个时辰绝对不行。

看着他一脸无奈的样子,三个人十分心有灵犀地点了一下头,躲到大堂后面去了。各自找了个最佳的位置,观看接下来的事情。

"别玩过头了。"作为大师兄,柳暮云还是忍不住想要教训一下弟妹。

毕竟,这样暗算自己的师兄是不对的。

"放心吧。"独孤谨笑着摇头,"我只是看不惯他遇到事情就知道逃避的态度,有什么事情面对面解决不好吗?"

姬小小连连点头:"这事三师兄应该有经验!"

独孤谨瞪了她一眼，给了她一个"爆栗子"："没大没小的，你三师兄是天生风流难自弃，没办法，只好学会怎么对付那些莺莺燕燕！"

姬小小摸摸头，有些委屈地看着三师兄，狠狠地道："下次我找香玉姐姐来帮忙！"

独孤谨听她提起金香玉，不由想起昨日吃的暗亏，顿时有些不爽起来。

好在此刻周淑妃主仆三人也已经走到了流华宫大堂内，看到月希存，不由一下扑了过去："希存，你终于出现了，你是来找我的吗，你是来救我出苦海的吗？"

月希存被点了腿上麻穴，根本站不起来，一边忍不住暗自咒骂独孤谨，一边看着周淑妃一脸无奈的样子："公主殿下，你已经嫁做人妇了，以前的那些事情就都忘了吧！"

"我怎么可能忘？"周淑妃大哭起来，"那么美好的过去，你帮我的马儿治伤，还送鬼脸面具给我，我们有那么多回忆。可为什么你忽然就走了，十年了，你一点音讯都不给我……"

那一边，月希存越发无奈起来："公主殿下，那个时候，希存不过十三岁，公主也不过八岁，而且那马儿本来就是希存的，面具也是殿下从希存手中抢走的……"

"我不管，反正你就是我命中注定的那个人，我就是要嫁给你！"周淑妃无理取闹起来，跟皇后袁敏居然是一个档次的。

"公主殿下，已经是十年前的事情，请不要执迷不悟了！"月希存叹息一声，摇摇头，当年若不是因为这个公主，他也不会跟着天机老人走得那么决绝。

本以为十三岁的自己和二十三岁的自己，容貌上相差已经很大了，不应该被人一眼认出来。所以即使知道这位晋国公主周元媛嫁到了魏国皇宫，他还是大胆地在宫里住下来了。

没想到，阿铎那丫头居然这么眼尖，竟然一眼就认出他来。

真是人算不如天算。

"什么执迷不悟，当年那些东西，我拿的时候你也没说不送啊！"周淑妃咄咄逼人，"那就是说明你答应送给我了，是不是你喜欢上别人了，以前你从来不会拒绝我的。"

月希存深吸一口气，难得脸上还是一脸温润，他原本就不是个擅长拒绝别人的人："以前你是公主，我是世家子弟，自然公主要什么我便只能给什么了。"

他原本就是那种风淡云轻的个性，就算对方不是公主，对于那些身外之物，别人想要的话，他多半也是不会拒绝的。

直到到了点苍山以后，天机老人总是让他们以"抢"的方式来争夺礼物，因为天机老人的这种"创新"教法，多多少少还是让他比之前要会争夺一些了。

不然，照以前月希存的性子，他是不会跟周淑妃讲这么清楚的。

"所以现在是变心了，是不是？"周淑妃一下站了起来，"告诉我，是谁？"

"什么是谁？"月希存感觉莫名其妙。

"哪个贱人勾引的你？"

"公主殿下，没有人，不是你想的那样！"真是无奈……

"那你为什么会变心，肯定是有贱人勾走了你的魂！"周淑妃大叫起来，忽地一拍桌子，"我知道了，是那个野丫头是不是？"

月希存越发茫然："什么野丫头？"

"那个姓姬的丫头，你的师妹，你们朝夕相处，她一定勾引你了，对不对？"周淑妃自说自话一般，"好啊，她已经嫁给皇上了，还不守妇道来勾引你，我要去告诉皇上，我要让她的下场凄惨无比！"

窗户那边，姬小小一脸迷茫地看着独孤谨："三师兄，周淑妃说的那个人，我怎么越听越像她自己，怎么变成我了？"

"别吵，继续看戏！"独孤谨拍拍她的头，继续往里看。

就在此刻，流华宫外又跑进一个小宫女，看看月希存又看看周淑妃，口中"咦"了一声。

"怎么了？"月希存此刻恨不得有人过来打破这僵局，赶紧问了一句。

"哦，月公子，贵妃娘娘不在吗？"小宫女看看月希存，她是昨天才看到姬小小这三个人中龙凤一般的师兄的，现在看到他们还有些脸红呢。

"什么事？"月希存赶紧道，"小小她在宫中。"

"敬国公家的海棠姑娘说有要事要见贵妃娘娘。"小宫女如实禀报。

"让她进来吧！"月希存赶紧下令。

周淑妃一拍桌子："你出去告诉她，不许进来，贵妃娘娘不在！"

"这……"小宫女有些为难地看着月希存，皇上昨天说了对这三位公子要如上宾，他们的话就等于皇上的话，他们要做什么就让他们做，不得干涉。

"本宫的话，你没有听见吗？"周淑妃狠狠瞪了小宫女一眼，敢打扰她和希存哥哥叙旧，这丫头找死吗？

姬小小倒有些看不下去了："明明是找我的，她凭什么替我回绝，她又不是我什么人！"

"想不想出去帮一下你二师兄？"经刚才那些话，独孤谨深刻感觉到，周淑妃这个女人是个油盐不进的角色，她"认为"月希存喜欢她，那么，月希存就是喜欢她的，不然就是变心。

帮二师兄，自然是姬小小最乐意的事情……

不过，事情的发展显然好像不需要她的帮忙就完成了。

"海棠姑娘，海棠姑娘……"小宫女还在犹豫，那边一个小小的身影就已经闯进了流华宫大堂。

周淑妃看清来人，不由怒道："本宫道是谁这么没规矩，原来是太后面前的红人海棠姑娘啊！"

太后失势，举国皆知，所以之前她面前的那些红人，周淑妃自然也不会放在眼里。

姬小小看过去，见那位田海棠姑娘一身素色的长裙，配着墨绿色的坎肩，身形消瘦，瓜子脸，大眼睛，五官明亮动人，倒是个美人坯子。

只可惜的，那么明亮的五官，却因为她一丝不苟的发髻头饰和服装显得有些呆板。

"淑妃娘娘,这是太后娘娘赐的令牌,后宫任何地方海棠都可来去自如!"田海棠手上拿着一块玉牌,上面刻着太后凤印。

太后虽然失势,可毕竟还是太后,她发的令牌,自然还是有效的。

周淑妃冷笑一声:"海棠姑娘不是来找贵妃娘娘的吗,你看到了,这里没有贵妃娘娘,找完了,是不是该走了?"

田海棠冲着周淑妃行礼,礼仪制度和她的装束一样,依然是一丝不苟,头晃动的时候,头上的步摇、钗子,竟连一丝碰撞的声音都没有发出来,简直让人叹为观止。

"长乐宫小红姐姐说,贵妃娘娘就在流华宫,还请淑妃娘娘告知海棠,海棠真有要事求见。"

窗户那边,独孤谨看着姬小小:"你跟这位海棠姑娘很熟吗,知道她有什么事要找你吗?"

姬小小摇摇头:"我也奇怪,我以前从未见过她,不过听玄墨说,这位海棠姑娘据说是将来准备指给玄尘当王妃的,今年十四岁,如果玄尘没出家,那么她明年及笄,就可以当常陵王妃了。"

"真可惜,倒是个小美人!"独孤谨对于美人,从来本着怜香惜玉的态度,"可惜生在快要倒了的田家,前景堪忧啊。"

"不如我去跟妹婿说,让他将这位海棠姑娘配给你做妃子如何?"柳暮云每次看到独孤谨这种表情就有些没好气。

独孤谨点了点头,随即又摇摇头:"算了,听说咱们妹婿这位母后可不是什么守妇道的人,她这侄女可是她亲手调教的,别好的不学学坏的。"

"三师兄,你那么多女人,还非要女人对你一心一意,这不公平。"姬小小颇有些不满意。

"这个世上只有一个凌玄墨!"独孤谨翻个白眼,世上花花草草那么多,他可不想在一棵树上吊死。

再看大堂上,周淑妃已经越来越过分。

即使和田海棠没有什么深的感情,姬小小也有些看不下去了,推开门走进大堂内:"听说有人要找我?"

周淑妃一见到姬小小,气焰顿时小了不少。

"贵妃娘娘……"见到姬小小,田海棠赶紧上前,行了大礼,"贵妃娘娘,海棠可算找到你了,求您帮着跟皇上求求情吧,太后她……她不行了。"

姬小小皱一下眉头,见田海棠倒是说得情真意切,跟刚刚见到周淑妃百般刁难时候八风不动的表情不同,想必她和太后还是有些真感情的。

想了想,玄墨对太后虽然怨恨,可毕竟血浓于水,于是点点头:"不用去找他了。"

"娘娘,海棠知道太后以前做了很多对不起您的事情,您看在她是皇上亲生母亲的分上,让皇上传太医来看看吧,海棠就算当牛做马也会报答你的。"田海棠有些急了,以为姬小小不肯帮忙。

月希存那边终于冲开了穴道,看着跪在自己小师妹面前的小姑娘道:"这位海棠姑娘,你真是见了真神也不知道求情啊,我这小师妹的医术可比太医院那些庸医要强多了,你若是求得她去给太后看病,岂不是省了不少事?"

他也不知道为什么要帮这个小姑娘,大概只是因为她刚才表现出来的镇定和成熟,实在大大超过了她的实际年龄。

刚才在周淑妃的辱骂中波澜不惊的神色,让他感觉到了熟悉,仿佛看到了某个人的影子。

那某个人,便是自己。

"真的吗?"田海棠抬头看了一眼出声相助的男子,见他一脸温润的笑意,只是看不出是真笑还是假笑,却出奇的好看,让人移不开眼睛。

"贵妃娘娘,请您高抬贵手,救救太后吧。"不过此刻田海棠顾不得其他,赶紧把姬小小当菩萨来拜。

姬小小赶紧扶起她:"我刚才的意思就是我去就行了,不用惊动玄墨的。"

说完,想了想又道:"你先等一下,我准备一下马上就可以走。"

一瞬间峰回路转一般,让田海棠一下喜出望外。

姬小小收拾了一下,便对田海棠道:"走吧!"

田海棠不再疑惑,赶紧在前面带路。

屋内,又只剩下周淑妃主仆和月希存等人了,见周淑妃还要纠缠,月希存一脸无奈地打开左边的窗子露出正在偷听的柳暮云和独孤谨两人:"别躲了,要听就正大光明来听吧!"

见有外人在,周淑妃脸色越发不好看了,看看月希存,一跺脚冷哼一声:"月希存,你好!你听着,我要是得不到你,别人也休想得到你!"

说完,带着阿雅阿铎,转身大步走出了流华宫。

第十七章 誓旦旦天下为聘夺君心

慈宁宫内,一片萧条。

虽已是春天时节,可慈宁花园内却只有几朵残花败柳,看上去无人打理许久了。

想想只是一年时间罢了,姬小小心中叹息一声,原来所谓的沧海桑田,竟就是这么回事了。

慈宁宫正殿前,站着她从来不认识的侍卫,见到她时却格外恭敬。

跟着田海棠进了太后寝殿,见那纱帐之后的太后,浑身软绵绵地躺在床榻之上,她的两侧站着两名艳丽的女子,看上去有些眼熟。

姬小小认真打量着那两位女子,忽地有些醒悟过来:"柳眉,烟翠?"

她们不是应该在怡红楼吗?

她现在,也终于明白那日烟翠到她房中发出的所谓"奇怪的声音"到底是怎么回事了,那个时候大概是因为凌未然想让别人认为她真的是个男子所以才这么做的。

只是,现在她们怎么进了宫成了太后身边的侍女?

"贵妃娘娘好记性,居然还记得奴婢两人。"柳眉烟翠笑起来,过来给姬小小行礼,她们这两个青楼出身的女子,行起宫廷礼节竟然丝毫不差,仿佛从小就是在宫中长大的一般。

姬小小有些明白了,那怡红楼恐怕和蓬莱阁一样,是当初玄墨安插在京城中的组织之一。而柳眉和烟翠还有那个老鸨柳妈妈,恐怕和江晚月的身份也差不多。

"听说太后病了,我是来给她看病的。"姬小小看着两个女子,很显然她们是太后的侍女,同时应该还担负着监视太后的责任。

柳眉和烟翠对视一眼,虽说皇上说了,见到姬小小就如同见到他一般,可现在,事关太后,她们是不是依然应该听从姬小小的?

"怎么了?"姬小小看着她们,"不行吗?"

"不是!"柳眉摇摇头,想了想,这个姬贵妃既然能深得圣宠,想必对皇上的心思十分了解,她这么做,也是给皇上一个台阶下吧?

想到这里,两个女子心有灵犀地点点头,一人一边撩起纱帐,方便姬小小给太后诊病。

帐子里的贵妇,早已没了一点贵气。

早先飞扬跋扈的神采,只被蜡黄的脸色所替代,任何时候都高高抬起的头上,系了一根白色的带子,云鬓之上,原本插满了凤钗璎珞,如今,也只有万千青丝松松盘起。咄咄逼人的眼神,如今淡淡地涣散着,眼珠子浑浊呆滞。

然而她在见到姬小小以后,忽地两眼翻了一下:"怎么,你也来看哀家的笑话吗?"

"我来为太后娘娘诊病。"姬小小抿嘴一笑,她见过脾气更糟糕的病人,对于太后的反应,根本不放在心上。

"你有那么好心?"太后眯起的眼中,呆滞的眼神之中透着怀疑的目光。

田海棠上前一步赶紧道:"姑妈,是海棠去求贵妃娘娘给太后姑妈治病的,她真的是来给您治病的。"

太后看了一眼田海棠,忽地重重地叹了口气:"这后宫中的女人,是可以轻易相信的吗?海棠,你还是太年轻太容易相信别人了。"

姬小小挑一下眉,也不说话,只是抓住太后的手扣住她的脉搏。

太后想要挣扎,可她哪里会是姬小小的对手?

"别乱动,别气怒,不然号脉会不准,如果你再乱动,我就点了你的穴道!"姬小小很不客气地冷声警告,"你若不是玄墨的生母,你以为我愿意浪费一年十个的名额给你治病吗?"

"呸,你这狐媚子,不知道使了什么手段勾引了玄墨,不然哀家的亲生儿子何至于如此待自己的亲生母亲?"太后大叫起来,"当年那些狐媚子就是这样勾走先帝的魂的,现在你又想学?告诉你,帝王是不可能只爱一个女人的,你想得到皇上的专宠,那是做梦!"

姬小小叹口气,对柳眉烟翠道:"两位姐姐,给我准备笔墨。"

走到桌边写上药方,她看着田海棠道:"太后没什么大病,只不过郁结在心,若是服了这药,每日能出门走动一下,晒晒太阳多和人聊聊天,不要总是这么盛气凌人,是会好的,不然……"

"不然怎样?"田海棠脸色有些白。

"不然,这便是不治之症!"姬小小回头看看太后,"你也听到了,若是还想多活两年,便照我的话做,不然你走了,我失宠的日子你怕是看不到了。"

太后气恼道:"你做梦,你死我还没死呢,少诅咒我!"

姬小小收拾一下,对着田海棠道:"瞧,每天有这样的斗志,太后的病一定会慢慢好起来的。"

说完,将收拾好的东西提在手上,走了两步,回头看着太后笑道:"太后娘娘,你好可怜啊。年轻的时候,跟一群女人争丈夫,现在又要跟一群女人抢儿子。其实你担心什么呢,皇上是你亲生的,血浓于水,这是什么都无法改变的事实。你又何苦让一群女人走你年轻的时候走过的老路呢？在你想皇上怎么对你的时候，你不妨想想你是怎么对皇上的，人心都是肉长的，何况你们本就是母子。我知道皇上心中还是有你的，不然你不会活到现在，海棠也不可能在流华宫见到我。"

在这个暗卫密布的慈宁宫，贵妃娘娘前来探望太后，这种事情玄墨会不知道？

如果有心阻止，此刻大概已经有一群人围着她了吧？

玄尘已经出家，太后心中的怨恨恐怕更深，对于玄墨她究竟有多少母子之情，姬小小不清楚。可是玄墨所做的一切，太后作为一个母亲，她应该知道。

玄墨有多么渴望得到母亲的爱，就有多么恨她这个母亲！

深吸一口气，姬小小出了慈宁宫，忽然觉得天空都格外蓝，空气也格外清新。

慈宁宫内，床榻之上，太后看着那抹娇俏的人影大步离开，忽地开始回忆起自己三十年以来的人生，什么时候开始，曾经那个刁蛮任性却天真的丫头，变得心机深沉心狠手辣？

争权夺利，一步步，在这尔虞我诈的皇宫之中，爬上最高峰。

可她终究不满意，最后弑君杀夫，红杏出墙，还生下了无法言明血缘的孩子，让他一生都活在痛苦之中。

到底，为什么最后会变成这样呢？

太后的眼神，再次变得迷茫起来，对于这么多年自己所做过的一切，忽地有些茫然不知所措。

姬小小出了慈宁宫，心中有些闷闷的，仿佛哀伤的情绪。

亦有些心疼，心疼玄墨。

田海棠自是千恩万谢，誓要为奴为婢跟随左右。

姬小小一句："我不喜欢田家的人！"将她打发了，便随心而行，竟来到了瑾华宫，忽地就十分想念悦儿那孩子。

"母妃师父！"自从上次认了姬小小为母妃以后，悦儿这小家伙又新发明了一个称谓，见到她亲热地拉着她的手，"什么时候来教悦儿武功啊，上次教的悦儿都学会了呢。"

萧琳站在阳光下，笑得一脸满足。

有种特别柔软的光线，在她身上显现出来，让人看得心中暖暖的。

"你来了？"萧琳看着姬小小，"悦儿这几天可想你了，我听说你娘家三个哥哥来看你了，应该忙着招待他们吧？"

萧琳眼中有些羡慕的光芒，她的娘家本来是兴旺发达的，不过都死在那场浩劫之中了。

幸好，她还有悦儿。

瑾华宫这边热热闹闹，两个妃子带着悦儿和乐融融，而相邻的惠淑宫内却是鸡飞狗跳。

【第十七章 誓旦旦天下为聘夺君心】

"一定是那个野丫头，一定是她勾引了希存，不然希存怎么可能这么对我？"周淑妃将满桌子的茶具砸在地上，看得阿雅阿铎一阵心惊肉跳。

"哼，一个野丫头，本宫还没放在眼中，迟早要叫她不得好死！"周淑妃眯起眼睛，露出凶狠的光芒，让人不寒而栗。

三大家族大厦一朝倾倒，皇后因当年悦儿旧事被废黜。

以刘家为首，田家袁家数百人因分别涉嫌贪污，受贿，玩忽职守，草菅人命等等一系列事件，或被罢官，或被充军，或被服刑，或被砍头。

同时，因为案件涉及事件众多，三家被抄，家眷仆人全部流放的流放，被卖的被卖，或充入奴籍，或沦为娼妓。

至此，三大家族终于灯尽油枯，再无重新崛起的可能。

刘鉴雄更被查出当年下毒毒害上司兼恩师金矛王爷一事，一时间，在朝野上下更是变得臭名昭著。

姬小小自那日给太后看病以后，基本上三五日就会去一次，不过关于三大家族的事情她自然是闭口不谈。

不过她其实很清楚，精明的太后，大概早就把事情猜了个七七八八。

只是既然对方一直不开口，她也不好说什么。

好在太后自第一日以后一直算是一个配合的病人，除了话变得极少极少以外，其他的事情都会配合姬小小来做。

但是姬小小知道，太后即使在配合着她，但内心的郁结终究是没有解开的。

不过她没有戳穿，有些事情外人说说是没有用的，还是得自己想明白了，才有效果。

心中有事未解，太后的病一直反反复复，好在姬小小的药好，倒也没有恶化的迹象，只是依然浑身没什么力气，看什么都是混混沌沌的，只有面对姬小小的时候，才会有些勉强挤出来的精神头儿。

见她病一直这般，玄墨最近又忙着三大家族的事情，姬小小每日除却陪三个师兄逛后宫，便是陪陪悦儿。

一来二去，那三位方向感比她强得多的男子，早将后宫摸熟了，甚至待腻了也会出门去逛逛京城大街。

横竖闲来无事，姬小小见太后见了她以后精神会好些，便也就多来陪陪她。

对于太后，之前她就并无怨恨，不喜欢便只当个陌生的老太太就好了。

如今见她病成这样，也就更不会在心中加点怨恨来让自己不痛快了。

在她眼中，太后除却是玄墨的生母，目前正好是她的病人以外，对她来说什么都不是了。

一晃已经十来天光景，太后的病依然就是这么不好不坏地拖着，姬小小心中明白这病就是心病，除非她自己想好，否则谁也没辙。

不过以姬小小惊人的直觉，她觉得太后应该有话要跟她说，至少这几天她老人家盯着自己的目光已经不如之前那般充满敌意了。

在那个风和日丽的上午，太后跟她说话了，也提及了一个人。

"姬贵妃……"难得她第一次开口，没有恶言相向还用了尊称，姬小小知道，该说的她已经到了非说不可的地步了。

"嗯？"她侧耳倾听，已经做好了拒绝的准备。

刘鉴雄已经醒了，事情已经到了这个地步，继续让他昏迷已经没有任何意义。

据说他醒来以后，知道魏国的现状，到目前为止都是一言不发。

"海棠是个好女孩，这些年，她对哀家也算尽心尽力，更难得的是，田家这些年所做的事情她并没有插手分毫，所以哀家想若是皇上要对付田家，也是田家咎由自取……不过，念在海棠年幼又至孝的分上，可不可以高抬贵手放她一马？"

姬小小愣了一下，半天没有回过神来。

老实说，她并没有想到太后居然会惦记着她的侄女，而多过她小儿子的父亲。

看着姬小小发愣的样子，太后忽地笑了一下："你是不是在想，哀家为什么不提放过摄政王？"

"嗯！"姬小小下意识地点点头。

"哀家说了，你会答应帮哀家吗？"太后笑得格外凄凉。

"自然不会。"姬小小摇头，对于刘鉴雄，即使她真的去求情，玄墨也不会答应放过他，那么自己又何必去做这种吃力不讨好的事情呢？

太后淡笑着："所以哀家怎么会浪费口舌跟你说这些呢？"

太后果然还是那个睿智英明的太后，后宫这么多年的浸淫果然没有白费。

"至于海棠，她跟你们无冤无仇，哀家看得出来，既然你能接受她的求情来为哀家治病，至少你应该不讨厌她，甚至，说不定还有些喜欢她吧？"

面对太后的大胆猜测，姬小小无言以对。

虽然因为礼教的束缚，让她不过才十四岁的小姑娘处处显现出超乎常人的成熟，以及她老夫子一般的说话方式。

但是对她与田家人不同的态度，毫不势利，有恩必报的性格，自己确实还是蛮欣赏的。

"我可以跟玄墨提一下，不过可能只能减轻她的责罚，却未必能彻底免除。"姬小小想了想，还是答应了下来。

田海棠一看就是个美人坯子，即使不受惩罚，将来的日子也未必好过。

没有了田家的庇护，又长得这般美貌，未必是件好事。

三日后，原本被充作官妓的田海棠，被改了刑罚，于慈云庵出家，永世不得嫁人。

与此同时，因为袁敏皇后被废，立后的事情也被提上了朝臣们商议的日程之中。

【第十七章 誓旦旦天下为聘夺君心】

玄墨属意的人其实不用想，后宫嫔妃们都能猜得到，大臣们也未必猜不到，所以一直到玄墨亲口提出这个议程的时候，没有人提再立后的事情。

玄墨一直在等，他其实心里清楚群臣的想法。

姬小小除却立下战功以外，无论是妇德妇行妇功，全部都不符合大臣们对一位母仪天下皇后的要求。

而那件可以提得出口的战功，恰恰正好是那些大臣们心中永恒的痛。

堂堂大魏，这么多男子汉大丈夫保家卫国，居然还需要个小女子上场，这说出去岂不是将他们那珍贵的面子都给丢尽了？

无论如何，他们不会因为这个原因同意让姬小小为皇后的。

等了几日，玄墨终于决定自己提出来。

宫里已经有了一个皇贵妃，他不能看到姬小小的位置在别人之下。

"臣认为，皇后之位需得母仪天下，袁氏已经不得民心，皇上此次立后更应该慎之又慎。"先有个不怕死的老臣出来反对，"姬贵妃既无德行，又未为皇家产下一子半女，立她为后恐为天下人不服。"

"是啊是啊！"立刻有大臣附和，"姬贵妃生性彪悍，无法成为天下女子的表率，此等女子若立为皇后，到时候女子们若争相仿效岂不乱了男女纲常？"

玄墨心中气极，可群臣都一片反对之声，他也有些无奈。

只可惜，江晚月虽然恢复了身份，恢复了原名姜明，也为当年姜家灭门之案平反，却主动去了边关防守未在朝中。

金毛王爷和凌未然作为姬小小的亲人，这种事情，自然是不好插嘴。

"那你们说，咱们大魏有谁可以堪当皇后？"玄墨真有些无奈了，本以为掌握了大权以后，这种后宫"小事"自己总能做主，没想到如今群臣全部反对，让他也有些头疼。

此话一出，大臣们面面相觑。

"皇上春秋正盛又已有子嗣，皇后一事臣等可以慢慢商议再定不迟！"有个老大臣出来打太极。

玄墨冷笑一声："大魏上上下下那么多事要做，岂能为了朕立后这点小事浪费了朝堂上的时间？今日众位就给朕一个答复，不然天下人只会怪朕选的大臣们这般庸碌无能。他国若是知道了，大魏上下竟挑不出一个可以堪当皇后重任的女子，岂不是要贻笑大方？"

"这……"朝堂之上一片哗然，很显然皇上对他们拒绝姬贵妃当皇后十分不满，所以故意为难他们呢。

可这一时半会儿，确实找不到当皇后的合适人选。

"既然众位爱卿没有其他提议，那么姬氏贵妃就是唯一的人选！"玄墨冷笑一声，今天他就是想立姬小小为后，就当一次昏君又有人能把他怎么样？

"皇上，臣有提议！"听他这么一说，此刻竟然有个大臣急中生智跳了出来，"臣认为，若是要立后，皇贵妃萧氏倒是不错的人选。她是已故镇西都尉萧大人的女儿，如今萧家已经平反，忠臣之女理当褒奖。她为皇上诞下龙子，且又在冷宫之中受尽磨难，如今朝廷理当给予补偿。况此女秀外慧中，言行举止俱都堪称当世楷模，依臣看可立为后，母仪天下！"

玄墨没想到，还真有人提出名单来了。

提出来的这个女子，还真让他有些无法反驳。

但心毕竟只有一颗，分开了会碎，亦会痛。

他无法做到。

"如此说来，只要是受了委屈，就可以当皇后了？"玄墨嘴上的功夫，绝不比那些大臣差，"那当年已故节度使之女金香玉当年也是被冤枉的一个，她是不是也可以当皇后？至于子嗣，就更荒谬了，这个世上哪个正常的女子不会生孩子，假以时日，生个孩子又有什么难的？"

他知道他故意歪曲那大臣的意思，可他也是没办法，因为他已经看到好几个大臣点头准备附和了。

"皇上！"又有大臣出列，"臣认为，皇后之事可以暂缓，目前臣等认为，战祸已平，奸佞已除，当务之急应该是立储之事！"

好嘛，开始转移话题了。

玄墨心中透亮，目前他只有悦儿一个儿子，立储，说白了就是立悦儿为太子。

那么，萧琳当皇后就是板上钉钉的事情了，只不过时间颠倒了而已。

先立储，再立后，到时候，朝中想要萧琳当皇后的声音，会越来越高。

所以，他怒了，他不怒这朝会就没完没了了，所以他只能怒气冲天地看着那个大臣道："王爱卿，你看着朕像是短命之人吗？"

王姓大臣抹了一把冷汗，赶紧歌颂："皇上春秋正盛，天庭饱满，必然长命百岁！"

"那么，爱卿为何说立储才是大事，仿佛是说朕似乎将要不久于人世了？"

王姓大臣吓得一个哆嗦，"咚咚咚"磕了几个响头："臣没有这个意思，臣只是，臣只是……"

"只是盼着朕早死？！"

"不是，不是，臣就算有天大的胆子，也不敢有这个意思！"

"哼，没有这个意思就好，立储之事以后休得再提起，此事朕心中自有分寸，退朝！"一拍桌子，玄墨也不理会那帮大呼小叫的大臣们起来转身就走。

玄墨很郁闷，跟在他身后的景德安一样是一脸的郁闷。

不就是立个皇后嘛，又不动摇国本什么的，依了皇上的意思不就好了？

皇上一高兴，他的日子就好过了，现在看皇上一路黑着脸，他也心惊肉跳的恐怕一天的日子都不好过喽。

想到这里，景德安哀叹一声，偷偷跟身边的小太监使个眼色："去，去长乐宫把贵妃娘

【第十七章 誓旦旦天下为聘夺君心】

娘叫来，就说皇上心情不好需要她开解。"

那小太监也是个懂事机灵的，见他一说赶紧就去了。

不光去了，连朝堂之上的事情也原原本本跟姬小小说了。当然，很不小心的……她的三位师兄也听到了。

景德安是个人精，颇会看人。

所以他让人将今日朝堂之上的事情传了出去，且看两位女子都有什么反应吧。

也许皇贵妃为了稳固自己儿子的地位，可能真的会去夺一夺皇后之位。这样一来，皇上就有借口废了她而不是像现在这般内疚惭愧了。

当然，最好的结果是皇贵妃自己放弃皇后的争夺，如果她脑子够清楚的话，应该知道她如今所有的一切都是源自于皇上自责。

如果连自责都没有，她的好日子也就到头了。

至于姬贵妃，那丫头没什么心机，他早就看出来了。

主要也是让她过来给皇上开心一下，是为了让他接下来几天的日子好过一些。

他是小人嘛，他自己从来都承认的。

不过小人有时候做事情，要比君子来得有用得多，因为小人通常是不择手段的。

姬小小过来了，玄墨狠瞪了景德安一眼，吓得他有些心惊胆战，但是看得出来皇上还是很高兴见到贵妃娘娘的，所以自己的性命暂时肯定是无忧的。

"你干吗不早告诉我？"姬小小看着他，"何必吵成那样，只要你不背叛我就好了，至于皇后不皇后的有那么重要吗？"

"对我来说很重要！"玄墨看着她，"只有你当了皇后，我才能名正言顺地将后宫遣散，只留你一个！"

"你有什么打算？"流华宫内，柳暮云看着姬小小，等着她的回答。

小师妹情绪不高，三个当兄长的都看出来了。

"大师兄，你说的，玄墨是皇帝他有身不由己的时候，所以我昨天安慰了他一整天加一晚上，跟他说我不在意能不能当皇后。"姬小小说这话的时候，颇没有精神。

不过柳暮云却点点头："不错，你做得不错啊。"

姬小小摇摇头，指指自己的胸口："这里不舒服，很闷，如果要和玄墨这样过一辈子，我想我可能迟早会和太后一样。"

这……

"那你想怎么办？"独孤谨难得不打趣自己的小师妹，而是认真地看着她。

"我想找个地方冷静一下，想想这个事情。"姬小小仰脸看着三位师兄，"师兄，我想师父了，我想点苍山上的草屋了。"

独孤谨抿嘴笑了笑，捋了一下她的发丝，眼中有些宠溺的神色："好，跟师兄们回点苍到了这个关口，大概除了下毒的凶手可能真的没有办法找出解药来了。

"琳儿，先别慌，你告诉朕，这两天谁来找过悦儿，谁接触过悦儿？"或者此刻抽丝剥茧还来得及。

萧琳一脸迷茫，良久她才道："臣妾日日陪在他身边，今日一早只有贵妃妹妹来过……不，不可能是她，怎么会，不会的，她……"

"别胡思乱想，还见过谁？"玄墨皱紧了眉头，怀疑的种子一旦播下，日后恐怕不好消除。

"没有了，没有了……还有瑾华宫的宫女奶娘，可悦儿吃的东西都是臣妾亲自尝过才给他的，除了贵妃妹妹来的时候，臣妾从来不离开他半步，也不会让他吃任何别人递上来的东西。"

因为有着第一次的失去，所以现在，她才格外小心。

"没想到，还是百密一疏，臣妾是信错了人了……"萧琳的眼神忽地呆滞，转头一把抱住悦儿，"悦儿，是母妃的错，母妃信错人了，信错人了！"

"别哭了，哭有什么用？！"玄墨被她哭得一阵心烦意乱，忍不住出言咆哮。

就在此刻，忽地有人来通报："皇上，淑妃娘娘求见。"

"什么事？"这个时候了，那个女人是来看热闹的吗？

玄墨皱紧眉头，却听景德安道："皇上，淑妃娘娘说，当年她和亲大魏，晋王曾经给她三粒解毒丸，虽然不能解天下百毒，可能为中毒之人续命七日，听到寿王殿下出事以后，淑妃娘娘就赶紧带着药赶过来了。"

她……有这么好心？

玄墨眯起眼睛，却还是点点头："让她进来！"

周淑妃拿着个檀木盒子走进瑾华宫大殿，看到被萧琳紧紧搂着的悦儿赶紧道："皇贵妃娘娘，请让一下，让臣妾来看看悦儿。"

萧琳见到她，跟见到菩萨一样，赶紧拉着她："淑妃娘娘，求你了，求你救救他。"

周淑妃叹口气："这事，妹妹也只能尽力而已。"说着，她回头看看那些太医，"你们确定，寿王殿下是中毒吗？"

太医们点点头，表示确定。

"那就行了，臣妾那药只对中毒有效，其他的重病之类是没有效果的。"周淑妃点点头，这话自然是对玄墨说的。

玄墨皱了一下眉头，这周淑妃真的对医术一窍不通？

"皇上……"周淑妃看着玄墨，"这药的用法很奇怪，不能直接服用，需要加入一些药引。"

玄墨不知道周淑妃为什么忽然说起这些，她若是知道药引，直接给悦儿服下不就是了？

"臣妾知道在皇上心目之中臣妾早就什么都不是了。"周淑妃眼中有些哀怨，"其实臣妾也没什么大的要求，若是能跟皇贵妃姐姐这样有个一儿半女傍身，下半辈子也就什么都不小小那么疼悦儿，她一定会立刻就来的。

但是下一刻，小红到了瑾华宫，巍巍颤颤地递上了一封信。

如果不是因为寿王出事了，她原本还想瞒上几天的，或者，娘娘想通了也就回来了。

可没想到，才一天而已，事情就已经到了不可收拾的地步。

小红瞒不下去了，虽然知道没看好贵妃娘娘自己可能连脑袋都保不住，可现在出来自首总比查出来以后强。

至少，不会让寿王殿下的病情拖延了时间。

玄墨看到信的时候不由皱了眉头，怎么小小早不走晚不走正好在悦儿中毒的时候走？

他自然是不会怀疑小小是下毒的凶手，可悦儿中毒，所有后宫的目光第一个一定会投向长乐宫。

毕竟，皇后之争目前有力的竞争者就是大臣们意属的萧皇贵妃和玄墨自己意属的姬贵妃两个人。

如果悦儿真的有个三长两短，姬小小是最大的嫌疑人，真这样的话，到时候两位皇后争夺者的筹码都会失去，那个时候后宫之中谁会得利？

玄墨皱了一下眉头，看了一眼姬小小留下的信：玄墨，我想离开几天，有些事情我想不清楚，等我想清楚了自然会回来的，勿念！

是小小的字迹没错，他了解小小，小小的武功虽然还在恢复中，可宫中之人绝对没有她的对手，想要威胁她写下这样的信那是不可能的。

那么，她就是真的要离开自己？

该死的！

玄墨咬牙，这边是病危的儿子，那边是心爱的女人出走，他到底该顾上哪样？

"说实话，悦儿还能挺多久？"玄墨看着太医，想知道是不是来得及将那离家出走的小女人追回来给悦儿看病。

"悦儿……"萧琳大哭起来，"为什么会这样，为什么要这么对我，我在这后宫之中，不争也不抢，为什么要夺走我仅有的……"

玄墨一时没有心思安慰她，只是皱了皱眉头，看看太医："没有……没有时间拖延一下吗？"

太医道："或者皇上将太医院所有太医都招来试试，或者会有同僚有办法。"

立刻就有人去办了，群医齐聚瑾华宫，一个个紧皱眉头束手无策的样子让玄墨尤其心焦。

"都没有办法吗？"玄墨皱紧了眉头，"朝廷的俸禄怎么养了你们这帮庸才？！"

眼看天色渐暗下来，悦儿已经开始出现口吐白沫和抽筋的症状，而那些太医们却还是没有想出个所以然来。萧琳已经哭得哑了声，死死地抱着悦儿不肯松开，一边只轻轻念叨："别这样，别离开母妃，千万不要，千万不要，谁也不能把你抢走……"

玄墨的心也是七上八下的，那也是他的儿子，他自然心焦。

"皇上，不好了，瑾华宫来报，说寿王殿下他……他忽然昏迷不醒！"景德安有些慌张，这个不会是他那小小的计策所带来的后遗症吧？

皇上之前说了，不管群臣是不是反对，十日以后就是封后大典，到时候他圣旨一下，就算大臣们在宫门前跪死他也不管了。

早知道皇上决心这么大，那些背后的小动作他就不去做了。

"你说什么？"玄墨一下站了起来，"可宣了太医了？"

"已经宣了，此刻应该正在瑾华宫内。"景德安抹一把汗，要命啊，才三月而已这天气怎么这么热。

玄墨顾不得其他了，急急走在前头，甚至用了他绝顶的轻功飞掠而去，不一刻就已经到了瑾华宫内。

瑾华宫内一片喧闹，一阵女子的哭声传了出来："悦儿，你可千万不能有事，母妃只有你了……"

是萧琳的声音。

玄墨赶紧上前，果然看悦儿紧闭双目躺在床上，旁边的萧琳已经哭成了泪人。

而太医脸色有些不大好看，看着玄墨行礼："皇上……"

"不用多礼了，告诉朕这到底怎么回事，悦儿生的什么病？"

那太医犹豫了一下才道："皇上，寿王殿下并没有病……"

"胡说，没病为何会昏迷不醒？"

"皇上，寿王殿下，是……是中了毒了。"太医抹把汗，他也知道这宫廷斗争激烈，有些事情不好直言。

如今，他只能同情地看了一眼病榻之上的寿王殿下，小小年纪又是被换了母妃，此刻又遭毒手，生在皇家果然不是什么好事。

"愣着干什么，还不去开解毒的方子？！"玄墨瞪了那唯唯诺诺的太医一眼，横眉倒竖。

"皇上……"那太医吓得"咕咚"一声跪了下来，"不是臣不开方子，只是殿下这毒……老臣实在是无能为力啊！"

"你说什么？！"玄墨退后一步，"你没法救悦儿？"

"皇上……"萧琳在一旁自然是听到了，忽地跑到玄墨脚边叫道，"皇上，请你一定要救悦儿，一定要救救他，他是臣妾仅有的了……"

玄墨看着哭成泪人的萧琳，叹口气："放心，悦儿也是朕的儿子，朕一定会救他的。"

想到这里，他忽地想起一个人来，不由喜上眉梢："朕想起来了，小小……小小她一定可以救悦儿的。"

萧琳也是糊涂了，此刻听到姬小小的名字也赶紧叫起来："对，贵妃妹妹，她医术超群，一定可以救悦儿……"

"快，来人哪！"玄墨挥挥手，"去长乐宫，就说寿王中了毒，让姬贵妃赶紧过来救治！"

山吧，我也很久没见师父了，有些账得找他算算清楚。"

"师兄，你是一国之君呢。"姬小小瞪他一眼，"跟着我走来走去，鲁国的事情你不管了？"

独孤谨笑起来："小师妹可真的是长大了，嫁人以后都会为别人考虑了，真是难得啊。"

柳暮云和月希存忍不住眼中有了一些笑意，不过柳暮云却还是有些不放心："小师妹，你打算不告而别吗？"

姬小小点点头："我不知道该怎么跟他说，总之我想通了自然会见他的。你知道，只要见到他，我就不会思考了，他提出的要求我都会去做到，不管自己是不是开心。所以还不如离开他一段时间，自己一个人想清楚。"

柳暮云点点头："也有道理，不过就怕咱们这妹婿到时候和你三师兄一样放着国事不理，光顾着找你了。"

"小师妹都为他牺牲了这么多，让他着急一下也是应该的。"月希存要么不开口，一开口总是惊人之语。

独孤谨不由笑起来："二师兄，我看你啊，是我们中间最想离开魏国皇宫的人了，离开这里就没有人再纠缠你了吧？"

月希存脸色微微变了一下，有些尴尬。

"我想去跟悦儿告个别。"姬小小忽然加了一句。

独孤谨笑看着她："我看你啊还真把悦儿当你儿子了，离开不想着玄墨倒想着他。"

姬小小瞪他一眼："他也叫我母妃的。"

"好吧好吧，你跟你的儿子告别去吧。"独孤谨笑起来，"其实娶了你玄墨他也挺可怜的。"

姬小小嘟嘟嘴却没有做声，想了半响，才起身往瑾华宫而去。

说是告别，其实也不能明说，只是陪着悦儿玩了会儿，又告诉她接下来几天要练习的那些功夫，自己有点事情过不来，让他自己琢磨着练。

姬小小这个师父，可是完全沿袭了她自己的师父天机老人的教育方法，虽然她不会编武功秘籍什么的，可也是尽量让悦儿由着兴趣来学他所想学的功夫。

悦儿自然是依依不舍，只问她要去忙什么，是不是好几天都见不到她了。

姬小小只好又哄又骗，又保证她过一段时间一定会回来。

她不会演戏，不过哄哄小孩子还是可以的。

四个武功高强的人要一夜之间在皇宫消失，其实是很简单的事情。

不过柳暮云肩上还背负着和亲大使的责任，所以他先正式和魏国交接，踏上了回楚国的道路。

一切安排妥当的第二日，玄墨首先发现的不是姬小小的失踪却是另外一件事情。

【第十七章 誓旦旦天下为聘夺君心】

愁了。"

这就是她的要求？

有所求，莫非下毒之人不是她？

也是，如果真要博得他的好感，直接帮悦儿解了毒，说不定更能博得他的好感，不需用续命的方式。

可这事，作为玄墨却委实不能答应。

他不能背叛小小，可悦儿……是他的儿子啊，手心手背都是肉，他该如何是好？

"皇上，悦儿他……他又抽筋了，皇上，你救救悦儿，救救悦儿……"萧琳哑着嗓子大叫起来，悦儿再次在她怀里四肢痉挛。

"好，你会有孩子的，朕答应你！"玄墨别过头，不看周淑妃，也不看悦儿，"需要什么药引，说吧！"

周淑妃笑逐颜开，拿起盒子里的药丸放在手心捣碎，放到桌上的一个杯子里，对身边带来的阿铎阿雅道："拿来！"

阿雅赶紧从怀里拿出一个瓷瓶子递上去，将瓷瓶中的汁液滴了两滴到杯子里面，搅和了一下，周淑妃才将黑乎乎的药汁喂入悦儿口中。

喂入药汁以后，玄墨和萧琳紧张地看着悦儿，见他已经平静下来许多，又让太医来看过才算放下心来。

"皇上，别忘了您对臣妾的承诺！"周淑妃行了一礼，"寿王殿下已经稳定下来了，今夜皇上可要留宿臣妾宫中吗？"

如此直白的话，让玄墨眯起了眼睛，眼神之中带着危险的神采。

"朕这几日要陪悦儿没有心情，朕是金口玉言，答应的事情自然会办到，不过现在当务之急是给悦儿解毒，等这边事情一了，朕自然会来兑现今日的承诺。"

如果悦儿的毒暂时没法解，那么说不定还是需要周淑妃的帮忙，现在不是翻脸的时候。

周淑妃点点头，一副很识大体的样子退了出去。

刚出瑾华宫，阿雅就有些不解地道："娘娘，你这样一来不怕暴露了自己吗？"

"什么？"周淑妃眯起眼睛看着她，"你说下毒吗，后宫所有的人都知道本宫没有碰过寿王一根头发，倒是那个女人经常去见寿王……不过她走得还真是时候，这不是天都要帮本宫吗？"

阿铎连连点头："长乐宫那个丫头，恐怕永远都想不到，她一走宫里会发生这么大的事情。最妙的是，她人不在宫里，就算想要辩解都没有人听她的，哈哈……"

阿雅还有些不放心："可是娘娘，若是真的查出来……"

"怕什么？"周淑妃狠瞪她一眼，"不是还有最后一招吗？这解药可是天下独一无二的，

【第十七章 誓旦旦天下为聘夺君心】

都在本宫手上呢！到时候真的查出来，让瑾华宫那个蠢女人帮我们的忙。她儿子的命在我们手上，就算跟她挑明了是本宫做的，以她视子如命的个性她也得乖乖跟本宫合作！"

"娘娘，那丫头的医术可高明着呢，你就不怕……"

"哈，高明又怎么样，高明也不见得什么毒都能解！"周淑妃冷笑一声，"你以为本宫刚才送去的真的是续命的灵药吗？当年那黑衣道长告诉过我，他这独门研制的毒药就算是天机老人亲自来了也解不了！"

阿雅皱了一下眉头："娘娘，你就那么相信那牛鼻子老道的话？"

"当然！"周淑妃点点头，"那道长连我要到大魏和亲会被冷落，还有我和皇后合作，以及今日争夺皇后之事都算出来了，这种小事没必要骗我。"

阿雅和阿铎俱都点点头，那位黑衣道长的神奇她们是共同见证过的，不得不让人服气。

"当然，那是最后一步了。"周淑妃笑道，"现在瑾华宫那个蠢女人大概认为她儿子是被那丫头给毒害的，咱们再在旁边扇扇风，点点火，必定有场好戏看。"

阿铎忽地想起一件事来："娘娘，你真的决定要给皇上生个孩子吗？"

"哼，有什么不好吗？"周淑妃笑道，"寿王的命迟早是本宫的，他绝活不下来，到时候本宫若是有了儿子，将来就是大魏的储君。哼，本宫会让他成为皇上唯一的儿子！"

看着眼前美丽的女子脸色忽地变得狰狞，阿铎心中一凛，不敢再多言，只是低头跟在她身后。

她们没有发现的是，身后，有一双眼睛若有所思地盯着她们，然后叹息一声轻喃："果然是蛇蝎美人。"

瑾华宫内，灯火通明，玄墨在室内来回踱步。少顷，看着景德安道："朕要去找小小……"

此话一出，景德安尚未反应，萧琳已经站了起来："皇上，你要置悦儿于不顾了吗？"

随着悦儿病情的稳定，她的情绪也慢慢有些稳定了下来。

"正是要顾着悦儿，朕才决定去找小小，她的医术高明，目前也许只有她才能救悦儿的命。"玄墨叹口气，看着萧琳哀伤的眼睛。

"她……真的会救悦儿吗？"萧琳身子微微晃了晃，眼中带着浓浓的不信任。

玄墨知道，有些怀疑此刻实在很难解释清楚，他相信小小，可是他没有权力，或者说他没有能力让全天下人去相信小小。

"相信朕，朕是悦儿的父亲！"除了说这个他还能说什么？

萧琳忽地跪了下来："皇上，若是能找到贵妃妹妹，麻烦皇上告诉她，臣妾从未想过跟她争夺皇后之位，如今臣妾心中只有悦儿而已，只想把悦儿抚养成人。至于臣妾能不能当上皇后，悦儿能不能当上太子都不重要，只要悦儿健健康康，平平安安，臣妾就心满意足了。"

话已经说到这个分上，玄墨只有摇头叹息。

即使待在冷宫四年，时光依然无法让萧琳变得足够聪慧。

"琳儿，朕今天给你一句话，小小曾经告诉朕，她一点都不在乎皇后这个位置，因为在她眼中，她是皇后也好，贵妃也好，甚至世上最普通的一个女子也好，朕是她的，是完全属于她的，没有人能从她身边把朕夺走。而朕，也是这样跟她承诺的！"

萧琳有些发傻地看着玄墨，有那么一刻她发现自己从来没了解过这个男人。

他说他属于姬小小，是的，他是男人，他却承认自己属于另外一个女人。

而姬小小竟然敢如此大胆说她这个一国之君的丈夫是属于她的。

他们两个，是怎么样的一种相处方式？

玄墨想要招火凤前来，却发现根本招不动。

没有彩凰的引领，是招不了火凤的。

即使火凤已经认了他这个主人，可他应该是个"妻管严"，也是个惧内的啊。

鸟类如此，也难怪自己了是不是？

心中稍加安慰，玄墨苦笑一声让人准备千里快马。

"去把凌未然那小子给朕叫进宫来，这几天他真是太闲了。"上次郁馨公主的事情还没找他算账呢，真是太便宜他了。

大殿之内的人一走，一道黑影从房顶飘了下来："皇上……"

玄墨抬头，看了来人一眼："怎么，香玉，上次让你跟着晚月……哦，不，应该叫姜明了，不愿跟着他去边关，却要留在朕身边做暗卫，是不是后悔了？"

原来来人竟是金香玉。

"不，做暗卫挺好的。"金香玉眉都不挑一下，"今天属下来是有事情向皇上禀报。"

玄墨饶有兴趣地看着她："哦，说来听听。"

金香玉点点头，将一些事情娓娓道来。

玄墨皱了一下眉头："你没听错？"

"皇上是怀疑属下的记忆力？"

"自然不会，谁不知道你金香玉专有的本事就是过目不忘。"

金香玉敛眉，看着玄墨："那皇上打算怎么处理这事？"

玄墨沉吟了一下："此事朕会处理，你先退下吧，这几日朕要出行，你帮朕盯着点，只要不是什么大事，你可以只汇报不行动！"

"皇上说的大事是……"

"悦儿的性命！"

"属下明白了！"

玄墨看着金香玉离去的背影皱了一下眉头，这个金香玉，当年自己把她从死人堆里带出来就一直有些看不明白她究竟在想些什么。

就好像现在明明有光明正大的官职不要，非要留在他身边当个暗卫，实在是奇怪的选择。

【第十七章　誓旦旦天下为聘夺君心】

当然，他绝对相信金香玉对自己没有男女之情，他很确定。

没有时间多想，他知道金香玉首先是绝对不会背叛自己的，也不会算计自己，所以对于她，他还是很信任的。

将国事丢给凌未然，不顾他的哀号，只简单交代了几件要事便骑着千里马连夜出城。

他和小小自从双修以后，心意越来越相通，所以他几乎可以肯定小小一定是回点苍山了。

昼夜赶路，将原本六七天的路程硬生生给缩成了三天三夜，当玄墨到达点苍山脚下的时候，他才忽然明白天机老人当初让他练轻功的原因。

面对高耸入云的点苍山，玄墨认命地叹了口气。

天机老人当初给他那本轻功秘籍的时候，就告诉他其他的还算其次，轻功一定要练好，原来是用在这里的。

点苍山没有路……

准确地说，点苍山上没有普通人可以走的路。

它的四周都是悬崖峭壁，高耸入云。

除却上面偶尔凸出的一块块怪石，就是斜伸出悬崖的几株苍松。

从山脚往上仰望，几百丈高，也就只有那么屈指可数的几块石头而已。

至于再上面，被云雾袅绕，根本看不清楚上面是不是还有落脚点。

叹口气，玄墨拿出许久不曾用的铁索，开始往上攀登。

好在虽然轻功已经进步不少，但是这条从小跟随自己的铁链他却没舍得丢。

正因为想起天机老人当初的话，玄墨更加确定小小就一定在点苍山上。而且，由于双修的缘故，他们之间离得越近便越能感受到对方的气息。

往上蹿了几下，发现那些石块倒是距离正好，并不需要他用上手中的铁链，没想到自己的轻功，居然已经进步了这么多了。

好不容易穿过云雾层，眼看着已经看到了点苍山的山顶，忽地不远处传来一声戏谑的声音："大师兄，你说我们要不要让他去见小小呢？"

玄墨听得明白，是独孤谨的声音。

"小小愿意见就见！"后面传来的，是月希存的声音。

依然是那么温润却毫无感情，一句话连个起伏都没有。

"小小说暂时还不愿见！"独孤谨叹口气，"算了，还是我来做个坏人吧！"

听完这句，玄墨心中暗叫一声不好，却已经来不及了。

一道掌风扇过，他根本避无可避，结结实实挨了一下，整个人站立不稳往悬崖下掉落了下去。

正想着今生要命丧点苍山上了，却觉得背后似乎有了些支撑，仰脸一看却见是姬小小正飞身而下托住他，将他整个往上一提，几个起落已经到了独孤谨和月希存面前。

"三师兄，你太过分了，会玩出人命来的。"姬小小气呼呼地看着独孤谨，每次都喜欢玩，玩得还是非常过分。

她这次真的有些生气了，这一摔下去，玄墨可能真的没命了。

"不这么玩，你怎么肯出来见他呢？"独孤谨看看玄墨，上前拍拍他的肩，"小子，别太感激我，不过以后记得要对我小师妹更好！"

玄墨一头黑线，刚才自己差点命都没了，现在还要他感激"杀人凶手"？

不过他有另外一个惊喜的发现："小小，你的武功全恢复了？"

姬小小点点头："师父帮我调养了三天，已经全部恢复了，我们上去再说吧！"

老实说，本来见到玄墨她还是想躲一躲的，没想到独孤谨用这样的手段逼她出现，真是太可恶了。

到了山上，玄墨赶紧拉住她道："小小，你得赶快跟我回去。"

姬小小摇头："我还想多住几天呢。"

"悦儿中毒了，他还有四天的命。"

"什么？"姬小小睁大眼，"为什么会这样？"

"是有人下的毒，据说可能连你都无法解，可现在没有办法了。"玄墨想了想问道，"师父在吗，不知道可不可以请他老人家下山进宫一趟？"

"不用请了！"话音刚落，身后屋内走出一个白衣老头，手中提着个包袱，"我老头子跟你们走一趟吧，不过老实跟你说，你儿子中的那毒老头子我也未必能解。"

"什么？"玄墨惊诧地看着天机老人，"师父也未必能解，悦儿到底中的是什么奇毒？"

天机老人拍拍他的肩："以后你自然会知道的，说起来这因还是我种下的，总有一天我会把果给你看，不过却不是现在。"

天机老人的话听得玄墨和姬小小都是云里雾里的，却也知道他是不愿多谈了。

"放心吧，虽然不一定能治愈，不过保他活上十年八年肯定没有问题。"天机老人笑嘻嘻地看着两人，"到时候不用我出手，小小都应该把解药研制出来了。"

玄墨和小小听到这里，才转悲为喜，赶紧喜滋滋跟在天机老人身后下山了。

小小用彩凰招来火凤，这次下山可比上山容易多了。

"对了，我给火凤取了个名字。"姬小小才想起有这么件事来，"我在山上的时候天天和它们待在一起，闲得无聊想着阿彩有名字，火凤却没有，有些不搭配。"

"那它叫什么？"玄墨指指身下的坐骑，很想知道这几天不见，它的称呼变成什么了。

"小黑！"姬小小不假思索地就冒出两个字。

呃……

"为什么叫小黑？"

"因为它是你的坐骑啊，主人叫玄墨，我本来想叫他小墨，可是想想怕把你们搞错了，反正墨是黑色的嘛，就叫小黑了……"

玄墨无语地看着身下的火凤，它已经在翻白眼了。

199

也是，人家明明浑身火一样的红，为什么偏偏要叫小"黑"？

不同于来时的方式，因为有凤凰的相助，四个人到达大魏皇宫只用了一天的时间。

不错，是四个人。

玄墨，姬小小，天机老人，还有……一个不大受欢迎的跟屁虫——鲁国国君独孤谨陛下。

这位皇帝真的是闲得可以，都出来半个月了，从未想过要回去看看自己的国家是不是被人糟蹋了。

大家都是当皇帝的，怎么命就这么不同呢？

玄墨哀叹一声，虽然满心不爽却也无可奈何，谁让他是小小的师兄呢，若是别人估计早就被他赶出去了。

当姬小小走进瑾华宫的时候，明显感觉到萧琳用一种很特别的眼神看着她，大概有怀疑，有彷徨，有恐惧，有不解，即使是姬小小这样一贯能看透人心的女子，也无法一眼看穿她到底在想些什么。

"贵妃妹妹，可有办法救悦儿吗？"最后一丝眼神闪过，终究还是带上了希望。

"没有！"姬小小摇摇头，很老实地回答。

她给悦儿号了脉，师父没有说错，那毒确实神奇，就连她一贯对自己的医术很有信心也觉得束手无策。

"终究……还是没救吗？"萧琳跌坐在床沿边上，目光有些呆滞。

"我没办法，不过我师父说他有办法。"姬小小指指一旁的天机老人，"所以这回他跟着我一起来了。"

萧琳一下站了起来，刚才姬小小一进来的时候，她已经将所有的希望都投注在她身上了，所以并未注意有其他人。

"前辈，你救救悦儿，你一定要救救悦儿！"萧琳什么都顾不上了，走上前就给天机老人跪下了。

"哎呀呀，我老头子最怕这个了，别跪来跪去，我要是不给这小家伙看病跟着我家小徒弟到这皇宫里来做什么？"天机老人吹胡子瞪眼，"你再跪，我老人家可走了！"

萧琳赶紧站起来："前辈千万别走，萧琳不跪就是了。"

天机老人这才笑呵呵地坐到床边，为悦儿号了一下脉然后摇头叹息一声："唉，都怪我当年一时好玩……"

话说到一半，便没有再说下去了，他抬头看看周围的人道："先开个药方为他续命吧。"

"续命，只是续命吗？"萧琳有些急了，"前辈的意思是……"

"是，他的毒无法根治，我最多只能为他续上十年的命！"天机老人实言相告。

"十年……才十年！"萧琳喃喃自语，"那十年之后呢，十年之后他也才十五岁，不可以，他不可以这么早死的，他要活下去，他要长命百岁……"

"琳儿！"玄墨终于忍不住开口，"有十年时间呢，师父和小小终会有办法来治好悦儿的，朕也会发皇榜寻求可以救悦儿的方法。"

萧琳目光有些呆滞："是吗……呵呵……"

她笑起来，格外沧桑："终究，你们是不愿救我的悦儿是不是，是不是？！"

到最后的时候，她的声音已经变得歇斯底里，站起身仇恨地看着满屋子的人："你们都不愿意救我的悦儿，你们都想害死他，他死了，你们就得逞了，都得逞了！"

"琳儿！"玄墨压住她的肩，阻止她胡言乱语。

萧琳却忽地一愣，跑到姬小小面前，"扑通"一声就跪下了："贵妃妹妹，我求求你了，救救悦儿吧，他是无辜的，我什么都不要，我可以用我的命来换悦儿的命，我给你磕头了，我给你磕头，你放过他，他还只是个孩子，你有什么冲着我来就是了，皇后的位置我根本不在乎，我只要悦儿，只要悦儿……"

"够了！"玄墨终于受不了了，怒吼出声，"萧琳，朕实话告诉你，你根本没有资格当皇后，朕已经定下日子，三日后就是封后典礼，小小会成为大魏的皇后，你根本没有任何资格和她抢皇后之位，她又为什么要害你，害悦儿呢？！"

萧琳一愣，一下跪坐在地上："没有资格……没有……是啊，那为什么还要害悦儿，为什么？"她的语气带着乞求，看着姬小小，"我都没有资格跟你争了，你为什么还要害我的悦儿，求求你了，我什么都不要，你救救他，救救悦儿……"

姬小小一脸的无奈："我没有动机，自然那个下毒害悦儿的人就不是我，琳姐姐，你难道还不明白吗？"

玄墨一脸无奈地摇摇头，不再理会萧琳，看着天机老人道："师父，先给悦儿续命吧，我们还有十年时间，肯定能找出救悦儿的方法的。"

天机老人从怀里拿出一个瓷瓶："我早就算到有今天，药我已经准备好了，不多，一月一粒，活十年应该不成问题，到时候应该能研制出解药来了。"

很快有人递上水，给悦儿服下药，当众人都把注意力集中在他身上的时候，屋内忽地响起萧琳凄惨的笑声："哈哈哈……我不要我的悦儿成药罐子，我不要……"

"琳儿……"玄墨皱了一下眉头，"你再这样疯疯癫癫的，朕就不许你待在屋里陪悦儿了！"

若不是当年的事情有歉疚，换了别人他是不会这样一忍再忍的。

萧琳忽地收了笑意，忽然有些迷茫地看着姬小小，又叹息，又摇头："为什么不是你呢，为什么不是呢……你知道吗，我多希望下毒的那个人就是你……"

说完，她居然也不看床上的悦儿，直接冲出瑾华宫而去了。

"玄墨……"姬小小有些担心地看着萧琳离开的背影，她的情绪有很大问题，这样下去她很有可能会失心疯的。

玄墨深吸一口气："别担心，可能……她只是想通了一些事情。"

【第十七章 誓旦旦天下为聘夺君心】

萧琳已经完全相信不是小小给悦儿下的毒，所以她才更加彷徨了。

她完全找不到怀疑的人，也就是说，在十年之内她都有可能要过得惶惶不可终日，因为凶手查不出来，很有可能会再次对悦儿下毒手。

所以到了此刻，她倒反而希望那个凶手是小小了。

"放心吧，朕派人跟着她了，不会让她有事的。"玄墨见小小还是一脸担忧，赶紧搂了一下她的肩，表示安慰。

心中，却忍不住叹口气：萧琳，千万别让朕猜到了，你到底是失心疯跑出去，还是你去找另外的人去了？

朕虽然怜你为了儿子什么都愿意做，但只愿你别伤害了小小，不然不管你是谁，朕一样不会放过你。

"悦儿醒了，悦儿醒了……"一阵呼喊声，让玄墨和姬小小都迅速回神，也顾不上再管萧琳的事情，都往床头聚集而去了。

悦儿的眼神还有些迷茫，可能睡得太久，没什么力气。

"父皇……"良久，他才认出玄墨，然后看着姬小小，"母妃师父……"

玄墨一把抱住他："父皇母妃都在……"

然而下一句，悦儿却问道："父皇，母妃呢……"

他问的母妃，自然是萧琳。

玄墨和姬小小对视一眼，无言叹口气。

好不容易哄着悦儿再次休息下来，玄墨带着姬小小到了政和殿。

本来他是要让天机老人和独孤谨也一起来的，不过天机老人说他要再看看悦儿，又说对魏国的内政后宫斗争没有兴趣参与。

玄墨知道他是世外高人，估计已经猜出了些什么，所以不愿意参与。

独孤谨嘛，虽然他是鲁国国君，但是此事让他知道也无不可。

毕竟，关系到魏晋两国之间的事情，若是他能当个旁观者证人什么的其实是最好不过了。

政和殿内，玄墨屏退所有的人，金香玉便从窗户跃了进来。

独孤谨一见她，不由愣了愣："你不是宫女吗？"

"她现在是我的暗卫！"玄墨轻声解释，"做一些暗地里的事情。"

"哦！"哪朝哪代哪个皇帝手下没几个暗地里做事的人呢？不过就是称谓不一样而已，这一点独孤谨很能理解。

金香玉看到独孤谨也是吓了一跳："咦，你不是那个狐狸谨吗，你不是皇帝吗，怎么还没回国？"

这两人，一见面就没什么好话。

玄墨赶紧咳嗽两声："香玉，说正事！"

金香玉有些迟疑地看看姬小小和独孤谨："皇上打算告诉他们吗？"

"嗯！"玄墨毫不迟疑地点头。

金香玉还有些不放心："可小小她……可不擅长演戏。"

"此事朕要速战速决，否则恐怕会夜长梦多。"玄墨低了头想起那日的那个承诺。

"皇上怕淑妃娘娘来跟您要承诺吗？"金香玉一点都没给他面子，直接戳穿。

姬小小有些听不明白了："什么承诺？"

玄墨脸上有些挂不住，却还是对金香玉道："告诉她吧，朕不想再有任何事情瞒着她了。"

金香玉看到玄墨决绝的神情，知道劝也无用，便将自己知道的事情包括玄墨在什么情况下答应了周淑妃的条件，又将她那日在周淑妃主仆三人之后听到的那些话，一一都和姬小小说了。

她自然为玄墨说了不少好话，比如，他答应周淑妃时的无奈，还有当时情况的紧张。

但是姬小小似乎并没有认真听那些，只是回头看着玄墨，问道："你真的答应她了？"

"小小……"玄墨有些紧张，"当时我只是答应她会有孩子的，可没说孩子是谁的！"他当时也是留了个心眼，因为怀疑的种子已经在心中种下，自然不会让那个女人真的得逞。

"如果她不是下毒的凶手，那么你就必须给她一个孩子了是吗？"姬小小还是在问。

"这……"

"行了，我明白了。"姬小小坐在一旁不说话了。

玄墨有些急了："小小，你可是生气了？"

"没有。"姬小小摇摇头，"你现在打算怎么办？"

这样镇定的姬小小，让玄墨有些手足无措的感觉。

"事情都已经这样了，先看萧琳的态度，还有淑妃下一步会做什么。"玄墨想了想，还是说出了自己的打算，"毕竟解药在淑妃身上，我们得想办法把解药套出来。"

姬小小苦笑摇头："师父说了，这药其实根本就是他老人家有一次心血来潮研制出来的，这个世上根本没有解药。"

"你说什么？"玄墨一下站起身，"没有解药？"

"是啊，虽然师父不肯说为什么这药会到周淑妃手里，可是他既然说了没解药，就一定没有。"姬小小愁眉苦脸地摇头，"我想，淑妃那儿顶多也就只有续命七天的药。"

玄墨想了想，点点头："是，她给悦儿服用过。"

"既然如此，你现在有什么行动都没关系了。"姬小小脸色依然平静如水。

玄墨有些忧心忡忡地看着姬小小，她到底怎么了？

"朕自然是不会放过淑妃的，只是她毕竟是晋国公主，此事处理起来怕还有些麻烦。"玄墨叹息一声，魏国的事情他还可以一意孤行。可关系到两国邦交的事情，他实在是无法任性。

姬小小看着他，沉吟良久道："玄墨，我有话对你说。"

金香玉给独孤谨使个眼色，又转头对玄墨道："属下已经完成皇上所派的任务，属下先

【第十七章 誓旦旦天下为聘夺君心】

告退！"

玄墨点点头，表示同意，又看看独孤谨。

独孤谨大有看热闹的样子，金香玉忍不住一把拖住他："我国国君不比某些国家的国君清闲，每日有很多事情要忙的，狐狸公子就不要打扰他了。"

"是独孤公子……"独孤谨只想着和她争辩，连躲都忘记躲了，居然就这样被一个女人拉扯着出了政和殿。

看着那对欢喜冤家离开了，玄墨看着小小："有什么事要对我说吗？"

或者，这小丫头开始能考虑到自己的感受了，所以不当着别人的面发火而是要在人后？

没想到，姬小小却看着他，说的却是另外一件事情。

"玄墨，你知道我为什么离开皇宫的吗？"

玄墨一愣："你说你有些事情想不清楚。"

姬小小点点头："是，准确地说，我不开心，所以想师父，想点苍山了。"

"不开心？"玄墨看着她，有些了然，"是为了立后的事情吗？我已经决定了，再过三天就下旨，然后让人准备封后大典，那些老臣们反对也没用。放心吧，那些边关和咱们一起出生入死的兄弟都是站在你这边的，他们的抗议没有用。"

姬小小摇摇头："玄墨，我真不在乎那皇后之位，我只在乎你是不是完全属于我！"

"我知道，可是我想给你最好的。"

"玄墨，你不明白，我要的最好的，就是你，完整的你！"姬小小走到他面前，"你知道吗，前些天碰到大师兄，他告诉我，你是一国之君，你有很多为难的地方，让我要体谅你。"

玄墨拉起她的手："你已经做得很好了，后宫之中像你这样对权势如此不看重的女子，实在太少了。"

"于是我开始体谅你，为你着想，看到你娶郁馨公主，看到你被那些大臣为难，告诉你我不在乎后位。"姬小小似乎没听到他的话，继续往下说，"可是我越来越不开心，我一直认为夫妻是平等，特别是相爱的两个人，应该是平等的，不然为什么叫做'相'爱呢？"

"相互的爱，才叫相爱！"

玄墨有些激动："小小，你已经为我做得够多了，你可以做你自己。"

"是，我要做我自己。"姬小小很坚定地点头，"回点苍山这几天，我想通了很多事情。玄墨，我发现我爱上你以后，特别是听了大师兄的话以后，我开始不停地只知道为你着想，却没想过自己要什么。"

"我现在才发现，每个人的爱情相处模式都是不一样的，要自己去摸索，要两个人一起探求。"

"三师兄身边有很多女人，她们都卑微地乞求着三师兄的爱。可我不是那些女人，我不可能卑微地放低身段来乞求你的爱，你明白吗？"

玄墨握紧她的手："小小，我的爱已经给你了，你不需要乞求。"

"那又有什么用？"姬小小苦笑一声，"你的爱全给了我，却还是无法阻挡郁馨公主的进宫。也无法阻挡全朝文臣反对立我为后，更还要接受淑妃的威胁，给她一个孩子，甚至考虑到她是晋国公主，即使她毒害了你的儿子你也无法治她太重的罪！"

"我甚至，还要为你着想，为你考虑，安慰你……"

"玄墨，这样委曲求全的爱，这样卑微的爱，我宁可不要！"

"小小……"玄墨惊出一身冷汗，莫非小小是要放弃了吗，放弃他们之间这份难能可贵的感情？

姬小小和他双修，能很快感应到他的情绪，所以她赶紧安慰他，摇摇头："你别害怕，不是你想的那样。"

"那你……"

"师父曾经告诉过我，如果我无法拥有一样东西，那么，绝对不是别人的原因，一定是我自身的原因。是我不够强大，无法保护住那样东西，是有人比我更强大，所以他们抢走了我想要得到的东西。"

这理论，玄墨曾经听她说起好几次，每一次都觉得似是而非。

然而这一次，他忽然觉得，或者，一直以来，小小说的话，都是对的。

"小小，对不起，是我不够强，不够能力保护你。"玄墨眼神之中带着浓浓的内疚。

姬小小摇摇头："是我要完全拥有你，所以只有我变强，才能做到！"她的思维方式从来和别人不同，自有她自己的一套："玄墨，我要拥有你，就必须比你强大，总有一天我会倾尽天下所有来拥有你，不让别人从我手中分走你分毫！"

这般大气而霸道的话语，让玄墨在一瞬间愣了一愣。

这似乎，更像是一个男人对一个女人所下的承诺，而他们之间……好吧，再一次反了。

"那么，我帮你！"这句话出口的时候，连他自己都感觉到诧异，"夫妻之间，哪里有谁保护谁，谁拥有谁呢，如果一个人要去做一件事情，另外一个人就要学会帮助她。"

"我要这天下！"姬小小坚定地看着他，"只有帮你拥有了全天下，才不会有郁馨公主，才不会让你顾虑周淑妃，才能让你有更高的威信。而我，只有帮你打下了天下，在朝臣的心目之中，才会变得更加强大，强大到让他们畏惧。"

玄墨沉吟良久，终于，看着她缓缓地道："你若想要这天下，就去打，我助你，群臣若是反对，所有的压力我来扛。因为，我是你的男人，你的夫君，注定要永远站在你这边，为你扛起所有的一切。"

"但是现在……"说完豪言壮语，玄墨又想起现实的状况，"三大家族倒了，是收了不少财富，可之前魏楚之战损耗巨大，若是再打……"

姬小小笑道："我给你点苍山积累千年的财富，还有当年打败四国联军的精锐部队一支，你可放心了？"

玄墨一惊："你说什么？"

【第十七章 誓旦旦天下为聘夺君心】

"刚才我不说，只是想试试你的反应。"

"反应？"玄墨有些不解，"什么反应，我的反应你还满意吗？"

姬小小点点头："基本满意，所以我告诉你我手上握有的东西。"

"那么，若是我刚才的反应你不满意呢？"

"那么，这个天下，我依然会去争取。"姬小小看着他，小脸上依然都是笑意，"不过若是我真能打下这五分的天下，届时登上皇位的人就未必是你了。"

玄墨顿时出了一身冷汗，有些后怕地讪笑道："幸好，我是真的爱你。"

姬小小顿时瞪他一眼："三师兄可告诉我了，天天把爱挂在嘴上的男人不可信。"

"全天下他的话最不可信！"玄墨眯起眼睛，"不过嘛……既然他说嘴上说的不可信，那我做了，总该相信了吧？"

"什么？"姬小小还没反应过来，已经被玄墨一把抱住。小小反手反制住玄墨，两人相视一笑。

小别更胜新婚，闹别扭的两个人，在解决了心中那份郁结以后，配合，默契，也到达了前所未有的高度。

"你打算怎么处理周淑妃的事情？"良久良久以后，屋内传来女子低低的询问声。

"敢动我的女人我的儿子，自然要她付出应有的代价！"

"可是琳姐姐大概已经答应和她合作了吧？"

如果凶手不是姬小小，萧琳又不是傻子，多半能猜出到底谁是凶手吧？

金香玉说，她冲出瑾华宫直奔惠淑宫去了，这个女子是真正的单纯，比姬小小还单纯，后宫的生活真的不适合她。

"我就是不知道该如何处置萧琳。"算起来，她也顶多算是爱子心切吧？

"在她们合作之前，解决此事吧。"姬小小皱了一下眉头，"琳姐姐毕竟是悦儿的母亲，况且她根本就伤害不了我的。"

玄墨抱紧她："小小，有时候我觉得你太善良了。"

她的彪悍只是她的表面，事实上她到底有多美好，大概只有自己才是最了解的吧？

三日后，周淑妃给寿王下毒一案宣告查获，在她的宫内，没有找到毒药却找到了那专门给悦儿解毒的两粒药丸。

那也是毒药，只是可以给悦儿把毒性延长而已。

由世外高人天机老人作证，证据确凿，无从抵赖。

皇贵妃萧琳苦苦为其辩解，却在玄墨告知她周淑妃这儿根本没有给悦儿的解药的时候，整个人都陷入了一种癫狂的状态。

在她决定和周淑妃联手陷害姬小小之前，玄墨算是提前破获了此案。

周淑妃抬头看着他问他："皇上答应给臣妾一个孩子的，即使臣妾犯了罪皇上也应该实现承诺。"

玄墨笑了起来："你真的要朕实现诺言吗？"

周淑妃眯起眼睛，虽然她不认为玄墨能杀了她，毕竟她是晋国公主不是吗？

不过如果怀上龙嗣，日子肯定会好过很多。

"是，皇上是一国之君，应该言而有信！"

玄墨冷笑一声，挥挥手："来人，将周淑妃拖入天牢，永不得见阳光。"

"是！"如狼似虎的侍卫，一下冲上来将周淑妃拉了出去。

周淑妃直吓得面无血色，惨叫道："皇上，你不能这样对我，我是晋国公主，我父皇会为我报仇的，魏晋两国会陷入战乱，皇上……皇上你要三思啊……"

玄墨嘴角泛起一丝残忍的笑意："你说的，正是朕想要的！"

"皇上，左右丞相率文武百官在宫门外求皇上开恩赦免周淑妃，以免引起魏晋两国战乱！"就在此刻，景德安急急来报。

玄墨冷笑一声："来得好快啊。"

若说周淑妃在魏国朝中没有她的"自己人"，打死他也不可能相信！

"皇上，这……如何处理？"景德安小心翼翼地看着玄墨，最近他是越来越琢磨不透这位年轻天子的想法了。

"让他们跪着！"玄墨挥挥手，"天气挺好的，那些文臣也该锻炼锻炼身子骨了！"

呃……

有那么多时间写奏折管后宫的事情，还不如多让他们在宫门口跪着反省一下呢。

再看着已经停下脚步的侍卫，还有面露唏嘘的周淑妃，玄墨脸上的表情毅然决然："愣着干什么，还不快把人带走？"

他相信，不出五天晋国那边一定会得到消息，有所反应。

接下去，他要做的事情就是调兵遣将，至于宫门口那帮老臣，他实在是没有闲情逸致去和他们理论。

点苍山的人，早已经秘密潜入魏晋边境，蓄势待发。

魏晋南边境以玉泉山脉为界，北面则是绀青沙漠，那是很奇怪的地方，北方的沙漠本就少见。

南北之间是玉泉城，那是以地势险峻闻名的城池。全部是用大石块堆积的城墙，里面的房屋都不高，也都是以石头砌成，十分牢固，用来抵抗大约会持续整整半年的沙尘暴的袭击。

当地的居民喜欢戴面纱出门，原是为了抵挡扑面而来的沙尘暴，后来渐渐发展成一种风俗。即使在没有沙尘的好天气里，他们也会习惯性地戴上面纱。

出了玉泉城西南城门就是晋国的地界。

【第十七章 誓旦旦天下为聘夺君心】

晋国除却靠北有一小块沙漠之外，基本上都是以潮湿天气为主，所以国内多有蛇虫出没，甚至还有其他国家所没有的珍禽野兽。

当地百姓喜欢蓄养各种奇怪的动物，一来保护自己，二来，由于晋国天气的原因，这里的人寿命相对较短，人口也相对较少，所以他们需要这些动物的帮助，让它们成为耕田种地以及他们赖以为生的畜牧业的劳动帮手。

所谓的驭兽族，也就由此而来。

不过真正的驭兽族是不参与畜牧业的劳动的，他们只是专门负责训练一些珍禽野兽。

比如——蛊和毒，就是最喜欢训练的东西。

正因为如此，晋国虽然人口不多，军队人数自然也无法和其他三国相比，但是因为有自己训练出来的灵兽帮忙，其他三国也怵它三分，不敢太过轻举妄动。

这些资料有些是从近几年得到的情报上获得的，更多的却是小金说的。

姬小小让小金缠在自己手上，一边给玄墨翻译它所说的话。

周淑妃的事情，能如此快速地解决，而且能将她藏匿毒药的地点准确无误地找出来，小金可谓功不可没呢。

"没想到你还有这件法宝，居然没告诉我。"玄墨有些羡慕妒恨地看着姬小小手上的小金，那是属于他的手，这小蛇倒缠得真来劲。

"当初她们放在我的被窝里想吓唬我，结果不但让我和它成了朋友，还帮它解了病痛，算起来也是因祸得福。"姬小小摸摸小金的头，继续道，"对了，它说阿雅和阿铎是驭兽族人，擅长养毒物和蛊虫，不过周淑妃倒是真的很怕这些东西，算是晋国人中的另类吧。"

玄墨冷哼一声："幸好她怕，不然，怕是宫里会生出更多的祸端来。"

了解完晋国的事，姬小小有些忧心忡忡地看着玄墨："你打算怎么处理琳姐姐，任由她疯下去吗？"

"她疯了，说明她还懂得一些礼义廉耻。"玄墨叹口气，"她知道和周淑妃联手陷害你，无脸见你罢了，疯了也好，她的性子，若是疯了以后省得被人利用。"

"可是，人活在世上，谁也不想浑浑噩噩的。"姬小小持反对意见。

玄墨看她一眼："你不会是……想治好她吧？"

果然，对面的女子点了点头："我想，悦儿也不喜欢自己的母妃整天疯疯傻傻的。"

玄墨有些无奈地看着她："你已经决定了，是吗？"

姬小小再点点头："我要治好她。"

失心疯而已，对她来说不是什么难事。至于跟玄墨说，也不过就是告诉他自己的想法，而不是让他来替自己做决定。

她是独立的，不依附于任何人身上，所以可以独立做任何一个决定。

玄墨叹口气："既然如此，我除了支持，又还能做什么呢？"

姬小小在他唇上狠狠亲了一口："你还能做这个，奖励你的！"说完，她一手带着小金，一蹦一跳地跑了出去。

玄墨叹息一声，摇摇头。

由她去吧，她高兴就好。

萧琳若是清醒，恐怕会越发内疚，不知道之后又会有什么事情。

不过看姬小小对悦儿如此上心的态度，玄墨忽地想起来，或者他们也应该有个属于自己的孩子了呢。

上次小小说了，她很想要个孩子，既然如此他不如满足她这小小的愿望吧。

如今魏晋战争在即，有点苍山的千年财富和军队作为依靠，胜算极大。若是此刻贵妃有孕，到时候双喜临门，看那些老臣们还能说些什么反对的话出来。

小小一定会成为他的皇后，而且是唯一的那一个。

然后，晚上，姬小小那句话让他顿时有些后悔之前冲动答应这丫头平定天下的计划了。

"我要领兵出征！"姬小小看着他，坚定地回答。

"打仗的事情，让皇叔父子去好了，他们正闲着呢。"玄墨摇摇头，他才不想再次长时间让小小离开他身边呢。

"点苍山的人，师父交给我了，他们只听我调遣。"姬小小摇头，"而且，这次出征的很多都是从魏楚边境战场走过来的弟兄，特别是那些被整散的黑旗军，我想他们也愿意听我的。"

玄墨抱住她："可是这次不是魏楚之战，我们是冲着他们整个国家去的，一仗打下来至少一年半载，多则三五年，你要离开我这么久吗？"

"师父说，短暂的分别是为了将来长久的团聚。"姬小小看着他，"我也不想和你分开，可是师父这样说，一定有他的道理。"

玄墨有些无奈："看起来，师父都算好了。"

必须让小小出征了……

【第十七章 誓旦旦天下为聘夺君心】

第十八章　慌兮兮母子平安捷报传

果不其然，不出五日，晋国派了使者到玉泉城要与魏国面谈。

快马报到秦都的时候，玄墨冷笑一声："让他们来吧！"

其实这仗非打不可了，不过既然他们过来，也是好拖延时间，让他把布防做得更加稳固一些。

玉泉城到秦都，八百里军马大约是三日的路程，若照平常速度行走，十日也不算多。

晋国使者即使急，来回一趟也半个月过去了。

在此期间，别说调兵遣将，就连萧琳的病都治好了。

清醒之后的萧琳自然是十分后悔，只觉得无颜见姬小小，即使姬小小跟她说了无数次不介意，可她却依然总是心事重重的样子。

七日之后，晋国使者到了秦都，任谁也没想到的是，这次的使者居然是刚从点苍山回去的月希存。

玄墨和姬小小有些意外地看着月希存，他不是和周淑妃是对头吗，怎么肯为了她的事情亲自跑一趟魏国，向师妹和妹夫求情？

"周淑妃虽然十恶不赦，可顶多就是死罪，她一个女子，远嫁他国和亲，背井离乡，远离亲人已经很悲惨了，若是要惩罚，直接给她一个了断就是，何必苦苦折磨她？"月希存叹息一声，居然真就为周淑妃求情而来。

玄墨看着他，有些不服："她下毒毒害别人孩子的时候，可曾有一点点的不忍吗？"

"冤冤相报何时了。"月希存不赞同地摇头。

玄墨低头看向小小，小小看着自己二师兄："二师兄，你好像很少对一些事情上心，可是不愿意魏晋两国开战吗？"

月希存摇摇头："我自知魏晋两国迟早要打，卦象上早就说明。师父也说过，四国一统就在眼前。你也知道，在点苍山上，我们师兄妹几个对国家的概念早已很模糊，你若是要打晋国，我都可以帮你，我此次来真的纯粹只为周淑妃。"

"我想着，如果天下能一统，对黎民百姓来说也是好事一件。"月希存嘴角依然是那温柔却疏远的笑意，"毕竟千年以来，四国战事不断，四国一统以后战祸能少很多。"

既然人家已经表明态度了，玄墨觉得自己也不能太过固执。

毕竟，能从晋国的世家之中找一个同盟军，确实是难能可贵的事情，他不能在这个时候把关系搞僵。

再说了，月希存另外的那个身份，不还是小小的二师兄吗？

不看僧面也要看佛面不是？

"那以月兄的意思，朕该如何处理周淑妃？"玄墨想了想，既然月希存对魏晋之战并不存在不切实际的幻想，不如把主导权交给他就是了。

月希存道："自古以来，不外乎杀人偿命而已，既然她害人性命，便以命还之就是了。不过不管怎么样，她都是晋国公主，又是魏国帝妃，若是皇上能妥善处理她的后事，不也能博得一个贤君的美名吗？"

是啊，何苦为了一个女人坏了自己的名声呢？

何况，即使让那女人受苦，悦儿身上的毒依然无法根除，似乎只损人又不利己，这事怎么算都不划算。

"好，那就依月兄的意思做。"玄墨爽快地点点头，"朕会留她全尸，风光大葬，届时，朕会请慈云庵的师太们为她念经超度，但愿她来生能做个好人。"

"如此，希存多谢皇上！"月希存的脸上依然看不出是喜是悲，温柔疏远的笑意依然存在，却让人感觉并非是他内心的感受。

安顿好月希存，玄墨拉着姬小小到室内有些疑惑地道："你师父是不是早就算准了咱们会有这么一天，所以才让你三个师兄下山的？"

姬小小摇摇头："他没告诉我，不过师父他老人家神机妙算，算无遗漏，应该是这么回事。"

玄墨点点头："其他的我倒是没多大想法，你大师兄二师兄不过就是臣子身份，可你三师兄，难道也会帮你吗？他可是一国之君！"

"三师兄是没表态。"姬小小老老实实地回答，"不过他说，他是商人，当利益有大小的时候，他会选择比较大的利益。如果到时候我们真能打下晋国和楚国，到时候他再负隅顽抗都没用。"

"小小，我相信，我们会让你三师兄满意的。"玄墨笑起来，信心满满。

只要这小丫头在自己身边，他便觉得这是上苍对他最好的眷顾，无论做什么他都会觉得特别轻而易举。

男人的信心，原来是要来自于心爱的女人的。

周淑妃最终被赐了毒酒。

善毒之人，最后死于毒药，这感觉上更像是对她一生的讽刺。

慈云庵的师太们在宫里念了一天一夜的经，以示皇恩浩荡。月希存自然是葬礼的主持人，安排一些安葬事宜。

不过，因为毒害皇嗣，周淑妃自然是无缘进入魏国皇陵的，而是另外择了块地安葬了。

姬小小和玄墨意思意思也去参拜一下，毕竟死者为大嘛。

在慈云庵的师父们中间，她看到了一个熟悉的身影。

"海棠姑娘？"那个纤瘦的，穿着青色尼姑袍的小姑娘，不正是田海棠吗？

"施主，贫尼静慧！"田海棠抬眸，双手合十，面无表情地看着姬小小，眼中枯井无波。

姬小小看着她倒也没坚持，横竖不过是一个称呼罢了："静慧师太！"

打过招呼，便再没什么话题可聊。

"怎么，有些不忍心吗？"玄墨看着姬小小，搂一下她的肩。

姬小小摇头："总比死了强，人各有命。"

"田家倒了以后，她是命最好的那个了吧？"月希存不知道什么时候出现在他们两口子身后，不咸不淡，不冷不热地加了一句。

姬小小点点头："也可以这么说……咦，你还认识她？"

"怎么了，之前不是见过一面吗？"月希存好笑地看着自己的小师妹。

"没什么，只是好奇。"月希存虽然没有"人脸识别障碍"，不过由于基本上对谁都不漠不关心，即使认识那个人也不会就那个人多问一句，多评论一句什么。

现在，他居然对一个只见过一次面的小姑娘做出评论，实属难得了。

"算起来，她上次也为我解了围。"姬小小的心思经常完完整整地写在脸上，所以月希存忍不住解释了一句。

"回晋国以后，你打算怎么跟晋王交代？"玄墨有些担忧他，毕竟，作为使者他并没有完成晋王指派的任务。

"既然魏晋之战无可避免，我回去说些推脱之语，抹黑一下你这个大魏皇帝来为我开脱，又有何不可？"月希存依然是那般温柔的笑，看上去人畜无害一般，带着一种很无所谓的神采。

好吧，污蔑自己的妹夫，亏他想得出来。

玄墨忽然发现，小小的二师兄是个比独孤谨还要一肚子坏水的家伙，偏生他天天带着一副温柔的笑意，让人以为他是个好好先生。

最气人的是，姬小小很大方地拍着自己二师兄的肩，笑道："去吧，只要能为你脱罪，就算连我一起抹黑都无所谓，反正这仗注定是要打的。"

好，这傻丫头可真大方，把自己夫君卖了不说，连自己都打算搭进去。

玄墨赶紧搂着她肩，回头对月希存道："二师兄，你抹黑一个人就差不多了，没必要的人不要搭上。"

月希存这回难得嘴角笑意有些扩大："小师妹可是我在意的人，怎么可能牵连她？"

言下之意，你玄墨可不是我在意的人，你自求多福就是。

出得灵堂，周淑妃的事情总算告一个段落，沈幽婉也因为上次的事件被禁足在碧霄宫。至此宫中再无人敢动姬小小，而他们也终于可以有时间好好布置魏晋之战。

此刻的朝臣们暂时没有心思去讨论立后的事了，因为关于魏晋要发生战争的传闻，一阵接着一阵开始在朝臣们之间传开了。

晋国公主即使做错了事情，可玄墨对她的惩罚确实太过严厉，晋王也必须给晋国上下一个交代。

姬小小到瑾华宫跟悦儿告别，这次她学乖了，带着玄墨一起去。

毕竟，吃一堑长一智，害人之心不可有，防人之心不可无，想想这也是无奈之举。

"听说要打仗了？"萧琳小心翼翼地看着姬小小，自从上次那件事情以后，她变得越发胆小谨慎。

姬小小也不瞒她，反正也就是这两天的事情了，再过两天，估计自己也要奔赴前线去了。她要参与这场战事，只有参与了她的威信才会提高得足够快。

既然已经做了选择，她就不会向命运低头，她不是田海棠，不会安于命运，她要的是争取。这才是她姬小小，那个在爱上玄墨以后，变得有些卑微的小女子，已经一去不复返了。

"是啊，过些天我可能就要离开这里了，真有些舍不得悦儿，再回来也不知道是什么时候了。"她叹口气，难得有些感伤。

不是驱除强敌的入侵，是要夺取对方整个国家，这事恐怕没有一年半载，是无法实现的。

到时候，悦儿说不定，都已经成长为一个小小男子汉了。

"打仗的事情，我不太懂。"萧琳抿嘴笑笑，"不过如果你真的舍不得悦儿，就让悦儿跟着你，你来当悦儿的母妃吧。"

姬小小一愣："我已经是悦儿的母妃了啊。"

"不是，我不是这个意思。"萧琳看着姬小小，真诚地道，"我是想，让悦儿住到长乐宫去，过继给你，以后，悦儿就不属于我了，他只认你一个母妃。如果你出征了，就暂时把悦儿寄养在瑾华宫，等你回来了就让悦儿还是跟着你。"

姬小小和玄墨面面相觑，有些不明白萧琳的意思。

萧琳看着他们两个，叹道："悦儿中毒以后，我一直在反复思索这件事情，我发现我确实没有足够的能力去保护悦儿，而这后宫之中最有能力保护悦儿的那个人，是你，贵妃妹妹。我也知道，你爱悦儿的心甚至不亚于我这个当母亲的，所以我知道，你一定会竭尽全力保护悦儿的，是不是？"

姬小小大概听懂了她的意思，不由自主地点了点头。

"经过淑妃的事情，我发现我的懦弱无能，可能只会害了这孩子。虽然我并不希望他将

【第十八章 慌兮兮母子平安捷报传】

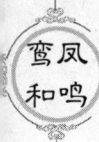

来能多么大富大贵，可我还是希望他能平安健康长大，这次我能受人利用，下一次可能还是会为他受人胁迫，我想我确实不适合再待在这皇宫之中了。"

姬小小皱眉："你要离开？"

萧琳点点头："等你出征，我就在瑾华宫设个佛堂，天天为你祈祷，帮你照顾悦儿，等你平安归来，就是我离开皇宫之日。"

说到这里，她转头看向玄墨："皇上，臣妾知道你爱贵妃妹妹的心已经无法再住进任何一个女子了。臣妾能为你生下悦儿，此生已经知足……届时，希望皇上能让臣妾离开，悦儿交给贵妃妹妹，臣妾很放心。"

玄墨皱了一下眉头，一下竟不知道该说什么好。

此刻，他除了点头，却没有什么再可以为她做的了。

"贵妃妹妹，皇上答应了，那以后你就是悦儿的生母了，我会教育他，让他孝顺你听你的话的。"萧琳一脸喜色地看着姬小小，"贵妃妹妹，你就认了他当你的儿子吧。"

姬小小看看玄墨，再看看怀里的悦儿，想了想，点了点头。

"悦儿，快跪下，给姬母妃磕头！"萧琳蹲下身子扶住悦儿的身子。

"为什么？"悦儿有些不大明白，好好的为什么要跪下磕头。

"悦儿，你记住，以后，姬母妃就是你唯一的母亲，你以后，要孝顺她，尊敬她，知道吗？"

悦儿皱起眉头，有些想不明白，为什么他的母亲可以换来换去，短短几个月竟能换了三个？

"看起来，他不是很明白。"姬小小摇摇头，"琳姐姐，你不要逼他了。"

萧琳想了想："好，先磕头，以后我会好好教他的。"

悦儿最终磕了个头，从此，他叫姬小小为"母妃"，而叫自己的生母则为"萧母妃"。

五日后，魏晋之战爆发。

由于玄墨早有准备，在点苍山奇兵的帮助之下，突然宣战的晋国没有得到任何好处。

战争，在玉泉城外相持起来。

魏晋之战爆发一日，由于阿彩和小黑的及时报信，姬小小整顿魏军踏上出征的路途。

姬小小坐在马上，手儿轻轻滑过小腹，那里已经孕育了她和玄墨的骨血。

是那日在政和殿的时候有的，一晃已经一个月了。她不敢告诉玄墨，怕他知道以后不许自己出征打仗。

其实，她是大夫，她知道该怎么做的，根本不需要那般紧张。

她相信，她的孩子会很乖。

因为，娘亲是为了和父亲的未来在做努力，而这个孩子也会跟着娘亲一起努力的吧？

孩子还太小，她现在尚未感觉到孩子和她的互动。不过，因为是玄墨的孩子，这个理由已经足够让她喜悦。

　　号出喜脉的时候，她甚至一遍又一遍地用各种方法来证实，生怕自己不小心号错了。

　　行医多年，她是第一次对自己的医术如此没有信心。

　　从秦都到玉泉，大军用了七日时间。

　　此次出征，金矛王爷依然为副帅，而江晚月因为镇守东北边境的关系，先锋官则成了凌未然。

　　好吧……

　　其实凌未然拒绝了很多次，以他的性格他才不会乖乖来当这个先锋官呢。

　　可是，谁让他们父子当初在郁馨公主的事情上对玄墨和姬小小都有亏欠呢？所以这回他们就算提着脑袋也得上不是？

　　玄墨让他们父子陪同姬小小出征，也正是利用了他们这种心理。

　　虽然他们的武功不如小小，可作战经验却是丰富的，只要他们肯真心地帮助小小，对这次战争的助益还是非常大的。

　　既然出征一事已经无法选择，那么，他就要选一种对于小小来说，最安全的方式。

　　有时候，他也恨自己为什么是个帝王，不然他便可以随心所欲陪在自己心爱的女子身边，也不需要她为了两人的未来去出征打仗。

　　那一刻，他忽然有些厌倦了自己的这个身份。

　　可如今，要放手，又谈何容易？

　　小小走后，他请了朝中几个德高望重的大臣，开始让悦儿上朝政有关的课程，以求早日能扛起朝政的重任。

　　虽然对于一个五岁的孩子来说，这有些枯燥乏味，可目前他还是储君的唯一人选。玄墨只希望自己的儿子不要让自己失望，可以早日肩负起国家的重任。

　　七日后的魏晋边境，姬小小和凌未然的先头部队会合。

　　有了之前魏楚之战的洗礼，姬小小对于打仗不能算驾轻就熟，也算是习以为常了。

　　行军布阵，她还是不大熟，不过有干爹和义兄的帮忙她其实就是个甩手掌柜。

　　基本上，她每天负责和点苍山的那支奇兵联络，另外就是去练兵场看看以前那些弟兄们。

　　将士们对她的敬畏还在，每次看到她，都格外热情。

　　而肚子里的小家伙已经在她体内生根发芽一个多月了，却并没有折腾她，似乎知道娘亲正为了一家人的未来在做努力。

　　当然，即使再忙，她也会记得开药给自己喝。

　　其他事情再重要，也没有肚子里那个小家伙重要不是？

　　她算过日子了，如今已经是四月，肚子再大起来，就是入秋时分了，到时候多穿点衣服

【第十八章　慌兮兮母子平安捷报传】

应该能遮掩住。

这仗估计没有一年半载是打不下来的，估计这孩子多半是要生在战场之上了。

大约十日前，晋国攻打玉泉城未果，此刻退了五十里扎营，正和玉泉的守军相持着。

"义父，晋军如今不主动攻打，我们可以打过去吗？"姬小小拿着"千里眼"看着晋军的布防。

关于行军打仗，在金矛王爷面前她只能算个刚刚入门的学生。

金矛王爷摇摇头："晋军那边状况不明，很奇怪的是派了两拨探子去，居然没有一个回来的，所以属下也不敢轻举妄动。"

战场之上无父女，有的只是上司和下属。

"这么奇怪？"姬小小皱皱眉头，"听说晋人擅长驭兽，而上次他们很明显没有出动驭兽族。我想，他们之后出征会用他们最擅长的东西。"

金矛王爷听这话，不由也皱了眉头："当年属下就是在这上面吃的亏，那腿上的毒正是拜他们所赐。"

晋人善毒，善蛊，会驭兽，确实是个不大好对付的国家。

"那当年你们是怎么和解的？"当初晋人能送周淑妃来和亲，肯定是吃了败仗。

没想到，金矛王爷摇摇头："之前属下是一直打胜仗的，弟兄们穿着特制的藤甲，动物的牙和爪都咬不进，所以他们也对我们无可奈何……之后，他们出动了一种奇怪的鸟，喙上有毒，竟能融化藤甲，那一仗损伤了我五万弟兄，连我都昏迷不省人事。"

姬小小挑眉，当年魏晋之战她听说过，却并没有详细去了解。

她清楚，玄墨派金矛王爷过来，也是因为十几年前那一仗他十分了解，对她有助益。

"之后呢？"姬小小听得兴起，很多东西她从当年宗卷上看到的，总是有限的。

"我昏迷约半月，刘鉴雄却带着弟兄们破了那怪鸟阵，据说歼鸟无数，返回的没有几只，这才让晋国投降了大魏，晋王不得已送女和亲。"

原来还有这么一段，当年的宗卷毕竟是近二十年前的事了，只是大概概括性地提了。只说金矛王爷当年一仗失利，刘鉴雄以副将身份毛遂自荐，朝廷当时也是无人可用，眼见晋人虎视眈眈，遂先帝便同意了刘鉴雄的自荐。

没想到刘鉴雄自此一战成名，为之后控制大魏的军权打下了坚实的基础。

"这样说起来，义父也不知道当年刘鉴雄是怎么打败那诡异的鸟儿的？"姬小小皱皱眉头，"当年不是他一个人打的仗吧，难道没有参与那场战事的将领？"

金矛王爷叹口气："当年所有参与那场战事的将领都被他收编到了黑旗军中，你知道黑旗军的人高傲，不屑与人交谈，所以当年的事情慢慢就无人知道真相了。现在，当年那些人若是没有当将领，或是战死，或是告老还乡了，要找一个特别知情的恐怕有些难。"

"这倒也是。"姬小小点点头，小兵一般都是跟着将领们冲锋陷阵，战事的布置大概只有几个高级将领知道。

"不过属下经过多日寻访，倒是找到了一个。"金矛王爷话锋一转，"元帅请跟属下去看看吧。"

姬小小差点翻个白眼，敢情说了这么多都是白说的啊。

来人叫王信，当年刘鉴雄身边的万夫长，后来编入黑旗军中，如今是右将军。

"当年的事情，你说给元帅听听吧。"金矛王爷看着王信，这个人当年也算是自己提拔的，不过刘鉴雄将他提拔得更快些，不过在他眼中自己的启蒙恩师还是金矛王爷。

而姬小小在听了他的描述之后，也终于明白义父为什么之前要跟自己说这么多"废话"。整件事情确实透着一股子诡异劲，没有金矛王爷所说的那些前提，整个事件还真有些串不起来。

原来当年金矛王爷兵败昏迷被抬回来的当天晚上，正好是王信带队巡逻值夜。

当晚，他看到有个黑衣道人匆匆走进当时还只是左将军的刘鉴雄营帐，他本想出声叫喊，不过想起刘鉴雄武艺高强，再加上跟自己关系十分不错，如果这么一喊难免会让人引起不好的联想。

于是，他当即决定只身前往看那个道士到底是什么人。

不过很奇怪的是，当他走到那营帐十尺左右的距离时，就感觉有一股强大的阻力不让他靠近，努力了很久他竟然晕了过去。

等他醒来，已经是翌日一早。

最令人匪夷所思的是，他想起在金矛王爷出兵打仗的前一天晚上似乎也看到过一个黑影到了刘鉴雄的营帐之中，不过当时他以为自己眼花。

事后想起来，自己的眼神一向都是很好的，身体也一向很好，不可能出现幻觉什么的。

他也不能肯定这两个黑影是同一个人的，但是自从黑影和黑衣道士出现过的第二天就发生了很重要的事情。

据后来刘鉴雄说，那鸟是晋国特产的一种鸟类，叫做鸢鸟，是晋国皇宫内吉祥的象征。

但此鸟经过训练以后异常凶狠，口中能喷射出一种唾液，可以腐蚀世上任何东西，包括魏军身上穿的藤甲。

当天金矛王爷损兵折将归来，自己也昏迷了半月之久。

而在王信第二次见到黑衣道士之后的两天，刘鉴雄忽然直接上疏给朝廷，说自己有破鸢鸟阵的方法，并立下军令状以脑袋做担保。

在朝廷束手无策的情况下，又有人这样肯定做担保，若是不同意那就是傻子了。

所以朝廷当即指定刘鉴雄为代元帅，统领魏军。

说也奇怪，刘鉴雄带兵出征，那些鸢鸟忽然漫天乱飞，似乎很怕他。等士兵们靠近，甚至任打任杀，一点反抗能力都没有，一时间几乎将所有鸢鸟都杀尽了，只留下几只飞回晋国。

至此，晋国再没有什么士兵和野兽可派遣，只留下投降求和一条道路。

【第十八章 慌兮兮母子平安捷报传】

姬小小听得皱起了眉头:"你们就被刘鉴雄直接带着去打仗,还是准备了什么东西才让那些鸢鸟不敢接近?"

王信想了想:"这倒是没有,不过很奇怪,出征之前刘鉴雄将我们的武器都收了上去,直到出征前一刻才还给我们。"

姬小小点点头:"这就是了,他肯定在你们的兵器上面动了手脚。"

"怎么说?"金矛王爷眼前一亮,他们父女两个可是想到一起去了,不过他也想不明白,那兵器之上能动什么手脚?

姬小小笑道:"我和动物为友多年,它们说的话我都能听懂。自然界中,所有物种都是相生相克的,就好像毒蛇出没的附近,一般都会有解毒的草药,而这世上最凶猛的动物也会有自己惧怕的某种东西。"

"没错。"姬小小很坚定地道,"不过义父,刘鉴雄对动物有研究吗?"

"没有,属下认识他多年,有一日走在街上,一只黑狗窜过来,他气得一脚将它踢死了。"金矛王爷回忆当年的事情,当时他年轻气盛,整天研究兵法阵法武功,不可能还有时间去研究那些灵兽。"

姬小小点点头:"那看起来,还是和那个黑衣道士有关系。"

脑海之中,忽地闪过一个人影,那张长得几乎和师父一模一样却比师父年轻上几十岁的脸,渐渐浮现出来。

可那个人不是在楚国吗?

怎么二十年前,在魏国也出现过吗?

"对了,那日你可看清楚那道士的脸,大概几岁?"姬小小想了想,越想越觉得可疑,赶紧向王信问清楚。

"脸嘛……没有看得太清楚,只看到了个侧脸,应该是五十上下。"王信想了想也不是很肯定地回答。

二十年前,已经五十了?

姬小小对自己刚刚闪过的想法起疑,莫非有两个黑衣人在左右这片大陆上面几个国家之间的关系吗?

"你想到了什么?"看着她若有所思的脸色,金矛王爷赶紧相问。

姬小小摇摇头:"暂时还没有。"

师父说会过来陪她一起打这场仗的,可大军进驻玉泉已经快十日了,那白衣小老头连个人影都没看到。

一般的珍禽野兽她倒是不怕的,毕竟阿彩和小黑是灵兽之中的极品,有它们在,这世间的动物都要退避三舍。

当年那些鸢鸟,虽然只剩下没有几只,想必经过二十年繁衍已经又成群了吧?

不知道它们面对凤凰鸟到底是什么态度。

想到这里，姬小小看着金矛王爷道："义父，今晚我想亲自去一趟晋营，夜探敌营。"

"不行！"说这话的不是金矛王爷，却是刚刚走上城楼的凌未然，"你可是贵妃娘娘，你要是出了事，我和父王怎么跟皇上交代？"

姬小小笑道："没事，我自有分寸，一来，我懂得兽语，可以和那些珍禽野兽交谈，二来，我不是有阿彩和小黑在身边吗？它们是灵鸟，世上千千万万的野兽都得听它们的，真的不行，它们的飞行速度可是一流的，这世上除非是和它们相等的灵兽，否则是不可能追上的。"

凌未然看看自己的父王，又看看一旁的王信，一时间，确实是找不到合适的理由来反对。

"不如这样，我借你的凤凰用用，我亲自去一趟如何？"凌未然最终想到了另外一个方法。

姬小小摇头："灵鸟识人，我在还好，我若不在，你休想驾驭得了它们。放心吧，我看这整个军营之中，也只有我最适合去一趟了。"

"你可以跟上回一样让阿彩去，让它画出来给你看。"金矛王爷也想阻拦。

"不行，上次对方布的是阵，阿彩又只会画一些简单的画，要摆出来自然不难，可这次不同，这次知道对方怎么安营扎寨的，根本没有用。"姬小小还是摇头，"我想知道为什么我们的探子一去不回，阿彩恐怕未必能搞得清楚。"

凌未然咬咬牙："那这样，我陪你一起去，你负责控制两只灵鸟，探查的事情我来做，一有什么不对劲，你先走别管我。"

姬小小看他一眼，知道若是不同意，这些人是绝对不会让她去的。

想了想，她还是点点头："好，我带你去，但是要一起回来。"

夜，是这个世上最好的保护。

彩凰和火凤，或者说阿彩和小黑，在夜色下将自己绚丽的羽毛收起，幻化成了黑色，融入茫茫夜色之中，几乎看不见。

"没想到，它们还有这个本事。"凌未然有些兴奋地看着传说中的神鸟。

魏楚战场上，他无缘亲眼看到凤凰浴火的场景是他一生的遗憾。

"它们到底还有多少本事，连我都不知道呢，不过每一次都能给我意想不到的惊喜。"姬小小笑起来，摸摸阿彩的头，上了它的背："你也上去吧，小黑今天可是名副其实的小黑了。"

那一头，火凤再次翻了个白眼，那不过是它的保护色好不好，它的本色又不是黑色的，为什么要叫它小黑嘛……

"抗议无效，你就叫小黑。"姬小小冲着火凤露出得意的笑容。

没办法，这种灵兽最是认主，一旦认准了主人，别说叫它"小黑"了，就算叫阿猫阿狗它也只能自认倒霉。

夜色之中，姬小小和凌未然一身黑衣上了凤凰的背。

两只神鸟，翅膀一挥，同风而起，扶摇直上，直入夜空之中。

【第十八章 慌兮兮母子平安捷报传】

"哇，太厉害了，我要是也有这样的坐骑就好了。"凌未然兴奋地在空中大叫，左看右看，虽然夜色之中没什么好景色，可能飞这么高已经足够让他激动。

"别乱动，小心摔下去。"姬小小翻个白眼。

乱叫了一阵，新鲜劲还没过的凌未然看看已经快到晋军军营，才乖乖闭了嘴。

他的内力不如姬小小，不过练武之人黑夜中视物比常人却要强得多。

"看起来我们骑着神鸟就是好，从空中过，他们就算布防再严密也没想过要空中布防吧？"凌未然坐在神鸟之上，自觉都高人一等了，扬扬得意地俯瞰下方。

这时候，姬小小身下的阿彩，喉咙之中忽然发出奇怪的"咕咕"声，听得小小神色一变，赶紧提起一股内力，用"传音入密"的方法，将声音聚成一股线，传到凌未然耳中："快抱住小黑的脖子！"

"啊？"凌未然还没反应过来，只觉得身下火凤的身子一抖，让他不由自主往前一倾，下意识地就抱住了它的脖子。

还来不及做出什么反应来，又觉得一阵天旋地转，整个人在空中颠来倒去转了好几个圈以后才听到姬小小在那边叹息一声："幸好幸好……"

"幸好……哇……""什么"二字还没从凌未然口中说出来，就听得"哇"一声，胃中酸水翻腾，一下子把吃的晚饭全都吐了出来。

火凤嫌恶地侧了一下身，那些污秽之物，一点没沾到它身上，而是从空中直接"降落"到地上去了。

此刻他们离地面已经不远，只听得晋军之中有人传来声音："咦，怎么好好的下雨了？"

"这雨怎么有股酸臭味啊？"

"不会是空中那两只鸟的鸟屎吧？"

"嘘……那可是咱们晋国的吉祥物风灵鸟，别这样说，它会生气的。"

"再吉祥也不过是两只鸟而已，怕什么。"

"前些天魏国派来两拨探子可都是风灵鸟发现的，咱们军营之中，你的地位都比不上它们呢，快别说了。"

……

火凤背上，吐得干干净净，脑子也清醒过来的凌未然，后知后觉地到处看："风灵鸟，哪里有，哪里有？"

姬小小翻个白眼，想她一个孕妇还没吐呢，那边那个大男人却吐得比她还像孕妇，不由指指两只神鸟的前方。

凌未然循着她指的方向看过去。

却见彩凤和火凤嘴里各咬着两只白色的鸟儿，那鸟很奇怪，脖子格外长，带着青绿紫三种颜色。喙不是和其他鸟类一样却跟蛇一样，吐着信子。

此刻，被两只神鸟正好叼住，它们长着嘴似乎叫不出声来。

"这是……那个风灵鸟？"蛇头，蛇脖子，白鸽一样的身子，简直就是鸟类中的畸形。

"其实也叫蛇形鸟。"姬小小解释，"只有晋国有，其他地方看不到，它是蛇头鸟身，而它的要害也和蛇一样，在脖子上七寸的地方，因为飞行的时候做旋转型，好像被风吹得找不到方向一样，所以又叫风灵鸟。"

凌未然反应过来："所以，现在它们是被咬住了七寸？"

"是的！"姬小小点点头，"这种鸟通灵性的，若是有人饲养，经过训练日夜都可以视物，对外人的侵入格外敏感，为人类侦察消息是最合适的。"

"现在怎么办？"对于动物，凌未然真的只是门外汉。

姬小小从身上拿出两根红色的丝线递给凌未然："照我方法做。"

说着，她低下头绕着风灵鸟被叼住的脖子上紧紧地一圈一圈绕起来。阿彩慢慢松了口，等她完全绑好了以后，阿彩完全松了口。

凌未然也依样画葫芦，然后跟着她一起，将风灵鸟提了起来："就这样？"

"嗯，这样就行了！"姬小小一松手，风灵鸟居然飞走了。

"这样它会去报信的。"凌未然有些着急。

"不会。"姬小小笑起来，"你没发现吗，它是没有脚的。"

"啊？"凌未然这才发现，这奇怪的鸟儿居然真的是没有脚的。

"这种鸟会飞一辈子，直到死亡那一刻才会下地。"姬小小抿一下嘴，"若是想要当它的主人，就必须造一个可以让它停驻的地方，一般是用木箱装沙子做成的。不过它要停下来的时候，必须鸣叫来提醒它的主人，它的主人才会将箱子拿出来，不然，贸然拿出来会被其他风灵鸟占用，那么，训练好的那只就永远都不会回来了。"

凌未然了然地点点头："刚才，你是封了它的声音？"

"嗯，七寸，也正好是它发声的地方，我用天蚕丝缠住它的喉咙，以后它再也发不了声了。"说着，她顺手接过凌未然手中的风灵鸟，用特殊手法打了个结，"这是点苍山上独门打结手法，除我之外世上没有人能解开。"

说着，手一松，第二只风灵鸟也飞走了。

凌未然只看得目瞪口呆，最后只叹息一声："接下来，我们要更加小心了。"

原来这个世上不光他们会用动物，晋国人使用动物来帮自己的能力格外强大。

幸好他同意姬小小跟着一起来，要不然他若是一个人来了，应该会和那之前两拨探子的下场一样。

"先找个合适的地方降落。"姬小小点点头，黑夜之中依稀可以看到晋营之中有几列队伍在巡逻。

在离晋营不远的阴影处，姬小小和凌未然翻身落了地。

凤凰飞舞的风力太大，不敢直接停下，只能让他们在高处自行落下以免引起晋军的注意。

两个人静悄悄地靠近晋营。

这晋营周围也很奇怪，没有士兵巡逻，只有在军营帐内有三三两两的巡逻兵行走。

姬小小吸了吸鼻子，拉住凌未然："好像有点不太对劲。"

"我也觉得。"凌未然点点头，这次他可不敢掉以轻心了，自然也发现情况有些奇怪。为什么偌大一个军营外面居然没有人守卫？

"好像他们并不怕有人闯进去。"即使有风灵鸟报信，防备也不可能这样松懈吧？

姬小小皱起眉头，将食指放到唇边"嘘"了一声："你听，那是什么声音？"

凌未然竖起耳朵，摇摇头："什么声音都没有啊。"

"呲呲……呲呲……"姬小小口中忽然发出奇怪的声音，然后她对凌未然道："大哥，是蛇，这晋营居然是用蛇来守卫的。"

"蛇？"凌未然皱了一下眉头，早知道晋人善毒会驭兽，没想到居然连巡逻兵都省了，"直接杀了它，我们再进去吧。"

姬小小瞪他一眼："几千条蛇，你说杀就杀吗？"

"啊？"凌未然睁大眼，他还以为和风灵鸟一样不过一两条蛇用来报信用的呢。

敢情晋军是真的将这些兽类当士兵来用了。

"先不要动，蛇是看不见的，它们根据地表震动来判断有没有人入侵。"姬小小站在原地不动，听她这么一说，凌未然也不敢动了。

"现在要怎么办？"即使熟读兵书，凌未然此刻也是束手无策。

"先找蛇王。"姬小小抿一下唇，"这么多蛇，一定有条领头蛇，只要控制了它，其他的蛇就不会伤害我们了。"

说完，姬小小让凌未然留在原地，自己则往旁边走了几步。

蛇类对震感的灵敏度是很高的，特别是这些都是经过特殊训练的蛇，即使你轻功再高，依然免不了会引起地面轻微的震动。

很快，凌未然发现前方出现了很恐怖的场景。

成千上万条蛇，各种种类，各种大小，各种形状，开始朝着姬小小方向慢慢涌动而来。

好似五颜六色的潮水，纠缠着，蠕动着，往前爬行。

姬小小手中不知道什么时候出现了一条金色的眼镜蛇，吐着蛇信子，在黑夜中倒是比那群蛇要可爱上几分。

很快，她摸摸那条蛇的头，那眼镜蛇似乎听得懂一般，点点头，从她手中滑落往那群蛇快速蠕动而去。

眼镜蛇到了群蛇面前，昂首跳了几下，那群蛇忽然停了下来不再前进。

不知道过了多久，黑暗之中，一条黑色带着金鳞的蟒蛇冲到了前方。它看着金色眼镜蛇，两条蛇交颈缠绵似乎在交谈着什么。

姬小小的脸上渐渐有了笑容。

蛇王，她找到了。

幸好这次她带着小金一起来了，本来只是听说小金的家乡在晋国，所以想带它"回家"看看。

没想到，误打误撞，小金和那群蛇好像很熟。

也是，阿雅和阿铎原本是驭兽族中人，阿雅属于毒族，阿铎则属于蛊族。

驭兽族说白了就是为晋国皇室服务的，毒蛊族经常一起训练，所以那些同类的动物们相互也应该是很熟悉的。

小金出去没多久，很快带着那条黑色蟒蛇，或者说是蛇王到了姬小小身前。

那群蛇，却是在原地并没有再行动，似乎只是在等待一个命令。

姬小小看着那蛇王，口中发出"呲呲"的声音，两人似乎在激烈地交谈。

没有几个来回，姬小小手中忽地撒出一片白色粉末，那蛇王有些猝不及防，那些白色粉末已经渗入它的鳞片之中。

随即，姬小小快速伸手，抓住它的七寸，笑道："让它们让开道！"

兵不厌诈，是玄墨告诉她的。

那蛇王被控，身后的群蛇顿时不敢有所动作。

很快，蛇王屈服了，转头冲着身后的群蛇吐吐蛇信子，那群蛇立刻让开了一条小道。

"凌大哥，我们走吧。"姬小小一马当先，抓着蛇王一步步朝着那小道而去。

凌未然虽然胆子不小，可任谁看到几千条蛇出现在自己面前都会忍不住有些发怵。

"真的可以走？"他只觉得头皮有些发麻。

"跟在我身后就行。"姬小小看着他，顿时有些明白过来，"要是怕，你骑着小黑先走，它认识你了，送你回去应该问题不大。"

"谁说我怕了？"凌未然硬着头皮迈出一步，然后又是数步才到了姬小小身后，自此小心翼翼，贴紧了姬小小身后不敢分开超过一步。

不知道走了多久，凌未然只觉得将一辈子的路都走尽了才终于走出了那条小道，到了晋营入口。

再感觉一下身后，已经是冷汗涔涔。

姬小小将蛇王放下，再摸摸它的头："谢谢你，等我出来，我会帮你解掉身上的药粉，现在别想轻举妄动。"

那蛇王听懂了，耷拉着脑袋慢慢爬回蛇群之中。

"你对它做了什么？"出了蛇群，凌未然神志有些恢复过来了。

"先进去再跟你说。"姬小小拉着凌未然往里走，军营之中有股奇怪的味道传入二人鼻子中。

凌未然捂住鼻子："怎么这么臭？"

姬小小也皱了一下眉头："好像是动物的粪便。"

"什么动物能拉这么臭的屎？"凌未然一脸的嫌恶。

"什么动物都有。"姬小小吸了一口气，胃里也难免有些翻腾，"我也分辨不出来，都混杂在一起了。"

两人不再说话，只听得四周倒是安静，不过偶尔会有野兽的嗷叫传入耳际，在这黑夜之中显得有些凄厉恐怖。

"是狼。"姬小小听出了声音，"我们去看看。"

躲过并不怎么用心的巡逻兵，姬小小二人很快找到了狼群所在。

这里的军营后面是山，依山而建，利用山洞只造了个铁栏门，就将狼群关在这里。

旁边的还有老虎，狮子，犀牛，大象等各种猛兽。

"这仗还怎么打？"凌未然摸摸自己的头，"马儿一见到这些东西估计就该受惊了，而将士们根本不是它们的对手。"

姬小小点点头："幸好没有轻易出兵，不然吃亏的会是我们。不过我看这些动物应该是这几天才到的，不然晋军早就对着我们第二次开打了。"

凌未然深有同感："没错，之前他们攻打玉泉的时候好像只有大象，后来还是被你带来的那支神秘军队给打退了。至于其他的骑兵和步兵根本不是我们的对手。"

正说着，却听得耳边传来动静，两人赶紧躲进黑影之中，却看到两个小兵走过来，听声音竟然是两个女人。

"是女人？"凌未然皱皱眉头，一般军营之中出现的女人无外乎就是军妓，可她们明明穿着士兵服装。

"驭兽族中，应该很多女人的，阿雅阿铎就是。"姬小小倒是觉得很正常。

两人不再说话，只听得那两个女人交谈道："国师也是的，表面上被皇上派来当监军，却什么权力都不给他。我看啊是他没保护好元媛公主，所以皇上故意惩罚他的。"

"那也不用把他关在鸟笼里吧。"

"你懂什么，国师武艺高强，一般地方根本关不住他……"

两个女子越行越远，姬小小的脸色却变了变，赶紧冲着凌未然一挥手："我们跟上去。"

"怎么了？"凌未然一时没反应过来。

"他们说的那个人是不是我二师兄？"

凌未然回忆了一下刚才那两个女子的对话："国师……对，你二师兄是晋国国师，这么说，他被关起来了？"

"赶紧去看看。"姬小小一边说着，一边已经跟着那两个女子上前去了。

凌未然看看天色："得快些了，已经过了子时了。"

两人紧紧跟在那两名女子后面，好在那两名女子武功好像并不高，走了很长的路也没发现后面有人跟随。

走过饲养各种猛兽的山洞，最后一个看似没有路的尽头是一个独立的山洞。这山洞入口格外小，不知道的会忽略掉这个山洞的所在。

跟着两个女子走倒是省了不少寻找的功夫。

到了洞内，旁边只有昏暗的几处石壁上点着油灯，光线不是很好，不过对于学武的姬小小和凌未然来说已经足够他们看清楚周围的景物。

走不多远，只见前头那两个女子抬头看向某处。

姬小小和凌未然也顺着她们的目光看去，却看到一处金灿灿的鸟笼挂在山洞顶上。

鸟笼极大，金色的栅栏做得十分密集，每一根不过相隔两三指的距离，让人看不清楚里面到底是什么。

不过可以看到里面应该是个人，穿着月白色的衣衫，仿佛打坐一般一动不动。

"是你二师兄吗？"凌未然看不太切。

姬小小极目望去，摇摇头："栅栏太密了，看不清楚，不过我有强烈的感觉，是他。"

"那还等什么，快去救他。"凌未然看上去比她还着急。

姬小小点点头，单手往前一指，"嗖嗖"两声，前方两个女子便倒了地。

"这是什么，隔空点穴？"凌未然目瞪口呆。

姬小小没回答，表示默认，然后抬头看看顶上就要上去。

凌未然赶紧拉住她："小心有机关。"

说着，从地上捡起一块石头，朝那鸟笼砸了过去。

石块碰到金属发出清脆的声音，却没有任何异样发生。

"是……小小？"笼子里的人终于发出了声音。

没错，正是月希存。

"二师兄，真的是你？"姬小小对着上面叫，"你怎么被关起来了？"

笼子里传来月希存的叹息："你别管了，赶紧走吧，这里的事情师兄自己会处理的。"

"不行，你又不是鸟，他们怎么可以把你关在这里？"姬小小皱眉。

月希存笑起来："小小，你小看你二师兄了，如果我想走，你以为这小小的鸟笼子真能拦得住我？"

姬小小仰头看看那鸟笼，倒是郑重其事地点点头："玄铁的都拦不住你，更何况是铜做的。

"所以说，二师兄现在没危险，只是不能跟你走。"

"为什么？"

"你忘记了吗，我是晋国世家子弟，我的家人都还在晋国，我若是走了遭殃的便是他们了。"

姬小小点点头，想想若是师父师兄被人挟持她也会妥协，不敢轻举妄动的吧？

"二师兄，有办法救出你的家人吗？"姬小小想了想，确实应该先解决这个问题。

月希存在里面沉默了半晌，只听得里面传来"咯咯"的声音，没多久，那鸟笼子居然开了一个小门，里面那个月白色衣衫的男子不是月希存是谁？

"二师兄？"姬小小好奇地看着他，他不是说不走吗？

第十八章　慌兮兮母子平安捷报传

月希存跳到地上看着姬小小:"你忘记了,当初你的弓箭还是我做的呢,这些简单的机关,根本难不倒我。"

"二师兄,难道你改变主意了?"姬小小看看月希存,拉着他的手有些兴奋。

月希存看着地上那两个女兵:"我想了想,都这样了,他们必定知道有人来找过我,我的家人恐怕还是会受磨难的,所以我决定了……"

"决定什么?"

"我要亲自回一趟京都,把我的家人救出来。"

姬小小和凌未然对视一眼有些担忧:"这么多人,你一个人怎么救?"

既然是一国的世家,自然是有很多人口的。

月希存摇摇头,嘴角依然是温柔的笑意:"我只想救两个人而已,其他人的死活与我无干!"

那样温柔的笑意,缓缓吐出冷酷的话语,在这个时刻居然看上去格外和谐。

凌未然打了个冷颤,这都四月底了,怎么还是这么冷?

"好,我在玉泉城等你,说不定等你救了人回来,我们已经打过玉泉山脉了。"姬小小豪情万丈地拍拍胸脯,仿佛她说的那件事情已经发生了一般。

"别高兴太早,人虽然聪明,可从体力上讲却不是虎狼的对手。"月希存摸摸她的头,三人走出晋营,一路上月希存将晋营之中的动物一一讲解给两人听,只听得凌未然睁大眼睛,一脸的惊异。

到了晋营出口,月希存从腰间拿出一根笛子吹了起来。

空中出现一只白鹤,停在空中仿佛等待着什么。

"小白……"姬小小很开心地跟那白鹤打招呼,看起来认识许久了。

月希存足尖一点,未见蹲身起立,整个人御风飞起稳稳地坐到了白鹤背上。

白鹤飞走,凌未然无限羡慕地盯着空中消失的身影,问道:"你们师兄妹,都有这种神奇的坐骑吗?"

"因为二师兄是晋国人,才会有这种坐骑的,这是他们家族从小训练的,世家嫡亲的子弟都会有。"姬小小撇撇嘴,当年她也很羡慕二师兄能有这样的坐骑呢。

还好,现在她有阿彩了。

"我们也该走了。"姬小小招来凤凰和凌未然分别坐上去。

"对了,你好像没给蛇王解药。"凌未然和她爬上凤凰的背,才看到晋营下方蛇群正在蛇王的带领下,冲着他们发出"呲呲"的声音。

姬小小从怀里拿出一个瓷瓶,从里面倒出一滴汁液滴了下去,正好落在蛇王身上,然后看着凌未然道:"好了,走吧。"

一切都发生得无声无息,除却月希存用内力传送出去的笛声被凝聚成一条线直穿到夜空之中并没有引起晋营士兵的注意外,其他的确实一点声音都没有。

夜空很快就真的空了，仿佛这一晚的精彩从来没有发生过。

天色微明，凌未然兄妹二人才回到玉泉城，一脸焦急的金矛王爷看上去等了一个晚上没睡。

"我看他们的那些珍禽猛兽都不是阿彩和小黑的对手，三日之后可以开战了。"详细说了夜探的情况，姬小小得出这样的结论。

凌未然也点点头："上次魏楚战场之上，凤凰能招来万兽，这次我们也可以试试，那些都是平常的动物，跟神鸟无法比。"

"不过凤凰浴火，天地之间无数生灵都会前来朝贺，这和让它们召集别的动物有些区别。"姬小小点点头，"我得跟阿彩小黑商量一下。"

自玉泉城往晋国打，第一个要拿下的就是嘉南城，嘉南城西北便是绀青沙漠，西南则是玉泉山脉，玉泉山脉极长，正好是阻隔开晋国和魏国的国界。

若是要再往里打，必须穿过绀青沙漠或者翻过玉泉山脉才能到达晋国腹地。

所以，晋国必须誓死守住嘉南城，不然就等于将国门向魏国大开了。

"我想，或者这仗应该让晋军先来挑衅。"凌未然看着姬小小，犹豫地开口，"我想，我们去了晋营，他们明日一定会发现的，毕竟我们做了不少事情。"

凤灵鸟，蛇王，还点了两个女兵的穴道放走了月希存。

"为什么要他们先打？"姬小小有些不明白。

"你想啊，如果我们直接去打，他们又知道我们已经探过敌营，如果我们主动出击，他们必然会想到是我们已经找到了打败他们的方法。"

姬小小立刻会意："我明白了，如果我们一直没动静，他们就以为我们怕了他们了，到时候他们出兵的时候一定信心膨胀，骄兵必败，是这个道理吧？"

为了这次出征，她兵书也看了几本了，基本道理还是懂的。

一切事情比他们预料的还要顺利。

三日后，他们不但迎来了晋国的战书，也迎来了他们期盼的三个人——月希存，还有他的母亲和妹妹。

只不过，他的母亲甘露夫人是自己走下白鹤背的，而他的妹妹月瑞雪却是被月希存抱着进的室内。

"怎么了？"姬小小有些担心地看着月希存怀里的女子，她的脸色苍白得可怕，紧闭着双眼，双唇紧抿，十分纤瘦。

"你先帮她看看，待会儿再跟你解释。"姬小小是天机老人四个弟子里面医术最高明的，月希存此刻将希望全部寄托在了她的身上。

姬小小也没犹豫，见月瑞雪已经被放到床上躺好，赶紧望闻问切，良久以后她的眉头皱了起来。

【第十八章 慌兮兮母子平安捷报传】

"怎么了?"月希存难得一脸焦急。

"好像是失魂症。"姬小小看了一眼自己的二师兄,"到底发生什么事情了,为什么会这样?"

月希存摇摇头:"我也想知道发生了什么事,让我娘来说吧,离开得太匆忙,我没时间问。"

甘露夫人坐在床边,眼圈一红叹道:"都怪我不好……"

"娘,先别哭,把事情告诉我们。"月希存不由有些着急,这一路,他这软弱的娘亲就知道哭了。

甘露夫人忙收了眼泪:"是这样的,你妹妹她从出生身子就一直不大好,都是我的错,年轻的时候好动,让她早产了。希存上点苍山学艺,也有一半是为了他这个妹妹。可没想到,希存回来没多久就被皇上抓了,月家的人把气都撒在我们娘俩身上,虽然没有打骂,却克扣我们的食物,吃不好,瑞雪的身子更差了。"

月希存握紧拳头:"他们怎么可以这样对你们,瑞雪毕竟是……是父亲的亲生女儿啊!"

那一声"父亲",他叫得颇有些不情不愿。

"我心中着急,终于无奈之下选择从狗洞爬出去,想用衣服或者首饰给瑞雪换点吃的,再给她找个大夫。"甘露夫人继续道,"我在大街上很是无措,这个时候我碰到了一个黑衣道长,他说能治好瑞雪的病。"

"黑衣道长?"姬小小皱了一下眉头,怎么哪儿都有黑衣道长?

"他说他道号叫玄机,我也是病急乱投医,再看他只是看了我一眼就能将我心中所想,一生遇到的事情娓娓道来,于是更相信他是上苍派来拯救我们母女的活菩萨了。"

月希存大概能猜到下面发生了什么事情了:"所以你就带他回了家,给瑞雪治病?"

"是啊,他提着我的身子,很轻松就越墙而过了,真的跟神仙飞升一样,我就更相信了……"说到后来,甘露夫人的声音越来越小,正眼都不敢看自己儿子的脸。

"娘啊,这种江湖术士的话,你怎么可以胡乱相信啊?"月希存忍不住大声责怪甘露夫人,再看她低着头的样子,又有些无可奈何。

自己娘亲的性子,他如何能不知道?

不然,她一个明媒正娶的大夫人,也不会受其他几房姜室明里暗里的欺负了。

"希存……"甘露夫人拉着月希存的袖子,"先不要怪娘嘛,你妹妹她怎么办啊,这位……你的小师妹,你说她医术高明,有没有办法?"

众人将目光投向姬小小,姬小小有些无奈:"所谓失魂症,是将人的生魂摄去,试想,一个没有魂魄的人就是一个躯壳,就算救过来也是个活死人。"

"啊……我可怜的孩子……"甘露夫人忍不住扑上去大哭起来。

"娘,你听小小说完!"月希存看到这个娘亲也是十分无奈。

姬小小终于有些明白,他那泰山崩于前而不动声色的性子到底是怎么形成的了。

有这么一惊一乍的娘，若是情绪跟着起伏太大估计得短命好几年。

甘露夫人抹抹眼泪，再看看姬小小："姬姑娘，你可一定要救救我这苦命的女儿啊。"

姬小小都有些无奈了，看看月希存道："要救你妹妹，有两种办法，一种是找到她被收走的生魂，那么，回来就是你真正的妹妹，至于第二种……"

"第二种是什么？"

"找一个合适的生魂注入她的体内，但是，她醒来以后会成为另外一个人，以前的事情，包括你们是她亲人这种记忆会全部消除。"

甘露夫人一下又哭了起来："我不要第二种，我要我女儿回来。现在我女儿的生魂在那个道士手上，还不知道受什么罪呢……"

"那你知道那什么玄机道长，他在什么地方吗？"姬小小看看月希存，他正皱着眉，只好自己开口问了。

"我……我不知道。"甘露夫人嘟囔着嘴，"他给瑞雪看完病，走到院子外面大笑几声，跳上屋顶就走了。"

姬小小和月希存面面相觑，最后化为一声叹息。

"我用千年人参片放在她的舌下为她续命。"月希存见从老娘那里得不到信息，只好把希望放在小师妹身上，"不能说长命百岁，活到正常岁数应该没有问题。小小，你觉得师父会不会有办法？"

姬小小摇摇头："很难说，他给我看的医书上面就这两种方法，师父不可能藏私的，我估计他也就有这两种方法。"

"你们暂时先住下来吧……"姬小小的话刚说到一半，金矛王爷忽地闯了进来："元帅，晋军已经到了玉泉城下了。"

姬小小点点头，找了两个小兵照顾甘露夫人母女二人的起居便匆匆离开了。

月希存赶紧跟上："我看看有什么可以帮忙的。"

玉泉城下，晋军是真正的"虎狼"之师，前面一辆车，车上站着一位红衣女子，三十多岁，颇有些风韵，她的车子是由十匹狼拉着的。

而她的身后则是几百头狼。

狼群后面，又是一个绿衣女子，也乘车，是由两只老虎拉着。她的身后是上百只老虎。

在她们两侧，分别是抓着弓箭和长矛的士兵，统一坐在大象之上，有几千头之多。

再看头顶，飞翔着无数黑色，金色，红色等各种颜色的鸟类，都是苍鹰，大雕等各种凶猛异常的飞禽，还有一些常人根本见都没见过。

"元帅，顶不住了！"下面的猛兽在紧闭的城门面前尚不能前进，可天上的飞禽却是可以越过高高的城墙直接进攻玉泉城内的各个地方。

那些大型的鸟儿身上也不乏有士兵端坐的，男女都有。

【第十八章 慌兮兮母子平安捷报传】

"快招凤凰来,我先帮你挡一阵!"月希存没等姬小小回答,直接招来白鹤飞到了空中,手中玉笛放到嘴边,笛音仿佛一道道刀刃,专门朝那些飞禽坐骑上的士兵劈过去。

"月希存,你这个晋国的叛徒!"空中传来一声厉喝,月希存抬头,淡漠地笑道,"元辰公主,好久不见。"

月希存的话音刚落,就听得头顶不屑的声音传来:"三弟,你居然帮外人打晋国!"

月希存转头看去,却见一个穿着紫色劲装的男子,一脸怒容地看着自己。

"我道是谁,原来是驸马爷大驾光临,第一场仗居然就要你们夫妻两个一起上阵,真是太瞧得起魏国军队了。"

骑雕的一男一女,一个是晋国元辰公主,周淑妃的妹妹。

另外一个是月家长子,也就是月希存的大哥,元辰公主的夫君,月希绝。

元辰公主是驭兽族大长老的弟子,而月家本来就擅长驭兽,所以两人都是战场之上的佼佼者。

而此刻,月希绝做出宽宏大量的样子:"三弟,你现在悔悟还来得及,父亲会跟皇上求情,放过你的。"

语气虽然还算诚恳,可眼神之中的不屑却忘记了掩饰。

"父亲,何曾看到过我?"月希存摇摇头,嘴角的笑意,难得含了一丝苦涩。

"所以,你要害他是不是?"月希绝终于抛弃了假面具,"你若不回去,父亲就会被皇上处死,你就真的如此狠心?"

原来是这样……

月希存冷笑一声:"那么,你是想我回去替他老人家上断头台吗?"

"你是他儿子,百善孝为先,为什么不可以?"月希绝说得理直气壮。

"那大哥身为长子,为什么不去替父亲受罪呢?"

"你……"月希绝一下语塞。

"希绝有妻有女,又是月家长子,责任重大,又不似你孤家寡人一个,自然应该你去!"元辰公主毫不犹豫地在后面加了一句。

月希存仰头看着她,嘴角的笑意带着讽刺:"哦,原来这世上孑然一身的人都应该替别人去死才对,希存受教了!"

说完,也不再理会眼前那对恶心的夫妇,继续将笛子放到唇边。

两个刺耳的音闪过,音刃划过两人乘坐的大雕身上,大雕身子一抖,承载不住,将两人一下从背上翻了下去。

"月希存,你好……"月希绝惨叫的话越来越远,和元辰公主一起跌落在其他一些飞禽身上,仓促间,借力使力才算有惊无险落在地上。

而就在此刻,空中忽然响起嘹亮的嗷叫声,两只色彩鲜艳的巨鸟,仿佛带着天边的彩霞和火光,出现在有些混乱的天空之中。

"还好啊，你只打了他们的鸟，若是我就直接打他们身上了。"火凤身上，坐着凌未然。刚才那一幕，他可是看得清清楚楚。

月希存淡淡一笑，依然温柔，却没有说话。

彩凤火凤仰头，在空中又发出嘹亮的声音，一时间空中的飞禽忽地停止了攻击，开始朝着两只神鸟附近聚拢。

那些驾驭这些飞禽的驭兽人，忍不住发出一声声号角声，奈何毫无效果。

动物，在面对它们所认为的"神族"之时，那种崇拜敬仰不是靠着人类几声训练有素的号角就可以呼唤回去的。

与此同时，城外的猛兽也一下乱了起来。

随着凤凰几声嗷叫，忽地，那些猛兽调转了头，开始朝着驾驭自己的主人攻击开来。

一时间，原本惨叫着的魏军一下士气大振，而原本等着看好戏的晋军，却开始哀号遍野。

原本让他们晋国人引以为傲的驭兽术，此刻成了伤害他们最强有力的武器。

惨叫声漫山遍野，一阵阵血腥味传来，让姬小小皱了一下眉头。

腹中的那块肉似乎也闻到了异乎寻常的味道，在她的肚子里翻腾起来，让她一阵阵作呕。

可现在正是关键时刻，她不可以倒下乱了军心。

那种感觉很不好。

可只有这样，才能实现她的愿望，她将这天下放到玄墨的脚下，然后，俯瞰群臣，让他们不敢再对她不敬。

好在，有群兽的攻击，很快晋军就已经溃不成军。魏军乘胜追击，到日落时分就夺下了晋国边境要塞嘉南城。

晋军将士连同驭兽族人集合残兵败将，带着那些已经不受控制的禽兽，退到离嘉南城三百里处扎营。

至此，嘉南城已经全部掌握在魏军手中了。

【第十八章 慌兮兮母子平安捷报传】

"元帅，现在有两条路，一条是从玉泉山脉打过去包围晋国，另外一条则是从绀青沙漠穿过，可直接打到晋国京都附近的绀青城。"金矛王爷指着晋国地图，跟姬小小商量着下一步的作战方案。

姬小小看着图倒是也不托大："打仗义父才是内行，我还不大懂，还是义父拿主意吧。"

金矛王爷也不客气："属下觉得，可以兵分两路，我们现在有五十万士兵，留十万镇守嘉南城，朝廷的援军很快就会到，晋军又受了重创，近期不怕他们反扑。剩下四十万，十五万进攻绀青沙漠，那里毕竟艰险，却没什么人守卫，将士们只是要受点苦，所以人不用太多。"

姬小小点点头："玉泉山脉比较长，所以我们需要多一点的人，带二十五万将士前去，可能还要打仗。"

鸾凤和鸣 下

玉泉山脉不只有人守卫的，最可怕的是，里面丛林密布，还有千奇百怪的动物，随时可以要人性命。

金矛王爷眼中露出一些赞许的神采，点点头："就是这个意思。"

魏楚一战，还是让她有些成长的。

当然，据说这次出征之前，她可是做足了功课，将宫里能看到的兵书都看了一遍，想必也是有所受益。

"我和二师兄带二十五万人马往玉泉山脉走，义父，你和大哥去绀青沙漠。嘉南城十万守军由王信负责，玉泉那边留柳三守城，等朝廷派军过来交接。对了，让他们要好好照顾甘露夫人和月瑞雪。"

金矛王爷有些担忧："元帅，我们是不是换一换？"

"为什么？"

"恕属下直言，元帅的作战经验不足，若是碰上玉泉山守军，恐怕一时想不出对策。"

姬小小点点头："义父的担心有道理，所以我才带二师兄去。二师兄是晋国国师，虽然对晋国布防不甚了解，不过兵书却比我了解得透彻。再有就是，我对动物的了解比义父和大哥要多得多，里面人少各种毒物却多，我想我比你们更有办法对付它们。"

金矛王爷一愣，他倒是没考虑到这一层。

"元帅能这么想，属下倒是放心很多了。"谁不是从不会一步步练到会的？

在金矛王爷看来，姬小小已经很有天赋了。

然而这样的安排却是几家欢喜几家愁，例如月希存，就忧心忡忡地看着自己的小师妹欲言又止。

"怎么了？"姬小小看着他，"是不是担心伯母和瑞雪？"

"不是，和她们无关，我是担心……"月希存若有所思地看看她，随即摇摇头，"算了，你高兴就好。"

姬小小还要相问，却听得有小兵来传："元帅，京中有急件，皇上手谕。"

姬小小忙接过来，上面写着"征西大元帅姬小小亲启"。

这样严肃的语气，让她有些狐疑起来，打开信发现有两份，一份可以随意打开，写着一些对于西北战事的回馈信息，而另外一封则用蜡封住，上面写着"绝密"二字。

姬小小看着那份绝密的信函，心中狐疑越发加重。

她赶紧打开那封信，没想到信上只有六个字：小小，我想你了！

这……

这是绝密？

姬小小顿时有些哭笑不得，这玄墨就知道假公济私。

月希存在旁边看她的样子，不由悠悠叹息一声，算了，她自己的选择就随她去吧。

232

夜晚，中军帐内灯火通明。

姬小小看着玄墨给她寄来的"绝密"信函，倒也有点暖暖的感觉窝在心头。

手轻轻拂过自己的肚子，还不足三个月的胎儿，在她平坦的小腹之中还感觉不到他的动静。

这个孩子还是很乖的，从来都不折腾她。她是应该庆幸的，她自己就是大夫，在这关键的时刻孩子也并没有拖她的后腿。

但是，要怎么给玄墨回这封信呢？

烽火连三月，家书抵万金。

这封信何止万金呢，她拿在手中沉甸甸的。

只是，孩子的事情是断断不能让他知道的，可她又不想骗他。

想到这里，她叹口气提笔开写。

将这几天军队的情况，夺下嘉南城以及她和金矛王爷拟订的下一步作战计划，详详细细无一遗漏地用蝇头小楷写了满满三大张纸。

然后，她又看了一遍，这才满意地装入信封封好蜡，让传令兵带了出去。

她几乎可以想象到玄墨接到那封信哀怨的神态，然后肯定会说一句："小小，你好狠心。"

不过现在，她已经顾不上了，她要尽快拿下玉泉山脉，不然，一旦入夏丛林中的湿气会越来越严重，出没的动物也会越来越多。

天气越热，对将士们的身体越不利。

虽然她有避暑、防疟疾以及防瘟疫的方子，可二十五万士兵需要大量的药材。

最好的办法，是在六月暑期到来之前，拿下玉泉山脉。

他们还有不到两个月的时间，非常仓促。

"唉，师父啊，你在哪里啊，你说要帮我的，连个人影都不见。"姬小小托个腮哀怨地叹了口气，再摸摸肚子，"孩子啊，你可得保佑娘亲早点打完仗，别把你生在战场上了。"

四月，正是春暖花开万物复苏的季节。

经过五日的整顿，姬小小带着二十五万将士在四月下旬开始往玉泉山脉方向前行。

他们的任务是不和晋军起正面冲突，只攻陷那些防守比较薄弱的靠着珍禽猛兽来守卫的城池，尽最大可能减低魏军的伤亡。

而他们的身后，则是神出鬼没的点苍山奇兵，他们会在必要的时刻接受命令，迷惑敌人。

点苍山的人马还没过万，因为天机老人爱好和平的原因，点苍山并没有驻军，只有各个州县有几百名守军或者衙役。

姬小小也是最近才知道，原来师父竟还养着一支这样的军队。

奇门遁甲，排兵布阵，驯兽武艺，样样精通。

虽然人少，可在其中人人都可以以一敌百，一万士兵可抵普通国家百万雄兵。

难怪五百年前，四国合围都拿不下点苍山。

想到这里，姬小小倒是想起一个很重要的问题来。

既然是五百年前一战……那么，她师父到底活了多少岁了？

姬小小拍拍脑子，算了，不想这些了，横竖对于师父她还是很信任的，至少不会害她就是了。

不过总是言而无信，到现在都没出现。

进入玉泉山的第一站便是东珏城，他们需要翻过两座山，三五日时间就能到。

姬小小骑着马带头进入山中。

四月的天，虽然已经有些热起来了，不过因为在山中倒还是只能感觉到凉意。

路上偶尔会有发了芽的藤蔓缠脚，那些参天大树四季都是绿的，此刻却正是发新芽的时刻。

山中的春天，总是来得比外面晚一些。

"小小，你还是坐马车吧。"月希存第八次提议，看着姬小小满脸担忧。

姬小小翻个白眼："我是大元帅，又不是弱女子，怎么可以坐马车？"

"可这里随时可能有毒物毒草，你若是碰了，怕不能……不能及时用药。"月希存断断续续地说道。

姬小小一下沉默了下来，随即深吸一口气："我会注意的，早点拿下玉泉山，我就可以好好休息一阵，到时候我会好好调理自己的身体的。"

"小小……"月希存的语气有些无奈。

他可以对全世界的都报以最冷漠的温柔微笑，却偏生对这个小师妹不行。

他从小最疼爱的妹妹就是月瑞雪，当初为了她离开晋国到了点苍山。长期见不到自己妹妹，早就让姬小小直接替换了月瑞雪的位置，真心真意地当亲妹妹疼着。

"好了，二师兄，相信我的医术，我不会让自己受到任何伤害。"姬小小拍拍他的肩，让他放心。

"元帅，月公子，前方有状况！"探路的士兵匆匆跑了过来，因为月希存在魏军之中地位有些尴尬，自然没有军衔，所以上上下下只当他是姬小小的师兄，便都称呼为"公子"。

姬小小下了马，下令大军停顿，问道："怎么回事？"

"属下没见过这种奇怪的现象。"那探子也是久经沙场了，而且对丛林之中的动物有些研究，若是他也不明白的状况，那就有些麻烦了。

"我们去看看吧！"姬小小看看月希存，"二师兄你先在这里安抚一下兄弟们。"

"元帅，去不得，刚刚属下的马儿就被吃得干干净净了。"探子有些急，"元帅还是回去吧，属下刚刚拦了一道火防线，那些老鼠才没有越过来。"

"老鼠？"姬小小皱眉，"你是说老鼠？"

"长得是像老鼠,不过动作极快,一眨眼工夫从远处就到属下等的眼前了,属下反应还算快些,直接从马上下来,点了一把火,可马却被它们一会儿就吞噬干净了。"

派出去的探子自然不可能只有一个,姬小小倒吸一口冷气:"那其他人呢?"

"属下等十个人已经被吃了四个,还有五个守着那防火线,怕那些老鼠速度太快,元帅没有时间处理,一直在加柴加火。"

速度很快的老鼠……

姬小小转头和月希存对视一眼,忽然脱口而出:"闪电鼠?"

月希存郑重地点点头:"应该是了,那种鼠速度是普通鼠的十倍,爱吃肉,经常成群出现,却怕火。"

正说着,却听得不远处传来一声惨叫:"元帅,快撤兵,快撤兵,弟兄们快跑啊……"

原地休息的将士们一下都有些慌乱起来,不知道前方到底发生了什么事,又没得到命令,一下子,走也不是不走也不是。

"不要慌,我先去看看。"姬小小鼻尖闻到一股股烧焦的味道,那火,应该离这里不远了。

刚走两步,却见前方忽然出现十几只硕大的黑色物种,有几只身上还冒着火星。

它们尖嘴小耳长尾巴和老鼠长得一模一样,却有小猪仔的大小,样子恐怖至极。

"这是什么啊?"有人开始尖叫。

"老鼠,好大的老鼠……"视力好的人已经看清楚来者的形状。

将士们慌乱不堪。

姬小小和月希存对视一眼,忽然伸出手,掌心之中冒出不大的火焰,一下打在地上。

地上的草除却有些新芽,并不太湿润,被火力一催,立刻燃烧起来,将那十几只闪电鼠隔绝在了人群之外。

姬小小从背上拿下弓箭,搭上三支箭,一下射了出去,三只闪电鼠应声而倒。

月希存依然是一根笛子,优雅得仿佛只是在山间迎风独奏,而那音刃却是杀人的利器。

很快,十几只闪电鼠全部倒下。

两人的心刚安定一些,忽地几声更惨烈的叫声传来。

是剩下的那几个探子!

姬小小和月希存对视一眼,忽地大叫一声:"快撤退,快撤!"

将士们早就慌了,听到元帅一声令下,赶紧调转头就跑,只恨爹娘少给自己长了两条腿。

姬小小和月希存两人却是没动,他们在等待,光靠眼前这一排火要阻止成百上千的闪电鼠是不大可能,只能靠他们断后那些将士们才能跑得更远一些。

姬小小发了信号,凤凰带着嘹亮的嗷叫飞进了丛林之中。好在还有它们,不然靠着他们两个,再厉害也杀不了这么多闪电鼠。

黑压压的闪电鼠,好似天边的乌云,滚滚而来。

姬小小控制彩凰,月希存也不坐白鹤了,坐到火凤背上,发出一道道音刃。

【第十八章 慌兮分母子平安捷报传】

白鹤虽也通灵性，可闪电鼠只是传说中的动物，谁也没见过真实的，白鹤不像凤凰是神鸟，还是难免会有怕的东西。

凤凰一出，闪电鼠们自然感觉到了压力，特别是凤凰本是浴火的产物，它们身上本就有火的属性，更能喷火，让闪电鼠节节败退。

动物对灵兽的惧怕是与生俱来的，闪电鼠除了败退，没有其他任何办法。

"住手，你们助手！"不远处，传来呼喊，似乎是个处在变声期的少年的声音，"放过我的朋友们。"

姬小小和月希存循声看去，见一个穿着粗布衣衫的少年，将袖子和裤腿都卷得半高，脚上穿了一双草鞋，手中拿着一根鞭子，就朝着他们这个方向走来。

那些闪电鼠就在他身边，他却一点都不怕，反而有些惊恐地盯着姬小小他们的坐骑——凤凰。

"你是谁？"姬小小高高在上骑着彩凤，看着那少年，"这些闪电鼠是你训练的吗？"

"我叫安澜，这些闪电鼠都是我的朋友，我们负责守护东珏城，你们是魏国的人吗？"那少年倒也不隐瞒，老老实实将所有的事情都说了出来。

凤凰停止了攻击，那些闪电鼠迅速围拢在那少年周围，似乎在寻找一些安全感。

"那么，好，你带我们进东珏城，我们就会停止攻击你的朋友们。"姬小小想了想，觉得这少年看上去是真的很心疼他那些闪电鼠，不如跟他谈谈条件好了。

那少年看着姬小小和月希存，犹豫了一阵道："我可以带你们进城，但是你们得答应我不能伤害城里的人。"

姬小小看一眼月希存，想了想："好，只要东珏城的人不反抗，不与我们为敌，我可以不伤害城里的人。"

"我凭什么相信你呢？"少年看着姬小小，带着一丝不信任。

"凭我是魏国的征西大元帅！"

"你是大元帅？"少年有些不可思议地看着她，"居然是个女人。"

如果不是骑着彩凤高高在天上，姬小小很想敲那少年的脑袋一下："谁规定女人不能当元帅的？"

"好，看你也挺厉害的，不过我得看看你的帅印。"安澜一脸的小心翼翼。

姬小小拿出帅印，让阿彩降低高度递到少年面前，让他看清楚。

安澜这才放心："让你的士兵跟我进东珏城吧，我保证他们不会反抗的。"

月希存拉住姬小小的手看着她："小心有诈。"

姬小小抿一下唇："总该相信一次，我们有凤凰，不怕他再出招。况且，我看他是真的把闪电鼠当朋友。"

少年在看到那几只闪电鼠尸体时，眼中闪过的哀伤，她是不会看漏的。

月希存想了想点点头："好吧，那就相信他一次。"

"你去把弟兄们都叫回来,告诉他们即日开进东珏城。"姬小小冲着月希存点点头,再看看安澜,"你守护东珏城,可现在放了敌军进去,不怕你们皇上找你算账吗?"

安澜不屑地撇撇嘴:"驭兽族为皇室所用,不过皇室的人可管不了我们,我只在乎的我朋友们。你们能打赢我朋友们,东珏城反正也守不住,不如放你们进去。"

魏军很快就整顿好,被月希存带了过来。

毕竟是在金矛王爷手下训练过的,即使惊慌之中乱跑,要整顿回来依然还是精神抖擞的精兵良将。

少年安澜打了个口哨,他身边的闪电鼠顿时消失无踪,魏军们便更加安心了。

姬小小下了彩凰的背,和月希存一起换坐战马,往东珏城进发。

在安澜的带领下,果然是一路畅通无阻,不过半天多光景,大军在夜幕刚刚垂下的时候就到了东珏城门口。

"我进去说一声,让他们打开城门。"战事吃紧,此刻东珏城的城门自然是紧闭着的。

安澜上前冲着守将报了姓名,并未受到什么阻拦,立刻就有人将城门打开了。

看起来,这个看似只有十五六岁的少年在东珏城内的威信还是很高的。

大门敞开,虽然没有出现百姓夹道欢迎的场景,却也没有人前来阻拦。

"这晋国的百姓,怎么一点都不爱国呢?"身后有将士小声议论,"官员也不反对?"

姬小小皱了一下眉头,这一切似乎真的太过顺利了。

可是想来想去,都想不出那安澜到底会耍什么阴谋诡计。他是驭兽族的人,可他训练的那些闪电鼠,对他们来说没有任何威胁力了。

大军进驻东珏城内,安营扎寨。

姬小小下令,不得惊扰百姓,在东珏城内整顿三日就继续沿着玉泉山脉行军。

因为此次拿下东珏城,几乎没有损伤几个人,所以整顿应该也是很快的。

月希存心中总有些担忧,一个晚上欲言又止,最后终也什么都没有说。

连续两日风平浪静,魏军渐渐也放松了警惕,有些有疑虑的将士也不再去探究为什么这次进城这么轻松,开始为接下来的征程做准备了。

这种高兴还没有持续多久,两天后的晚上,一切就都改变了。

"元帅,金将军营中忽然有三名士兵口吐白沫,不省人事。"当天晚上,就有人到中军帐来报告姬小小。

"元帅,武教头和五名兄弟练武的时候,忽然口吐白沫,不省人事。"

"元帅……"

一道道消息传来,不外乎各个营帐之中都忽然有人病倒,而病倒的场景都是大同小异——口吐白沫,不省人事。

"怎么会这样?"姬小小看着月希存,觉得有些不可思议,"我们过去看看。"

月希存扶了她一把:"小心些。"

【第十八章 慌兮兮母子平安捷报传】

"我知道。"姬小小从随身携带的药箱里面拿出一枚药丸放在身上，然后背起药箱跟着传令兵走了出去。

那些忽然病倒的士兵已经被聚集在了一起，据说还有不少士兵因为同一种病因而被陆续送过来。

一个晚上，忽然病倒的士兵竟有五六十名之多。

姬小小刚走进营帐，就被早进一步的月希存拉了出来："你别进去。"

"怎么了？"姬小小皱眉，看二师兄的脸色，难得严肃。

她还从来没见过二师兄这么严肃过。

月希存看看周围走动的士兵，拉着姬小小道："跟我来……"

带着狐疑，姬小小跟着月希存走到无人处，月希存才转过头对她："小小，刚刚我看过了，那些士兵好像得了鼠疫。"

姬小小吃了一惊："鼠疫？"

"没错，而且还是一种很罕见的鼠疫，跟平时见到的那些不同。"月希存皱紧了眉头，"我怀疑，是闪电鼠造成的。"

"闪电鼠……"姬小小握紧他的手，"你是说，安澜？"

月希存郑重地点了点头。

果然，还是上当了……

姬小小叹口气，松了手："现在怎么办，也不知道有多少将士中了招，如果不及时发现，会有更多的人病倒，这病传染速度可很快啊。"

"我看这些生病的士兵大多来自东珏城南那边，我估计是那边的水源出了问题，先必须把源头给掐了，至于得病的人，慢慢核查吧。"月希存暂时也没有什么好的办法。

"不行，我不放心，我还是得去看看。"姬小小转身就要往医帐那边走。

"不行！"月希存拦在她面前，"现在是什么情况，你也敢往里走？我都是吃了预防鼠疫的药才敢出来见你的，你又不能乱吃药！"

"二师兄……"姬小小睁大眼，看着他，叹口气，"我知道虽然我医术比你高明些，可这种事情还是瞒不住你的。"

月希存见姬小小这般说，也不再假装不知："都这种情况了，你还打算进医帐，万一你被传染了怎么办？要知道很多药你都不能吃，不为你自己想想，也该为'他'想想！"

"二师兄，你放心，我比你更紧张他呢，没有万全的保护措施，我是不会让自己去冒险的。"姬小小小声抗议。

月希存无奈地看着她："你都骑马打仗了，还说不会让自己冒险！"

姬小小低了头："二师兄，你放心，他很乖的……我也是为了我们的将来。"

月希存无奈地叹口气："真是女大不中留啊！"

"二师兄，我身上放了师父给的防治百病的药丸了，我不会有事的。"姬小小看着月希存，给他一个安慰的笑意，"我是元帅，如果这个时候不出现，恐怕将士们心中会有疙瘩的。"

不放手也要放手了，她说得确实有道理。

月希存叹气，他是相信师父的药绝对有效的，不过总归还是会不放心。

几乎是亦步亦趋地跟着姬小小，月希存难得收起百年不变的温柔笑意，小心翼翼地盯着自己的小师妹。

不许她跟士兵们接触，不许碰士兵们用过的床单，保持尽量远的距离，才许她和将士们说话。

终于出了医帐，月希存第一时间抓过姬小小的手给她把了个脉，这才松了口气。

"这下你放心了吧？"姬小小看着他，"二师兄，接下来很多事情都要靠你了。"

"你说吧，能做的二师兄一定帮你办，不能做的只要你开口，我也尽力帮你做！"

姬小小有些感激地挽着他的手臂："二师兄，你真好！"

"行了行了，都是要当娘的人了，还跟小时候一样！"月希存有些无奈，"被玄墨看到了，估计又该吃干醋了！"

姬小小大笑起来，随即正色道："首先我们得先找到这病的源头，我待会儿派人去南边把水源都封了，然后检查将士们这几天的膳食情况。"

"嗯！"

"另外，你得帮我找安澜在哪里，我想出了这种事情，他肯定早就逃走了。他身边有闪电鼠，别的人不是他的对手，只有你可以。"

"嗯！"

"点苍山的那支军队，我待会儿联系一下，他们大多精通岐黄之术，让他们过来帮忙，看附近有没有药材可以治疗鼠疫的。既然有闪电鼠，这里一定有相克的药物可以治疗……其实……"

"其实什么？"

"其实，如果能收集闪电鼠的苦胆，做成药引，这病可以根治。"

"我帮你想办法。"月希存点点头，"现在是不是应该让将士们在东珏城多待几日了？"

姬小小叹息一声："没想到我独自带兵打仗第一仗就打得这么失败，真是无颜回去见义父了。"

【第十八章　慌兮兮母子平安捷报传】

第十九章　险重重过关斩将名远扬

当晚，姬小小下令，因为天气逐渐炎热，所以军中很多兵士都吃了不洁食物，让南城驻扎的士兵都到医帐接受检查。为此，大军将会在东珏城多驻扎半月。

军中的军医们都得过姬小小的命令，切不可将鼠疫一事说出去半个字，不然会引起恐慌。

违者，斩立决。

点苍山那边派了一支千人的医疗队过来，帮忙看病煎药。那些检查出来没有病的将士，每天都要喝一碗预防用的汤药。

南城那边三口水井被查出异样，已经封死。

最让人忧心的是，鼠疫还是在蔓延，在这个当口，那些东珏城内看似善良可欺甚至毫不爱国的百姓们，开始发生暴动。

原来他们中很多人都是城内守军假扮的，拿起武器他们就是一支精兵。

当姬小小他们忙着和鼠疫抗争的时候，这支人数不算多的东珏守军，开始时不时地烧粮仓，偷袭各个军营。

等发现时，他们又放下手中的武器，伪装成普通的百姓。在姬小小三令五申不可伤害东珏百姓的命令之下，魏军将士对他们居然无可奈何。

"元帅，这样下去不行啊，将士们心中没底，也不知道要病到什么时候，对东珏百姓是又气又恨又无奈。"左营上将军金虎忧心忡忡地来报告。

姬小小低头沉吟，手轻轻拂过小腹，良久才抬头："传令下去，以后若看到带兵器上街的东珏百姓，可先斩后奏，不用跟本帅报备！"

"是！"

"对了，天气越来越热，尸体不能留，被杀的东珏百姓一律送至城南外乱葬岗，如有认尸的，格杀勿论！"

"是！"

"如果有报告谁家藏有兵器的，重赏！"

"是……不过……"金虎有些犹豫起来，"元帅，会不会太严厉了一些？"

姬小小皱一下眉头："乱世用重典，还有，金将军难道不知道，战场之上对敌人的软弱，就是对自己的残忍吗？"

"属下明白了！"金虎抹抹汗，"属下只是怕，传出去对元帅的名声不好，从而影响咱们皇上仁君的形象！"

"传令下去，此命令是本帅一个人的主意，和皇上无关。"姬小小皱了一下眉头，挥手让金虎下去。

她的手，始终没有离开自己的小腹。

孩子，娘很快会被人传成杀人恶魔和修罗，可此刻，只有传出这样的名声才会让晋国人心生惧怕。

看到手拿兵器的东珏百姓就杀……这已经相当于屠城了。

到时候，东珏必定血流成河。

安澜，你是看我仁慈才敢这样对我的是吗？

那么，我就用你最怕的，最想保护的东西来引你出来。

姬小小放在小腹上的手，忽地握成拳头，喃喃叹息一声："如果要报应，都报应在我一个人身上吧，放过我孩子！"

正思忖，门外传来她久违的声音："小师妹，有办法了！"

姬小小惊喜抬头："二师兄，找到安澜了？"

"没有，不过我想他肯定不会藏多久，你跟我出来，我们去一个地方，我们这一次一定可以打个漂亮的翻身仗。"月希存兴高采烈地拉着姬小小就往城外走。

四月的玉泉山，因为地处北方，花草长得相对慢些，可依然还是郁郁葱葱的一片。

"你带我来这里干什么？"站在高处，姬小小有些狐疑地看着月希存。

他们所站的地方，是玉泉山的高地，往下看，便是一处山谷。

"你看这山谷的形状。"月希存指着下方，硕大的山谷。

那山谷只有一个入口，进去以后必须原路返回，不然就会被困死在里面。

"师兄，你有什么好主意？"姬小小看着他，心中隐隐有了一些猜测。

"我想引闪电鼠到这里来，这里完全没有吃的，闪电鼠不会爬山谷峭壁，只要在外面让凤凰守卫，不出五日，它们就会被全部饿死，到时候要取苦胆，轻而易举。"

姬小小皱了一下眉头："可我们现在还没有安澜的消息。"

"你不是想将东珏变成一座空城吗？"月希存定定地看着她，"你下的命令我听说了，既然安澜负责守护东珏城，自然不会放任那些百姓不管，不然，一座空城对他来说，再守护也没有意义。"

姬小小叹口气："二师兄，你总是能一眼看穿我的想法。"

【第十九章 险重重过关斩将名远扬】

说到这里，她又是抚摸了一下自己的小腹叹了口气。

"我知道你在怕什么。"月希存盯着她的肚子，"这世上的事，有因便有果，你怕你今日种下因会报应在孩子身上，是不是？"

姬小小点点头："我知道什么都瞒不过你，周易八卦，我们都是从小跟着师父学的，我学得虽然不如你精通，可也知道，杀孽太多终究会有报应的。"

"这就是当初，虽然你心中有疑惑却还是决定跟安澜进城的原因，是吧？"月希存也叹气，"当初我不阻拦，也是因为想到了这一点，可世上的事人算终究不如天算。"

姬小小看看那一片山谷："我不怕报应，既然出来打仗，就想过要杀人无数，可我怕我造的杀孽会报应到孩子头上。"

"其实，你应该这样想。"月希存冲她露出一个安慰的笑容，"你若能统一这天下，对黎民苍生来说也是大功一件。即使为此造了杀孽，上天有眼，功过相抵也不会怪罪于你的。"

"二师兄，你不用劝我了。"姬小小挥挥手，看着有些错愕的月希存，"事情已经到了今天这一步，我是不会退缩的，真的有报应，我会让上苍全部报应在我身上，拼死也会保住我肚子的孩子。"

月希存这才放心下来："放心吧，这主意是我出的，真有报应，也会报应在二师兄身上，和我这小外甥一点关系都没有。"

两人且说且行，虽然语气尽量轻松，可心情却越发沉重了。

点苍山的人，对生命有一种近乎淡漠的心理，可精通算命之术的他们，也清楚若是亲手造下太多杀孽，迟早还是会有报应出现的。

在姬小小下令大屠杀的第二天，安澜出现在东珏城下。

她和月希存料想的差不多，晋国人少动物多，东珏城更是这样。

守军就是城内百姓之中的一部分，其他的就靠安澜手中的几千只闪电鼠守护。

这一次，他们是早就得到了消息，因为嘉南城一战，晋国知道了有凤凰的存在，所以防着这一点，定下一计，为的就是重创魏军。

因为魏王之前有贤名在外，所以他们觉得魏军不会破坏自己立下的规矩，倒没想到姬小小行事作风忽然来了个大逆转，完全不符合魏军仁义的风格，让他们有些措手不及。

对于东珏城内的晋国子民，安澜是不可能不管的，所以他只好回来了。

守城的魏国士兵告诉他，元帅去了玉泉山采草药，让他改日再来谈判。

安澜听完以后，却是大喜。

若是只有姬小小一个人，或者带着几个人在玉泉山上，此刻便是偷袭的好时机。

毕竟，她招来凤凰也要时间，说不定能趁这间隙杀了她，乱了魏军的军心。

想到这里，安澜再不犹豫，赶紧往玉泉山方向赶去了。

就在他离开不久，两只神鸟从东珏上空升起，带着一股风缓缓朝着玉泉山方向前行。

动物对人的气味是很敏感的，安澜带着闪电鼠，循着气息寻找姬小小的踪迹，很快便有了线索。

　　带着三四个随从，正弯腰辨识草药的那个女子不是魏军征西大元帅姬小小是谁？

　　闪电鼠迅猛地攻击，姬小小回头，倒不见惊慌，可她身边的随从却吓得慌不择路。

　　用轻功退开，姬小小瞪着安澜道："你小小年纪，居然言而无信！"

　　安澜笑起来："那是你太容易相信别人了。"

　　姬小小边退，便打出一掌，一只闪电鼠应声而倒，没了气息。

　　这下惹怒了安澜，他视这些闪电鼠为至宝，死了任何一只都会让他心疼。当下，不管不顾，直接挥手让身边的闪电鼠急速前进。

　　姬小小轻功好，几个纵身闪电鼠自然追不上，她身边的那几个随从可没这么幸运，只一刻，已经被咬死了两个。

　　"追上去！"安澜像猴子一样，在几棵大树上用藤蔓荡来荡去，指挥着群鼠。

　　姬小小从怀里拿出一根类似竹节的东西，刚想打开，却因为一慌神而掉到了地上。

　　"快，她要招凤凰来，别给她机会！"安澜看清楚，那是用来发信号弹的，赶紧指挥两只闪电鼠捡了过来，然后有些得意地看着姬小小，"现在，我看你用什么来救命。"

　　姬小小满脸惊慌地急速往前跑，安澜让闪电鼠拼命地追，可似乎总是就差那么一点点追上，甚至有一次带头的闪电鼠已经咬下了姬小小衣摆，却无法伤到她。

　　追了一段路，前面已经是峭壁，姬小小无路可逃了。

　　"逃不掉了，乖乖让我的朋友美食一顿吧！"安澜看上去尚显稚嫩的脸忽地变得残忍而狰狞。

　　姬小小忽地冲着他一笑："你会使诈，难道我不会吗？"

　　话音刚落，在安澜还来不及反应之前，一只彩色的大鸟忽地俯冲下来，爪子准确地抓住姬小小的衣领，将她提到了半空之中。

　　与此同时，在几千只闪电鼠的身后，一只火红的大鸟，口中喷射出浓烈的火焰，将后面一段路烧成了一条火路。

　　"你……"安澜看着眼前的火，生生将他和那些闪电鼠阻隔开来，顿时又急又怒。

　　他的身后，忽地响起一片喧哗声，一个穿着月白色衣衫的年轻男子，带着二三百士兵出现在他身后。俊朗的面目，带着温柔的笑意看着他："安城主，束手就擒吧！"

　　这两日，月希存终于想起这位少年的来历。

　　他是东珏城的城主，今年已经二十五岁了，因为天生一张娃娃脸，让人感觉他不过十五六岁罢了。

　　难怪姬小小上当了，月希存看到他的时候一时也被迷惑了，没往那上面想。

　　"月国师，看起来你对晋国真的不熟悉。"安澜此刻不见了惊慌，倒是安定了下来，"也还好，你不熟悉！"

【第十九章　险重重过关斩将名远扬】

243

"我想,现在还来得及。"月希存一挥手,身后的士兵上前将安澜团团围住,"安城主,是要我亲自动手,还是你自己来?"

安澜怒道:"你以为那点火,可以困住我的朋友吗?"

"那么,加上它呢?"姬小小乘坐着阿彩缓缓而下,拍拍它的背,很快,它也加入了和小黑一起喷火的行列。

"你们……"安澜怒视着眼前两个人,"月希存,你居然勾结他国人背叛自己的祖国!"

"晋国给了我什么好处吗?"月希存懒得和他理会,一个箭步上去已经抓住了安澜的背。

别看他平时温文尔雅,即使动手一般只用笛子和古琴来发出音刃,可若是真的出手还没有几个可以逃出他的手掌心的。

"我不服,你们使诈!"安澜挣扎着大叫。

姬小小笑起来:"这孩子真好玩,自己可以使诈,别人却不可以,师父告诉我一句话,叫愿赌服输,看起来你输不起,以后就不用输了吧!"

说完,她挥挥手:"砍了!"

"贱女人,有本事你就放了我,我还有更厉害的朋友,比你的凤凰都要强,看你有没有胆量应我这挑战!"安澜狂叫起来。

姬小小摇摇头:"斩草不除根这种事情,我以后再也不会做了,所以你的激将法就省省吧!"

月希存看安澜还要叫,索性走上前,斩杀了他。

"让将士们将准备好的柴草都堆到谷口,派人看守着,五日之后我们来取苦胆。"姬小小转头,看着眼前熊熊的大火,"阿彩和小黑守在这里。"

凤凰虽然是神鸟,可能力也有限,火势虽然大,可喷久了,终究会力竭的,不如换了这里的柴草来烧,也算是替它们保存了体力。

走的时候,姬小小回头看了一眼那些在山谷之中乱窜的闪电鼠,终究还是叹了口气。

果然女人一旦做了母亲,考虑的事情便多了起来。

抬头间,她忽地想起,自己的母亲又是谁呢,是谁把她带到这个世上来的呢?

师父不是精通周易八卦吗,怎么他就没算出来她到底是从哪里来的呢?

"小小,该回营了。"月希存提醒她,"想什么呢?"

"哦,没事。"姬小小摇摇头,"我只是想起师父了,他说会来助我一臂之力,结果到现在也没人影。"

月希存想了想:"师父个性虽然贪玩,不过大事他应该是不会拿来玩的,他不出现应该是时机还没到。"

姬小小点点头,发现月希存早准备好了轿子抬她下山。

"二师兄,我刚才这么长路都跑了,还在乎下山这点路,你太小心了。"她失笑,不过有个兄长在身边照顾,感觉还是心里暖暖的。

"若不是你一再要求，我才不会让你跑。"月希存瞪她一眼，随即悠悠一叹，"你打算什么时候告诉他？"

姬小小一愣，不过很快反应过来："真是什么都瞒不过你，但是现在不是时候，他要是知道了，肯定不是把我召回去，就是自己御驾亲征赶过来，这两种情况我都不想看到。"

"可他有权力知道。"

姬小小笑起来："二师兄，我知道你是为我好，他知道了我身边就会多一个人照顾，可现在形势那么好，我不能放手。"

五日后，和他们所料的一样，三千只闪电鼠饿死在玉泉山山谷之中，有点苍山前来的一千医疗队的帮忙，姬小小他们剖出了这三千只闪电鼠的苦胆。

剧毒的苦胆经过特殊药物的中和，给染病的将士们喝下，不出三日便已经痊愈。

与此同时，东珏城却几乎已经成了一座空城。

魏国征西大元帅的铁血手腕和嗜血残忍顿时传遍了四国。

人们传言，这个身为魏国贵妃的女子，正是用这种彪悍的手段让他们的国君都为之臣服，以至于将兵权拱手相让。

母老虎，母夜叉等名字不胫而走。

而玄墨则被传成了妻管严般的人物。

在这些传说中，一个绰号响亮而易读——悍妃，这两个字很快传遍了整个银扇大陆，四国臣民争相传告，褒贬不一。

而当这些传言喧嚣尘上的时候，姬小小带领的军队已经走过了玉泉山一半的路程。

已经五月底，天气越发炎热，而她肚子里的那块肉，也快四个月大了。

衣衫越来越薄，肚子却慢慢有些显露了出来。

因为东珏一战，很多州郡都怕了这位女元帅，怕耍手段招来和东珏一样的命运，有些州郡听到魏军到了，就直接开门投降了，一下子他们少了不少麻烦。

而此刻，绀青沙漠也传来捷报，金矛王爷的军队已经快要走出沙漠，到达绀青城了。

这般振奋人心，让将士们的士气增长了不少。

"小小，前面是雨雾森林，过了那里再前行三千里，就出晋国边境了。到时候，我们只要往南，就可以和金矛王爷他们对晋国的京都形成合围的势头，晋国就是我们囊中之物了。"月希存指着军事地图，依然是挂着温柔的笑意，分析着目前的战事。

好像，他们在攻打的不是他的祖国，而是别人的。

"雨雾森林？"姬小小不大了解这边的地形，不过看月希存脸色忽地有些不好，忙问，"有什么不妥吗？"

月希存点点头："这雨雾森林是晋国有名的死亡之林，据说进去的人没有出来过。"

【第十九章　险重重过关斩将名远扬】

245

姬小小皱了眉头:"可有其他的路?"

"有。"月希存点点头,"从东珏城返回,从绀青沙漠走,或者从嘉南城硬打过去面对晋国所有的强兵和猛兽。"

姬小小摸了一下自己的小腹:"我怕……他等不得了。"

"可是小小……"

"不怕。"姬小小咬咬牙,"你们晋国人不是还说,东珏是座永远无法攻克的城池吗,可我们还是拿下了它,不是吗?"

月希存知道再劝无用,只好叹口气:"我去做准备!"

小小的性子一直都是如此倔强,她决定的事情八头牛都拉不回来。

雨雾森林,他心中也没什么底。

不过算了一卦,卦象还算平和,有惊无险,不知道是什么样的"惊",可别惊着他的小外甥就好了。

月希存先联络了点苍山的那支奇兵,让他们择一千人作为先锋前去探路。

有了上次闪电鼠的教训,现在他们派探子不再是十个二十个,而是直接五百个起。

雨雾森林的天气让人捉摸不透,刚刚还是艳阳高照,只一瞬间的时间,就能下起滂沱大雨,让人措手不及。

即使天气炎热,将士们也不敢将袖子和裤腿捋起来,雨林之中的昆虫,最是会乘虚而入。

好在进入雨林之前,将士们都喝了防瘴气的药,所以在这一点上他们倒不需要忧心。

点苍山的先锋部队一直会有消息传达过来,告诉他们下一步会碰到什么,有什么植物有毒,有什么动物在等待。

能解决的,先锋队就先解决了。

毕竟,点苍山的那支军队对于驭兽之术也是颇有研究。

算算日子,已经是六月,离计划六月之前和金矛王爷的军队形成合围之势似乎相差有些远了,穿过雨雾森林,根本没有人知道需要几天时间,但是他们也必须往前走,没有回头路了。

摸摸披风下遮掩的肚子,姬小小目前被月希存勒令坐在简易的马车之上。不过车夫只有月希存一个,对其他将士们说,是因为骑马容易分神,所以元帅要坐敞篷的马车用来分析前方所遇到的不明事物。

将士们自然没有异议,他们的元帅确实懂得比他们多,特别是那些从鼠疫中死里逃生的将士们,对这个元帅更是崇敬有加没有丝毫的怀疑。

一天一夜之后,先头部队飞鸽传书再次到了姬小小手中,看完了以后,她的脸色不由变了变。

"怎么了?"月希存看她脸色不妙,赶紧将情报接过来看。

温柔的笑意，也在瞬间消失无踪。

"这……"他看着姬小小，"回头，还是……"

"行进速度太快，我们现在走也来不及了。"姬小小摇摇头，鸽子的速度是快，可那东西……虽然没有翅膀，可行进的速度却不是一般的快。

现在只能指望它们吃饱了以后，可能会歇息一会儿来拖延时间了。

"阿彩和小黑有没有办法？"月希存看着姬小小，让将士们原地休息，自己却坐在马车上冥思苦想。

"先让它们去探探。"姬小小点点头，她不想引起将士们的恐慌。

在这个忽雨忽晴的雨雾森林里，什么都有可能遇到。

又有一封信传来，姬小小精神一振，看着月希存道："或者事情有转机，我们试试。"

"可如果速度不够快，就有危险。"月希存看着情报，不无担忧。

"无论怎么样都要试试，让将士们多休息一会儿，到时候有力气跑。"姬小小将手中的情报烧成灰烬，"还好有师父的先头军队，不然还真不知道怎么办。"

姬小小让人传令下去，所有将士们检查好鞋子和小腿的绑带，身上的东西全部背好绑好，等过了前面草坪，待会儿需要急行军。

月希存看着姬小小点点头，开始往前行进，等到了某处，他忽地大叫一声："往右，快跑！"

一声令下，是用内力催动，整个军队的将士们人人都听到了。

姬小小和月希存催动内力，用轻功越出去一段路，再指挥大家赶紧跟着他们走。

没走多远，忽地有人尖叫起来："看，那是什么？！"

有些将士忍不住回头，却见很远的地方，有一条黑线正迅速朝他们这个方向移动。越来越近，后来慢慢从黑线变成了一大片的黑色，密密麻麻不知道是什么东西。

"好像是蚂蚁！"又有人叫。

"大家别看，赶紧走！"姬小小有些急了，"赶紧走，那是食人蚁！"

魏军之中，还是有几个知道什么叫食人蚁的，立刻大叫起来："那蚂蚁会吃人，赶紧走！"

求生的欲望，让这些不会轻功的将士，跑得也是飞快。

"大家快点，前面有河，我们准备了船只，大家只要上了船就安全了。"食人蚁不会水，所以用水阻隔自然是最好的。

虽然从河里过需要绕些路，不过总比在这里被食人蚁吞噬的强。

食人蚁离他们已经越来越近，所过之处寸草不生，只留下一大片黑色的泥土。

可河水，好像还离他们很远，在茂密的丛林之中完全找不到踪迹。

"糟了，它们快追上来了！"有几个士兵慌了神，看着那些离自己越来越近的蚂蚁，一只只都有大半个小指头大小，有着惊人的吞噬能力。

还有两个绊倒在地上没有起来的士兵，也在顷刻间化成了黑泥——连骨头都没有留下。

【第十九章　险重重过关斩将名远扬】

247

"怎么办？"月希存看看前方，他倒是听到了流水的声音，可偏偏完全没看到河流的踪迹。

他的耳力比常人要好，若是听到了声音，大概也还有好远的路。

姬小小也皱了眉头，却还是安慰道："没事，已经通知阿彩和小黑了，此刻应该已经到了！"

话音刚落，空中传来两声响亮的嗷叫，紧接着，一团火焰喷洒在食人蚁的前方，阻隔了它们前进的道路。

不过因为在丛林之中，火势不敢太大，不然迎风扩散的话，那杀伤力跟食人蚁不相上下。

火势虽小，还是让食人蚁停止了前进，逃命的时候，人能爆发内在的潜力，就这么一会儿时间，将士们又跑出了很远的路。

凤凰又在他们的身后，拦下了第二道火线。

而食人蚁似乎也感觉到了神祇的到来，变得有些踌躇犹豫起来，速度放慢了不少。

"河，有河了！"月希存难得激动地大叫起来，那河水好像救命的稻草，让不少将士们看到了希望。

"快，快上船！"点苍山的人早在船上接应，都是木筏为主，也亏得他们什么都会做，直接砍树为船，用绳子绑成了筏。

有凤凰的火势断后，给他们争取了不少时间，将士们连人带马纷纷上了木筏。

不过因为时间有限，一次性将二十多万人马运过河去肯定是不可能的，木筏虽大，也只能乘坐百余人，所以必须分几次将大家渡过去。

因为是顺流而下，木筏的速度也很快，来回两趟，一半的人马已经过了河，到第三拨时，忽地有人又叫起来："那是什么，那是什么？"

姬小小和月希存朝着声音防线看去，见一只青色，长嘴，长尾巴的动物，从水中爬到了岸上。

"糟了，是鳄鱼。"姬小小倒抽一口气，现在好了，真是前有强敌后有追兵。

"大家不要怕，有没有受伤的，赶紧把伤口包扎了，不要让它闻到血腥味。"鳄鱼对血腥味极其敏感，一旦闻到就会引发它的攻击欲望。

鳄鱼的耳目灵敏，但是只要它暂时还不饿，又没人去招惹它，应该还不会引起它的攻击。

现在只能希望它吃饱了。

而且鳄鱼通常是群居的，这河里有一条鳄鱼，就有很多条。

"人先过河，马先留下！"姬小小看看张着血盆大口的鳄鱼，先让人过去吧，实在不行，用战马喂饱那些鳄鱼。

虽然战争时期，战马有时候比人值钱，可要保还是得先保人命不是？

"啊……"一声惨叫，一个士兵已经被那只硕大的鳄鱼拦腰咬住，很快就吞了进去。

姬小小也顾不得了，赶紧上前，拦住那条鳄鱼，牵过一匹马，拦在将士们和鳄鱼之间，叫一声："赶紧上船，我来喂饱它，暂时它就不会攻击你们了。"

说着，在那匹马上拍了一掌，那马应声倒地，那只鳄鱼很快爬上来，吞噬起那匹马来。

　　凤凰还在对付食人蚁，暂时顾不上这边，姬小小和月希存有些头大，这些鳄鱼他们是可以杀的，只是不知道数量有多少。

　　如果开打，这么多人要杀光这些鳄鱼问题倒是不大，不过魏军的将士很多都没有对付这种猛兽的经验，他们一定会损失巨大。

　　"还有两次，就可以走光了！"月希存看看河面之上，好在没有鳄鱼跳上木筏来攻击，不然事情对他们会越发的不利。

　　姬小小点点头，手上已经拿好了弓箭，又找了几个弓弩手跟在身后，若是鳄鱼群起而攻之，他们只能应战了。

　　目前他们先推了五匹战马出去，希望能拖延一下时间。

　　"还有最后一批！"月希存拉着姬小小，"走！"

　　姬小小和几个弓弩手且看且退上了木筏。而此刻，空中再次响起嘹亮的嗷叫声，阿彩和小黑是通灵的神鸟，这边的情况已经引起了它们的注意。

　　有了神鸟的来到，鳄鱼们暂时也不敢动了，加上本来就吞了几匹战马，让它们暂时没了饥饿感，一时间危险暂时解除，大家顺利过了河。

　　"吼……"岸边，死里逃生的将士们一个个欢呼雀跃。

　　"快走，鳄鱼会追上来的。"月希存和姬小小并不乐观，鳄鱼是两栖动物，它们可以在岸上生存，最好不要引起它们的注意为好。

　　凤凰引路，点苍山的先锋又有足够的经验面对各种情况，接下来的路程相对又顺利了很多。

　　除却之前杀了几只追上来的鳄鱼损失了几名士兵以外，一时各种动物还没有敢再靠近他们的。

　　"好漂亮的花！"行军没多久，有人感叹起来。

　　且看前方路边有不少硕大的花朵，紫红青绿到白色渐变的颜色，绚丽夺目。

　　那花朵，竟然比一个人还大。

　　"别碰！"姬小小大声叫起来，却已经来不及了，一个士兵伸手去碰那花朵，那花朵张开口，将他整个人吸了进去，很快，什么声音都听不见了。

　　"大家离这些花远一些，那是食人花！"这些东西，她只在师父给她的书上看到过，没想到现在可以看到真实的东西。

　　"三人一排，从中间走，不许跑，它们对振动很敏感。"姬小小下令，让队伍换了队形，尽量离那些漂亮而恐怖的花越远越好。

　　即使这样，途中还是有士兵不断被食人花吸走化作了汁液。

　　好在这些食人花在感觉不到攻击的时候是不会胡乱攻击人的，所以短短一段路牺牲了百余名士兵的性命，大部分人还是过去了。

【第十九章　险重重过关斩将名远扬】

姬小小和月希存对视一眼，运起轻功，几个旋身已经跟上了大部队。

"元帅，前面不知道还有什么，到底要多久才能走出头啊？"已经有将士心有余悸地看着前方的路，想起之前的经历。

"已经到了这一步了，硬着头皮也要走下去了。"姬小小叹口气，"难道你们想走回头路？"

"这……"当然没有人愿意。

回头，他们就必须再面对一次那些恐怖的东西。

大约十日后，当雨雾森林外的曙光照射到所有疲惫不堪的将士们脸上的时候，他们甚至连欢呼都没有力气了。

所有的将士都胡子拉碴，包括素来整洁的月希存。

他比姬小小更累，因为他怕孕妇睡眠不足，晚上的时候都是他来执勤。

森林之中处处有危险，让他不敢阖一下眼。

很多将士们在出了雨雾森林的第一刻，就直接倒在地上休息，有几个甚至再也起不来了。

惊恐、追逐、奔跑，对生命的震撼，此刻极大地在将士们的心中回旋。

然而前方等待他们的，却还是未知数。

因为……战鼓响起了，雨雾森林的不远处，一支打着晋字旗号的军队朝着他们这个方向，带着云雾一般的尘土冲着他们奔腾而来。

"元帅……怎么办？"几个将领喘着粗气，看着姬小小。

他们现在虽然还有二十万人，可已经溃不成军。

姬小小一下也没了主意，她从没想过，出得雨雾森林居然是这种情况。

看对方的来势，没有二十万人马也应该至少有十万。

而且，这一次，他们没有依靠他们所擅长的驭兽术，而是真刀真枪真人上的。

月希存想了想："大家先休息，能休息多久休息多久，我先去会会他们。"说着，也不骑马，直接用轻功就飞了出去。

这么多天了，马都累了。

返回雨雾森林，用玄铁宝剑砍了不少树枝下来，月希存有些狼狈地拿着那些树枝，开始越到晋军前方，看似很凌乱地插摆树枝。

那些晋军士兵看到前方有个灰色的身影——月希存月白色的衣衫，早就成了灰色。

不过不久之后，那身影居然从他们面前凭空消失了。

月希存深吸一口气，希望他的阵法能阻挡晋军的脚步。

先用障眼法堵了他们的路，接着他到附近找来不少石块，开始摆第二个阵法。

时间和材料都有限，他无法摆出更大更细致的阵法，让他有些焦虑。偏生姬小小对这方面很没有天赋，否则，师兄妹两个人应该会快很多。

"月公子，我们来帮你吧！"就在此刻，点苍山的千人先锋队看出了他的意图，跑了上来。

月希存脑海之中灵光一闪："对啊，有你们就好办了。"

晋军在靠近雨雾森林，和魏军几乎在面对面的地方打着转，找不到前进的道路。

点苍山除却带头的千名士兵外，其他八九千人，是跟着魏军一起穿过雨雾森林的，此刻他们汇聚在了一起。

调动五千人，每一千人各占一个方位，坐定，调息。

他们需要时间来恢复体力。

诚然，他们的体力恢复起来比魏军士兵们快很多，可是已经半个月没有好好休息，好好吃东西，体力透支还是很多的。

现在一出来就面对对方十几万的大军，两人对付一个也对付不了了。

不光是人，就连两只神鸟——凤凰，都似乎有些疲惫了，叫声不如之前嘹亮，飞行速度也变慢了。

在这样的情况下要打仗，他们似乎真的一点胜算都没有。

现在只能看点苍山到底有什么绝招可使了。

小型的九转龙门阵，让她想到了那个和师父长得十分相似的黑衣道士。

到底是什么人呢？

好像专门和师父作对一般。

月希存之前摆下的阵法实在仓促，不过一个时辰而已，十万大军已经发现不对劲，很快破阵而出。

好在这点时间足够点苍山五千人摆好龙门阵，迎接他们的到来。

这是一场实力悬殊的战争，然而当年几万人组成的龙门阵便可困住百万人，如今五千人要困住十万人问题也不是很大。

那种来自四面八方的，实体的，虚幻的攻击，让人分不清楚。

火与水一起交融，还有凤凰在头顶盘桓，让他们的战马都惊慌失措，完全不听指挥。

从正午到傍晚，在阵中被火烧死以及累死的晋军士兵已经达数万人。

晋军终于发现了不对劲，鸣金收兵，只留下半数人马，仓皇逃走。

"他们的消息倒是快，怎么会知道我们从这里出来呢？"月希存看着逃走的晋军士兵，若有所思。

姬小小点点头："莫非有内奸？"

"可消息怎么传？"要知道，在雨雾森林里面几乎和外面隔绝，消息根本无法传出去。

"或者他们在这里等候多时了。"不然不会这么巧，他们刚出来，就朝着他们奔过来。临时得到消息整顿军队也需要些时日。

出了雨雾森林，打退了忽然出现的晋军，前方三百里是晋国军事重镇——锦林镇。

【第十九章　险重重过关斩将名远扬】

之前退走的晋军，就是退到了那里。

传令下去，安营扎寨，就地休息七天。

这几日大家的体力消耗都十分大，难得到了安全的地方，自然要好好休息恢复体力。

月希存带着点苍山的人马在军营附近摆下了几个阵法，防止晋军忽然的偷袭。

姬小小又到处去看了将士们安营的情况，难得大锅已经支上，开始做饭了。

虽然已经很晚了，不过总算今天是能吃顿安稳饭了。

等月希存归来，看到姬小小还在到处走动，顿时没给好脸色："你累得够呛了，还不去好好歇着？！"

"二师兄，我没事，我身体好得很呢！"姬小小笑起来，摸摸肚子。

下面一句话，她没敢说。

就是饿了。

孩子已经十足有四个月了，她本来就很能吃，现在，每时每刻都感觉到饿。

"你多久没好好吃饭了！"月希存瞪她一眼，"先回中军帐吃完饭以后好好休息，还有时间呢，明天出来看也来得及。"

她的疲惫，他是看在眼中的。

目前，他还在犹豫是不是该做一回通风报信的小人。

"元帅，副帅有战报！"两人还在争执中，已经有传令兵从信鸽身上取了信函过来禀报。

姬小小笑看月希存："你看，我歇得下来吗？"

说完，展开那信函开始看起来。

只看了头两行，只觉得字迹慢慢模糊，连信纸都变得模糊起来，双腿也有些发软，最后，只听得耳边传来一声惊呼："小小……"便陷入黑暗之中。

姬小小不知道自己是怎么醒来的，不过醒来的时候已经在中军帐之内了。

睁眼，就看到月希存一脸的责怪表情。

"看你还逞不逞强！"这是月希存在她醒来以后说的第一句话，"我把你的事情已经绑在信鸽上传去京城了，这事得让玄墨来管！"

"你说什么！"姬小小大惊，一下坐起身却感觉一阵眩晕。

月希存忙按住她："你现在可是两个人了，体质怎么能和以前相比，还当自己孤身一人吗？"说完，叹口气从桌上拿起一碗黑乎乎的药汁，"先把药喝了，你要是再不醒，我就该灌你喝了。"

姬小小也没犹豫，一口气喝干，为了孩子就算是毒药她也照喝不误。

"你真的把消息传给玄墨了？"她看着月希存，想从他脸上找出点答案来。

月希存看着她紧张的样子，只好实话实说："我只说你累病了，没告诉他你怀孕了，满意了吧？"

"这事也不能告诉他啊！"姬小小还是有些急。

"已经是极限了,让他好好说说你,你才能听话!"月希存瞪她一眼,"不然我就直接告诉他你怀孕了,到时候看他还下不下令让你撤离战场!"

知道二师兄是为她好,姬小小终于沉默了下来:"好啦,二师兄,我以后注意就是了。"

"真当自己是铁打的,你是孕妇,好多天没好好休息,好好吃东西,孩子营养都跟不上,你的体力消耗又过多,没有晕在雨雾森林之中那是你运气好!"月希存还在絮絮叨叨,不过手上却没停下,不停地给她拿吃的。

姬小小也不客气,拼命地吃,想将这几天流失的养分一次性补回来。

她和月希存一样,也精通医术,甚至比他还高明些,自从醒来自己的身体状况她自然是很清楚的。

刚才晕倒,确实是因为这几天体力透支和营养不良所致。

"二师兄,我知道错了,以后不会让自己累着了,好不好?"想了想,还是使了"杀手锏"——撒娇。

这一招,对她三个师兄,包括师父在内都格外有效。

果然,月希存很无奈地叹口气,继续给她递东西吃:"慢点吃,别噎着。"

"对了,二师兄,刚才我晕倒很多弟兄都看到了吧,你怎么跟他们解释的?"姬小小想起还有几件重要的事情。

"放心吧,我跟他们说,元帅因为疲累晕倒,身体无大碍,只是需要好好休息。"月希存翻了个白眼,"这几天,军中的事务都交给我处理,你好好休息。我也跟他们说了,这些天拒绝他们探望。"

姬小小有些急:"军中的事,我不管怎么行?"

"反正没什么大事。"月希存瞪她一眼,"他们听说元帅累病了,都很感动,所以同意了我说的话,你反对也没用。"

姬小小想了想,知道自己的身体状况,估计不同意也没用,只好点点头:"不过重要的事,总该让我知道。"

"好吧,大元帅!"月希存心不在焉地敷衍。

"义父来的信函说了什么?"姬小小想起晕倒之前那件重要事情。

"你就不要管了。"月希存不想她操劳,"这事我会处理。"

姬小小看着他,一字一顿地道:"这是重要军情!"

"好吧……"月希存有些无奈,将信函递过去给她,"金矛王爷他们已经出了绀青沙漠,拿下了绀青城。"

姬小小看那信上写着,松了口气,可看到下面,眉头又皱了起来:"晋国人改变策略了?"

难怪他们可以在雨雾森林前方看到全人马组成的队伍,而不是用他们晋国人善用的猛兽。但是金矛王爷那边却不一样了,飞禽猛兽全部上阵了,空中地上全方位打击。

拿下绀青城以后,他们没有再往前前进过一步。

"看起来，他们了解我们了。"月希存叹口气，不想让她担忧，却还是让她忧心上了。

"现在怎么办？"姬小小有些忧心忡忡，"若是换过来，似乎来不及了。"

月希存安慰道："别担心，我已经让点苍山有飞禽坐骑的那些人都赶过去了，应该不出三日就能赶到，我们的人都是可以以一敌百的。"

姬小小这才松了口气，颇有些哀怨地道："开战都三个月了，师父到底去哪里了？"

"好好休息，别想这些事情了。"月希存扶她躺下，"不然，玄墨那儿我也不好交代。"

不知道，那个一国之君在知道小小病了以后会有什么反应呢？

因为月希存和点苍山奇兵布下的阵法让锦林镇的晋军无法靠近，倒让魏军切切实实得到了良好的休息。

三天下来，相安无事。

三日后，京城的信鸽飞了过来，是玄墨给月希存的回信，信上的内容很简短，只有一句话："让火凤小黑回京，不然我骑千里快马前来！"

月希存面无表情地将信函递给姬小小，让她自己决定。

姬小小皱了眉头，瞪着月希存，似乎在怨他多事："瞧，这不生出事端来了？"

"那你打算怎么办？"他不疾不徐，依然一脸温柔的笑意。

"还能怎么办，难道真让他一国之君骑马来吗？"姬小小摸摸丝被下的肚子，"还好肚子还不明显，他来一趟瞒他应该不难。"

果然只有玄墨镇得住自己的小师妹！

和阿彩商量了一下，反正主子同意了，阿彩自然也无话可说，让小黑飞往京城而去了。

凤凰的速度自然比信鸽快很多，从秦都到晋国锦林镇，不过一天一夜时间，是以，玄墨在第二日夜间就悄悄入了魏军军营。

"怎么样？"玄墨一头冲进中军帐，好在月希存早就算准了他到来的时间，将附近执勤的士兵都调走了，才没有引起别人的注意。

姬小小看他直接扑过来要给自己把脉，赶紧缩手："都四五天了，什么病也好了，再说我不过是累着了，你就别在我面前班门弄斧了，你那点医术还不够做我徒弟的。"

被她这么一说，玄墨有些讪讪地缩回手："会讽刺人了，看起来身体确实好了很多。"说完，摸摸她的脸，声音忽然一变，"朕三个月又十四天没见你了！"

"咳咳！"月希存忍不住咳嗽两声，提示他们还有外人在，别在他面前上演亲热戏码。

"哦呵呵，二师兄啊……"玄墨一脸讨好的笑意，透着一股子套近乎的语气，"是不是嗓子不舒服啊，可别是着凉了，小小这才刚好呢，可别传染给她，不如二师兄去医帐找点药吃？二师兄医术高明，想必一晚上就好了……"

已经很明白了，就是让月希存离开一晚上，别影响他们夫妻亲热。

月希存转身准备走，可一会儿又转回来了。

不行啊，小小怀着身孕呢，可很明显玄墨这个粗心夫君并不知情。

小两口小别胜新婚，干柴烈火……

咳咳，这把火把他的小外甥给烧着了可就不好了。

"二师兄……"之前客气的"月兄"，早就被玄墨套近乎的"二师兄"替代，摆明了说他们是一家人，"那个，可是有什么东西未拿吗？"

"哦，不是，我忽然想起有重要军情和小小商量。"月希存找了自认为很好的借口。

姬小小翻个白眼，她早就看出自己这位二师兄在担心什么了。

这事儿，就算玄墨想，她也不可能做啊。

虽说四个多月了，这个时候行夫妻之事只要小心一点，问题不是很大。

可问题是，为了掩饰自己的肚子，她还在腰上围了好几圈白布呢，这要是被玄墨看到了，可就全穿帮了。

"二师兄，你要说的战报我知道了，不是很急，大军还是休整，还用不上，你先出去……呃，治病，我和玄墨说些体己话，你可别偷听。"

都说得这么直白了，他月希存就算脸皮再厚，也不可能留下了。

"那你小心些，大病初愈……"月希存欲言又止。

"知道了，我自己的身子，自己有数，自然会小心的。"姬小小有些不耐起来。

以前怎么没发现自己这二师兄有这么啰唆的习惯，这习惯养成了不好，她有一个唠叨三师兄就足够了，不然耳朵会长茧的。

"小小，我好想你。"见姬小小身子并无大碍的样子，玄墨有些放下心来，握着她的手道，"以后可不许让自己再累着了。"

姬小小的身体状况如何他最清楚了，简直比牛还壮。

能让她累到病倒，一定是极累极累了。

"已经没事了，可二师兄不肯让我起床罢了。"姬小小伸个懒腰，表示自己神清气爽，和常人无异。

事实上，这几日加足了营养，又有了充足的睡眠，以她的身体底子，早就养回来了。

只不过，因为肚子里多了块肉嘛，所以不敢怠慢，多休息些时间也好。

"他做得对！"玄墨这次是完全站在月希存这边了，"是该多休息休息，你若是再不听话，朕就派人替了你的位置，再不行，御驾亲征也要守在你身边。"

姬小小忙摇摇头："那怎么行，这仗没一年半载打不下来，晋国虽然没有魏国大，可好歹是个国家，几百城池，你一个皇帝，哪能一两年不在朝？"

"不在就不在，大不了这江山我不要了。"玄墨的话有些负气。

"那你父皇的嘱托你也不管了？"姬小小看着他叹口气，"真的任由他老人家苦心经营的国家落入旁人之手？"

玄墨愣了愣，刚才不过是一时意气，也算是真心话。

【第十九章 险重重过关斩将名远扬】

255

只是被小小这么一问，反倒不知道怎么回答了。

"天色不早了，睡觉睡觉！"没办法回答，最好的办法就是转移话题。

姬小小也不戳穿："说好了，只准留宿一晚，明天一早就让小黑带你回去。"

"不能多留几天吗？"玄墨带着耍赖的神情，手慢慢搂上她的腰，颇有些不老实。

姬小小一把按住他的手："别乱来，你也听二师兄说了，我大病初愈。"

"那我等你痊愈了再走！"玄墨颇有些不甘心，"小小，我这三个多月可为你守身如玉呢！"

姬小小心中一动，叹口气："你出来的时候宫里可有人知道？若是发现皇上不见了，估计宫里都要闹翻天了，哪有时间等这么久？"

"刚早朝完，吩咐了景德安了，若我三日后不归，让他取消那日早朝便是，反正朝中目前除魏晋之战无大事。"朝权都握在他一人手中了，大多数多官员都是他的亲信，一时之间也不会掀起什么风浪来。

"你……"姬小小有些心软了，知道这男人从未背叛自己，心中有些暖暖的。

"好吧，就住两晚，多了不行。"姬小小想了想，终于妥协了。

好吧，已经是极限了，玄墨也不再坚持，不过躺在她的身侧，手怎么也老实不起来。

"不能用，光看眼馋，让我摸摸过过干瘾总成吧？"玄墨在思索着怎么多留两天，好等她彻底痊愈了，将她吃干抹净，一解相思之苦。

姬小小看他眼中充满了隐忍的欲望，不由心软："我大病初愈，不能太过劳累，不过……偶尔为之，应该可以。"

"不行！"玄墨抱紧她，"刚才你二师兄说了不行，你别因为同情我而妥协，大不了过些天等你病彻底好了，我再让小黑带我过来。"

"不要！"这下慌的却是姬小小了。

如今四个多月的肚子尚好隐藏，若是玄墨真的兴起，时不时过来一趟，这日渐变大的肚子，要怎么藏才好？

"为什么，难道你就不想我？"玄墨满眼受伤。

"我……"姬小小搜肠刮肚，想对策，"凤凰虽然是神鸟，可秦都离这里毕竟路途遥远，一次还行，要是三番五次地来，累着了怎么办？你也知道晋人擅长驭兽，我这边还指望它们的神力呢，你总不想这仗打得没完没了吧？别贪一时的快活反倒变成长久分离了。"

"那多久才能见到你？"他妥协。

姬小小眼珠子一转："五个月吧！"

五个月以后，孩子已经生下来了，他想要阻止她打仗也已经来不及。

"三个月，不能再长了！"玄墨讨价还价，而且语气不容置疑。

三个月啊……

三个月就三个月吧，实在不行，到时候再找点战局动荡之类的理由拖延上一月半月的，木已成舟，他想反对也没用了。

打着如意算盘，姬小小点点头："三月就三月，不过到时候得听我的，不许擅自来，毕竟你不清楚战场的情况。"

"好，只要你不反悔就行。"玄墨最怕她反悔，这可是自己好不容易争取来的福利呢。

软玉温香在怀，却是只能看不能吃，让玄墨一夜未眠。

他得想办法多留几天，等这丫头病痊愈了再走，人都在眼前了吃不到，他无论如何都不甘心。

他的想法太明显，所以姬小小一早醒来的时候就察觉到了。

"其实我……"姬小小想了想，还是道，"其实我真的已经好了。"

现在的她，除却饭量比以前大了一些，身体真的已经完全恢复了。

"元帅，吃饭了！"门口，响起月希存的声音。

如果是平时，他早就进来了，可现在非常时期只好站在门口叫。

玄墨掀开被子起床对姬小小道："你躺着，不许起来。"说着，走到中军帐门边掀开一条缝，看到外面并没有外人才松口气，对月希存道："给我吧。"

"我就不能进去探望一下？"月希存多少还是有些担忧的。

干柴烈火啊，他也是男人，有些事情他是懂的。

万一昨晚玄墨没节制……

"放心吧，她是我的女人，我不会让她累着的。"玄墨多少能猜到他在想什么，"你说的，大病初愈不能太过劳累。"

月希存难得千年不变的脸上带了一丝绯红，好吧，他好像管太多了。

看着营养丰富的早餐，玄墨此刻倒是有些感激。姬小小这个二师兄虽然鸡婆了一些，但是从小事上看得出来他对小小是非常细心的。

不过让他十分郁闷的是，托盘的一侧放着一碗几乎清可见底的稀粥，还有两个馒头，和整盘子丰盛的早餐格格不入。

用脚趾头想也知道，这是他这个一国之君今天的早餐了。

玄墨苦笑，将托盘放到姬小小床边的小桌子上，自己一个人拿起稀粥馒头。

他发誓，回宫以后下的第一道圣旨，就是要改善军营的伙食。

他哪里知道，经过雨雾森林，粮草只被运来很少，现在基本上的粮食都是将士们自己一人一袋从森林中背到这里来的。

在那片死亡之林中，很多将士的尸体都留在了那里，而他们身上的粮食则转到了别人的手上再带出雨雾森林。

战争，总是要死人的。

在那种情况下，一袋粮食，显然比一具尸体要有用得多。

【第十九章 险重重过关斩将名远扬】

再多的尸体也换不来希望，而一袋粮食可能可以救活好几个将士的生命。"

姬小小看着他，不由叹息。

月希存没告诉她目前军营粮食的问题，她的那些营养丰富的早餐，都是靠着凤凰"空运"过来的，数量甚少。所以在她看来，她的二师兄确实像在故意为难玄墨。

"一起吃吧！"她把早餐摆到玄墨面前，"我一个人吃不完。"

"既然是二师兄给你的，想必这几天你都是这样吃的，怎么可能吃不完？"玄墨毫不客气地戳穿她的谎言，自顾吃着馒头，"说实话，我没吃过这些东西，偶尔吃一下味道还不错。"

"是吗，我尝尝？"姬小小狐疑地看着他。

见她疑惑，玄墨半真半假地道："反正明天我就回宫了，什么山珍海味没有，下次要是过来，我让御膳房给你做好膳食带过来都行……到时候天气应该不会这么热了。"

呃……

好像是有道理。

姬小小点点头，横竖不能饿着肚子里的孩子，现在正是她最饿的时候。

玄墨看着她狼吞虎咽，顿时有些心酸："这行军打仗，让男人去就行了，你一个女子……想必吃了不少苦……"

"干什么，心疼粮食？"姬小小没好气地瞪他一眼。

其实她知道玄墨是心疼她，不过如果那样说气氛就会有些尴尬，不如开个玩笑，一笑置之的好。

"你要吃什么，我让小黑给你带过来！"反正过两天他也要走的，小黑要跟他进宫，返程的时候让它将饭菜带来就行了。

"这里好吃好喝的，我哪有那么嘴馋？"姬小小继续瞪他，"别担心了，你看二师兄不是把我照顾得很好吗？再说了，我哪里有这么娇气？"

就这样说说笑笑，加上一点点有克制的耳鬓厮磨，两天时间一晃而过。

只有月希存很是不满。

所以说，当离开时玄墨看着月希存的黑脸，心中更是一片茫然。

不过好在，因为"吃饱喝足"他倒是心情很好，所以也就懒得计较这些了。

有了火凤帮忙，以后每三个月就可以看到小小一次了。

"你呀，太纵容他了。"月希存叹口气，瞪着自己这个不听话的小师妹。

"他是孩子的爹嘛。"姬小小难得脸上一红，"就算是让他和宝宝见见面。"

"你……"月希存无语。

姬小小就地转了个圈："我身体已经好了，你清楚的，这些天我躺在床上都快憋死了，营中的事情你总该说些给我听了吧？"

看姬小小一副"你别以为这几天有事瞒着我我不知道"的表情，月希存叹口气，拿出刚收到的情报："点苍山的飞禽队已经到绀青城接应上了金矛王爷和逍遥侯他们，目前可以和驭兽族人相抗衡了。"

"那就好了。"姬小小松了口气，"不知道有没有胜算。"

月希存点点头："我也在担心这个，虽然飞禽队可以以一敌百，可毕竟人数不多，而且晋国不比点苍山，他们对地形也不是很熟，有些东西无法利用。"

"先走一步算一步吧，能相持住已经是不容易了。"姬小小也明白目前是什么情况，然后话锋一转，"我们休整已经七天，将士们的粮食该吃完了吧？"

进入雨雾森林的时候，为了轻车简行，虽然不知道要在里面待多久，但是让将士们一律只背了一个月的基本口粮。现在已经过了二十多天了，加上路上散的，丢的，所剩肯定不多。

"省着吃，还能坚持五天。"他老老实实回答，"不过可以让凤凰运粮过来，再撑十天半个月不成问题。"

"锦林镇，必须赶紧打下来了。"姬小小皱了眉头，月希存能想到的她自然也想到了。

锦林镇是晋国有名的粮仓。

因为从未有人，或者说，有军队曾经活着走出过雨雾森林。

若要打晋国，必定从绀青沙漠或者嘉南城一路往南打，最后打到的才是锦林镇。

背靠着雨雾森林这天然屏障，晋国人很聪明地将晋国最大的粮仓建在了行军打仗的最后一站。

这样一来，不管前方打到哪里了，晋军的粮食供应永远都十分充足。

然而这一次，他们失算了。

姬小小带领的军队，不光是走过了雨雾森林，而且大多数人都还活着。

现在经过休整，魏军将士们的体力已经恢复，而且士气高涨，此刻攻打锦林镇，绝对正是时候。

只是，月希存所担心的是姬小小的身子。

"二师兄，你别担心，我会小心的。"姬小小拉着他的手臂，"我是他亲娘，没有人比我更担心他的安危，你放心，我骑着阿彩在天上飞，让晋军的骑兵失去作用，又不用亲自参加战斗，这样你可放心了？"

确实不可以让自己再累着了，她现在是两个人了，为了孩子，在将士们心中降低点威信她还是愿意的。

"能拿下锦林镇，对晋国来说确实是个重大的打击。"月希存自然明白锦林镇在晋国的地位。

拿下锦林镇，等于夺得了晋国三分之一的粮食。

"有多少胜算？"姬小小抬头看着他。

这是实打实的一仗，她还是得仰仗月希存。

"五成！"月希存看着她，这场仗，双方实力均等，所以胜负对半开。

【第十九章 险重重过关斩将名远扬】

259

魏军在人数上多于晋军，但是天时地利都对晋军有利。

他们算是孤军深入，背水一战了。

姬小小低头想了想："去把公用的粮食都藏起来，明天开始，告诉将士们勒紧裤腰带，我们的粮食不够用了。"

月希存一愣："你不怕引起恐慌？"

"赌一把吧！"姬小小看着他，毕竟还是有些犹豫，"你说呢？"

月希存皱眉："告诉将士们，夺下晋国粮仓是他们活下去唯一的希望，而且希望只有一次。"

"人都有求生的本能。"姬小小叹口气，"再让晋军骑兵的马全部失去战斗力，骑兵对步兵又相对容易些。"

一夜之间，魏营粮食短缺的消息在将士们之间流传开来。

恐慌，带着生存的欲望也萦绕着将士们的心头。

而且不出一天，姬小小便告知大家她身子好了，要向晋军宣战，拿下锦林镇。

但是大家都看得出来，大病初愈的她，依然带着疲惫——当然，那是她易容之后的样子，事实上，她已经好了。

元帅病没好，就急着向晋军宣战。

这意味着什么，大家心知肚明，却不敢明言。

要想活着离开晋国，就必须打赢这场仗！

这是每个魏营将士们心中目前统一的理念——当然，少不得月希存分了几个人到各个军营之中跟大家传播这种思想。

没粮食了，晋营有，锦林镇有！

当姬小小乘坐着彩凰，看着魏军士兵如狼似虎地扑向晋营的时候，她笑了。

这场豪赌，她赌赢了。

沙尘滚滚，旌旗飞扬。

在魏军眼中，晋军是粮食，是活命的粮食，只有砍倒他们，他们才能吃饱饭。

姬小小特意吩咐，早上只给将士们吃了半饱。

在饥饿的驱使之下，魏营将士们杀红了眼。

在这种情况之下，每个人都是拼命三郎。

晋军士兵们首先在气势上就输了三分，原本高于魏军的战斗力顿时下降了，又输了三分。

凤凰的出现，让他们的骑兵全线溃退，又输了三分。

剩下的一分胜算，在魏军的全力打压之下，也消失无踪。

一场恶战，从早上打到日落西山。

空中飞溅的血水，混着漫天的尘土迷离了人的眼睛。

冒着红血丝的魏军士兵，和脸上布满惧意的晋军士兵形成鲜明的对比。

魏军的将士是饿虎，比驭兽族旗下的猛兽还要凶猛三分。

冲开了锦林镇的大门，迎接了投降的约五万晋军士兵，姬小小终于下了阿彩的背，在无人处"哇"一声，将早上吃的全吐了出来。

"让你别逞强！"月希存给她递上清水漱口，"你受得了，孩子也受不了啊。"

姬小小叹口气："可是我不出现也不行啊，鼓舞士气嘛。"

月希存扶她一把："行了，我知道你想帮玄墨做点事。"

姬小小给他一个勉强的笑容，转移话题："那五万晋军降兵你打算怎么办？"

"收编！"月希存毫不犹豫给了她一个答案。

"怎么说？"

"魏军士兵只有二十多万，如果要打下晋国，战线相当长，每打下一座城池就需要留一部分守军守城，而我们是没有援军的，所以只能靠自己发展壮大自己的队伍。"

月希存分析得入情入理，只是姬小小有些担忧："可他们都是晋国人，你不怕他们反抗？"

"他们都不过是普通士兵。"月希存对于这点倒是早有想法，"我想过了，将他们分散安插到各个营中，比如，左卫营有五万士兵，我们安插五千到一万降兵进去，五万士兵又分大中小队，每队再零散插入晋军士兵，千人之中只有两百左右降兵，想也翻不起什么风浪来。"

姬小小想了想："这倒是个好主意，再说目前在晋国境内打，倒也不怕他们思念家乡。"

"嗯，再说了，这些当兵吃粮的，有吃有喝总比饿死强，只要我们势如破竹拿下晋国，他们为谁效命其实都一样。"

这边月希存忙着整编军队，那一边魏军将士们已经找到了锦林镇的粮仓。

不愧是晋国的粮食重镇，这边的粮食储存量果然十分巨大，别说他们只有区区二十几万人，就是两百多万人，也足够养活了。

花了半个多月的时间，月希存才将晋军士兵融入魏军队伍之中。

经过很严格的筛选，只留下三万多士兵。

剩下的是不愿意留在军营继续打仗还有存疑的，都分发了路费。

姬小小即使顶着杀人不眨眼的修罗之名，可该为魏国宣扬名声的时候，还是要抓住。

这一次，她自然借用的是玄墨的名号。

这一条，以后也会列入魏国将来的战事律法之中，永远沿用。

玄墨仁君的名声，再次崛起。

半月后，姬小小拖着五个月身孕的肚子，连续拿下晋国南边三四座城池。

在七月八月最炎热的季节里，很多将士们体力不支中暑晕倒，他们的行军速度变得缓慢起来，人心有些躁动，甚至连她肚子里的孩子也动得格外厉害。

幸运的是，金矛王爷和凌未然传来消息，他们已经掌握了对付晋国驭兽族的方法，拿下了绀青城附近几座小城。

【第十九章　险重重过关斩将名远扬】

战局，终于不再僵持，而朝着有利于魏军的方向发展了。

被酷暑困扰的魏军士兵在听到这一消息以后，无比雀跃。

点苍山奇兵和月希存，姬小小一起，用附近的草药熬制了不少抵御暑气的良药，让整个军营的焦躁情绪安定了不少。

而姬小小肚子里的孩子，此刻已经七个月了。

为了隐瞒，她越来越少在军营之中走动，有些活全权交给月希存处理。

打仗的时候骑在凤凰之上，裹着披风，加上军营之中的士兵基本都是大老粗，倒也没人注意到她身子的变化。

"下一仗我们要往哪里？"八月将过，终于感觉到了一丝秋的凉意，姬小小迫不及待地拉着月希存分析下一场的战事。

月希存看着她七个月隆起的肚子，大概因为第一胎的关系，她的肚子看上去格外小，加上她一直穿着宽松的衣服掩饰，乍看之下居然根本不容易瞧出来。

"往北一直打，这里是苍澜城，需要翻过这座山坡。"月希存指着军事地图上的一处无名山坡，"地方不大，所以没有名字。"

姬小小点点头："明日一早，趁凉，我们翻过山坡，到苍澜城东驻扎，看看这仗要怎么打。"

"二师兄，你不是说这是个无名坡吗，怎么有个碑竖在这里？"一早，姬小小裹上披帛，遮住日益增大的肚子，带着三军将士走在通往苍澜城的无名坡上。

月希存见她问，不由一脸疑惑地顺着她指的方向看过去，果然看到坡前不知何时立了块石碑，上面还写着猩红三个大字：落魂坡。

"好奇怪的名字。"姬小小抬头看着一脸若有所思的二师兄。

"不可能啊。"月希存摇摇头，"虽然我多年没回晋国，可地图上标着的都是经过精确考量的，不可能出错的。"

姬小小皱了一下眉："那这石碑莫非是凭空冒出来了？"

"倒像是有人依着山石刚刻上去的。"月希存走近些，仔细看。

多少年都没名字的山坡，为什么忽然在这战事紧张的时刻被刻上了个诡异的名字？

"是不是有人无聊想要吓唬咱们？"有个副将忍不住开口。

姬小小和月希存对视一眼，摇摇头："应该没人这么无聊吧？难道取个危言耸听的名字，就能把我们几十万大军吓退不成？"

"嗨，元帅，横竖不过是个名字罢了，又不是猛兽，又不能阻止大家的脚步，管他是什么呢。"又有人发言了。

"或者真的只是个恶作剧。"姬小小皱着眉头，话虽这么说，心中却怎么都有些不安起来。

为了防止军心混乱，她和月希存两个只得将疑问压在心底。

姬小小一行人继续往里走，却再没见过什么奇异的现象。

这是一个山坡，方圆不过两百里，又不高耸，平坦得只比地面高出几十丈甚至几丈而已。山坡之所以称之为山坡，是因为它甚至连山都算不上。

除了一路行来遇到的石头，让这里的道路比平坦的阳关大道走得艰难一些外，其余的对他们真的构不成任何困难。

"等一下！"走到一半，月希存忽地挥挥手，让大军停了下来。

"怎么了，有什么发现？"姬小小知道月希存不会无故下命令，顿时有些奇怪。

月希存却皱着眉头，久久不说话。

"二师兄，怎么了？"姬小小有些急了。

"先别说话！"月希存蹲下身子，查看前方的一块石头，然后再起身走到右边，沿着另外两块石头往下看，然后是左边……

如此往复，他嘴角上温柔的笑意渐渐消失无形。

"鬼撞墙！"半晌，月希存口中才吐出这样三个字。

姬小小一愣："鬼撞墙？"

什么意思？

"我想，我们应该是迷路了。"月希存扶着石头，看着姬小小，"这是个失传很久的阵法，人称'鬼撞墙'，可以让人在里面打转，转来转去似乎都是路，却又都不是路，看不到绝路，总是可以看到希望，却怎么都走不出去。"

"有这么奇怪的阵法，怎么没听师父提起？"姬小小看过天机老人给玄墨的破阵之法，虽然没有玄墨精通，可里面的内容和阵法名称却还是记得的。

"你在这方面没有太大天赋，所以师父没有教你太多。"月希存老老实实回答，"不过我们三个都是看过这方面的书的，三师弟觉得学这个太麻烦，但大师兄和我却觉得很有意思，当初下了不少功夫。"

"那你和大师兄在阵法方面谁更厉害？"小小很是好奇。

"当初我和大师兄还斗过几次阵，各有胜负，算是不相伯仲吧。其实我还挺想和大师兄再比比，毕竟这些年大家见识都有长进，对阵法的感情应该更深了一层。"月希存虽然不自傲，却也不愿妄自菲薄。

小小心想，看不出二师兄一直云淡风轻，在喜爱的事物上，也是个好胜的人呢。

"原来你一直不服我。"身后忽地响起熟悉的声音，惊得姬小小和月希存猛地回过头去，看到一个青衫男子，如天神降临一般拿着一块石头站在他们身后。

薄唇紧抿，不苟言笑的样子，看向姬小小的眼神却是带着无尽的宠溺。

"大师兄……"几乎同时，姬小小和月希存喊出声来。

"大师兄，你怎么来了？"姬小小跑上前，拉住柳暮云的胳膊，再看看他手中的差不多半人高的石头，奇道："你拿着石头做什么？怪重的。"

【第十九章　险重重过关斩将名远扬】

柳暮云摸了一下她的头，忽地一把扣住她的脉搏，变了脸色："你慢点跑，如今可不是一个人了。"

　　"大师兄，你还号什么脉啊，看看就知道了。"月希存自然最清楚柳暮云在说什么，笑着撩开姬小小披风的一角。

　　姬小小跺脚："二师兄，你就爱通风报信！"

　　柳暮云瞪了她一眼："希存不说我就不知道了吗，你当大师兄是傻子？"

　　"对了，大师兄，你怎么会出现在这里？"姬小小转移话题。

　　"师父让我来的。"柳暮云举一下手中的石头，"半个多月前，我忽然收到师父的飞鸽传书，说你和希存有难，让我到晋国落魂坡前等你们到来。"

　　姬小小和月希存对视一眼，看着他手中的石头："这是什么？"

　　"镇魂石。"柳暮云简短地回答，"也是这个阵的阵眼，没有这个，这个阵就没有任何诡异之处，不过是一个普通的迷宫而已，很快就能走出去。"

　　"咦？"姬小小仔细一看，发现上面还有朱漆写的"落魂坡"三个字，只是缩小了很多，"这怎么那么像我们进来的时候看到的那块石头？"

　　"就是它了。"柳暮云笑道，"有人用障眼法瞒过了你们，你们以为这块石头是依山而成的，事实上它是独立放上去的。"

　　"原来如此！"月希存对阵法也颇有研究，立刻明白了柳暮云的话。

第二十章　欢喜喜神仙美眷百年长

　　有了柳暮云的帮忙，破阵一事显得简单了很多。
　　刚出阵，却看到一名拿着长鞭的女子，背上插着数面黄色的三角令旗，手上还抓着三面，正对着阵中的他们一次一次地挥着鞭子。
　　倒不是来攻击他们的，不过那挥鞭子的力道速度和动作都非常有规律，不似乱挥。
　　而柳暮云和姬小小也同时认出了那个女子："金铃？"
　　金铃停止了动作，看了他们一眼，收了鞭子冷笑一声："这次算你们幸运，下次你们就没这么好运了，师父有的是法宝对付你们！"
　　"师父？"柳暮云有些反应不过来，"你说国师吗？"
　　"玄机道长？"姬小小也想到了。
　　柳暮云一愣："你怎么知道楚国国师是玄机道长？"
　　姬小小并未多言，只道："听说而已。"又抬头看着金铃，"你怎么会在这里？"
　　"与你有什么关系？"金铃转身快速退了几步，很快有匹快马跑了过来，她一跃而上。
　　柳暮云忽地足尖一点，极力追了上去，拦在她面前："你不是被囚禁在楚国了吗，怎么出来了？"
　　"我的事与你无关！"金铃一甩鞭子，马儿扬起四蹄就急急朝着柳暮云奔来。
　　柳暮云轻轻一伸手，就制住那马蹄子，冷笑一声："你惊扰了郁馨公主，三番四次欲置她于死地就关我的事！"
　　"她死了吗？"金铃翻个白眼，"就算她死了，你有什么证据证明是我杀的？"
　　柳暮云一愣，忽地有些讷讷地道："她……自然没死！"
　　"那关我什么事？"金铃双腿一夹马肚子，手中的长鞭忽地以很诡异的角度往柳暮云身前挥了过来，惊得姬小小和月希存都忍不住叫一声："大师兄小心！"
　　听得两人惊叫，柳暮云下意识将手中马蹄一松，整个人越了开来。

鸾凤和鸣 下

趁这个空当，金铃一拉缰绳，马儿如离弦之箭冲出去好几丈远。

"又是这招！"柳暮云看着她的背影，忍不住狠狠地跺脚。

"什么又是这招？"姬小小耳力好，早就听到了。

柳暮云看她一眼却不回答："走吧，再不走就天黑了！"

众人看看天色，果然如此，赶紧加紧时间赶路。而之前金铃和柳暮云那一段倒也没时间再去深究了。

天黑时分，魏军终于在苍澜城外百里处安营扎寨。

有了时间，月希存和姬小小赶紧拉住柳暮云仔细问了一番天机老人的交代。

原来柳暮云原本还在楚国统领大军，半月之前接到天机老人的飞鸽传书，一急之下直接跟楚王辞了官，寻了千里快马赶到晋国。

天机老人在玉泉山接应他，给他准备了大雕当坐骑，直接飞到了落魂坡等姬小小的军队路过。

听到这里，月希存皱了一下眉头："你的行踪楚王知道吗？我听闻楚王素来残暴，你这一走，万一消息走漏，柳家人恐怕要遭殃啊。"

"其实柳家对楚王残暴早有不满，奈何我爷爷固执，不过如今他已经病入膏肓，我爹说若是我有大事要做，不用顾及柳家。目前柳家还握有不少兵权，不怕楚王找柳家晦气。"

柳暮云一副胸有成竹的话，让月希存和姬小小都有些放下心来。

师兄妹三人将别后重逢的事情相互说了一遍，因为久别兴奋，一夜未眠，总算对各人的事情都有所了解。

"没想到，金铃居然是玄机道长的弟子。"姬小小叹息一声，"不过今天她说她师父有的是法宝对付我们，不知道接下来我们还要面临什么。"

柳暮云像是忽然看到她一样，忽地"哎呀"一声叫了出来。

"怎么了？"姬小小只觉得莫名其妙。

"你是孕妇呢，居然一夜没睡，赶紧躺着睡觉去！"他的脸色郑重严肃到令人生畏的地步，那一刻，姬小小感觉自己好似做了什么十恶不赦的事情。

"哦……"姬小小低着头，跟罪犯一样往床上爬。

"等玄墨来了，就让他把你带走！"柳暮云继续发挥兄长的余热，开始教训自己这个不听话的小师妹，"谁家孕妇挺这么大肚子到处乱跑还骑马打仗的？"

姬小小赶紧捂住耳朵："大师兄，我还睡觉呢，你让不让人睡了？"

"走走，我们出去看看下一步怎么打，以后打仗的时候小小就不要掺和了。"柳暮云十分"绝情"地拉起月希存往外走，一脸"没得商量"的表情。

姬小小懊恼地叹息一声，这下自己的行动更没什么自由了。

算了，先睡觉，宝宝现在确实应该摆在第一位。

正如姬小小所料想的那样，柳暮云的到来让她又多了一个人管制，在接下来的日子里，他索性直接发挥自己的大将之才，将所有和军事有关的东西大包大揽，而月希存还是负责军营的防卫。

在两位师兄的通力合作之下，魏军在九月拿下了苍澜城，稍事整顿，又在两月之内拿下苍澜附近几座小城镇和两座大城池。

可以说，魏军势如破竹，所到之处所向披靡。

而姬小小见战事如此顺利，倒也乐得做个甩手掌柜，自己除了和将士们一起行军以外，每天就是吃饱喝足睡好，好好养胎就是了。

顺便又飞鸽传书给玄墨，告诉他目前战事太过顺利，大军每一日都在移动，实在没有停顿下来的时候，他过来不方便，让他晚一些再做打算。

而此刻，京城也出了大事，让玄墨一下离开不得。

太后病危，很快便去世了。

作为儿子，即使与太后不和，仁君的表象还是要做的。

玄墨下令，举国哀悼三月，自己则亲自在灵前守孝半月。

姬小小接到这封信的时候，居然先是很不厚道地高兴了一下。

后来想想，毕竟是玄墨死了娘，自己这幸灾乐祸似乎不妥。

再一想，当初最早给太后号脉的可是自己。当时她虽然郁结在心，不过在自己的开导之下身子并无大碍，至少没有性命之虞，没想到她才离开半年多居然就病逝了。

想想似乎有些奇怪，不过姬小小倒没细究。

病嘛，谁也捉摸不透。

接下来他们要担心的，是下一场恶战。

一路往北，前方便是星华城，那是通往晋国京都的门户，想必晋王一定会派军抵死守住这南边的最后一道防线。

阿彩和小黑已经偷偷去探视过，据说那边果然重兵防守，几乎将晋国所有的守军都压上了，自然也不会少了驭兽族的人。

似乎在最近几次战役中已经很久没看到驭兽族的人了。

对于魏军的进攻，他们几乎是无可奈何，抵抗能力极其微弱。

尽管如此，师兄妹三人都有同样的担心。

那位一直藏在暗处的玄机道长，似乎每一次出现都会给他们带来大大小小不同的阻碍。既然如今他开始帮助晋国，那么，在这道十分重要的防线之上不可能不做足了手脚。

他们不太相信晋国已经到了山穷水尽的地步。

毕竟金矛王爷和凌未然还在北边和他们艰难地相持着，虽然略占优势却并不明显。

【第二十章 欢喜喜神仙美眷百年长】

可见晋国根本算不上强弩之末。

那么星华城中，等待他们的究竟是什么呢？

众人在惴惴不安中等待着开战的日子，等晋军排好阵的时候，他们才松了口气。

准确的说，甚至还有些失望。

依然是一样的阵法，前面猛兽，身后大军，头顶还是飞禽。

师兄妹三人相互对视了一眼，这晋军真的已经到了山穷水尽，要倾尽全力来拼命的地步了？

如往常一样，姬小小招来凤凰，飞翔空中，扰乱驭兽族的摆下的猛兽和飞禽阵。

然而今天似乎有些不同，凤凰翱翔于空中，天上地上的飞禽猛兽倒是乱了一阵。柳暮云刚想挥剑指挥将士们杀将过去，忽地，只见驭兽族人挥动旗帜，那些"禽兽"都安定了下来，变得井然有序。

"有问题！"柳暮云和月希存几乎是同时出声，可已经来不及，那些猛兽开始猛烈地攻击魏军将士。

魏军这段时间打仗实在太过顺利，所以即使看到这么多飞禽猛兽也并未放在眼中。

柳暮云举手的时候，大家早就按捺不住冲了过去，没想到本来混乱的动物们忽然安定了下来，这下子乱的却是魏军这边了。

"怎么回事？"姬小小坐在凤凰背上一下也慌了，压低一些看着两位师兄。

"为什么他们不怕凤凰？"月希存也看着柳暮云。

柳暮云也是一脸茫然："奇怪……"

众人正慌乱疑惑间，只见晋军军营那边忽地飞出一只奇怪的动物，上面坐着一个黑衣人。

"狮子……"魏军这边有人叫了一声。

"会飞的狮子！"

"狮子长翅膀了！"

一声又一声，扰乱了大家的心神。

"糟了，那是狮鹫兽！"柳暮云大叫起来，"鸣金收兵！"

然而已经来不及了，狮鹫兽的速度相当快，很快就已经到了姬小小乘坐的阿彩面前，火凤试图挡住这一人一骑的进攻。

奈何凤凰虽然是神鸟，却只能算是飞禽一类。

然而狮鹫兽既能飞翔，在陆地上又是王者，一旦遇上，单只凤凰未必是敌手。

一时间，三只神兽互相争斗于空中，看着柳暮云和月希存出了一身冷汗，直叫："小小，快下来，别和他打！"

凤凰和狮鹫兽几乎打成平手，可姬小小的功夫却绝对在那黑衣人之下。

这就危险了，凤凰已经被狮鹫兽缠住，那么现在只能让姬小小一个人面对黑衣人了。

月希存招来坐骑仙鹤，飞身而上想去帮忙，却已经来不及了。

两人的功夫确实相差甚多，没出三招小小已经处了下风，等月希存赶到时，黑衣人一掌拍到了她的胸口。

姬小小只觉得体内热血翻腾，下意识第一时间护住肚子，整个人都往阿彩的背上翻了下来。

"小小……"月希存脸色乍变，整个人从仙鹤背上跳了起来，想去接住她。

只听得"嘶"一声，他只抓住了衣角，巨大的冲击力让衣服在抓住的时候裂了开来，披帛变成了两半。

姬小小的身子就这样落了下来，那一边，柳暮云一跃而起，整个人都冲了出去趴在了地上，总算成功当了"肉垫"，让她没有直接摔在地上。

可是鲜血还是从她口中涌了出来。

不光是口中，还有身下。

等柳暮云回神将姬小小抱起来的时候，身上已经都是鲜血。

"小小，你怎么样，别吓大师兄？"柳暮云的脸色都白了，点穴给她止血，又一把抓住她的脉搏，顿时脸色由白变黑。

冲击力太大，胎胞已经破了，羊水和着血水浑浊不清地从她身下流了出来。

"哈哈哈……天机的三个弟子，原来不过是乌合之众！"狮鹫兽背上的黑衣人笑了起来，一脸的不屑。

那是一张和天机老人长得一模一样的脸，让柳暮云和月希存都有些发愣。

但是很快，两人反应过来了："玄机道长？"

"哈，原来你们知道我，那我就不客气了！"玄机说着，一拍身下的狮鹫兽，直直往柳暮云怀里的姬小小冲来。

月希存赶紧驾着仙鹤追上，又有凤凰帮忙，让玄机一下攻击不到。

"大师兄，你赶紧带小小回营，迟了会有危险。"突发的事件让他们措手不及，现在第一件要做的事情就是带小小离开战场。

"大师兄……"柳暮云怀里的姬小小睁开眼，捂着肚子，嘴角还有血迹未干，神志也不是很清楚，只会说一句话："孩子……保住……我的孩子！"

柳暮云心中一酸："你放心，孩子肯定没事，你也没事！"

说完，也不顾一片混乱的战场，一夹马肚子，飞快地穿过打得难解难分的人群，到最后直接飞跃而起，踩着将士们的头顶往魏军军营飞去。

留下的，仙鹤终归不能算神鸟，不是狮鹫兽的对手。

凤凰离了姬小小，战斗力也有所下降，虽然月希存比之姬小小的功力要高些，却始终不是玄机的对手。

当他从仙鹤身上掉下来的时候，月希存有些绝望地看着柳暮云离去的方向。

他只撑了不到一刻钟，很显然，玄机此刻绝对能追得上他们。

【第二十章 欢喜神仙美眷百年长】

狮鹫兽的速度比凤凰还快。

正在等着自己狠狠地摔落到地上的月希存，忽地眼前一花，一道金色的身影闪过他的眼前，紧接着，自己下降的趋势一缓，再睁眼不由满脸惊喜："师父！"

"还有我！"那边，独孤谨正对着他笑。

他的身下，骑着一匹很奇怪的马，浑身雪白，头顶却长着一只尖尖的角。

最神奇的是，那马儿的四蹄并没有蹋在地上，而是悬在半空中。

这是……

月希存眼前一亮，那不是传说中的独角兽吗？

"看起来我还是来得有些晚了，都怪这两只东西太难缠！"天机老人将月希存扶起来，月希存只感觉眼前金芒闪得睁不开眼睛。

师父身下的这是什么东西？

他好奇地看了看，那是一只鹿头蛇身鱼尾，浑身长满金色鳞角的动物，身下还有四只爪子，只有四指，有两三丈长。

这是？

传说中的……龙？

"这是怎么回事？"被天机老人输入真气的月希存有了发问的力气。

"来不及解释了，先把这家伙打回去再说！"天机老人将他放回仙鹤背上，"你先回去照顾小小，我和谨儿很快就来！"

说完，他一拉手中用龙筋做成的缰绳，飞跃而起，和独孤谨的独角兽，还有凤凰形成对峙局面。

狮鹫兽忍不住缩了一下头，差点把玄机从背上掀了下来。

龙族是兽中之王，简而言之，这世上没有一种动物可以高级过它了，所有动物见到它都要俯首称臣。

天生的王者气息，让它到哪里都备受尊崇，世上所有的生灵都不敢轻视。

"玄机，回头是岸！"天机老人难得严肃地看着眼前的黑衣人，"不要再造孽了，逆天行事终是会遭报应的。"

"哈哈哈……"玄机大笑起来，"天机啊天机，你说这话都不知道脸红吗？究竟是谁逆天行事？"

天机老人难得脸上有些挂不住，独孤谨在一旁有些急了："师父，和他啰唆什么，我们这么辛苦才从神兽族带了坐骑出来，不是跟他来废话的！"

天机老人点点头叹道："玄机，我始终承认我错了，你却从来没承认过！"

说着，他和独孤谨一起开始冲向玄机。

三大神兽的冲击，又有兽中之王的龙族，狮鹫兽再强悍也不是对手，很快抛下玄机掉头就跑。

一场混乱的激战，随着玄机的落地，胜负立分。

驭兽族再次一片混乱，飞禽猛兽不受控制，四散奔逃，踩死踩伤士兵无数。

"师父，我们去把那老道杀了！"独孤谨看着往晋营退走的玄机，一脸要乘胜追击的兴奋。

"哈哈……"玄机忽地转头看着天机老人道，"看起来，你没有告诉你的徒弟，他们是永远杀不了我的吧？"

天机老人脸色一变："你放心，我们之间迟早有个了断！"

说完，拉住独孤谨："谨儿，不用追了，要杀他什么时候都可以，先回去看你师妹。"

听到姬小小，独孤谨也顾不上其他了，赶紧拉转独角兽转身往魏军军营跑去。

晋军全线溃退，魏军虽然损失巨大，但是毕竟还是打了胜仗。

月希存忍伤带着大军进了星华城，便让几员副将主持大局，急忙赶回魏军军营。

"小小怎么样了？"他冲进中军帐，正看到天机老人和柳暮云，独孤谨一筹莫展。

"啊——"姬小小轻微的惨叫牵动着每一个人的心，她痛得没有力气叫喊了，却还是在说："师父，求求你……求求你……"

月希存有些急了："到底怎么回事，谁告诉我？"

独孤谨看他一眼，叹口气："胎胞已经破了，羊水即将流光，师妹怕是要早产。时间不够，孩子未进产道，羊水流光的话孩子会窒息而死，所以我们和师父想……"

"不，不要……"姬小小用尽全力大叫起来，"救救我的孩子，救救他……"

月希存也是学医多年的人，听这话立刻明白了："你们想将孩子从她体内钩出来？"

与其让孩子窒息在体内，不如直接钩住他的头，将他钩下来。这样孩子虽然必死无疑，可小小却能保证平安。

"那还等什么？"虽然小师妹要受点苦，孩子也会没有，可是她还年轻，孩子以后还会有的。

"师父……求求你……"姬小小睁大眼睛，一手捂着肚子，"你……剖开，剖开……救救他！"

"什么剖开？"月希存看着自己的师父，忽地心中一动大叫一声，"小小，你不会想要剖开肚子把他生下来吧？"

产妇临危，接生婆和大夫都会问家属：保孩子还是保大人？

若是保孩子，有些大夫会采取比较极端的做法——将产妇肚子剖开，把孩子取出来，然后用针线缝合产妇的子宫和肚子，可在这样的情况下能活下来的产妇相当少。

而且，即使侥幸活下来了，因为子宫被切开过，变成疤痕宫，从此以后便不能再怀孩子了。

"小小，你还年轻，孩子还会有的！"月希存拉着姬小小的手，可看她的眼神已经到了迷离状态，却死死不肯昏迷过去。

她太固执，全身的力气都护着肚子，不让几个师兄靠近。

"……好吧！"天机老人闭上眼睛，心一软拿过了药箱。

"师父，不可！"三个师兄一把拉住天机老人的手。

天机老人急了："她不配合，我们也没法把孩子钩出来，难道你们希望看到一尸两命？"

"再说就算真的剖开肚子，她也不一定就救不活！"剖宫虽然危险，可活下来的人还是有的。

听了这话，三个师兄松开了手，闭一下眼睛接受了师父的这个决定。

是的，再拖延下去母子两个都会死。

天机老人叹口气，再深吸一口气，稳住自己的情绪对姬小小道："把麻药喝了，我就下刀……"

"不要……"姬小小摇头，"麻药……对孩子不好，就这样剖吧！"

"小小……"天机老人佯怒，"你要是不用麻药，这手术我不做了！"

见他真有些动怒，姬小小只得求救一样看向三个师兄。

"这麻沸散我用内力催煮的，你可不能浪费！"独孤谨端着药到她面前，"喝了吧，不然孩子真的要窒息太久了！"

无奈，姬小小张开口将药一口喝下。

约莫过了半个多时辰，嘹亮的婴儿哭声从魏军中军帐中传了出来。一个八个月大的早产儿被天机老人拎在手中，放入早就准备好的温水之中洗干净，又被喂下药丸。

早产儿的成活率也是非常低的。

不过这一点上天机老人还是很有自信的，要救活一个早产儿，比救活一个开膛的产妇要容易得多。

"师父……"姬小小虚弱地看着天机老人，"好……不好？"

"好，是个女儿，很漂亮！"天机老人只感觉鼻子有些发酸，将孩子裹好抱到她面前给她看。

"像……玄墨！"姬小小叹一声，终于放松地闭上了眼睛，任由自己陷入沉沉黑暗之中。

"小小……"

四声呼唤，来自她的身侧，可惜她并未听见。

玄墨是在姬小小昏迷两天以后赶到的，他赶到的时候金冠之上还戴着守孝用的白花。

"小小怎么样了？"玄墨撩开帐子进去，急匆匆地冲到床边。

"剖腹产子，能不能醒过来得看运气。"天机老人的神色难得严肃，和柳暮云有一拼。

"什么叫运气，你医术不是天下第一吗？"玄墨已经急得口不择言，随即又转头看着姬小小，忽地拉起她的手满脸怒容："你给我醒过来，这么大的事居然不让我知道，你醒过来我们的账要慢慢算了，别想就这样逃避过去！"

那边师徒四人互相看了一眼，叹口气各自出帐而去。

但愿小小真的能听到玄墨的呼唤。

玄墨看着姬小小安睡的脸颊，发丝上似乎还有残余的汗珠未曾擦去，长而浓密的睫毛，那下面本有一双忽闪有神的大眼睛，此刻却完全看不到里面的神采。

"傻丫头……"玄墨的手，轻轻拂过她的发丝，忽地又生起气来，"上次我来的时候，你已经怀孕了是不是？这么大的事情你居然瞒着我，我不是孩子的父亲吗，我没有知情权吗？"

"臭丫头，快醒来，醒来把身体养好了，我们等秋后算账！"

"傻丫头，求求你，醒来吧，我看到我们的小公主了，长得好漂亮，跟我一样漂亮，你说的，我漂亮所以你要将我据为己有，现在，两个都这么漂亮，都是你的，谁也抢不走，还不醒来看看你的战利品？"

……

三天三夜不眠不休，天机老人撩开帘子，看着一脸憔悴的玄墨忽地叹了口气。

"师父，小小怎么样？"三个师兄被拦在帐外，却也是一样着急。

"你们跟我来！"天机老人摇摇晃晃地走在前面，似乎下了很重大的决定。

四人走出军营，前方是一处小土坡，天机老人找了个地方盘腿坐下，然后忽地笑呵呵地看着三个得意弟子："你们之前想知道的问题我都可以告诉你们了，保证知无不言，言无不尽。"

三位高徒互相莫名其妙地对看，都什么时候了，现在救小师妹才是最关键的吧？

"好吧，你们不问，老头子我就自己说了。"天机老人根本不理会大家的心情，前言不搭后语地道，"你们知道我活了多久了吗？"

三个高徒看着师父更加是一脸的茫然。

"从有四国开始，就有我了。"天机老人笑起来，"天机，天机，应天命而生，所以叫天机，所以能测天意。"

天机，原来是这个意思。

三位高徒此刻终于提起了精神。

天机老人虽然生性爱玩爱疯，但在大事之上却从来没有出过差错。

或者，他现在说的话真比昏迷中的小师妹重要。

三个人索性就平静了心情，开始听师父讲这个遥远甚至有些荒诞的故事。

千年之前，这片呈扇形的大陆有了一个好听的名字——银扇大陆。

谁也不知道从什么时候开始的，这个大陆分裂成了四个国家——魏楚晋鲁，而由此应运而生的，还有一处完全不属于四国，却又和四国都相交接的地方——点苍山。

天机老人是弃婴，但是他清楚地记得自己是怎么出生的。

当天雷划过长空，闪电带着暴雨的夜晚，他降生在一个非常富有的家庭里。

然而他的出生让母亲大出血而亡，父亲暴怒，认为他是不祥的妖物，将他丢弃到了荒山之中。

他是狼群养大的孩子，不出两年，他的父亲就去世了。

他的父母是为富不仁的土豪劣绅，这一切，算起来也是上天对他们的惩罚。

天机老人自小天生异相，能和群兽谈话，所有动物的话语都难不倒他。更奇妙的是，他能让那些猛兽都听命于他，不敢违逆。

再到五六岁，他就可以自己创造武功，甚至能辨别百草，仿佛天地之间的灵气，全部都聚集到了他一个人身上。

再过了十几年，年轻的天机老人已经有了一些名头，便上了点苍山，开始建设属于自己的地盘。

那个时候的他，已经算出自己是应运天命所出生，所以格外心高气傲，甚至带领群兽占领了点苍山附近几个大的城镇，颇有些要一统天下的架势。

然而当时的他，年轻，急于求成，羽翼却并未丰满。

靠着飞禽猛兽，终归还是差了一些，后被四国合力围剿，偏安于点苍山。

点苍山的地势易守难攻，倒是让他安定了好几年。

痛定思痛以后，他发现所谓的天命者，并非是为了统一天下成为王者。他可以造福苍生，然后寻找可以一统天下的人。

就这样，安心下来的天机老人开始进入修炼的状态。

他修医术，武术，奇门遁甲，八卦阵法，炼丹，制药，如此过了几十年，他的各项功夫都已经到了臻化境界。

然而他虽然是上天所降天命者，奈何终归还是凡胎肉身，总有大去的那一天。

忽然想到这一点的天机老人已经八十高龄。

人能活到一百多岁已经是极限，他很清楚自己并没有和其他人类有所不同。

冥思苦想了一年以后，他开始作出一个惊天动地的决定。

他要一直活下去，找到他来到这个世上的意义为止。

他下山，开始寻找很多远古遗书，再配合自己来自上天的赋予，用了二十年时间终于找到了，或者说是发明了可以长生不死的秘诀——离魂术。

"离魂术？"柳暮云等人面面相觑，这是个什么东西？

"我不知道这事做得对不对！"天机老人难得苦笑一下，"不过因为他，我确实活了超过千年。"

人分七魂六魄，离魂术就是将人的一魂一魄分离出来，重新创造一个人，由元婴开始培养，迅速长大成人。

这个人拥有和自己一样的智慧，记忆，甚至性格。

从元婴长到和魂魄所有者一样大，只需要百日工夫。

在这个过程之中，元婴只是不断地被灌输魂魄所有者的思想，并没有自己的意识。

等他成型，魂魄所有者才可以把自己剩下的六魂五魄完全附到他身上。而这个时候，元婴已经长到和魂魄所有者一样大小的样子，实际年龄却只有百日。

一个百日的人类，自然还有百年的寿命。

如此往复，百年又百年，天机老人就靠着离魂术创造了一个又一个元婴，让自己神奇地活了上千年。

"那么，那个什么玄机，应该就是离魂术的产物了？"独孤谨已经想到了，这就是那个玄机为什么这么像自己师父的原因。

"没错，都怪我一时好奇……"天机老人一脸的懊丧。

原来，千年的反复，他没有找到作为一个天命者所应该留下的意义，却厌烦了这样的生生死死。

忽然有一天，他盯着已经过了五十多日的元婴，想让他复苏过来，陪自己度过这无聊的岁月。

有一个完全懂自己的人活在这个世上陪伴自己，岂不是很美妙的事情？

心想着，他已经开始行动。

因为人的一魂一魄取出已经是极限，所以要让元婴变成一个正常人必须要其他魂魄配合。

好在千年以来他见过的死人不知凡几，去乱葬岗找些无主或失神的孤魂简直易如反掌，就这样，还不到六十日的元婴就这样活了过来。

他给这个由他亲手创造的新生命取名——玄机。

然而玄机虽然拥有天机老人千年所学，可毕竟不是天机老人本人。

两人最初在山上一起生活了数年，感情也可以说是亲如兄弟。

但是时间久了，玄机性格上的不同就显露了出来。

他好动，虚荣，觉得既然自己有这惊天骇地的本事，就应该出去让人把他当神一样尊崇。

这和当年的天机老人有些性格差不多。

天机老人没想到他把自己最不好的那方面性格传给了玄机。

而令他更没有想到的是，屡劝不听的玄机终于在某天趁他不注意下山去了。

天机老人下山劝过几次，玄机始终不听，两人的感情就此彻底决裂。

之前玄机只是小打小闹，最后竟然上升到了开始干预四国的内政，并扬言要一统天下。

而此刻的天机老人，早算出来将来可以一统天下的人需要百年以后才能彻底降临，可玄机一意孤行，非要逆天行事，让自己当天下的主宰。

天机老人无奈之下，花费了二十年的光阴，利用阴阳引渡之术将百年之后的王者提前降生到了世上。

"是玄墨？"

"不，是小小。"天机老人摇摇头，"百年之后的她本该是个男子，只是因为我的关系，

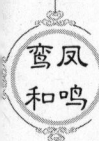

提前来到了这个世上，只能作为女子生存。若是百年之后她再降生，必有惊世伟天之才，不似现在，懵懵懂懂少了不少天赋。"

"在这个世上，男子为尊，所以她必须依附于一个男子才能完成天下一统的命运。"

月希存接口："然后，命运选择了玄墨？"

天机老人继续点头："其实玄墨并没有当天下王者的命，只不过因为小小选择了他，改变了他的命运。"

也就是说：得小小者，得天下了。

"可是小小的使命还没完成，怎么现在生死未卜？"月希存是师兄妹中占卜之术学得最好的，自然首先想到这个问题。

"这事怪我。"天机老人叹口气，"小小来到这个世上，本来就是我强行改命所致，如今她要生子，孩子经过阴阳道，她的身世自然会被上天察觉，便会将她收走，将一切划入原本预定的轨道。"

"不，怎么可以这样？"三个师兄几乎同时叫出声了。

天机老人摆摆手，让他们少安毋躁："现在，我们只能同上天斗一斗了，既然我把她提前弄到这个世上，我自然不能让她这么快走，当年我收你们三个为徒也是为她。如今万事依然顺畅，只要她醒过来，一切还是可以照旧。"

"说吧，怎么救？"三个师兄摩拳擦掌。

天机老人忽地换了话题，看向独孤谨："谨儿，你可记得你的母后是怎么死的？"

独孤谨一愣，茫然地道："是难产而死的。"

那年他六岁，同一年，被天机老人收为关门弟子。

"孩子呢？"天机老人继续问。

"也一起死了！"据说是位公主，可，"这和小小有关吗？"

天机老人点头："小小就是你的亲妹妹！"

"什么？"

"当年，我逆天改命，鲁国皇后其实命中只有二子，并无女儿，便是鲁国前太子和你，然而为了改变已经被我搅乱的乾坤，我强行将小小的魂魄迁移到你母后体内，因为她的体内最适合孕育王者。"所以她生了一个太子，另外一个儿子成了皇帝。

独孤谨有些发傻："你说什么？"

"但是你母后毕竟只是凡胎肉身，经不起如此强大的王者之气，所以她生下小小以后，自然力竭而亡。"天机老人一脸的平静，"我用一个女死婴代替了刚出生的孩子，抱走了小小。所以……谨儿，我其实应该是你的杀母仇人。"

"你……"独孤谨气极，一下冲上前揪住他的衣领，"你害死了我母后，抱走了我妹妹，害我这么多年亲人对面都不相识，你……你可恶！"

天机老人忽地闭上眼微笑地道："想报仇吗？"

呃?

"你现在,就可以动手!"

独孤谨睁大眼。

"世上之事,有因有果,你为母后报仇,无可厚非。"天机老人缓缓地道,"我与玄机一命同生,我生他生,我死他死,所以只有我死了,这世上的一切纷扰才会结束。"

"师父……"柳暮云和月希存叫了起来。

"暮云,记得师父死后,将师父的骨灰撒在小小的床前,可守住她的魂魄不离散,七七四十九天以后,她便能清醒如初。"

"希存,在将师父火化之前,将师父的骨髓取出,带回去放在你妹妹的床头,三天以后她便会回魂。玄机想做的,不过是扰乱这世上的阴阳,他见王者提前出生,便想将阴界之魂引渡,而你妹妹体质偏阴,是通往阴界最好的门户。"

"师父……"柳暮云和月希存动容,原来他们遭遇的这么多事背后,有一个这么离奇诡异的故事。

天机老人笑起来:"我玩闹一世,活了千年,早就活够了。这一生,我只欠鲁国国后和小小的。谨儿,那两个都是你的亲人,所以死在你手上,我就谁的债也不欠了,可以羽化成仙。"

独孤谨"唰"一下从腰际拔出剑来,放到天机老人的脖子上:"死老头,你真当我不会杀你吗?"

"三师弟!"柳暮云和月希存大叫,天机老人却摇摇手:"这是命!"

独孤谨拿着剑的手,到底还是有些发抖。

相处了十七年,师徒之情拳拳,对于他,天机老人从未藏私,让他成为师兄妹中武功最高的那个。

虽然平时一口一个"老头"叫着,可只有面对最亲的人,独孤谨才会如此口无遮拦。

如今,让他杀一个在他心目之中比他父皇还要亲的人,他如何下得去手?

"想想你母后惨死,想想你的亲生妹妹还在生死一线。"天机老人坦然地看着他,"下手吧,只有死在你手上我才能功德圆满,你就算不忍,也当成全我!"

"你……"独孤谨龇牙咧嘴,仿佛终于找到了合适的借口,放下手中的剑,怒道,"我为什么要成全你?"

柳暮云和月希存刚松一口气,天机老人却看着独孤谨:"你不杀我,你妹妹可就活不了了,你自己选择吧!"

"什么意思?"三个男人一下站住了,"除了这个办法没有办法救小小了吗?"

天机老人忽地阴阳怪气地笑起来:"你们跟我来!"

说完,一个纵身就往中军帐而去。

三个男人对视一眼,赶紧在后面跟上。

"师父，你要做什么？"柳暮云急急地问。

"呵呵，杀了小小就一了百了了。"天机老人忽地阴恻恻地笑了起来，一个旋身就往帐子里冲。

"他疯了！"独孤谨急了，赶紧提着剑就冲了进去，柳暮云和月希存紧随其后。

刚进营帐，就听得玄墨大叫："师父，你做什么？"

"我要杀了她！"天机老人直冲了过去，掌中带着劲风，竟是真的丝毫不留情要往姬小小身上打去。

玄墨直直地立在姬小小身前，奈何天机老人的身影竟然如魅一般让人捉摸不透。

"师父，住手！"独孤谨飞身而上，手中剑挡在前面。

天机老人的速度并未减慢，只一晃，准确无误地撞上了独孤谨的剑。

事情发生在一瞬间，后面赶过来的柳暮云和月希存一下都傻了眼："师父……"

"在这个世上，我再也不欠任何债了！"天机老人看上去一点都不痛苦，而是一副功德圆满的样子。

"师父，你故意的？！"独孤谨也反应了过来。

"死在你手上，是我的劫数！"天机老人笑呵呵地道，"难道你没发现我根本一滴血都没有流？"

大家这才往下看，那一剑虽然扎穿了天机老人的胸膛，却真的是一滴血都没有流出来。

"这到底是怎么回事？"玄墨看着周围的人，周围的人也都在互相看。

独孤谨有些不可置信地将剑往回一拉，整个拔了出来，忽地气愤地道："老头，你耍我？！"

天机老人笑得越发高深莫测："我都活了千年了，哪有这么容易就死，这一剑是还欠你的债的，你们可别忘了我说的话！"

说完，他右手伸出两指，往左手上一划，将桌上放着的茶壶水倒干，左手之上顿时有些白白黄黄的东西流了出来，很快便盛了满满一壶。

"师父……"事情发生得几乎跟刚才一样快，在场的人再次动容。

大家都看出来了，那是骨髓，全身的骨髓。

没等他们惊呼完，天机老人一下躺在了地上，原本红润的脸颊一下干瘪了下去。同时干瘪的还有他的身子。

衣服一下空了，好似一块破布盖在他身上一般。

"师父！"三个弟子高喊，一起跪下。

柳暮云一脸悲痛地站了起来对两位师弟道："将师父火化了，照他生前的遗愿去做吧！"

天机老人是算准了三个徒弟在他死后必然舍不得敲骨挖骨髓，所以索性自己动手，将骨髓抽出然后再死去。

柳暮云将桌上那个茶壶拿起来给月希存："别辜负了师父一番心意。"

玄墨一脸茫然地看着眼前的三个人："到底发生了什么？"

"你跟我来！"柳暮云抱起天机老人干瘪的尸体往帐外走。

玄墨看了一眼床上躺着的姬小小，点点头，跟在柳暮云身后出了帐子。

走一路，柳暮云将天机老人之前对他们三个弟子说的话全部告诉了玄墨，再之后，将天机老人的尸体放到之前的山坡之上："去拿点柴火来，将师父的尸体火化了吧！"

玄墨有些震惊地听完所有的讲述，一下子人都有些发愣，过了半晌才"哦！"了一声，转头拿柴火去了。

火光冲天，天机老人的尸体，很快化为灰烬。

玄墨抱着骨灰坛子站在中军帐门口的时候，竟有些不知所措："柳兄，若是小小醒了，问起师父来我该如何作答？"

"实话实说吧，她也是师父的弟子，她应该有权力知道的。"柳暮云叹口气，撩开中军帐的帘子，却看到独孤谨还是傻乎乎地站在原地，连刚才的姿势都未曾变换。

"三师弟！"柳暮云有些担忧地看着他，拍拍他的肩。

"我杀了师父。"独孤谨有些傻愣愣地看着手中的剑，忽地一松手，剑随即落地发出清脆的金属落地声。

"是师父撞上了你的剑。"柳暮云实话实说，面对一个一心求死的人，谁也无法阻拦。

独孤谨茫然地回头看看柳暮云，再看看床上的姬小小："等她醒了，我如何告诉她这些事情？"

柳暮云轻吐四个字："实话实说。"

"小小一定不会原谅我的。"独孤谨玩世不恭的脸上难得带上了难得一见的沉痛。

柳暮云摇摇头："小小是个很明事理的人，不会怪你的。"

独孤谨摇摇头叹口气，竟就这样出门而去了。

玄墨有些担忧地看着他的背影，对柳暮云道："他不会有事吧？"

柳暮云叹口气："让他冷静一会儿吧，他需要时间来接受这件事情。"

"要不要找人看着他？"

柳暮云想了想："也好，要不，我去……"

"不用了，我让人去。"玄墨撩开帘子，很快外面走进一个身形高挑的女子，"这是我的暗卫金香玉，你上次见过的，让她去吧。女人，就算被发觉了也不容易撕破脸。"

柳暮云想了想，点点头："也好，有劳金姑娘了。"

"奉命行事而已！"金香玉点点头，面无表情地走了出去。

玄墨看着她离开的背影半晌才道："我们开始吧！"

将天机老人的骨灰撒在姬小小所躺的床边，镇住她不太稳定的魂魄，玄墨很快又下令逍遥侯凌未然返朝执政，而自己则是再次御驾亲征。

这一次，他没有经过任何大臣的同意，消息一出满朝哗然。

过几日，玄墨又下令封姬小小所生之女为瑞西公主，为此次西征之行求个祥瑞之兆。

【第二十章 欢喜喜神仙美眷百年长】

鸾凤和鸣 下

月希存拿走天机老人的骨髓回玉泉城，跟随凌未然返京的队伍，将母亲和妹妹接到魏国都城秦都养病。

不出七日，传来消息，月瑞雪的失魂症痊愈，除却失忆之外，并没有其他症状发生。玄机老人想要扰乱这个世界阴阳顺序的阴谋没有实现。

此消息一传来，最兴奋的莫过于玄墨。

天机老人生前安排的事情已经实现了一件，那么看起来，小小的清醒也是指日可待的事情。

十日后，魏军军营门口来了一位不速之客。

她到来的时候，整个魏营都炸开了锅，没有一个人敢上前阻拦。

因为她身下的坐骑，竟然是那天大战时玄机身下的坐骑——狮鹫兽。

玄墨一心陪在姬小小身边，月希存离开了，独孤谨还沉浸在亲手弑师的悲痛震惊情绪之中，管理魏营的事情自然责无旁贷地落到了柳暮云身上。

当他看到来人的时候，不由有些发愣："金姑娘？"

是金玲。

狮鹫兽只是在徒步走，并没有飞行，所以很清楚就可以面对面看到对方。

"柳将军。"金玲下了狮鹫兽的背，"十天前，我师父忽然去世了。"

那天，也正好是天机老人去世的日子。

"这狮鹫兽是当年我师父从你师父那里盗来的坐骑，如今该物归原主了。"金玲将狮鹫兽的缰绳交到柳暮云手上。

柳暮云低头叹息一声："我师父……已经不在了。"

"我知道。"金玲深吸口气，"一命同生嘛……你是他的大弟子，他的东西自然应该由你继承。"

柳暮云没有接缰绳："你也是玄机的大弟子，你为什么不继承？"

"这东西是我师父盗来的。"金玲坚定地道，"它不该属于我。"

见柳暮云还在犹豫，金玲又加了一句："你师父若是还在，我想他也会希望你来驾驭他原来的坐骑。"

柳暮云这才接过缰绳，抚摸了一下狮鹫兽，那狮鹫兽似乎很温顺，完全没有之前在战场之上的王者之气，像是认定了主人一般。

"它这么听话，我就放心了。"金玲摸了一下狮鹫兽的毛发，转了身。

"你……"柳暮云忍不住出言，只说了一个字，却一下子不知道说什么。

"嗯？"金玲转身，微笑地看着他。

"你以后有什么打算？"玄机已经死了，似乎也再没人可以控制她了。

金玲耸耸肩，很轻松地道："还能做什么，四海为家喽。"

"继续做你的金鳞子？"柳暮云难得带着一丝微笑。

金玲一愣："你知道？"

"这就是我屡次对你手下留情的原因。"柳暮云解释，"我知道你良心未泯。"

金玲幽幽地道："这几年，跟着师父我确实做了不少伤天害理的事，不过……"说到这里，她又笑起来了，"好了，我还有很长的时间来为自己以前做的事赎罪，说不定下次你行走江湖还能见到我，不过你是官我是贼，记得到时候放我一马啊……"

说完，她潇洒地一转身，留给柳暮云一个背影，踏着欢快的步伐便往魏营外走去。

"大师兄，不准备追上去了吗？"身后，响起一丝戏谑的声音。

柳暮云讶然转身："三师弟，你……"

身后的独孤谨，一改这几日胡子拉碴的憔悴形象，看上去精神多了。

"大师兄，难得看到你对人笑呢，特别是对女人。"独孤谨搂上他的背，那玩世不恭的神情似乎又回到了他的脸上。

柳暮云有些尴尬："你瞎说什么，她是小小的朋友，我对她就像对小小一样。"

说到小小，独孤谨的脸色变了变，随即又笑嘻嘻地道："大师兄，我是来跟你辞行的。"

柳暮云一愣："你要回鲁国？"

"不是。"独孤谨摇摇头，"师父已经不在了，圣元金龙是我们从龙族借出来的，它只认师父一个主人，如今师父既然已经……我理当去将金龙归还给龙族，不然如果世上再出个玄机，能驾驭金龙，怕是要生出许多事端来。"

柳暮云将这番话想了想，不由道："不等小小醒来再走吗？"

"我相信师父，小小肯定能醒来，到时候难舍难分太麻烦了，不如趁现在走。"

柳暮云知道他不愿意面对清醒过来的小小，省得问起师父的死因，想了想倒也没戳破。

说不定，出去走走，过些日子他想通了，自然也就回来了。

"等一下。"中军帐内，玄墨走了出来，显然，刚才发生的事情他都听到了，"你一个人骑着独角兽，又要管着金龙不太方便，把香玉带上吧，偶尔可以帮个忙。"

独孤谨有些犹豫："她……她是你的暗卫。"

"这里有这么多将士保护我，不需要暗卫。"玄墨笑起来，"再说了，其实带一个武功不如自己的暗卫在身边，也不知道谁保护谁。"

独孤谨忽然有些不服气："行，路上我把她教到足够保护你为止！"

"晚上给你饯行吧。"玄墨提议。

"不用了，我现在就走。"独孤谨抬头看一眼中军帐，"送来送去这种事情最麻烦了，这酒啊，还是等我回来再喝吧。"

玄墨笑："有你这句话我就放心了。"

柳暮云和玄墨并未去送行，只是看着独孤谨走了，柳暮云笑着拍一下玄墨的肩："你想撮合你的暗卫和我三师弟？"

玄墨笑笑，倒也没否认："其实他们两个还挺相配的。"

"不是想把手上的烫手山芋赶紧送出去？"柳暮云难得开了一回玩笑。

玄墨的脸色变了变："大师兄，你的意思是……"

"呵呵，一个女子为什么心甘情愿待在你身边，有福不享宁可当你的暗卫？"柳暮云的话，点到为止。

"我不会对不起小小的。"玄墨叹气。

"那么，你就只能对不起她？"

玄墨低头又摇摇头："我想，她应该没有搞清楚到底什么样的感情才是爱！"

接下来的日子里，魏军捷报频传。

晋国没了玄机的帮助，节节败退。

金矛王爷从绀青沙漠一直往南，势如破竹。

七七四十九日，在玄墨和柳暮云的期盼中终于到来了。

那一天，魏军营外忽地狂风大作，一阵风起，撩开中军帐的帘子，将天机老人的骨灰一下卷了起来，出帐而去。

玄墨吓得赶紧追出帐子，都已经是最后一天了，没想到会出这样的事情。

可人哪有风快，一眨眼根本连影子都看不到了。

沮丧的玄墨回到营帐之中，看着安睡的姬小小，不由悲从中来，握住她的手："莫非，老天真的容不下你吗？"

"你在说什么？"掌中的小手动了一下，耳边却传来梦呓般熟悉的声音。

玄墨一愣，随即心中被一种狂喜填满，抬头，看着微微睁开眼睛的女子，嗫嚅着双唇，半晌都说不出话来。

"好亮……"小小又动了动唇，眼睛眨了眨，似乎并不习惯这忽如其来的光明，然后再微微动了一下手，"浑身酸……"

"你睡太久了，酸痛很正常的。"玄墨顺着她的话往下接，"我们还有很多时间帮你慢慢恢复。"

"玄墨……"姬小小有些艰难地开口，声音比之前的沙哑要好一些，"我……睡了很久？"

玄墨一下将她拉起来，搂进怀里，声音有些哽咽："太久了，久到我以为你不会醒来了，你睡了两个月了……"

"这么久了？"姬小小喟叹一声，忽地想起了什么，提高声音扯着嗓子用力道，"孩子……孩子呢？"

"别急，孩子很好。"玄墨赶紧放开她，"我这就让人抱进来。"

自从小小昏迷以后，玄墨便用凤凰"空运"了两名奶娘过来，如今一直让她们照顾着小瑞西。

很快，两名奶娘战战兢兢地走了进来，怀里抱着一个两个月大的奶娃娃。

"我给她取名叫瑞西,你喜欢吗?"玄墨看着姬小小,"如果不喜欢,你就重新再取一个吧。"

两个奶娘有些诧异,这世上,皇上为孩子赐名是各宫娘娘们的荣耀呢,怎么可能会不满意,而且皇上居然还询问娘娘的意见?

"瑞西,她是此次西征的祥瑞之兆。"姬小小立刻明白了这名字的意思,"也好,早些结束战争。"

姬小小靠坐在床榻之上,刚刚醒来,身子还有些虚弱,却依然迫不及待地道:"让我抱抱孩子……"

"你手脚还没力气,别摔着孩子,我抱过来给你看。"玄墨说着,熟练地从奶娘手中接过瑞西,"你看,长得很漂亮。"

"像你。"姬小小用手戳戳瑞西的脸蛋,"好软。"

"嗯,长得很好,食量也很大,两个奶娘有时候还喂不过来呢。"玄墨脸上带着宠溺的笑。

"玄墨……"姬小小抬头看着他,"我……想自己喂。"

呃……

宫里很多嫔妃,为了保持身材一般生完孩子以后都会选择找奶娘喂奶,皇室和大户人家,自古以来都是这个传统。

玄墨还是第一次听到有人要自己喂奶呢。

"你确定要自己喂吗?"玄墨有些不放心,后宫没听说过有谁自己喂奶的。

"亲生母亲喂奶对孩子是最好的。"姬小小很自然地戳戳瑞西的脸,"只是我躺了两个月,也不知道有没有奶水呢。"

如果真的无法用上自己的母乳给瑞西喂养,她会很遗憾的。

毕竟,她可能是她这辈子唯一一个孩子了。

"你想喂就喂吧,不过要等身体完全恢复了才行。"既然是小小想做的事情,玄墨自然是一概不会阻止。

魏军的事务,玄墨已经全权交给柳暮云打理。

而这位出身武将世家的弟子,在打仗方面确实是一把好手。若不是姬小小之前不能移动,现在又因为虚弱还需要休息一段日子,他们此刻应该已经在离星华城至少两个城池的地方了。

因为有狮鹫兽的关系,柳暮云隔三差五也会过来看望自己的小师妹,清醒的那一天他自然不会错过。

姬小小醒来三日之后,她就已经知道了之前发生所有的事情,而她的身子也一天比一天好。

至于奶水,虽然两个月没喂奶,可奶水还是神奇般地流了出来,虽然不算很足却绝对可以满足她亲自给瑞西喂奶的愿望。

心情好，身体自然恢复得更快。

玄墨和柳暮云看在眼中，喜在心上。

过了不到一个月，玄墨将姬小小搬到就近的星华城养身子，在此期间，对于魏国的事情他基本都不过问，由凌未然全权负责，而他则只一心照顾姬小小。

时值春暖花开的季节，姬小小的身体底子一向极好，此刻恢复起来当然也不算慢。

不过玄墨不许她太过掉以轻心，日日陪伴，直到过了半年，瑞西断奶，姬小小的武功又全部恢复才起驾回京。

此刻，金矛王爷的军队和柳暮云的军队已经对晋国都城形成合围之势，晋国败局已定，无法更改。

费时近两年，终于可以将晋国收入魏国的版图，姬小小居功至伟。

帝妃二人回京，萧琳果然守信，在玄墨二人回京之后，主动求去，出家为尼。

回京不到一年，晋国终于宣告投降，天下顿时形成三分之势，魏楚鲁三国，鲁国又与魏国交好，楚国即使心中有所不甘，也不敢趁魏国此刻刚刚结束战乱而发兵捣乱。

消息传来，玄墨根本不经过朝议，下旨封姬小小为德敏皇后，立寿王凌悦为太子，居住凤仪宫。

封后大典之上，玄墨更是直接下旨改国号为德元。

此旨一出，全朝哗然。

皇上的心思大家都看得出来，竟是用了皇后的封号中的字来定国号，这大魏到底是凌家的还是姬家的？

众多文臣在宫门口跪了三天三夜，未得玄墨召见。

三日后，柳暮云，姜明（江晚月）两位将军忽地各率十万将士赶到宫门口，朝贺德敏皇后大婚之喜。山呼千岁之声，响彻朝野。

至此，那些文臣们才知道，姬小小在军中威望已经无人能敌。

自古军权在握，便是可以控制天下，文臣们这才偃旗息鼓，认同了皇上和皇后几乎是在半分天下的决定。

史上记载，德敏皇后在位九年，其间政治清明，特别是在军事上面，魏国达到了空前的强大。

自收复晋国之后，玄墨大事削减宫内的嫔妃和宫女人数。不出一年，宫中二十五岁以上宫女全可自愿申请出宫，未曾得皇上宠信的嫔妃亦可出宫，另行婚配。

其余有得过宠信的嫔妃，玄墨在宫中设一圣抚院，着令所有嫔妃可在此院颐养天年，若有愿意出宫者，朝廷提供置家费用，可供其一生衣食无忧。

三年后，魏楚大战。

宫中唯一留下的妃子——德妃——楚国郁馨公主忽暴毙于悦仙宫。

至此，大魏六宫无妃，正式进入德敏皇后专宠的时代。

德元八年，楚国灭亡，鲁国上疏愿归入魏国版图。

玄墨封原鲁国国君独孤谨为鲁国公，享诸侯俸禄，世袭子孙。

德元九年，银扇大陆终于一统，点苍山奇兵正式编入黑旗军，由德敏皇后直接调度。将领一职由女子世袭，瑞西公主为下任黑旗军首领。

天下一统，元帝改大魏为稷魏王朝，取稷通姬之意，元帝凌玄墨尊为太宗。

德元十年，太宗禅位，武帝登基，是年一十六岁。

登基当日，天降甘霖，帝亲扶辇送太宗与德敏皇后于长乐宫。

宫门关闭，帝于雨中长跪恸哭。翌日，下诏尊太宗为太上皇，德敏皇后为皇太后，日日请安侍奉不敢怠慢。

武帝贤明临国，以仁孝治天下，子孙赖福延祚至今。天下安定，少有乱事，世人皆尊称为孝帝。

民间又有传说，德敏皇后与太宗长居于长乐宫后，每日深居简出，实则常骑神鸟凤凰出门游历江湖。自此，民间常看到两人驾凤凰翱翔于九天之上，瑞乐合奏，鸾凤和鸣。

那，应该又是一出十分精彩的故事了。

【第二十章 欢喜喜神仙美眷百年长】

后 记

稷魏王朝德元十年，太宗皇帝禅位，武帝登基，是年一十六岁。

德元十一年，武帝改国号靖元，稷魏王朝进入一个和平稳定的发展时期，连年战争以后，百姓们休养生息，朝廷颁令，各地轻徭薄赋，一时间，民间各地人心稳定，各行各业迅猛发展。

三百六十行，行行出状元。

京城秦都，如今是一派热闹的景象。

此刻，一家茶楼里，说书先生正眉飞色舞地说着前皇后现太后姬小小和太上皇当年大破天门阵的故事，口沫飞溅间。

"话说，虽然如今太上皇禅位给当今皇上，闭门谢客了，不过听说啊，太上皇和太后都喜欢游历江湖，到处游玩，咱们稷魏很多地方都有他们二位的足迹。"

"据说，太后最爱惩恶除奸，路见不平拔刀相助，武功天下第一，还会法术，能脚踏火云，腾空飞舞，没有一个坏人是她的对手啊！"

"好！"

台下一片叫好声。

后排不远的位置，二大一小三个人端坐，看模样是一家子。

只是，那男人太过绝色，即使坐在最后面，一样无法掩盖他惊人的美艳。

而他的身边，坐着一位妇人，说是妇人，只是因为打扮，看年纪只能猜个十七八岁，微微还有些胖嘟嘟的脸蛋，加上圆圆的眼睛，一张娃娃脸可爱至极。

这两人看上去像是夫妇，都是看不出年纪，容貌上并不相配，不知道为什么，看上去就是十分和谐的样子。

再看他们中间的女娃娃，看上去十岁上下的年纪，不吵不闹。

看那小脸蛋，倒是集聚了那对夫妇的精华一般，其他地方像极了那男子，偏生一对大眼，得了旁边女子的真传，不似男子的凤眼。

这小女孩，是……那两位的女儿吗？

这么年轻的夫妻，怎么能生出这么大的孩子来？

看到的人都有些怀疑，却听得那女孩脆生生地叫了一声："爹娘，你们有这么厉害吗？"

那一男一女一定，脸色有些变了，赶紧站起来，把那小女孩带出了茶楼。

茶楼里的人半晌还没反应过来，等意识到什么的时候，出门去看哪里还有那三人的影子？

据说，太上皇和太后练了海外仙术，拥有不老容颜。

"太上皇万岁万岁万万岁，太后千岁千岁千千岁！"茶楼里的呼声响成了一片。

屋顶上，三条身影同时抹汗："幸亏逃得快呀！"

"娘，我错了！"小女孩的声音低低传来。

"行了，你这脾气啊，还真有点像你娘！"当今太上皇凌玄墨，此刻点着小女孩，也就是瑞西公主的鼻子，瞪道，"也不知道什么时候能改！"

娃娃脸的女子，也就是当今太后姬小小，嘟嘟嘴："喂，玄墨，你少在孩子面前说我坏话，是谁说最喜欢我率真藏不住话的性子？"

"我说的我说的。"玄墨毫不犹豫地点头，"你们娘俩我都爱。"

"这还差不多。"姬小小瞪了他一眼，满心有些不服气。

都十几年了，这男人依然容颜姣好，一如初见时候那般美貌，一走上大街，用瑞雪的话说，那回头率是百分百的高，大姑娘小媳妇甚至连男人都忍不住多看他一眼，想想就牙痒痒的。

她的东西让这么多人觊觎，看来一定要好好保护呀。

拉着瑞西直接从屋顶上走向皇宫，玄墨摸摸鼻子跟在后面，忍不住苦笑。

事实上，天机老人留了双修的册子给他们，两个人倒是有点越练越年轻的嫌疑。

虽然姬小小整日说妒忌他容颜不老，而事实上，她那张娃娃脸也完全看不出她是快三十岁的人了。

他们三人若是一同出门，必定是要不引起轰动不罢休的。

"玄墨，我不想回去了。"姬小小忽地回头，有点玩兴正浓的样子，"我们去点苍山找大师兄二师兄吧！"

玄墨一脸宠溺的笑："行啊，招你的阿彩和小黑来吧！"

空中，两只神鸟很无奈飞过，彩凰火凤对视一眼，额头抹了把汗。

它是火凤神鸟，不是小黑呀！

不过对于神鸟们的投诉，两位人类主子一向都是充耳不闻的。

姬小小和玄墨，带着凌瑞西上了神鸟的背，往点苍山而去。

点苍山高耸入云，两只神鸟带着一点脾气，飞得极快，一时间穿云过雾，风在耳边呼呼作响。

"玄墨，我们好像惹到它们了。"姬小小嘟嘟嘴，拍拍阿彩的背，刚要安慰她一下，就

【后记】

听得"砰"一声巨响，忽地，感觉身子开始快速往下坠！

"啊……"怎么回事？

姬小小一把搂住阿彩的脖子，她武功很高，轻功也不错，可是从天上掉下去，还是会死人的！

"小小……"转头一看，玄墨一手拉着瑞西，一手拉着小黑的爪子，也做急速下坠的运动。

"怎么回事？"姬小小好半晌才找回自己的身影，看两只神鸟闭着眼睛，难道是被撞晕了。

要死，它们撞到了什么？

"嘭！"眼看快到地了，要摔个粉身碎骨，忽地下方张开了一张网，将她和玄墨都兜住了。

"姐姐，我就说我们撞到东西了，你还不信，这不是吗？"耳边传来女子脆生生的声音。

"妹妹，我哪里知道，除了鸟类，人类会到这么高的地方去啊？"另外一个女子的声音带着一些委屈。

姬小小和玄墨睁开眼东张西望，也没有看到一个人影。

难道是见鬼了？

"不用找了，我们在这里！"两个人眼前忽然出现两道金色的身影，是长得一模一样的两个女子，她们……居然悬空而立。

姬小小轻功非常好，也只能在空中站立一会儿时间而已，看这两姐妹，好像是飘了很久了，而且一点都不吃力。

"你们是谁呀？"还是瑞西比较处变不惊，指着两个女子后面道，"你们身后的那个，是翅膀吗？"

姬小小这才看过去，才发现那两个女子身后真的有对翅膀飞舞。她正面对着两个女子，翅膀又是透明的金色，在阳光下几乎看不见。

这是传说中的……

"你们是精灵族人？"姬小小只在天机老人给的书上看到过有这个种群，没想到居然真的遇到。

"妹妹，她好像知道我们呢？"其中一个女子对另外一个女子说。

另外那个女子倒大方："是啊，我们就是精灵族人，她是我姐姐阿奴，我是妹妹阿离，我们是双胞胎。"

难怪长得一模一样呢。

姬小小回头看看玄墨："玄墨，我们看到宝了呢，居然碰上精灵族人……你背着身子做什么？！"

原来玄墨竟然背对着她和两位精灵族的姐妹。

"非礼勿视，两位姑娘没有穿衣服。"玄墨闷闷地回答，当美色当前，不看那么容易吗？可正妻在呢，难道盯着人家姑娘的身子猛看吗？

呃……

姬小小回头，刚才被撞晕了，竟然没有第一时间发现精灵姐妹是没有穿衣服的。

随即，她就怒了！

"我都没发现，你发现了，你是不是看了很久了？"

玄墨委屈极了："难道我要假装没看到？"

"你……"

"唉，你们人类真是麻烦！"阿奴和阿离叹息一声，手指一点，身上金光一闪，两人身上就各多了一套和姬小小一模一样的衣服，"这样可以了吧？"

"哇，姐姐，你们好厉害啊！"瑞西叫了起来，"可不可以教我，那以后我想穿什么就能穿什么了！"

"可以啊，每个和精灵有缘的人，精灵都会满足他们一个愿望的！"阿奴笑起来，笑容还有些羞涩，"不过我们是偷偷溜出来，道行也不够，要回精灵族找爷爷才可以实现你们的愿望。"

姬小小听阿奴这么一说，立刻来劲了："好啊，我还没去过精灵族呢，玄墨，我们去玩玩好不好？"

玄墨有些无奈："只要你想去，刀山火海我不是都得陪你闯？"

看着眼前的女子，时间不但没有在她脸上留下任何岁月的痕迹，就连性子也是和以前一样的好动好玩，怕是这辈子都改不了了。

"阿奴，阿离妹妹，怎么才能去精灵族啊？"姬小小很是好奇。

阿离看着晕倒在旁边的两只神鸟："它们可以带你们去的，不过得等它们醒过来。"

姬小小不由有些鄙视起旁边的两只凤凰来："不是说是神鸟吗，怎么一撞就晕了？"

"扑哧！"阿奴笑出声来，"一般人当然撞不晕它们了，不过撞上的是精灵就很难说了。"说罢，和阿离对视一眼，两个人手中金光一闪，两只神鸟这才悠悠醒转。

"嗷……嗷！"彩凰火凤醒来以后立刻了解了事情发生的经过，顿时对着阿奴和阿离姐妹怒目而视，多亏它们还在网中，不然估计能打起来。

凤凰和精灵的战争，旷古烁今也不知道有没有发生过，想必十分好看。

"行了，阿奴姐妹也不是故意的，不要吵了！"但是为了早日完成去精灵族的心愿，姬小小还是有模有样地呵斥了一番，两只神鸟这才闭了嘴，只是歪过头不看那对精灵姐妹，想必还是郁结在心。

想想也是，它们可是神鸟，有通天彻地的本事，如今居然被两个乳臭未干的小精灵给撞晕了，这要是说出去，它们还怎么在神兽界混啊？

阿奴和阿离帮大家解开网兜，众人安全落了地，各自爬上自己的坐骑背上，等着精灵姐妹带路。

阿奴和阿离飞到了半空中，似乎在念着咒语，只是谁也听不懂她们在念什么，不久，空中便出现了一扇金色的门，阿奴先飞了进去，阿离冲着姬小小他们道："你们先进去，我押

后，省得你们迷路了。"

她倒是细心，姬小小和玄墨没再犹豫，只是抓好瑞西便闭着眼睛飞了进去。

"哇，好漂亮啊！"姬小小睁开眼，就被眼前的景象给吸引了。

他们在花上飞，下面都是人界从来没有见过的花儿，花朵很大，什么颜色都有，还有七彩的。

叶子也不全是绿色的，有紫罗兰，玫瑰红，胭脂色，朱红，柠檬黄之类，全是格外鲜艳的颜色，在金色的阳光下显得璀璨夺目。

"娘，我要那朵花！"瑞西拍着手，指着那边一丛的七色花叫了起来。

"我帮你去摘！"姬小小也来了兴致。

"别去！"阿离紧跟着飞了进来，赶紧拦住他们，"那个花不能摘。"

"为什么？"姬小小不明白。

阿奴也转了身跑了过来："这里是禁区，精灵只能过路，不能下地，不然我们会被吞噬的。"

"吞噬？"姬小小有点诧异于这个词，"怎么会吞噬，这么好看的花！"

"这里是花精灵的领地，五百年前，花精灵和族长闹翻了，所以把精灵出入口给封死了。后来，我爷爷和族长经过很长时间的努力，花精灵才答应可以让成年的精灵飞出去，未成年的精灵是不会飞的。"阿离在后面解释。

原来是这样。

姬小小点点头："为什么会闹翻，你们知道原因吗？"

阿离和阿奴摇摇头："我们问了，可是爷爷和族长都不肯说。"

"可惜了，这么漂亮的花，不能采几朵带回去。"姬小小有点遗憾。

"我跟你们说，精灵族里面是没有花草的。"阿离觉得应该给他们一个心理准备，"因为花精灵搬走了，所以精灵族的花草都枯死了，只有这里可以看到。"

姬小小睁大眼："怎么能这样？"

阿离有些无奈："爷爷和族长都跟她谈了五百年了，可是花精灵就是不愿意再为精灵族守护花草了。"

"好可惜，这么漂亮的花，不能在别的地方看到。"姬小小一脸的遗憾。

"喂，你们还停着做什么，这里只能过路，不能停留！"众人正说话，就听到下方有凶巴巴的声音传了过来，大家低头循声往下看去，看到有个精灵，穿着七彩的荷叶裙正飞舞在花丛中，大声呵斥他们。

阿离赶紧拉着姬小小他们："快走吧，花精灵生气了。"

阿奴嘟嘟嘴："是不是族长又去跟她谈话了，每次谈完她都会那么生气的。"

一行人赶紧朝前飞去，果然看到飞不多远便有很多房屋，一栋栋，一幢幢，造型很是漂亮。

蘑菇状的，花朵状的，极尽想象的能力。

但是再仔细一看，果然是没有见到一处活的花草，连根草都没见到。

"没办法，没有花草了，我们只能造房子来弥补。"阿离见姬小小的表情，知道她在想什么，"有时候想看花，就去花精灵那边飞一圈，我们是刚成年的小精灵，花精灵不怎么会驱逐我们的。"

一点花草都没有，果然是不太舒服。

"走吧，我带你们去见爷爷，让他带你们去见族长。"阿离和阿奴惋惜了没多久就又高兴了起来，拉着姬小小和玄墨往前飞，到了一处树形的三层小屋面前停了下来，冲着里面喊道，"爷爷，在里面吗？"

三楼的门"吱呀"一声被打开了，钻出一个雪白胡子的精灵老头，看着阿奴和阿离道："哟，是我的宝贝疙瘩来了，正想你们呢，就来看爷爷了？"

"爷爷，我给你带了新朋友来了。"阿奴飞过去，钻进精灵老头怀里。

"新朋友？"精灵老头这才看到姬小小一家三口的存在，不由上上下下打量，然后等着阿奴和阿离道，"你们怎么把人类带进来了？"

阿离赶紧上前解释："我们撞到他们了，答应给他们一人一个愿望的。"

"胡闹，你们是不是又偷偷溜出去了？"精灵老头吹着胡子，"不是让你们别乱跑吗，去外界都得经过花精灵的地界，万一惹恼了她，你们就有麻烦了！"

"可是外面有很多好玩的东西呢。"阿奴嘟嘟嘴，"比如这次去人界，有花草，还有很多小动物，那些人都不会飞，花草可漂亮了。还有上次去龙族……"

"行了行了，真是一点都不省心的小丫头，都进来再说吧！"精灵老头拉着两个孙女进门，虽然口气带着责怪，不过眼神出卖了他，那全部都是宠溺的表情啊。

"你们也进来吧。"精灵老头对姬小小他们打招呼。

凤凰把他们一家三口直接运送到三楼，精灵族的屋子都是没有梯子的，他们本身都有翅膀，自然不需要梯子。而未成年的精灵，则另外有居住的地方，不和成年精灵住一起。

"累了吧，先喝点上次我去花精灵那里做客剩下的花蜜。"精灵老头宝贝似的倒出一点花蜜给两个孙女喝，然后看着姬小小他们道，"你们也喝点吧。"

姬小小见这一家如此好客，忙笑着接过来。

玄墨忍不住道："我们要是下次再来，一定给你们带上几千斤花蜜。"

"呵呵，小伙子，这可不是普通的花蜜，这是愿望花蜜。"精灵老头笑道，"喝下去以后，你们的愿望就会实现了。"

"是吗？"姬小小看看手中微微有些金黄色的水，带着一丝香气，赶紧喝了一口。

玄墨低头看着她："你有什么愿望？"

"我……咦？"姬小小刚要回答，忽地伸手去摸了一下肚子。

"怎么了？"玄墨吓一跳，"肚子痛吗？"

姬小小摇头："不是，肚子上痒痒的，咦，平了呢……"

【后记】

"什么平了？"

"刀疤平了，没有了，消失了。"姬小小笑颜如花，"我的愿望是，给你多生几个孩子！"

两人大喜过望，却听到外面有人叫："巴爷爷，族长和花精灵又吵起来了，花精灵说要封了花谷。"

原来那精灵老头就是巴爷爷，此刻他听了这话忍不住吹胡子瞪眼："这两个人，隔三差五地就要闹腾一番，都五百年了，还闹腾！"

玄墨赶紧把自己的愿望蜂蜜喝了，又对瑞西道："有什么愿望，喝了吧。"

瑞西点点头："我就想跟那两个姐姐一样会变衣服。"

玄墨：……

算了，小孩子一般都没什么欲望，这样简简单单的其实也不错。

"巴爷爷，需要我们帮忙吗？"喝完蜂蜜，玄墨带着家人跟上。

吃人嘴软，拿人手短，拿了人家这么好的东西，自然得为别人出份力才过意得去。

"也好，有外人在，花精灵也许会收敛一点。"巴爷爷点点头，"阿奴阿离，你们也一起去吧，花精灵平日比较喜欢你们两个。"

一行人赶紧往花谷行去，大老远就听到女人尖声谩骂："阿尔赫，你这个混蛋，我要封了花谷，让你们都困死在里面！"

"当年谁求着我给你们做愿望蜂蜜，跟龙族交换龙涎给你们续命的，你过河就拆桥，你念完经就赶走和尚，你个臭不要脸的，还好意思跟我提要求，一次次问我拿花蜜……"

玄墨和姬小小顿时额头冒过几条黑线，这个女人真是能骂，骂出来都是一套一套的，让人连插嘴的余地都没有。

"花精灵，你不要骂那么难听，好歹他是族长。"巴爷爷下了地，忍不住拉住花精灵。

姬小小和玄墨看去，那花精灵看上去好似人间二十五六岁的女子，长得丰润水灵，颇有几分风韵。不愧是花精灵，果然长得跟花朵儿一样漂亮。

而那个被叫做阿尔赫的人，正是精灵族长。

只见他肤色白皙，一头金色的短发，在阳光下熠熠生辉。

"玄墨，居然有人长得比你漂亮呢。"姬小小脱口而出。

玄墨的脸色不大好看："他哪里比我好看？"他自然没有忘记姬小小当初为什么会选他。

"肤色比你白一点，身材比你好点，不过五官没你漂亮，鼻子太大太挺了，其他都挺漂亮。"姬小小掰着手指一样样比，随后又一把挽住玄墨的手臂，"不过我还是喜欢你黑头发多一点。"

玄墨的脸色终于慢慢恢复了正常了。

算了，她至少说喜欢他多一点了，就不计较了吧。

"他们两个倒是很相配。"姬小小指着花精灵和精灵族长。

"谁和她（他）配？！"两个人几乎异口同声地背过身，看着姬小小。

姬小小笑起来："还很有默契呢。"

……

两个人气呼呼得瞪视了一眼，"哼"了一声，转过头。

"行了行了，这次又为了什么吵啊？"巴爷爷有些无奈，只得在一旁做和事佬。

花精灵忍不住双手一叉腰，怒气冲冲地道："巴爷爷，你见过这种人没，跑到我这里要来蜂蜜喝，我好好地给了他，他居然嫌弃我的蜂蜜莲藕做得不好吃！"

众人：……

就一道菜不好吃，这位花精灵能骂到五百年前换龙涎的事，真是……天才啊！

"你做的莲藕就是不好吃，我让你跟晚孅孅学厨艺你就是不肯，这个女人一点上进心都没有，难怪活了六百多岁了还没嫁出去。"族长阿尔赫的话也很毒。

"你……"花精灵一跺脚，"你都活了七百岁了，不一样没有女人肯嫁给你？你自私刻薄，小气孤僻，哪个姑娘嫁给你就倒了八辈子霉了。"

两个人斗鸡一样瞪在一起，巴爷爷摸摸胡子有些无奈："都吵了五百年了，你们累不累啊。"

"他（她）不累我不累！"两个人又是异口同声。

真是越来越有默契了。

巴爷爷忍不住也火了："你们不累我累了，你们再吵下去，我以后就不管了，吵了五百年，我也管了五百年了，人越多吵得越厉害。你们两个到底有什么好吵的，一份蜂蜜莲藕都能吵成这样？"

"你！"巴爷爷指着花精灵，"就是对阿尔赫一个人生气，却拿整个精灵族人来撒气，到底精灵族人哪里得罪你了，你要把花草都收走？这五百年来，精灵族人不但没有蜂蜜喝，连莲藕，水果都没有，你好意思吗？"

回头，巴爷爷又瞪了一眼精灵族长："阿尔赫，我是看着你长大的，你对别人一向和颜悦色，怎么就不能对花精灵好一点？她一向刀子嘴，豆腐心，屡次说要封了花谷，什么时候封过？虽然收了花草，可是其实年年都送蜂蜜和水果来，你一个男人就不能让让她吗？"

花精灵和精灵族长不由低了头，半响，花精灵才嘟囔道："我也就是说说，如果不是他一直跟我吵，我也不会说要封花谷。"

阿尔赫也赶紧接道："其实我今天来，就是来和解的，但是那个莲藕……"

"你还说！"花精灵怒目圆睁。

"我……"

"行了行了，都别闹了，今天就到此为止吧！"巴爷爷看着他们两个真的是非常头疼，那一边，阿奴姐妹两个拉着花精灵走了，他则将阿尔赫拉回村子里。

玄墨和姬小小对视一眼，眼中有些笑意。

这分明是对冤家嘛，很相配的冤家。

【后记】

他们这几年来,看着周围的人和事,一对对,一双双,这种情愫都是过来人。

"要不我们帮帮他们吧。"姬小小眨巴眨巴眼睛。

玄墨立刻心领神会:"好,你说怎么做?"

"去跟巴爷爷商量一下吧。"姬小小耸耸肩,"精灵的事情,咱们估计搞不定啊。"

"巴爷爷,到底怎么回事,有人绑架了花精灵?"阿尔赫匆匆飞来,抹着额头的汗。

"有人说让花精灵开花谷,不然就要她的命。"巴爷爷叹口气,"你也知道,这几百年花精灵的脾气一直不太好,得罪的人太多。"

阿尔赫摇摇头:"可是能绑架她的人太少了,她的花蜜术很多人都吃不消,一般就只有我和你,能制住她,可是也要花很大劲。"

"你看,从绑匪的信上看,他们是迷晕了花精灵,你也知道她一个人住,一个不留神,被人趁机得手了也是说不定的。"巴爷爷捋一下胡子,"现在怎么办?"

阿尔赫跺着脚:"花精灵虽然刁蛮一点,但是没害过人,关花谷也说了五百年了也没实现过。每年也会送果子和花蜜到族里,我们精灵族其实从来没断过新鲜果子和花蜜,还换了龙涎让整个精灵族的人寿命延长了一千岁,什么人非要跟她过不去啊?"

"她那么好,你还天天跟她吵?"巴爷爷忍不住瞪他,"依我看,不如趁此我们换了花精灵好了,花家还有几个成年精灵,只要族长你同意,长老们我去说,你们闹了这么多年了,是时候一次性解决了。"

"不行!"阿尔赫坚决否定,"我不同意!"

"为什么?"巴爷爷不解,"你不是很讨厌她吗?"

阿尔赫气道:"可她并没有不称职。"

"她建了花谷,封锁了精灵族的出入口。"巴爷爷理直气壮地道,"这还不算不称职吗,你看族内连花草都没有了。"

阿尔赫愣了愣,想了很久,才道:"即使如此,只要族内没有缺果子和花蜜,她就称职。"

"你强词夺理!"巴爷爷瞪着他,"我现在要考虑一下你这个族长是不是称职了。"

"你就把我换了吧!"阿尔赫负气地道,"我一个人也能把花精灵救出来,只要她还是花精灵,我不当这个族长都无所谓。"

"好,你说的,我这就去让长老们罢免你!"巴爷爷吹胡子瞪眼。

"巴爷爷,不要。"身后的小门打开,花精灵从里面飞了出来,一边叫道,"我不当花精灵了,阿尔赫是个称职的族长!"

阿尔赫愣了,傻乎乎地看着忽然出现的花精灵:"你不是被绑架了吗,怎么出来了?"

花精灵看一眼有些尴尬的巴爷爷和满脸不同意的姬小小和玄墨,赶紧道:"是我让他们绑架我的,我就想看看你到底是怎么想我的。"

阿尔赫忍不住看看她,又看看巴爷爷:"你们是不是串通起来的?"

姬小小忙上前拦住道:"是我出的主意,你先不要生气,看看自己的真心。"

阿尔赫愣了一下："真心？"

"花精灵出了事，你是不是比谁都着急？"姬小小看着他，"平时几天不见到她，是不是有点想她？若是她有一天不跟你斗气了，是不是心里还有点空落落的？"

阿尔赫陷入沉思。

"喂，你不用想这么久，我可不稀罕你心里怎么想的。"花精灵见阿尔赫半晌不语，不由有些恼怒了。

玄墨笑道："花精灵，你刚才听到族长说不当族长也要你继续当花精灵，是不是特别感动？你见到他的时候，是不是格外高兴，他要是批评你给他做的东西不好，就格外沮丧，继而想骂人？"

"你怎么知道？"花精灵脱口而出。

玄墨好姬小小对视一眼，这种情侣间的小心思，怎么能逃过他们的眼睛？

阿尔赫诧异地看着花精灵，玄墨赶紧走上前拍拍他的肩笑道："这种事情，应该男人主动一点比较好。"

姬小小一把拉过花精灵："这种事，女人主动也无妨的，我就是啊！"

玄墨忍不住瞪了姬小小一眼，这丫头，整日教导身边的女子这种思想，迟早啊，她身边的人都变成了女追男。

花精灵看到还在犹豫的阿尔赫，忍不住一跺脚，拍动翅膀飞了出去。

"还不快去追？"玄墨看着阿尔赫。

"嗯，等我回来再跟长老们交代。"阿尔赫说着，跟着飞了出去。

他还想着长老们的事呢？

屋子里的人忍不住笑了起来，这对争吵了五百年的小情侣，今日怕是要修成正果。

三日后，精灵族内花香遍野，草长莺飞，一派鸟语花香的景象。

精灵族人正在为姬小小一家三口送行。

"凌公子，凌夫人，你们可真是我们精灵族的大恩人啊，你们一来，把我们精灵族五百年都没解决的难题给解决了。"巴爷爷带着几位长老给他们敬酒，很是高兴。

大家喝的是桂花酿的酒，全部都是花精灵亲手酿造的。

"以后有空经常来看看，我这个花谷随时欢迎你们过来。"花精灵很豪爽地拍着胸口。

"你还打算一辈子都住在花谷里啊？"阿尔赫有些不满了，"是时候也该搬回来了。"

"那得看你对我好不好。"花精灵嘟嘴，不理他。

阿尔赫忍不住回嘴："那得看你的厨艺有没有长进啊。"

"你……"花精灵一跺脚，"阿尔赫，你敢说我做的菜不好吃？！"

"完了，又吵起来了。"姬小小看看玄墨，有些无奈。

再看巴爷爷和族中长老们，都叹息一声摇摇头。

花精灵一个转身飞走了，阿尔赫赶紧飞了过去，远远地看到两个精灵在天上你追我赶，

【后记】

金色的阳光下，有种淡淡的幸福洋溢。

但愿这一次，他们不要再让幸福从眼前溜走了。

这是所有人的愿望。

姬小小和玄墨走过花谷，出了精灵族通往外界的门。

花谷从此再也不吞噬任何东西了，走过这里的人，都说这片花谷格外温暖迷人。

"幸福的味道，如此好。"姬小小感叹。

"我们也有啊。"玄墨搂住她，两个人分别坐上凤凰，彩凰和火凤交颈而飞，看来，大家都被传染了呢。

一年后，点苍山上，一声响亮的婴儿哭声，响彻云霄。

"哎呀，总算是生了！"玄墨搓搓手，一下冲了进去，"小小，你怎么样了？"

姬小小有些虚弱地躺在床上，不过精神还不错，笑道："是个儿子呢。"

"我问你人怎么样了，有没有不舒服？"玄墨拉过她的手，新出生的那个婴儿，他看都没有多看一眼。

听说全世界的父亲进了产房第一句话都是："男孩还是女孩？"

而玄墨却连孩子的面都没有看，只关心姬小小："以后不许生了，我们有一儿一女，已经足够了。"

"不，我还要再生，我还不到三十岁呢。"姬小小不同意，看看他手中抱着的小娃娃，"你看，多可爱，我们多生几个。"

"不许！"

"玄墨，你是我的人，要听我的话！"即使产后虚弱，姬小小的强悍依然风采不减。

玄墨：……

算了，月子里的女人是要格外忍让的。

"有没有想过给他取个什么名字？"姬小小看着玄墨，转移话题。

玄墨想了想："其实我早想过了，不管男孩女孩，都叫凌瑞灵，他是精灵族的祝福，不是吗？"

"凌瑞灵，不错的名字。"姬小小点点头，"他是我们的小王子凌瑞灵。"

两人正说笑着，独孤谨裹着个床单就跑了进来："小小，看好你的女儿，她又变走了我的衣服。"

姬小小和玄墨对视一眼，笑得更加开心了。

又过了五年，点苍山上格外热闹，各家都带着孩子过来团聚，一数竟然有几十人。

今日是姬小小三十五岁的生日，岁月依然没有在她和玄墨脸上留下多少痕迹，反而有越来越年轻的趋势，五年前看上去二十岁上下，如今看上去，似乎二十岁都不到了似的。

特别是姬小小，和瑞西站在一起，根本就不是母女，活脱脱那是一对姐妹，真是羡煞旁人。

"你们这对老妖精，是不是打算千年不老了？"独孤谨趁着酒劲起哄。

姬小小和玄墨笑了起来："心不老，才是真的不老呢。"

众人喝得七倒八歪，玄墨和姬小小溜出了人群。

"玄墨，你知道吗，小时候师父跟我说，从点苍山东边悬崖跳下去，便可以到另外一个世界，据说那里叫做风云大陆，不过师父说，只有有缘人才能过去，没有缘的人，只能望崖兴叹。"

"你想去吗？"玄墨笑起来，"走吧，把阿彩和小黑招过来。"

"好主意！"姬小小笑起来，两个人乘着神鸟飞入深不见底的悬崖底部。

良久，二人二鸟又飞了回来。

"看起来，我们并不是有缘人呢。"姬小小语气有些沮丧，"其实我很想去看看，师父是不是在那个世界，我真好想他呢。"

玄墨想了想："所谓有缘，必须天时地利人和，今天或者时候不对，以后我们经常来看看，或者总有一天可以过去呢。"

姬小小一听，不由叹息道："我们也不知道能再活多久呢。"

"可以活很久的。"玄墨笑起来。

"你的笑容好像有什么东西藏着。"姬小小对玄墨太熟悉了，一个笑容，她都能看出端倪。

玄墨笑道："你不是一直想知道，我在精灵族许了一个什么愿望吗？"

姬小小摇头："你不是一直不肯告诉我吗，怎么，想告诉我了？"

"还是不想告诉你。"玄墨笑起来。

他要留点小秘密，等到他们两个很老很老很老的时候，再告诉她，他的愿望是希望他们两个人可以一起活到很老很老，然后手牵手一起死去。

究竟多老他不知道，一直到活满意了为止吧。

如天机老人那般长生不老，其实也不是个好事，所以他选择了活到自己满意为止。

他和姬小小在一起的每一天都是幸福的，这个幸福，必将伴随着他的终身，直到永远。

永远有多远，没有人知道。

只是，如果没有对方存在的地方，即使永远，都变得那么空虚孤寂。

而有你在的地方，哪怕只能停留一天，都是可以幸福到永远的事。

【全剧终】

【后记】